掌上烟云

王唯唯 著

九州出版社
JIUZHOUPRESS

图书在版编目（CIP）数据

掌上烟云／王唯唯著．--北京：九州出版社，
2019.12

ISBN 978-7-5108-8633-1

Ⅰ.①掌… Ⅱ.①王… Ⅲ.①散文集—中国—当代

Ⅳ.①I267

中国版本图书馆 CIP 数据核字（2019）第 289152 号

掌上烟云

作　　者	王唯唯　著	
出版发行	九州出版社	
地　　址	北京市西城区阜外大街甲 35 号（100037）	
发行电话	（010）68992190/3/5/6	
网　　址	www.jiuzhoupress.com	
电子信箱	jiuzhou@jiuzhoupress.com	
印　　刷	三河市华东印刷有限公司	
开　　本	710 毫米×1000 毫米　16 开	
印　　张	19	
字　　数	310 千字	
版　　次	2020 年 3 月第 1 版	
印　　次	2020 年 3 月第 1 次印刷	
书　　号	ISBN 978-7-5108-8633-1	
定　　价	85.00 元	

自　序

从 1978 年发表第一篇作品算起，今年，是我与文字打交道的第四十个春秋。

受一生从事文字工作的家父影响，我初中阶段常被文学弄得如痴如呆；待如痴如呆的状态过后，便有了勾勒某种意境的强烈冲动，随后，拿起笔来胡涂乱抹，简单地说，这就是我走上写作这条道路的原因。诗歌、散文、小说我都写过，但写作成果乏善可陈。从人到中年出版第一本散文集至今已二十年，其间先后出版了三本散文集，可是质量平平，并没写出什么有分量和特色的东西。

回望四十年笔耕历程，本人从没尝到硕果累累的喜悦，只是偶尔有过一点聊以自慰的收获。

一是留下一篇多少有点影响的"代表作"。1992 年夏，带着放暑假的儿子和弟弟的女儿去海南。在海南待了半个月，有感而发地写的一篇散文《三亚落日》，不久就在我省一家报纸的副刊上刊发出来。没想墙里开花墙外香，两年后，《三亚落日》被江苏省选入了苏教版语文课本六年级下册。入选的理由是"课文按照事情发展的顺序描绘了三亚落日美丽的景象，表达了对自然的热爱，对祖国美丽风光的赞美。作者把落日分别比作快乐孩童、大红灯笼、跳水员，通过拟人、比喻等修辞手法，更加体现了三亚落日的色彩美、形态美、意境美。课文结尾，与开头首尾呼应，语言简洁，内涵丰富，又让人有了无数美丽的遐想"。2017 年，央视文化情感类节目《朗读者》热播后，又是江苏一家官网将《三亚落日》选入了"悦读越美"专栏，朗读者为王紫奕。

二是 2012 年作家出版社出版了我的一本自叙人生旅程的散文集《遵从生命》，论者、文友认可这是一部平实质朴的描写个人心路历程的回忆录。一位长者评论道："在今天这个浮躁的世界，王唯唯找到属于自己的一片宁静，将心扉完全打开，任其随着跳动的指尖飘散，收获了一份人生的回味和积淀。"一位读者在散文《读王唯唯》中写道："闲来翻书，读王唯唯。王唯唯的文字以前接触过，很喜欢，喜欢它的素朴简练，喜欢它的行云流水，如在河上泛舟。读王文，我打开一扇窗扉，感到一位尊者在我面前侃侃而谈，但感到亲切，感到每一句都扣动我的心弦，好像我的心灵之音在拨动。"也有朋友直言不讳地指出它"过于朴实，略输文采"，"有些拘谨，没完全放开"。无论是情深意切的赞扬，还是直言不讳的批评，我都深深镌刻在记忆深处，因为我相信朋友的声音是真诚的。《遵从生命》还获得了第二十一届全国孙犁散文奖二等奖。

美国作家苏珊·桑塔格说"所有写作都是一种纪念"。我喜欢这句话。虽然我不是幸运的一代，但是，我相信那些曾经用心写下的文字会在某一时刻闪光，会向每一个读到它们的人证明：我认真地写过，认真地活过，从来没有因为困难放弃过。在我的每一篇或长或短的文字里，记下的是一个人的兀自低语，是一个人的秉烛夜游，也是一个人的逆水行舟……有激情、有愤世、有忧伤、有回想。

猪年新春，面对文友、同事"身健笔健"的美好祝愿，六十有四的我似已感到力不从心，不是那么信心满满。"一年好景君须记，最是橙黄橘绿时"，这是诗人苏轼的眼光，而不是生活的真相。什么是生活的真相？不完全是你的眼睛看到的，也不是你完全感触不到的，就如我们的人生之路，一开始是童年的甜，而后是动情少年的辣，再后是负累中年的苦咸，最后是暮年的清苦。无论是怎样的滋味，你都要忍着咽下去，甚至咽到眼泪流下来，流到心里。但是，面对五味杂陈的生活，我还是在辞旧迎新的日记里，写下一句勉励自己的话：珍惜与文字结下的情缘，只要力所能及，不轻易放下手中的笔。

目 录
CONTENTS

第一辑　岁月印痕 ………………………………………… 1

我是 50 后　3

敬畏经典　6

蝉鸣里的童年记忆　9

童年的游戏　11

儿时的夏天　13

关于麻雀的记忆　15

票证岁月　17

钢笔字　20

刻钢板　22

旧　物　24

高中时代　27

苦难的价值　30

永远的家书　32

话剧情缘　34

诗歌年代　37

一个人办诗报　40

书信里的幸福时光　43

照片里的流年　46

单车情结　48

待岗在家的日子　51

给生活一条最浅的底线　53

关于吸烟的那点事儿　55

嗑瓜子　57

过时的贺卡　59

年　画　61

记忆中的两个年　63

我的父亲母亲　66

我的奶奶　71

第二辑　凡尘清唱 ··· **73**

敬畏文字　75

朗读者　77

雨　80

杯酒人生　82

酒逢知己　85

你以为你是谁　87

虚度些时光又怎样　89

好好活着　91

艰难的艺考　93

生活需要仪式　96

感　动　99

亲近宣纸　101

乘坐公交　103

爱与性　105

提笔忘字　108

书　房　111

有茶相伴　113

静听雨声　116

生日杂想　119

可聊者有几人　121

"百度"自己　123

读书悦心 125

情书可品 128

又到岁末 130

个人小结 133

过 年 135

短信拜年 141

第三辑 优雅老去 ···································· **143**

优雅老去 145

本命年 147

60 岁是个驿站 150

我的 2016 152

回归简单的生活 154

享受老年 156

当你老了 158

一个人 160

把烟点上，跟自己说说话 163

人生无法重来 167

我写，故我在 169

字为心迹 171

我对死亡的态度 173

日常生活 176

生活没有模式 179

我与微信 181

走散的朋友 184

散 步 186

看戏随想 188

我看世界杯 190

买 菜 192

闲 人 195

爱　好 197

一觉睡到自然醒 199

随心旅游 201

第四辑　节气之美 …………………………………………………………… **205**

节气之美 207

春天日记 209

田野之香 211

油菜花开 213

寒食与清明 215

清明看柳 217

槐花开了 220

夜来风雨声 222

花开花落 224

端午寻香 226

听　夏 228

观　荷 230

拥抱一棵树 232

落叶的生命 234

一帘秋雨 236

桂花是秋天的味道 238

很亮的秋天 240

等待下雪 242

下雪了 244

第五辑　记住乡愁 …………………………………………………………… **247**

河湾村 249

老去的村庄 251

炊烟袅袅 253

井　255

消失的清水河 258

远去的农具 260

乡村匠人 262

春天的野菜 265

红花草 267

守望麦田 269

麦黄风熏时节 271

一夜连枷响到明 273

蛙声穿透心灵 275

树荫下的往事 277

双抢时节 279

稻草垛 282

山芋飘香 284

秋天，想到大雁 286

负暄之乐 288

腊月的味道 290

第一辑 01

岁月印痕

我是 50 后

　　我生于 20 世纪 50 年代，我们这一代人不可复制的经验，是童年和少年时期生活在计划经济时代，对于物质的匮乏有直接的感受。我们在自己青春岁月的 70 年代后期和 80 年代，经历了中国社会最深刻的转型。然后和国家一道经历了这 30 多年的深刻变化。我们是在中国改革开放的这 30 年中，经历了自己的青年和一部分中年岁月的。

　　回想起我的童年和少年时代，很早就开始和长辈一起分享生活的艰难和挑战了。还清楚地记得三年困难时期，由于吃不饱饭，偷了母亲单位食堂一块山芋干被父亲暴打，还因为误将父亲从单位带回的一小瓶汽油当汽水喝，结果被送到医院灌肠抢救，又因为从弟弟手上抢过一块饼干咬了一口被母亲骂了个半死……因为总是吃不饱，总是有饥饿的感觉，所以，那时的我，上课时肚子经常咕咕叫外，放学回家，总是想找点什么吃的。可惜那时候家里也没有吃的，早就坚壁清野了。更多的时候，只有等到一日三餐的吃饭时间，捧起碗来喝稀饭。即便是吃稀饭，也并不能放开肚皮吃，这是因为只有那么一点粮食，要把它平均成一个月的份额，每天每顿只能吃那么一点。为此，奶奶教我们兄妹三个舔碗技巧，即稀饭喝完之后，碗里面还有一点残留，为了不浪费，我们每个人都要将碗举起靠近嘴边，用自己的舌头将碗里余下的一点残留舔掉。

　　我的青春时代是在 20 世纪 70 年代后期至 80 年代度过的。这是中国改革开放的初期，那时的物质仍然匮乏但精神开始丰富。我当时的自我形象是真正的"80 年代的新一辈"。我看着"伤痕文学""寻根文学"成长，有机会听邓丽君的歌，看王蒙、刘心武、陈建功、蒋子龙以及三毛和金庸的书。虽然数理化是当时最红的学科，但我精神上的最爱却是文学和文艺。1976 年，我考进一家文工团，月工资 18 元。我记得 1979 年可口可乐刚刚进入中国，我第一次喝可口可乐觉着那味道怪怪的，并且很贵，两块五一瓶；1987 年，第一次吃肯德基觉着特香，那时还没有什么垃圾食品一说。在那个中国开始向世界开放自己的时代，我们的成长是突然从一个封闭的环境进入了一个开放的环境。幸运的是我们正年轻，我们努力地适应剧烈的变化。我记得是我们的同代人中国女排和跳高运动员朱建华当年的胜利给我们带来了欣悦，记得许海峰在 1984 年获得的奥运会金牌，记得 1988 年汉城（今天叫首尔了）中国奥运团队遭遇的挫折。这些都让我们觉得自己的努力和一个正在快速变化的国家有最直接的关系。我更不能忘记的是 1982 年 4 月 1 日，在经历了 100 余次的退稿之后，我的处女作终于由书写体变成了铅字，从此一发而不可收。作品先后出现在《人民文学》《诗刊》《青年文学》《中国作家》等刊物上，1986 年又出版了自己的第一本诗歌集。这当然无足挂齿，但对于我来说却是一个标志。我们都会在 20 世纪 80 年代找到这样的标志。

经历了发愤的 20 世纪 80 年代，进入了 90 年代，生活变得具体。我们开始实实在在为生活而奔忙。每日里，行色匆匆，早出晚归，像只飞来飞去的蜜蜂，没有也不敢有片刻的停闲。无论是精神的还是物质的，事业之基已固，人际圈子已宽，经验渐丰，成熟已融入言行里。整个社会也进入了经济时代。我们由80 年代对于生活和社会的浪漫开始步入成熟，我们开始承担起成年人的担子，从青年走向中年，直到和中国一起经历了新世纪以来世界和中国的巨大变化。在这些变化中，我们变成了社会的中坚，变成了承担起自己责任的一代。直到已经开始"知天命"，在努力进取的同时也开始了回味、反思和沉淀。

"一箪食，一瓢饮，在陋巷，人不堪其忧，回也不改其乐。"过简单的生活，是孔子的得意弟子颜回的人生目标，也是我现在所追求的。简单的生活也是一种生活状态，人的生活本来就有多种可能性。人都想按照自己的愿望努力活得好些，时下流行的"活法"说到底大概就是这个意思。但梦想经不住现实轻轻一碰，其结果只能是发出一声长叹：一个人的悲欢离合只能由他自己独自承担，这也是最无可奈何的事情。写到这里，我想到了张爱玲。年轻时的张爱玲，怀着"出名要趁早啊"的心愿，迫不及待地拥抱显赫的功名，追求现世人生的种种享受。那时，她是那样地渴慕生之光华和耀眼。我就想，年少时对世人间的注意力如此在意的张爱玲，后来是靠了怎样的意志才使自己默默无闻地隐身于异地他乡，把昔日的灿烂和夺目抛在脑后？比之海明威以自杀的形式使原来的华彩戛然而止，过一种"简单、独立、大度的生活"，其实需要更多的毅力、勇气和耐心。

对于我这个 50 后来说，不论在哪里遇到同龄人，都会感受到经验的共同性，记忆的共同性。这些不由我们决定，但决定了我们的选择，而我们的选择很大程度上在改变自己的同时也改变着社会。我们这一代可以说是真正伴随着中国的全球化和市场化进程成长的一代，我们受益于这个中国大发展的时代，同时也努力地用自己的奋斗去回馈自己的时代。我们经历了匮乏，所以能够忍受和承担；又经历了剧烈的变化，所以不得不奋力追赶和进取。我们幸运的是比前几代人多了一些选择的可能，多了一个世界的平台。当然，我们也就不得不适应难以适应的变化，承受不能不承受的竞争和变化的冲击。

个人生命的真谛并不在于通过某种修行获得呼风唤雨的超能力，而在于将个人纳入整体的和谐中去。我已经可以唱出自己的"经验之歌"，但我仍然希望老去的只是时间。

敬畏经典

《现代汉语词典》解释：经典是指传统的具有权威性的著作。

其实我们这一代人就是读着经典长大的。翻开小学到高中的语文课本，哪一篇白话文不是新文化运动后产生的经典？这使我们的心中始终有那么一座门窗全打开的房子，面朝大海，春暖花开。

当我们登上黄山，眺望蓬勃的日出景象时，会禁不住脱口而出："会当凌绝顶，一览众山小！"恐怕只有这样的诗句才能表达我们激动万分的心情。当我们远离家乡，逢年过节时会暗自低吟："独在异乡为异客，每逢佳节倍思亲。"这已经成为中国人表达思乡之情的经典语句。当我们与朋友远隔万里，音讯不通时，会用"海内存知己，天涯若比邻"来宽慰自己失落的心情。此外，中国传统文化非常重视人的意志品质的磨练和培育，屈原的"路漫漫其修远兮，吾将上下而求索"，曹操的"老骥伏枥，志在千里"，王之涣的"欲穷千里目，更上一层楼"，李白的"长风破浪会有时，直挂云帆济沧海"等反映传统知识分子向往理想人格、追求大丈夫浩然之气的名言佳句，洋溢着积极进取、奋发图强的精神。"国家兴亡，匹夫有责"，为了国家可以"杀身成仁"，曹植的"捐躯赴国难，视死忽如归"，杜甫的"剑外忽传收蓟北，初闻涕泪满衣裳"，陆游的"死去元知万事空，但悲不见九州同"，文天祥的"人生自古谁无死，留取丹心照汗青"，林则徐的"苟利国家生死以，岂因祸福避趋之"等，其爱国情怀感人至深。

与父辈比起来，我们缺少中国传统文化的熏陶。父辈们熟读"四书五经""诸子百家"和"唐诗宋词"，他们的身上被打上了深深的中国文化的烙印。而晚辈人又远不如我们了，晚辈们的教育中经典部分更少。我们当下的中小学教育对经典诗歌的重视远远不够，中小学生很少读诗，更不会写诗，这就出现了守着一座诗歌文化的宝库，我们的学生却不得其门而入的情况，特别是当下的年轻人，究竟读过几本经典著作？倒是网络时代的快餐文化异常泛滥，像是被垃圾食品催肥的土豆一样，外炫内瘪营养不良。

前不久在网上看到北京外国语大学某副教授在博客上发文，要求删除课本中朱自清的散文名篇《背影》，认为其中"父亲跳下月台横穿铁道去买橘子"不但违反了交通规则，而且"是不理性和实用主义的一个表现"。我们知道，朱自清的《背影》之所以能成为现代文学的经典，一是因为它在文法上质朴规范；二是因为它传递了感人肺腑的人间亲情。如果我们无视它的这些基本品质，仅从"违反交通规则"的角度来否定它，甚至给它扣上"实用主义"的帽子，只能说这位副教授是想尽办法"戏谑经典""颠覆经典"，试图以此来吸引眼球或获得媒体的曝光率。

当然，和那位副教授相比，时下引用"经典"之名，已泛滥成灾。走进书店，许多书籍封面上印有"经典小说""经典诗歌""经典散文"的标签，翻开书页细看，这些出版物大都出自当代作家之手，而非经过时间检验的作品。我们知道，一切经典之作，都不是当时定位的结果。这些经典大作都是穿越了长长的时空隧道和密密麻麻的樊篱，才显示为真正经典的。因此，"经典"二字不是当代人评定当代人作品时可以使用的词语。文学如同酿酒一样，是需要时间的浸润和发酵的。时间老人这个最无情的法官会不断淘汰文学糟粕，最后留下来的才是文学经典。

显然，"经典"是历经时间磨砺后的产物。对于民族的优秀文化和被称为经典的东西，凡有常识和见识的人，都是倍加珍惜几近于敬畏的。很有必要读一读在普法战争中，战胜的普鲁士强令学校禁止讲授法语时都德所写的《最后一课》。教师哈墨尔在最后一课最后一次用法语对学生说："好好保住自己的语言，就如同掌握了打开自己牢房的钥匙。"而此时，学生们才深悟到用自己母语所书写的"法兰西万岁"的含义。日本著名音乐指挥家小泽征尔，当听了中国古典二胡名曲《二泉映月》后，竟然泪流满面，双膝跪地说："这样的音乐只能跪着听。"在法国，贞德永远是带领人们前进的圣女，她就是自由女神的化身。此外还有英国的剧作家莎士比亚、俄罗斯大诗人普希金等，这些都是国家和民族引以为自豪的国宝和英雄，从来没有人去诋毁他们，对他们充满的只有崇敬和热爱。

萧伯纳说，一个人感到羞耻的事越多，他就越体面。多读经典吧，它能使人生敬畏、明羞耻、知荣辱、长品味。以敬畏之心对待经典，我们才会以呵护民族血脉之心的责任感，去善待经典、捍卫经典、学习经典，精心守护我们的精神家园，从那些传承了千百年、教育了多少代人的经典中吸取智慧和力量，培养我们的审美感受，模塑我们的艺术趣味，陶冶我们的生命情操。

蝉鸣里的童年记忆

"脱掉外套，爬上树梢，不懂装懂，硬说知道。"这是我儿时对蝉的最初印象。蝉俗名又叫"知了"，曾是我童年的玩伴。

仲夏前后，树上的蝉逐渐多起来，叫声日益密集，此起彼伏，给人一种比实际温度还要燥热的感觉。听到蝉的叫声，我们就开始忙碌起来。首先，找一块橡胶皮，点上火，看着它烧化了嘀嘀嗒嗒地滴成一摊，再掺上蜘蛛网（也不知道是谁发明的，蛛网的作用至今我仍没弄明白），拿瓷片将它刮起来敷药似的敷在竹竿尖上，拿去粘蝉，粘到的蝉被剪去部分翅膀，这样它就是想飞也飞不掉了。在那些炎热的日子，每个小孩子手里都会有一只蝉，只需轻轻一捏，它就放声歌唱。伙伴们围在一起喊"一二三"，都一起捏，瞬间便能听到蝉的大合唱，落入孩子手里的蝉几乎都活不到第二天，死了的就丢给鸡吃；或者弃于某个角落，才眨眼工夫，就被蚂蚁团团裹住，最终被掏成像蝉蜕那样空空的壳子。

雨后捉蝉收获最大，午后的一场暴雨，压下了蒸蒸日上的暑气，地面上湿漉漉的，这时，河堤上、树林里、房前房后大树旁的空地上，常常会有很多小洞，那便是"知了"的家。俯下身子，细细蹅摸，那洞口小小的，虚虚的，黄豆般似见非见的洞口里面，定然有货，摘根小草轻轻捅进去，不一会儿，一只可爱的小家伙便被牵引出来。后来胆子慢慢变大了，就直接把手指头伸进去。那可怜的小家伙出于自我保护的目的，两只爪子一下子便捉住手指头，顺利落入我的圈套，手指头痒痒的感觉，很好玩。就这样，一个晚上能有十几只二十几只的收获。

蝉蜕，是蝉蜕变时褪下的壳，轻轻薄薄的，家乡话叫"知了皮"，是一味身价不菲的药材，据说可以疏散风热，治疗咽痛音哑，还能祛火镇静。因而大人孩子都不会错过赚钱的"商机"。

寻"知了皮"全凭一双好眼力。那蝉儿脱壳而出，把透明的壳留在枝干上、枯叶间，和枯叶枝干颜色相近，没有一双火眼金睛怎么行？有一天我还突然发现，田间的玉米秆上居然也有不少，而且不用费力气，伸手即可得到。不过，也不总是这样，快乐时光毕竟是少数，顶着大太阳找"知了皮"的日子让我体会到了岁月的艰难。捡回来的"知了皮"大多都放在袋子里，难免会被压坏，我又想出奇招，用针线把它们穿起来，一条长长的线上能穿20多个，回家挂在正屋廊檐下的门框上，感觉有几百个了就直接送到供销社。这是我们兄妹最快乐的时刻，仿佛那美味的零食正在向我们招手。

不少画家喜欢画蝉，其中尤以白石老人画得最好。据说张大千也曾画蝉赠送友人，友人拿去请白石老人题词，白石老人展开一看，摇首叹曰，"此画谬矣！蝉附于柳枝，其头焉有朝下之理？"因为柳枝柔软飘动，蝉头朝下就会重心不稳。其时，张大千声名远盛于白石，得知后很不服气，后经仔细观察发现确实如此，对白石老人的观察力叹服不已。有人以为，画蝉之难在于蝉翼，在于画出它的轻薄透光。我却以为蝉最难画的其实是它的神韵，蝉的眼睛漆黑一团，蝉的姿态也多是一动不动，画得不好就成了死蝉。

古人常以蝉的高洁表现自己品行的高洁。骆宾王在《在狱咏蝉》中借蝉喻己："无人信高洁。"李商隐也在《蝉》中抒发情怀："烦君最相警，我亦举家清。"但我更喜唐虞世南的《蝉》："垂緌饮清露，流响出疏桐。居高声自远，非是藉秋风。"这三首诗都是借蝉喻指高洁的人品，成为唐代文坛"咏蝉"诗的三绝。

法国昆虫学家法布尔只用一句话，就精辟地概括了蝉的一生，他说："四年黑暗的苦工，一个月阳光下的享乐，这就是蝉的生活。"蝉，作为一种普通生灵，除去昆虫学家，恐怕谁也不会在意，更不会刻意了解它从生到死的历程。四年的光阴，对于人类来讲只是短暂的一瞬，可对于这小小的蝉来说，竟是长长的一生。能让它经受住种种苦难，忍受孤独和寂寞，不怕日复一日暗无天日的唯一信念就是它坚信一定会有破土而出、拥抱光明纵情歌唱的那一天。

又到仲夏，蝉声于城市里响起，似乎是一件奢侈的事情，而我的记忆却固执地留在那美妙的音律之中，"知了，知了……"

童年的游戏

　　我们这代人，少儿时除了经常觉得肚子饿，还是无忧无虑的。那时读书也不像现在，有这么多的课外作业；那时的父母也不像现在这样望子（女）成龙（凤）。所以，回忆童年能想起的多是儿时玩过的游戏。

　　滚铁环。铁环，顾名思义一个铁制圆环而已。用一个铁丝钩推着铁环在地面上滚动前进，谓之滚铁环。那个年代玩具的一个显著特点是绝大部分是自己动手制作的，唯铁环是个例外，但滚铁环的铁丝钩是自己动手制作的。有了铁环便有了一个好伙伴，如一条忠实的狗，形影不离，快乐的童年在"啦啦啦"的声音中增添了新乐趣。推着铁环上学、放学，推着铁环上街，去看电影，去四处玩耍，一面悠闲地走，一面轻松地推，要保持铁环在不同路面上稳定旋转，还要躲避行人、障碍物，确是要有一点水平的。边跑边推铁环是简单的事，闲庭信步般推铁环就绝非一件容易事，这和慢骑自行车一个道理。滚铁环的本领看似简单，实则不易，不是一朝一夕能练就的。童年在铁环的旋转中充满快乐，一圈又一圈向前滚动的铁环，不正是成长的轨迹吗？

　　打陀螺。陀螺因外形略似海螺而得名，上大下小，上粗下尖，又似一个倒立的塔。打陀螺时主要是以时间的长短来衡量一个人的水平。刚开始，由于陀螺是木制的，尖顶部分很容易被磨损，不经打，于是想到用钢珠。先将钢珠烧红了，放在陀螺尖上使劲压，钢珠依靠热量和外部压力，深入木头内部，仅露一个头，便大功告成，嵌了钢珠的陀螺打起来顺溜，特别是在水泥地上打更是如此。不过，钢珠虽能持续一段时间，终究有掉出来那一天，于是我们又另辟蹊径，舍弃钢珠，在陀螺尖上钉上钉子，然后剪掉钉盖，以钉头代替钢珠，虽然解决了钢珠脱落问题，但钉不如钢珠圆滑，旋转速度慢，稳定性也差。打陀螺的鞭子，都是由我们从家里偷偷拿出来的一些碎布条拧制，打不几下，鞭子就寿终正寝了，再者，家里也没有那么多的碎布条供我们使用。于是我们又尝试将废弃汽车轮胎网线拧制成鞭，效果竟出奇地好。

民兵抓特务。这个游戏在吃过晚饭之后进行。天刚一黑，小伙伴们便一个个从自家跑出来，嘴里还不停地叫着"民兵抓特务"。这个游戏要分成两组，一组扮成民兵，一组扮特务，规则是"特务们"可以在大院内任何一个地方躲藏，但不允许躲在家里，而"民兵们"必须抓到全部的"特务"才算游戏结束，之后双方互换角色。这个游戏最大的玩点在于，被抓的"特务"可以手拉手站成一条线，目的是等待还没有被抓的同党来救。不论从哪个方向，只要同党用手触到其中一个被抓的"特务"就算营救成功，而"民兵们"则前功尽弃，再从头开始。所以每次玩这个游戏的伙伴们都想当"特务"，因为"民兵们"常常抓了一个晚上也不能将"特务们"全部抓到。所以每次玩游戏前，先定好手背为"特务"，手掌为"民兵"，之后开始两个人一组伸手背手掌确定角色。

冰棒棍。冰棒棍游戏可以两个人玩，也可以多个人一起玩。游戏开始，每个人手里握了满满一把冰棒棍，背到身后，喊声"一二三"，一齐亮出来，谁的冰棒棍多谁就取得优先权，优先者将自己亮出的和别人亮出的冰棒棍合在一起，在地上轻轻磕几下，整理整齐，一扬手，朝空中散开，地面上是画了圈的，冰棒棍不能落在圈外。冰棒棍落入圈里横七竖八，乱如牛毛。优先者另取一根冰棒棍作为杠杆，能将某一根冰棒棍挑动而又不动其他者，这一根就归自己所有，否则，视为失败，由另一人挑动。冰棒棍游戏看似简单，实则不易，因为在挑动时，挑动者心要平静，屏住呼吸，小心翼翼，把握好分寸。冰棒棍虽不是什么值钱的东西，但若是赢了，那感觉比考试得了个百分还要惬意。

童年的快乐撒满各个角落，俯拾即是。

儿时的夏天

高温，像一根股市阳线，节节攀升，在 38 摄氏度附近盘桓，热火朝天的夏天把我带到了儿时。

儿时的夏天，没有那么多的冷饮，只有冰棒。在物质贫乏的年代，冰棒是大人与孩子沟通的媒介，学习好了奖励冰棒，帮做家务奖励冰棒。吃得最多的冰棒是三分一根的水果冰棒和四分一根的豆沙冰棒。家境好点的，偶尔买一根五分的奶油冰棒或是七分一根的三色冰棒。还有一种叫汽水的饮料，好像也只售四五分一瓶，因那时没有冰箱，汽水不冰，所以很少有人买。也有聪明的生意人，打一桶井水，把汽水瓶放进桶里，起到了冰镇的作用。喝时从桶里拿出打开，瓶口对着汗津津的嘴，咕嘟咕嘟一瓶下肚，非常解渴。冰棒的灵魂在冰，尤其在酷暑难耐的夏天，一根冰棍带来的凉爽不光是生理上的，更多是心理上的。

儿时的夏天，大人们吃过午饭都要小睡一会儿。而我们一溜烟跑到离家不远的雨花塘，脱掉衣服，跳入塘中，微凉的塘水，把炎热一扫而光。初次下水，是不敢往深处走的，只是呆在池塘边两手拍着水面打水玩。时间长了就逐渐学会游泳了，当然在这个过程中免不了喝几口脏水。先是手脚并用的狗刨式，以后学会了蛙泳、潜泳和仰泳。家长们出于安全，天天唠叨不准下池塘洗澡，每次被发现，十有八九会受到训斥或挨上两巴掌。但那时家家孩子多，打骂惯了，也就皮实了，第二天照洗不误。

儿时的夏天，每到傍晚，夏日中最重要的时光来临了。大人们先是在自家门口的地上洒上水，一则除尘，二则散热。在一桶桶凉水的泼洒下，水泥地上白天郁积的热气慢慢蒸腾消散。然后搬出凉床，小竹椅、躺椅或藤椅，端出晚餐的饭菜，一家人围着凉床吃饭。晚饭也很简单，有中午吃剩的凉饭，也有稀饭和馒头，就着中午剩下的几个简单的蔬菜、汤、萝卜干、咸菜炒豆子等。大家说说笑笑，东家长西家短，筷子夹菜此起彼伏，耳边响起的是哧溜哧溜的吞咽声。偶尔有人家来了客人，上了一碗肉，主人毫不吝啬地叫东家、喊西家上他们家去吃肉，被喊人家的大人都会婉言谢绝，偶尔有不听话的小屁孩乐不可支毫无羞涩地端着饭碗前去。

儿时的夏天，洗澡是一大乐事。晚饭后，小点的孩子被安排着洗澡，洗完澡，光着身子被抱到凉床上。母亲会拿出痱子粉，噗噗噗地拍满他们全身，然后套上夏衣，抱过来凑近闻一闻，说一句："真香！"之后孩子就在凉床上玩打滚游戏了。而我们大点的孩子等到天完全黑了下来，带上一个小方凳和一个脸盆，光着身子坐在水龙头下冲洗，一边嘴里哼着歌，一边两眼也没闲着，到处张望，直到大人喊了，这才接满一盆水，举到头顶往下一倒，从头淋到脚，那叫一个凉快。

儿时的夏天，饭吃了，澡洗了，上了一天班的大人们，要借纳凉来消除一天的疲累。他们或坐在竹椅上，闭着眼睛，摇着芭蕉扇；或光着膀子，肩膀上搭条毛巾，手持扇子，走到人家凉床边，和主人聊起近日发生的琐事。他们高谈阔论，大声说笑。也有爱好音乐的拉着二胡吹着箫，革命歌曲、样板戏的声音随着淡淡的清风在夏夜里飘荡。直到夜越走越深，直到天不再热，直到睡意来了……

儿时的夏天，还有一种小虫儿是不可忘记的，那便是夏夜里带着光芒轻轻曼飞翔的萤火虫。说到萤火虫就想到了《三字经》里的"如囊萤，如映雪"。其中"囊萤"说的是东晋大臣车胤小时家贫，无钱买油点灯，夏夜就以练囊装萤火虫照明读书的故事。很小时就听过这个故事，也因这个故事，喜欢上了萤火虫。晚上洗完澡，草丛中捉数只萤火虫装于火柴盒内，带回家中，放入蚊帐内。躺在漆黑的小屋里，看那点点微光在眼前闪烁、飘动。萤火虫发出的光虽然很微弱，一闪一闪的，但在黑夜中似一颗颗闪烁的小星星，这时就想起了一首儿歌："满天星，亮晶晶；萤火虫，数不清……"

一晃几十年过去了，时光的流逝把一些传统的生活方式冲得无影无踪。但每到盛夏，那份美好的记忆却荡之不去，那夏夜里的家长里短，那芭蕉扇拍打蚊虫的啪啪声，那一闪一闪的萤火虫，那大呼小叫的游戏……就像黑白电影一样在眼前一幕一幕掠过，使我回忆后感觉亲切和温暖，怀念后感到淳朴和恬祥。

关于麻雀的记忆

　　但凡是20世纪50年代出生的人，大约都会有一段关于麻雀的特殊记忆，那时，麻雀与老鼠、苍蝇、蚊子被判定为"四害"。据说，当年专家们测量过麻雀胃的空间，然后计算全国有多少麻雀、吃去多少粮食，最后将其列入"四害"。

　　在我的记忆里，大人们从清晨到傍晚，围着庄稼地从东头走到西头，或敲锣打鼓，敲脸盆敲瓷碗，或挥舞竹竿，喊声不断，意在不让麻雀进食与休息。可一点不管用，你走到东头，麻雀飞到西头，那呼啦啦惊飞的阵势啊，如跃动的千军万马呼啸而去，待到一切归于平静，便又会陆续杀回来。等你再折回来，它又返回去，把人折腾得够呛。我想知道大人们为什么要那么做，得到的回答是麻雀偷吃粮食，是害虫。这倒也是，每年秋天，成熟的庄稼地里铺天盖地的都是灰压压的麻雀，它们在不住嘴儿地啄食粮食。还有放在家中场院里的粮食，也总是纠缠着麻雀的影子。

　　在今人看来，那场围捕剿灭麻雀的运动可算是天方夜谭似的神话，但它的确是真真切切的事情。审视当年的麻雀之战，如同是在观看一场让人哭笑不得的闹剧，或一个令人忍俊不禁的黑色幽默。那时，人们爱吹牛，某领导夸口，说本地的麻雀已消灭殆尽，仅剩一只，也被基干民兵持枪赶到外地去了。生存了千万年的小小麻雀，它们不会写历史，如果它们会写历史，那它们一定会对人类充满不满。好在后来专家们裁定它们基本是益鸟，缺点优点三七开。只是当年那场灭雀运动，除了遭后人耻笑，留给人们更多的是启示。

　　大人们把麻雀叫做"家雀儿"，之所以在雀字前面加了一个"家"，是因为麻雀生活朴素就简，不像燕子那么累，麻雀不造窝，随遇而安，在人家的瓦缝里就可以宿身育雏。麻雀还有一种叫法："家贼"，这是因为它和家禽抢食吃。看《动物世界》，我们知道很多鸟为一口食要迁徙千里万里，而麻雀不用，它可以混在家禽中，与鸡群共槽，在猪食槽边找饭粒，吃饱了就在瓦上斗嘴，它们的斗嘴是消闲。所有的鸡鸭鹅都没有麻雀嘴快，地上掉粒米都能被它捡走。它们从鸡食槽边吃到田野里，农人刚刚对那片金黄的稻田露出笑容的时候，它们就先吃上了。

　　我喜欢麻雀的自由自在。我们人类给自己的一生披戴的桎梏太多了，把自己套得那么牢。而麻雀们则不然，它们就像是顽皮的孩子，会结伙撒野，会成群不归，也会见义勇为，蜂拥而上。不论是善举还是劣行，都兴奋地唱着闹着，不顾忌，不掩饰，自由自在。它们的歌唱不受音阶的约束，不受节拍的控制，没有旋律，一个音符一个音符地向外蹦，把细碎的乐雨撒野似的向你身上泼，不管你是快乐还是忧伤，也不管你有多少无谓的烦愁和无聊的思绪。唱够了，唱累了，唱饿了，它们就飞向麦田，飞向菜地。

　　别看麻雀整日叽叽喳喳，活得快快乐乐的，它也会有害怕的东西。麻雀最怕的是冬天，特别是下雪天。如果连日大雪，麻雀们就会找不到东西吃，飞来飞去，跳来跳去，到外找食吃，这时候也是捕捉麻雀的最好时机。我就和小伙伴们捕捉过麻雀，用一根系着长绳的木棒支起竹筛，竹筛下放点谷子或者糙米，然后躲得远远的等着。不大一会儿它们就飞过来了，待到如数入瓮，一扯绳线，总能捕到几只。

　　那场灭麻雀的群众运动已经过去了半个世纪。而今，无论农村还是城市，麻雀依旧还在欢快地跳着，啾啾地叫着。但是，麻雀们如今并没有摆脱险境。一次上饭店吃饭，服务员递上的菜谱上，有一道菜是"椒盐油炸麻雀"。我们的临桌就点了"椒盐油炸麻雀"，盘子上来，顷刻便会被吃光，嚼之有声，"咯吱咯吱，咯吱咯吱"，麻雀小，一下油锅，连骨头都酥了。去年，一朋友来省城看我，还特地给我带来他们当地的特产油炸麻雀。我向来不吃麻雀，我也不知道那么多麻雀是怎么弄来的。后来听说，古时的人们向来认为麻雀是性欲旺盛的家伙，"雀脑"便是著名的壮阳药。

　　麻雀，鸟纲雀形目文鸟科属。为杂食性鸟类，夏、秋以植物种子为食，育雏时多吃害虫。从理性后面评价它们，在大千世界中，它是食物链的一环，是大自然不可缺少的一员；从感情角度讲，它们是我们家园的一部分。"柴门鸟雀噪，归客千里至。"流落在外的杜甫回到家，听到麻雀叫，一下子就找到了感觉。

　　我怀念儿时那呼啦啦的雀群起飞的壮观景象……

票证岁月

在键盘上敲出标题时，脑海里浮现出的是那段湮没于历史长河的票证岁月。

我出生于 20 世纪 50 年代。那个年代，国家对所有商品进行计划供应。那时的票证通常分为"吃、穿、用"三大类，吃的有粮票、油票、糖票、肉票、鱼票、蛋票、豆制品票等；穿的有布票、絮棉票等；用的有肥皂票、火柴票、线票、煤球卡等。还有一些特殊商品的购买证，比如手表票、自行车票、缝纫机票、冰箱票、电视机票等。可以说五花八门的票证，基本覆盖了日常生活的方方面面。

打我记事起，印象最为深刻的就是粮票。粮票种类繁多，大致可分为全国粮票、军用粮票、地方粮票和划拨粮票四种。粮票由城镇居民凭户口本和居民粮食供应本等到指定的国有粮店兑换。不仅如此，当年城镇居民迁徙户口时，有一个特殊的关系叫做"粮食关系"。对于拥有城镇户口的居民来说，"粮食关系"与城镇户口同等重要。倘若居民想到另外一个城市工作，除须办理户口转移手续外，还必须转移"粮食关系"。没有粮食关系，等同于没法吃饭。同样，如果没有粮票，只有钱也等同于没有钱，因为没有粮票就买不到粮食。20 世纪 50—80 年代，中国城镇居民物质生活水平不高，人们的肚中很难存下油水，有的人家里甚至吃了上顿就惦记下顿。一般人家未到月底，家里的粮食就吃空了，"粮票刚好够花，根本攒不下来"。这种情况下，被俗称为"粮本"的粮食供应证和户口本、结婚证变得同等重要，往往被珍藏于家中。

我记得去粮店买米，除了带好钞票、粮票，还要带购粮证，每人每月的粮食是定量的，大米每人每月五斤，其余都吃籼米和面粉，买一笔、记一笔，绝不会漏。凡是购买和粮食有关的食品都要粮票，去大饼摊买个大饼、买根油条，去食品店买只糖糕、买根脆麻花，没有粮票也是不行的。我喜欢吃大饼包油条，那时合肥是一两粮票七分钱一个大饼、一根油条。再有，本地粮票到外地是不能用的，外地粮票在本地同样也不能用，如果本地人到外地出差，需要开单位证明去粮管所按实际口粮兑换全国粮票。没有全国粮票，即使你有再多的钱，人家也不会卖饭给你吃。

父亲抽香烟且烟瘾还大，但买烟要烟票，凭烟票一个月只能买六包烟，根本无法满足。父亲只好买不要票的低档烟抽，呛得全家人咳嗽不已。无奈，父亲只好在家自制香烟，他不知从哪儿弄来一只木制的卷烟器，买来卷烟纸和烟丝，在家卷起了一根根香烟。我觉得好玩，便在一旁帮父亲给卷出的香烟粘浆糊，直到自己也能动手卷香烟。有一段时间，我放学回家的作业竟是帮父亲卷制香烟，我抽烟也是那时学会的。

除了吃的要票，那时的生活用品也是要票的。手表、自行车、缝纫机、收音机这老百姓翘首期盼的"三转一响"也是要凭票购买的。和吃的不同，那时要想购买"三转一响"，靠的是抽签。也就是上面根据你单位人数的多少，按比例发放票证。真可谓一票难求，百里挑一，一批票拨下来，百来个职工才分配到一张票。那时父亲在一家大学工作，1000 来人的大学一个"大件"每批也就分到十几张票，大家只有靠抽签确定票的归属，抽中了高兴，没抽中的扫兴。那年，父亲终于抽到了一张上海产的凤凰牌自行车票。得来不易，就倍加爱护。买回来当天，父亲警告我们兄妹三个，不许碰他的自行车，并自行规定了"两不骑"：下雨天不骑，酷暑天不骑。

2000 年，上海市档案馆又向社会开放了一批档案，在不少档案中记录了 20 世纪 70 年代物资短缺时期物品计划供应的情况。其中一份关于葵扇供应办法的报告，让我难以想象那个年代一把可以送点凉风的葵扇，还要正儿八经用打上"机密"的"红头文件"层层下发，内部控制，计划供应。那份上海市第一商业局关于 1973 年葵扇供应办法的报告说：本市葵扇已连续三年采取小菜卡供应办法，每户每年供应一把，今年仍不能敞开供应，继续凭小菜卡供应每户一把。集体户口凭单位介绍信平均每五人供应一把。也是这一年，这个局又制发了一份关于晒衣竹供应方法的报告，计划在两年内向每户居民供应晒衣竹一支，逐个街道逐个里弄分期、分批发票供应。

　　曾几何时，那些数不清的票证影响了我国几代老百姓的生活，那是一段凭票吃粮喝汤的年代，也是靠粮票、布票等票证过日子的计划经济时代。今天，看着这些离我们远去的老票证，走过这样的蹉跎岁月，一段漫长的历史记载，给我们这一代人留下了挥之不去的悲喜记忆。

钢笔字

20 世纪 60 年代，寻常百姓中拥有一支钢笔的人还不多，很多人把胸前的小口袋插上一支钢笔作为一种时髦和荣耀，往往以插钢笔的多少推断学问、学历的高低。记得曾有人把插有一、二、三支钢笔视为小学生、中学生、大学生的标志——虽是戏言，但在我的心中仍有一种深深留恋；更有一种对钢笔字"情有独钟"的怀旧情结。

我是在小学五年级开始用钢笔写字的。我用的第一支钢笔是合肥金笔厂生产的"新农村"牌钢笔，用的墨水是上海产的英雄 203 纯蓝墨水。父亲在一家大学宣传处工作，钢笔字写得很漂亮，这样就省了买字帖的钱。父亲在方格练习簿每行的第一格里，写出点、横、竖、撇、捺，我就按照父亲写的临摹，每天一张。最初的练习是艰难而又枯燥的。幸得父亲的鼓励与指点，才让我坚持了下来，慢慢地，笔画写得好一点了，再后来整个字也看着有那么点样子了。

"方方正正"概括了汉字的结构特点。掌握了汉字的结构，写出了方方正正、结构美观的黑体字后，将其笔画稍加变化就能写出宋体、楷体、仿宋体、魏体、隶书、庞体、司马体等各种字体的汉字。但当我刚刚有了此念头，换个写法时，父亲是坚决反对的，说写好黑体字是练好一切字体的关键和基础，你这才哪到哪就这山望着那山高。如果掌握不住汉字的结构，打好基础，你练什么体都没用。

上初中时，我向奶奶要了一元钱，买了一本当时风靡全国的《庞中华诗词钢笔字帖》。由于路远，父亲中午是不回家的，我就中午在家练习庞体书法字。从最初的楷体，到行书，到草书，一丝不苟地认真练习。最有收获的还是在练习书法的过程中，熟读了一篇篇脍炙人口的唐诗宋词。想必自己爱好文字的习惯，也就是从那个时候养成的吧！回想当时，看着自己写的娟秀、清新的钢笔字，被老师当作范文，在全班同学中讲评，那时，一颗小小的虚荣心，是多么的容易满足呀！若是放到现在，一定会从内心讥笑自己的肤浅和无知！后来工作了，父亲送了我一支黑色的"英雄"牌钢笔。也记不清搬了多少次家，但那支"英雄"牌钢笔至今依然放在我书案的笔筒里。

"用笔在心，心正则笔直。"由写字想到写文章。文章是由字词句、段落而组成篇章的，恰如书法中的笔画、偏旁和结体。书法讲究用笔，这正如我们写文章讲究炼字，写白话文虽不如文言那样讲究，但用词的准确、精到、简洁却也是不可忽视的一项功夫。用笔不好，写出来的字难免无力；用词不到位，写出来的文章难免意思含混，心笔不一。举例来说，季羡林先生的散文语言完全是平实一路的，读起来波澜不惊，却让人感觉很亲切，仿佛在听一位老人谈话。先生的文章正如魏碑书法，虽拙朴却意趣深远。我想这与季老的人生阅历是分不开的。

稿纸上的沙沙作响是钢笔的吟唱，已被当下手指敲击键盘的乒乒乓乓所取代。世界变得越来越小，而人心变得越来越远，虽然每到节日的时候，祝福的电子邮件也会接踵而至，但那全是一律的模式、一律的冰冷，丝毫感受不到书信里那种字如其人的亲切和温暖。这让我想起古人"往来一万三千里，写得家书空满纸！流清泪，书回已是明年事"（陆游《渔家傲》）。你说这是落后吗？即便是落后，从另一角度来说却比我们高明。正如一位学者所说：古人的那些信笺如此漂亮，用词精悍，笔法潇洒，游子的家书一铺开都可满室生辉。

有人说：当一个人开始怀旧了，就说明他已经老了。但我想，人活一世，若直到生命的最后一刻，都没有什么值得你去回忆的，那这一世是多么苍白与无力啊！如今到了耳顺之年，我想再次拿起钢笔练练字，想再次品味用笔把自己的一段思绪化作文字的妙不可言的过程。是啊，人在前进的路途中应当偶尔回头看看，身后的路边有哪些被匆忙赶路的我们丢落的情趣、操守和美好……

刻钢板

　　说到"刻钢板"，当下的年轻人知道的不多。"刻钢板"是刻印文字的一种手段。工具有钢板、铁笔、蜡纸和油印机。20世纪60—70年代机关的简报，学校用的考卷、讲义都离不开"刻钢板"。

　　钢板长约35厘米，宽约8厘米，分单面和双面，双面的就是一面直纹，一面斜纹，黑黝黝的条纹非常细腻。高档一些的钢板，四周还有一个木垫子，将整块钢板扩大到比A4纸更大一些的尺寸，刻蜡纸的手感就会随之提升。铁笔不全是铁的，只是笔尖是钢铁制的，像一枚小圆钉嵌在塑料杆里，它的功能是划动钢板上的蜡纸。笔到之处，纸上的蜡层被划掉，可以看到蜡纸上的笔痕、文字或图案。一张蜡纸大约8开大小，纸质光滑透明，有田字格、文书格，便于刻写时保持纵横对齐。蜡纸卷在硬板纸筒里，要用就拿一张。刻好一张蜡纸，就是一个版面，拿到油印机上印刷，所刻录的内容就能在同样大小的白纸上清晰再现。

　　刻钢板绝对是个仔细活儿。不能刻得太轻，太轻了，在油印机上印刷时印不了几张就看不清文字或图案了；刻重了，油印时油墨渗得多，所刻内容浓墨重彩同样不清楚。"刻钢板"也难免出错。如果出错了，就用铁笔的另一端，在出错的地方轻轻地研磨，然后，点支香烟，把烟头贴近要修改之处熏一下，蜡纸就立刻恢复了原样，这样又可以重新刻写了。

　　刻好一张蜡纸，就要进行油印了。油印也是一项细致的技术活儿。打开油印机，固定好上面的幔子，先将少量的油墨沾在胶印蜡纸的反面，再沾在幔子的反面，并把蜡纸固定在幔子上，使其在印刷过程中不至于滑动。固定好蜡纸后，用滚子将一层油墨均匀地涂在蜡纸正面，蜡纸下面再放上厚厚的一层纸，先调试印刷几张，等到油墨均匀、印刷字迹清晰之后，便可以大量印刷了。

我第一次刻钢板是在初中一年级。教音乐的金老师见我钢笔字写得好，就让我帮他刻乐谱。刻钢板看着是个简单的活儿，但真要一试，还真不简单。像小孩子刚学写字，刻字的手根本就不听使唤，刻出来的字东歪西斜，还常常戳破蜡纸。这还不说，刻完一张蜡纸，握笔的大拇指和中指都疼得无法言说。好在我不气馁，经过多次刻试，熟能生巧，我的钢板字越来越进步了，印出来的乐谱也越来越漂亮了。不仅如此，我同时也学会了印刷。按常规，印刷是两人操作，一人滚动一次滚子后，掀开幔子，另一个人将印好的乐谱很快翻过去，这样就可以印第二张了。后来，我慢慢地学着一个人印和翻，起初挺慢，如此反复几次，速度也提上来了。最后，从刻到印，我一个人包了。

正因为有了这个特长，金老师干脆给了我一把学校文印室的钥匙。也正因如此，我犯了大错，差点被学校开除。

记得是初二下学期快要结束的时候，我去文印室印金老师交办的一首歌曲。当我打开油印机时，发现幔子上有一张刚刚印过的蜡纸。正想着拿掉，突然发现那是一张物理试卷。我一下子想到第二天就要期末考试。我突然感觉自己的心像要跳出来一般，全身不停地颤抖，手心都出了汗。我很快把文印室的门关上，靠着门背想了又想，最后以最快的速度印了一张，往口袋一塞，很快地跑出文印室。

回到班上，坐到自己的座位上，也不知过了多长时间，我才慢慢回过神来。接下来，我又错上加错。我把偷考卷的事和几个铁哥们说了，并拿出考卷让他们赶紧抄下来。我压根没想到的是这几个哥们又和他们的哥们说了，结果全班54名同学有31个答案完全一样。不用说，一查，罪魁祸首是我。最终我在全校的大会上做检查，回家又挨父亲一顿暴打。

一晃30多年过去了。钢板、铁笔、蜡纸完成了历史使命，随着电脑、打印机、复印机、扫描仪等一系列先进印刷设备的普及，刻钢板带着时代的烙印，从我们的生活中消失了。但是，学生时代的刻钢板成了我人生中一段美好的回忆。

旧　物

旧物，是亲切，是回忆，是温暖，它在往昔的岁月里，散发出沉香般的味道。

家里有一把宜兴紫砂壶。1956 年父亲出差宜兴所购，距今已有 61 年。此壶颜色朱红，做工讲究，整个壶壁是一朵盛开的荷花。壶把由一节花梗弯曲而成，壶嘴则是一节藕芽，壶盖巧妙地设计成花冠。线条舒展，富有弹性，仿佛饮尽了天地间最为湿润、最具诗性的甘霖。

父亲生前说过，品茶还需养壶，一壶不事二茶。意思是一把好壶不能乱泡茶叶，认准一个牌子的茶叶就要长期用下去。父亲在世时喝的是六安瓜片，父亲去世后，我依然每天都用六安瓜片泡壶茶。泡茶前，按父亲所要求的那样，不用任何洗涤品来洗涤茶壶，而是用热水淋壶清洗，完后放进茶叶。用完茶壶后，倒去壶中茶叶，打开壶盖使其自然晾干。

有人说："浓茶品出淡味，红尘进出自如。"这是说茶吗，抑或是说人生？就拿我眼前的这壶茶来说吧，它已经过了三泡，可瓜片独有的味道还在，而且渐入佳境。我想，如果在我年华老去的那一天，也能像眼前的这壶茶一样，茶到淡处味犹在，那该是怎样的一道风景！

家里还有一把蒲扇。"蒲扇"，又称"葵扇"，是用蒲葵的叶、柄制成的。蒲扇因质轻、扇动起来风量大而深受人们的喜爱。以前，谁家没几把这样的蒲扇呢？纳凉生风，驱虫赶蚊，烧火做饭等，都少不了它！小时候，记得奶奶每次买回蒲扇都要放在太阳下暴晒，以防霉蛀。用之前，奶奶从一堆破布里找出质地较好的布条，一针一针地沿边缝好，这样既可以防止扇边划破手指，又能在手摇时增加舒适感，关键是能延长使用寿命。

夏夜，家家户户都把竹床、竹椅、木凳拎到屋外，坐在自家门口乘凉。男人摇着扇子闭目养神，女人摇着扇子和邻居家长里短。折腾了一天的我，这时候也安静了，躺在竹床上望着满天星斗胡思乱想。奶奶坐在我的脚边，手中的蒲扇时而轻摇摆动，扇出的那股清凉，夹着爽身粉般的丝滑感，全身顿感无比凉爽；时而紧摇几下，呼呼作响，这是在为我赶走嗡嗡叫的蚊子。一把蒲扇，摇出夜的静好，岁月的安详。

我也有旧物。抽屉里百十封发黄的退稿信静静地躺在那里。虽多次搬家，丢弃不少旧物，但这些退稿封信却一直珍藏，舍不得丢弃。这其中有些杂志、报纸都已停办，就更显珍贵。

如辽宁的《当代诗歌》、吉林的《青年诗人》、广州的《黄金时代》、山东的《文朋诗友》、湖南的《文学青年》、安徽的《希望（青年文学月刊)》、《大时代文学》，等等。曾写过一篇短文《107 封退稿信》，我在那篇短文里写道："在无声的退稿之中成长，在侥幸的发表概率之下磨练，最终拥有一个勤奋、扎实、敢于失败的心。"在一定意义上可以说，任何作家的成功路，都是由退稿信铺成的。路遥、麦家、余华、汪国真、福楼拜、赛珍珠、海明威、惠特曼、萧伯纳、巴尔扎克等，无不如此。即使在全世界已销售了 4 亿余本的《哈利·波特》系列作者罗琳，也曾数次遭到出版商的拒绝。

望着一封封退稿信，似时光定格，如恍若隔世，心中荡起阵阵涟漪。任时光老去，岁月的缕缕沉香还是带来久违的怦然心动。虽然今日网络世界，人人都可发表作品，退稿信这回事，大概也要扫进历史的垃圾堆，但写作和发表太容易了，又是否能保证有更多好作品呢？

旧物，顾名思义，旧了的东西，在历史中与你相依相伴，是你生活中不可或缺的，它们给你带来欢欣，留下记忆。然而随着时代的发展，一些曾经与我们长期相伴的文化和生活用品，一个一个地从我们身边消失，如自来水钢笔、复写纸、电唱机、打字机、收音机、黑白电视机、油纸雨伞、贺年片、傻瓜照相机、电报纸、雪花膏、梳头油、手帕，等等。这些旧物虽有着质感上的"旧"，却都有着时光的印迹，因而旧物珍贵的不是它本身，而是附在它们上面那回忆的魂魄。

缺少记忆的日子是落寞的。旧物，是余在生命里的温暖。尽管它可能已经破败、腐烂或者死亡，但它们存留的时光，总是以宁静的手势抚慰着我们想念土地和亲情的心灵。正如我们曾经远离土地，告别了伴随我们成长的老屋和田野，到一个遥远而浮躁的地方寻找人生，苦苦挣扎在名利、虚荣、情色的喧嚣中，当所有的意义和目标开始花白以后，才明白能够还原生命的，依然还是远方的土地和田野，以及老屋里那些废弃或即将消失的旧物……

　　有人说："人，都是怀旧的动物。"这话我信。

高中时代

　　小学、初中都在自己的家门口读，不出生产大队，挺方便的，可初中毕业上高中，就没那么方便了，要走20多里的路，还要住校。

　　那时有到镇上的班车，车票两毛钱。母亲虽然每次都给，但我舍不得，就学着扒拖拉机。平路上扒拖拉机不行，速度快不易攀爬，于是就跑到上坡地等。拖拉机上坡慢，便于攀爬。司机转过头骂也没用，快到镇上时，有一大坡，还是借拖拉机爬坡时跳下车，走小路十来分钟就到学校了。

　　学校四周都是田野，很远才有村落。学校有一个拥有400米跑道的大操场，场内有两个供跳远跳高用的沙池，有一个篮球场。从早到晚，除了上课时间，整个校园都是闹哄哄的，只有到了星期六下午上完最后一节课，同学们大呼小叫地走出校门，校园才安静下来。

　　那时回家只有一个目的，备足一个星期的粮食和菜蔬。星期日背上米带上菜返校。也有少数不回家的同学，这些同学家里条件稍好，不需要从家里带菜，还有的就是离家太远且交通又不方便。这部分同学有的在宿舍拆洗缝补，有的在教室做半天作业，完了下棋，到操场跑步、打球，或是去镇上买东西，或是去周边的田野上走走。我那时很少出校门，和几个喜欢打篮球的同学整天就泡在篮球场上，那时我是校篮球队队长。

　　我们学校有一支篮球队。我们班有4位同学是校队主力。每天课外活动，是校男女队在学校的篮球场地练球的时间。每到周五课外活动，我们校队就会和老师组织起来的队来一场比赛。开始胜少输多，到了高一下学期，老师队就没胜过我们。每次和老师队比赛，学校大部分同学都站在老师队一边，为老师队加油助威。我们班的同学集体荣誉感特强，每次比赛，都站在场边为我们加油。因为场上的 5 位主力，我们班占了 4 位，我们胜了，就等于我们班胜了。不仅如此，每次比赛完了，班上的女同学都把我们换下的球衣拿去洗干净，没有一个人说闲话和难听的话。

高二那年，县里举办全县中学生篮球赛，我们学校爆冷击败了夺冠呼声最高的县第一中学，拿了个冠军。我们班的同学都赶了 20 多里路跑到县里看了这场比赛。班上的一位女同学就因为没赶上看比赛哭得一塌糊涂。后来县里组建县中学生篮球队参加市里比赛，我有幸被选进县队，可惜在全市的比赛中，我们县只得了第五名。

我们学校还有宣传队。我是宣传队的队长，在校宣传队，我是唱、跳、说样样都来。如果一台演出是十二个节目，我就担任了六七个节目。有一次，学校组织我们去外县一个学校进行联谊活动。下午进行两场男女篮球赛，晚上两校各出五个节目联欢。我校女队输了，男队胜了。晚上联欢，我校五个节目我出场三次。篮球赛有我打主力，联欢演出有我主演的节目，活动结束后，我们班主任悄悄和我说，他们学校的校长看中我了，我不解，班主任说那校长有个女儿，也是打篮球的。

其实这种事在我身上发生过。同年级不同班的一个四川来的女同学喜欢我，悄悄塞给我一张纸条，说是想和我处朋友。篮球队有一个叫毛子的和她同班，并多次和我说喜欢那位女同学，让我帮帮忙，我答应了。收到那位女同学的纸条后，我把她约到校礼堂后面的服装间，我瞎说我已经有女朋友了，在县一中上学，让她死心，接着我又说毛子喜欢她。为了说服她和毛子相处，我把毛子吹得如何如何好，而且还把他家的条件一一道来，经不住我三劝两劝，女同学答应了。于是我跑去把毛子找来，让他们俩好好聊聊。我把服装间门锁上后就去上课了。下课后我去给他们开门。一开门，女同学不好意思就跑了，毛子站在那看着我傻笑。

我帮毛子也是有私心的。毛子父亲就是镇汽车站站长，从那以后我每次回家，他父亲都帮我拦车，而且不用花钱买票。

学期结束要考试。复习阶段那一个月六点响起床铃，晚九点半响熄灯铃，没有多少人回到宿舍继续开夜车复习的，只是校篮球队、宣传队都停止了活动。

高中时代给了我什么呢？关爱与感恩，独立与创造，集体的观念与自由的空间，一个健康的身体，还有一颗平常心。这些影响了我和同学们的一生。

想想今天的高中生，或许多了一份重压与竞争，多了自我与张扬，但也少了我们那个年代的自由、快乐，纯粹的友情，以及一份平常心。现在的学生把高中三年称为人生最黑暗的时期，甚至将高中三年说成是魔鬼岁月。我颇为无奈，颇为感慨。

苦难的价值

一天，我 13 岁的儿子突然问我："爸爸，知青是干什么的啊？"

我的心一哆嗦。

我不知道如何向儿子解释，不知道如果我将那段难忘的岁月说出来，儿子能够理解多少？他们这一代人讨厌任何用作炫耀和教诲的苦难。我曾返回当年插队务农的乡村，陌生的新一代农民对于我们这些寻访旧地的知青十分漠然。一些旧相识多已老去，谈起往事也只是闪烁其词，像谈起远古一个模模糊糊的传说。曾想，再过十年、二十年，"知青"这个熟悉的称谓恐怕将隐入辞书，只有研究"文革"史的专家，偶尔还会将它拣拾起来，玩味一番。

发生在 20 世纪 60 年代末，伴随着一场前无古人，恐怕也再无来者的规模巨大的上山下乡运动，中国的千百万年轻人怀揣着一些梦想，散落到广袤的边疆、山寨和乡村，由此而形成我们国度里一个极其特殊的群体——知青。

人很怪，很难记住享乐，而在痛苦的土壤里，却可以获得记忆的丰收。许多人至今都会魂牵梦绕当年上山下乡的地方，思念在他们这一代人人生最困难时，为他们遮风挡雨的第二故乡，感恩善待庇护他们的父老乡亲。不管他们这一代人当中谁已经变成了轿车出入的"父母官"，谁已是纵横五洲的商业巨子，谁已是书海弄潮的作家和学者，谁手持美国绿卡改换了国籍，他们最深的记忆里，依旧是那远方的村庄，依旧是那以歌声壮胆、用油灯温暖的乡村岁月。

这缘由也简单，多因了苦难。

苦也好、甜也好、酸也好、辣也好，知青岁月仅是我们人生中一小部分，即便我插队八年，也只是我事业经历的五分之一，坦率地说，虽然当年历尽艰辛，付出辛劳，我还是很怀念留住我青春的难忘知青岁月，怀念那里纯朴的人民和善待我们的基层干部。

尽管现在的孩子不知"知青"为何物，吃穿不愁，但他们有他们的"苦难"。儿子今年初三，为了明年那场中考，从开学起，各科老师和班主任和我们父母，就整天在他的耳边叨叨。早晨 5 点 30 分起床，晚上 11 点睡觉，双休日还安排到校补课。儿子常常不停地叫着苦啊苦啊，我们除了给予同情之外，只能狠下心把他圈在知识的"牧场"喂养。我常常在想，我们这一代已经步入中年的知青们和儿子这一代人相比，尽管有过那么一段难忘和苦难的经历，但毕竟也有过美好的童年时光，而儿子他们将来怎样回忆自己的童年？

苦难是一场生命的修行。尽管一代又一代人所承受的苦难程度不同，但是，我们还是要感谢苦难赐予我们的磨练，是苦难教会了我们直面灵魂，懂得珍惜生活。著名心理学家维克多·弗兰克在《活出生命的意义》一书里说道："苦难的确是人生的必含内容，一旦遭遇，它也的确提供了一种机会。人性的某些特质，唯有借此机会才能得到考验和提高。一个人通过承受苦难而获得的精神价值是一笔特殊的财富，由于它来之不易，就决不会轻易丧失。而且我相信，当他带着这笔财富继续生活时，它的创造和体验都会有一种更加深刻的底蕴。"

永远的家书

我第一次真正意义上提笔写信是在小学四年级。那年，父亲因参加社会主义教育运动即四清运动去了寿县，母亲在上海拍摄电影《天仙配》，家里只有奶奶和我们兄妹三个。父亲每两个星期来一封信，每次回信都由我来完成。回信时，由奶奶一个人主说，我写，不会写的字就用拼音替代，弟弟和妹妹趴在一边看，写到最后，我会写上奶奶身体很好，我和弟弟妹妹都很听奶奶的话，认真学习，请爸爸放心。但每次收到父亲的来信时，父亲在信里都会说："小唯，多写写奶奶和你们的情况，特别是你们兄妹三个的学习情况，不许只报喜不报忧。"每次读到这里，奶奶就会笑着说，你们那个爸爸呀，就是个操心的命，哪有那么多东西写啊。小半年之后，母亲回来了，我总算是解脱了。

20 世纪 70 年代末，我考上了铜陵市文工团。那时的交通不像现在这样方便，到铜陵只有早晨 5:20 的一班火车，而且到了芜湖还要转从上海到铜陵的火车，到下午 3 点多才能到铜陵。我记得是 1976 年 12 月 13 日凌晨 4 点，吃完父亲给我做的早餐，在送我到长江路 1 路公交车站的路上，父亲说："到了铜陵就给家里来信报个平安。一个人在外好好工作，注意身体，要做到一个月必须给家里来一封信。"

在那个没有电话更不知手机为何物的年代，在那些思念家人的日子里，哪怕再忙，哪怕再累，我都按照父亲的要求每月给家里去信。在信中尽可能地把在工作中获得的每一个、哪怕只是一点小小的快乐，也向父母倾诉。当然我还是坚持报喜不报忧，不让父母惦记。

1978 年 10 月，我第一次出演话剧《于无声处》的一号人物，这是我成为专业演员后第一次担任如此重要的角色。在演出完的当天晚上，我给家里写了一封长达六页的信。我在一本书里看到了这样一句话："让人分担痛苦，痛苦便会减半，让人分享快乐，快乐便会加倍。"很快就收到了父亲的回信。父亲在信中首先代表全家人祝贺我演出成功，希望我能寄一张剧照回家，好让全家人高兴高兴。父亲最后特别嘱咐我千万别沾沾自喜，自高自大，说了很多艺无止境，要向老同志学习，台上一分钟台下十年功之类的话。从父亲的来信中，我真切地感受到与父母的血脉相依和藏在信中的那份亲情。

记忆里写信写得最勤的时候是80年代初。那时，我迷上了写作。一生以编辑和写作为生的父亲自然高兴得不行。父亲在省里的文人圈里很有人缘，朋友中有很多都在报社和杂志社当编辑。那时，我有很强的发表欲，就哀求父亲帮我打通关系。父亲在回信中对我的这种想法谈了自己的意见，说可以通过朋友的关系帮我在报刊上发表作品，但是，一个真正热爱写作的人是靠作品本身说话，而不是靠关系浪得虚名，我可以帮你一次两次三次，但我不可能帮你一辈子啊。

两年时间里，我写了大量的"作品"，但没有一个字见报，我感到万念俱灰，再也提不起写作的兴趣。父亲似乎看出了我的颓废，便一封信接一封信地鼓励我不要放弃写作，以唐代诗人韩愈的"书山有路勤为径，学海无边苦作舟"来激励我，并要求我每星期寄篇稿子给他。在父亲一次又一次的鼓励下，我重新拿起了笔。每次将写好的"作品"寄给父亲，相隔不到十天，就能收到父亲的回信。父亲在回信中除了鼓励之外，就是用红笔在写得好的段落下面划上红线，有时还在旁边写一个"好"字，写得不好的文句段落也不直接划去，而是用蓝笔在旁边打个问号，并说出自己的看法供我参考，错别字都倒是毫不留情地改正在作品的天头地脚。直到现在，我行文中使用"的""地""得"时，仍格外谨慎。

烽火连三月，家书抵万金。世情亘古不变，然而道具却永远地改变了。很久很久没有写信了，也无信可写，钢笔不知在抽屉里沉睡了多少年。那些用笔写下的信件、那些等信的渴望和潜入字迹中寻根究底的愿望都已经成为历史，成为辽远年代的一道幕布，在数字技术的霓虹灯映照下神色暗淡。但是，书信作为一种重要的交流方式让我很是怀念。想想，从我们把信件投入邮筒的那一刻开始，一封信便牵挂着两端的思念和等待。在漫长的等待之后，当鸿雁将书信从远方传来，抵达你的手心的时候，又是怎样的欣喜和激动啊！今天，虽然父母都已长眠地下，阴阳两隔，再多的牵挂也已无法相叙。但那总是被写信和盼信涨得满满的快乐，如今不只是藏在信封里，更多的是藏在过去的时光里，藏在心灵的深处……

话剧情缘

众所周知，话剧是一个舶来品，来自欧洲。话剧是一门综合性艺术。话剧区别于其他剧种的特点就是通过大量的舞台对话来展现剧情、塑造人物和表达主题。中华人民共和国成立后，涌现出一大批优秀话剧，如《龙须沟》《茶馆》《蔡文姬》《关汉卿》《万水千山》《霓虹灯下的哨兵》《年轻的一代》等。到1956年第一届全国话剧观摩演出大会时，话剧发展达到一个鼎盛时期。1978年9月，由上海工人文化宫业余话剧队演出的四幕话剧《于无声处》，如同一声惊雷在干涸的大地上炸响，迅速传遍全国。十分庆幸，我就是在这个时期成了一家话剧团的演员，更为庆幸的是，我第一次在话剧里担任的一号人物就是《于无声处》中的欧阳平。

1978年10月初，经上级主管部门批准，剧团团部决定用20天时间赶排出话剧《于无声处》。宣布后的第三天，我们剧组一行5人乘火车赶往上海。一下火车，我们挤上公共汽车直奔上海市工人文化宫，赶到文化宫后才感到事情并非我们所想象的那样简单。文化宫大门前人头攒动，售票窗口关着，上面一方小黑板上写着：今起10日内票已售完。

就在我们大眼瞪小眼，站在那里不知如何是好时，还是导演反应快，让我们马上分头去堵退票的，说哪怕弄一张也是好的。于是我们立刻分开，瞪大眼睛寻找目标。万幸的是，在开演已经四五分钟后，我们终于等到两张退票，导演拉上我就直奔剧场，并大声交代另外三位赶快乘车到上海戏剧学院招待所住下。

看完演出，在去上海戏剧学院招待所的路上，导演说："唯唯，这次就看你的了，有没有信心？"我答："有，我一定努力！"

我们导演毕业于上海戏剧学院。第二天一大早就去学院找他的老师搞票，而我们因戏票没有落实，也就没兴趣上街，各自躺在床上看剧本。说来好笑，当团里决定上《于》剧时，我们手上都没有正式的剧本，导演手中唯一的一本还是手抄本，是从他一个同学那里好不容易才弄到手的。好在上海的《文汇报》分三次全文连载了《于》剧的演出本。我们从图书馆等单位，七拼八凑，总算人手一份。

谢天谢地，经过一天的奔波，导演总算弄到了两个晚上的戏票，但两天只各有四张，按导演的安排，导演、我和另外两位演员先看，第二天导演和我以及负责舞美灯光的同志再看。

回到团里，为了加深对剧本的理解，团里又组织我们学习了胡乔木同志观看了《于》剧之后在人民日报上发表的长篇评论《人民的愿望 人民的力量》，以及文汇报记者周玉明写的通讯《于无声处听惊雷》。由于准备充分，排练的速度大大加快。

一个好的话剧演员，在舞台上，要能做到在不借助任何音响设备的情况下，让最后一排的观众清晰地听见每一句台词、每一声叹息。为了达到这个基本要求，我在排练的间隙，找到共鸣腔发声的正确位置，开始气息练习、平翘舌练习、爆破音练习、贯口练习等。与此同时，和影视表演主要是"神态"不同，话剧表演主要是"形态"。导演跟我讲："在舞台上，表情上的表演是最低级的，声音、形体是高级的。你要在台词内容的基础上，用你独特的声音去感动人。让观众信服你带给他的情境情景和感情。"

在排练过程中也出现了一些小插曲。记得在排练到最后一场，欧阳平与自己的女朋友何芸即将分手那场戏时，我就没少挨导演的骂。剧中要求何芸在《红梅赞》的钢琴声中，情不自禁地扑向欧阳平，欧阳平也紧紧拥抱何芸，泪水盈眶。我那时已经22岁，按说也不小了，然而由于从未有过这种经历，所以每排到这里我就找不到一点感觉，手都不知往哪放。导演骂我没有进入角色，站在那像根木头，扮演何芸的女演员也埋怨我"心不在焉"，我自己也骂自己没出息。就这样又反复了几次，还是不行，我怯怯地向导演说"能不能先跳过去往下排"。导演是又气又笑，为了赶时间，也只能往下排。

　　经过 20 天的紧张排练，戏终于公演了。我永远不会忘记首场演出之后谢幕时的情景。当灯光完全隐去，在场内一片抽泣声中，我们走上舞台向观众谢幕时，观众全都站起来了，用长时间的掌声向我们致意，久久不肯退场。

　　四十多年过去了，我非常怀念话剧，怀念那展示人物喜怒哀乐的舞台，怀念一生中那短暂的六年话剧演员的演艺生涯。

诗歌年代

20 世纪 80 年代，中国诗坛掀起了一场中国自有新诗以来最声势浩大的诗歌运动。一大批青年人痴迷诗歌创作，他们不太在意别人对自己的评价和"归纳"，没有把自己限定在一个什么"概念"里写作。这种较为独立的、个性化的心理状态和生活状态，使得他们各自的作品在风格、语言上迥然不同，这会使人产生阅读欲。他们没有像以前的诗人那样，受到一种共同的创作理念的涵盖，他们甚至不是在刻意"创作"，仅仅只是为了表达。那场罕见的诗歌运动既是空前的，又是绝后的。诗人北岛说："回想 80 年代，真可谓轰轰烈烈，就像灯火辉煌的列车在夜里一闪而过，给乘客留下的是若有所失的眩晕感。"

和所有热爱诗歌的朋友们一样，我迷上了诗歌。那时候，每每读起一首诗，都在似懂非懂中被那些或灵动或激昂或忧伤的文字吸引。特别是在读了李瑛的《一月的哀思》、艾青的《在浪尖上》、白桦的《阳光，谁也不能垄断》、雷抒雁的《小草在歌唱》等名家的诗歌后，犹如被一颗突如其来的石子激起了涟漪，懵懵懂懂中，感觉到有一双青筋毕露的大手在拍击我尚未成熟的胸膛。借用著名诗人舒婷提及第一次接触北岛诗歌的印象时说的一句话："不啻受到一次八级地震。"

青春期的写作是一种历练，很多人刚开始写作都会经历这个阶段，一开始是自发的状态，想写点表达内心激情和对周围社会环境看法的文章。那时，我也"创作"了不少诗歌，也壮着胆子多次给报刊投稿。和现在投出去的稿子如石沉大海不同，那时只要你投稿，用或不用，基本上都能收到杂志社的回信。信有铅印的、油印的，也有手写的。但最多的是油印好的，只需在"同志"的前面空格内填写作者的姓名，稿子就算完璧归赵了。收到退稿信的那一刻，虽然会有一点小小的失望，但也就是那一瞬间的事，东方不亮西方亮，改换门庭再投另一家。那个年代投稿算印刷品，只需贴上三分钱邮票。更多的是在信封的右上角写上"稿件"并剪去一角，连邮票都不必贴，就可以畅游全国。至今我还保留着百十封。现在看，这些退稿信还真是一笔财富，因为这里面有好多诗歌类杂志早已退出历史舞台，如吉林的《诗人》《青年诗人》，辽宁的《当代诗歌》《诗潮》，黑龙江的《诗林》，新疆的《绿风》，河北的《国风》，山东的《文朋诗友》，等等。

感谢诗神缪斯，像一位至性至情的亲人，感召和赐予了我们这代人的心灵洗礼，使我们获得了一份感动、纯粹和激情。1985年秋，我在《诗刊》上看到一则消息，《诗刊》杂志社全国青年诗歌学院在全国范围内招生（除港澳台地区），免考，每年的学费统一为20元。尽管我当时的工资每月22元，但我没有丝毫犹豫，认真地填写了个人资料，连同汇款一块寄给诗刊社。不久，收到入学通知书，通知书上注明我的辅导老师叫王燕生，我的学号为006149。

按照规定，学员每两个月给辅导老师寄一次作业，每次只能交五首诗歌，辅导老师对作业提出意见后寄回。我记得第一次收到回信时，那心情那心态不可用文字描述。但当我拆开信封后，失望弥漫了原本陡升一片暖意的躯体，一小片纸上只有一行字：王唯唯同学，作业收到。请再寄。王燕生。我的作业没有随同一起寄回。虽说失望，但我还是按照规定每两月寄次作业。但每次收到的答复还是再寄。就在我寄出第6次作业不久，我收到王燕生老师的来信，很厚。打开一看，是我寄出的6次作业。急忙铺开，哇，对每首习作，王老师用红笔在写得好的段落下面划上红线，有的还在旁边写一个"好"字，写得不好的段落也不直接划去，而是用蓝笔在旁边打个问号，并说出他的看法供我参考，对一个个错别字倒是毫不留情地改正在稿纸的天头地脚。看完之后，我心里陡升一片暖意，这暖意慢慢地向四周散去，弥漫了我不大的房间，让原本还有些灰冷的夜晚也柔美起来。

转年，诗刊社开始招收第二期学员，我再次报名，并在附言中提出让王燕生继续担任我的辅导老师。也就在这年的5月，我收到诗刊社的来信，通知我参加7月在湖南株洲市举办的改稿会。就是在那次的改稿会上，我见到了王燕生老师。虽然一周的时间很短，但我还是在他在改稿会上即兴创作并激情朗诵诗歌的时候，在他为感谢当地人接待真诚豪饮的时候，在他目光锐利回溯往昔的时候，在他在我们面前露出孩子般纯真笑容的时候，真真切切地感受到他的旺盛的生命力与对诗歌矢志不移的热爱。借用舒婷的话说："中国新诗的发展历程，就是一代一代耕耘者无怨无悔奉献的历程。在这个寂寞的群体里，王燕生是其中起决定性作用的编辑之一。"

改稿会结束不久，我们这期改稿会的诗作都发表在由王燕生老师担任主编的刊授学院的刊物《未名诗人》第十二期上，接着又在来年 6 月正式发表在《诗刊》上。这是我第一次在国家级刊物上发表诗歌。

80 年代后期到 90 年代，是我写作的一个高潮，写的数量多，而且变化很快，逐渐形成了自己的一些诗歌路数。我陆陆续续在《人民文学》《诗刊》《青年文学》《中国作家》等 30 多家报刊发表诗歌 200 余首。我很感谢王燕生老师对我的鼓励，如果没有他的鼓励，我写作的第一阶段，不会这么自信，甚至有可能不会有后面的阶段了。

诗歌曾像青鸟一样来到我的生活，为我青涩的成长增添亮丽的颜色。当下，诗歌早已退潮，已成夕阳，甚至变成少数网友恶搞的对象。我也离开诗歌很多年了。尽管如此，但有些东西是不变的。瑞典诗人特朗斯特罗默有这样的诗句："我受雇于一个伟大的记忆。"如果说记忆是时间之神的赏赐，那么 20 世纪 80 年代就是无尽的历史对我们有限的人生的赏赐。回顾自己学习诗歌写作的点滴琐事，记住这样一个时代，不仅仅是为了缅怀过去，更重要的是，它能帮助我们永远葆有一颗童心。在这个步履匆匆、纷纷扰扰的世间，我们应该有一所心灵的房子，在里面真实地写满诗歌的旅程。正如很多年前的海子写的那样，"我有一所房子，面朝大海，春暖花开"。

一个人办诗报

在诗歌最火的 80 年代，社会上有过这样一种说法：写诗的比读诗的多。不仅如此，当时各地的民间诗报如雨后春笋，纷纷亮出自己的旗号和观点。最为独树一帜的有江西的《乌鸦》诗报、四川的《非非》诗报、辽宁的《嚎叫》诗报，等等。正是在这种大背景下，90 年代初，经上级主管部门批准，我创办了所居小城的第一家民间诗报——《青铜诗报》。之所以以青铜冠名，其主要原因是我所居住的小城是个有 3000 年冶铜历史并以铜命名的城市。我在创刊号的发刊词中写道：我们需要一面旗帜，召唤我们，结集我们。我们有青铜的品质、热情。我们渴盼风的提携，雨的滋润，雷的震撼。站在这片古老的土地上，感受着铜的力量，我们青春的血液将铸造出古铜都未来的辉煌！

说句实在话，一个人办一份诗报确实不易，来稿登记、选稿、改稿、画版、发排、校对、分发、邮寄，到最后发稿费，都由我一个人来完成。不说别的，单就发期写 2000 余个信封，糊 2000 余个封信，就够我忙上一个星期。小城几位诗歌爱好者见我如此辛苦，主动跑来帮忙。我也正好就汤下面，把这些琐事都交给了他们，自己全身心地放在看稿、选稿、改稿上。

我也是个诗歌习作者，深知写诗不易，发表更难，特别是将诗作寄出后那份等待的心情。将心比心，我要求自己做到每稿必复，而且不用千篇一律的"印刷信"，而是手写，但考虑到经济状况，我只能在每期的诗报上，登上"来稿请附邮票一枚"。此外，我也给自己定了一条规矩，决不在自己主办的诗报上刊登自己的作品。因为我发现很多民间诗报的主编，都在自己主编的诗报上刊登自己成批成批的作品。《青铜诗报》共出 26 期，除了发刊词和终刊语是我所写之外，没发过自己的一首诗歌。为此，不少作者在来信中，对我这一做法给予了高度的评价。

诗报创办四年，最值得自豪的是1993年成功举办了"青铜杯"全国诗歌大奖赛。那年初，我想举办一次"青铜杯"全国诗歌大奖赛，办大赛首先要有经费保障。我大概做了一个预算，评委费、印刷费、奖品证书等，3500元基本搞定。于是，带着方案连跑了几家企业，但都没成功。好在从事文化工作多年，朋友多，最后在电视台一个朋友的帮忙下，居然拉到4000元赞助费。

经费落实了，接下来就是落实评委。我很冒昧地分别向北京《诗刊》杂志社的王燕生、辽宁《当代诗歌》杂志的主编阿红、江苏《青春》杂志的诗歌编辑吴野，以及我省《诗歌报》杂志的主编蒋维扬四位老师发去邀请函，请他们担任大赛的评委。为了使各位老师了解《青铜诗报》，我还附上已办的五期诗报。没想到很快就收到了四位老师同意担任评委的来信。

有了四位资深老师的支持，我胆子也就壮了许多。于是在全国几家正式出版的诗刊和诗报上刊发了消息。半年之中，就收到了全国各地作者寄来的参赛作品3000余首。我又邀请市文联、报社副刊、大学文科教师的几位朋友进行初评。一星期后，我将初评出来的150余首诗打印出来，分别用挂号信方式寄给四位老师。

为了慎重，我再次冒昧邀请《诗歌报》主编蒋维扬老师来铜陵给予最后的把关。当时，蒋维扬老师主编的《诗歌报》在全国可谓独树一帜，《诗歌报》的名气从某种角度来说，高于当时国家级的《诗刊》。这样一位主编来所居小城为大赛进行最后把关，我能怠慢吗！为此，我将蒋老师安排在小城最好的一家宾馆。万万没想到，蒋老师从宾馆总台那儿打听到一晚住宿费要120元时，立刻要我退掉房间。在他的一再坚持下，我只好重新安排蒋老师住到一家每晚仅60元的普通旅馆。

大赛获得了圆满成功。《诗歌报》《当代诗歌》《青春》和广东的《华夏诗报》都选登了部分获奖作品。《青铜诗报》也因此在众多民间诗报中获得了不小的反响。

《青铜诗报》四年间共出报26期，发表诗歌作品1500余首，作者达500余人，全国公开诗报刊选发作品21首。每每回忆那四年中的办报经历，回忆办报中的种种酸甜苦辣，真的是很怀念那段时光。特别值得一提的是，尽管诗报停办了，尽管我也离开工作了25年的那座小城，直到今天仍有作者给诗报来稿，有的作者甚至来信询问诗报什么时候能复刊。每每收到这样的来稿来信，我都很是感动。

　　《青铜诗报》虽然停办了，但它至今没有被一些诗作者遗忘，仅凭这一点，我就感到很欣慰。前不久，我还收到原单位转寄来的一位河北作者寄给我的一本诗集，他在信中说：我的第一首诗歌是在《青铜诗报》上刊登的，今天，我出了第一本自己的诗集，我当然应该给您寄上，以示感谢。

书信里的幸福时光

搬家整理书房时，从一堆过去的老杂志中翻出一扎书信，除了信封有些褪色，其他保存完好。随手从中抽出一封打开，落款日期是 1976 年 12 月 22 日，写信人是当年插队时的一位哥们。那年年底，我考上了一家文工团，朋友来信一是祝贺我由知青到演员的角色转换，二是提醒我别忘了朋友。看完，一股久违的温暖洋溢心头，将我带回到曾经写信读信的幸福时光里。

少年时代因与父母两地分隔，写信就成了生活中不可缺少的重要组成部分。写信与记日记不同。日记中的那些欢乐，那些忧愁，那些倾诉和思考，因为并不是写别人的，写的和读的都是自己，因而那种内心的独白永远是缺少交流的。信则不同。信写完，寄出去，总是有一个特定的对象。比如父母、比如朋友、比如同学，因此便有了心灵的相遇和交流。我的信，写得最多的是给父母。从插队到工作，我是离父母越来越远，在那个没有电话的年代，在那些思念父母的日子里，只有信，千里飞鸿，让我真切地感受到与父母的血脉相依。特别是在插队的日子，写信似乎成了我与父母唯一的联系，或者说，信证明我还活在这个世上。也许，这里面含有某种恐惧，恐惧被排斥在所熟悉的世界之外。今天，用存在主义的术语来解释，或许就是一种被"抛弃"的恐惧。于是等信便成了一种幸福的期盼。

走上工作岗位后，工作之余爱上了诗歌创作。80 年代正是诗歌创作的巅峰年代，但那个年代发稿太难。从 1982 年第一次给杂志社投稿算起，除了投出去后石沉大海的稿件之外，我至今保留着的有退稿信一百多封，那时能获得一封编辑亲笔所写的退稿信，谈谈稿子的优缺点，鼓励一番，真的比登天还难。记得在我无数次给《诗刊》投稿，几乎丧失信心的时候，1988 年 5 月 22 日，突然接到《诗刊》杂志社王燕生老师寄来的一封信，信中要求我在 7 月 5 日到湖南株洲市参加由诗刊社举办的改稿会。接到此信时，我兴奋得就差没掉眼泪了，两眼死死地盯着那薄薄的一张用稿通知，就像是现代戏《智取威虎山》中座山雕拿到杨子荣打进匪巢的"联络图"时那样，按捺不住兴奋地唱道：联络图，我为你朝思暮想……这封信，我保存至今。

古人将信称为"青鸟"，印度诗人泰戈尔写有"天空不留痕迹，但鸟儿已经飞过"。我想，这 107 封退稿信也是 107 只青鸟。虽然在如今这个资讯发达的时代，退稿信已经退出了历史舞台，天空不会留下痕迹，但在我的心中会留下一道美丽的风景。

再后来我恋爱了。写情书的日子，生活变得十分美好，写信、寄信、盼信、看信，成了我唯一的精神寄托，那种才下眉头却上心头的牵挂，也只有热恋中的人才能体会。特别是在盼信的日子里，除了等待的焦急外，又有怕信会寄丢了的担心，很是忐忑；而当远方的来信一下飞到手中，信封上那熟悉的笔迹跳入眼帘时，脸上写满了幸福。读信更是件快乐的事情，明明急于看信，却又不肯在人多的时候打开它，而愿意找一个无人的清静之地独自享受，散发馨香的纸笺，多情的文字，常常令我欢悦不已。回信的心情浪漫而唯美，坐在诗意的灯光下，听着笔尖划过纸张时发出的细微的沙沙声，想象着对方也正在同样的氛围里看着我的信，感受我写信时的心情，每每此时我都觉得两颗心紧贴在了一起，她的呼吸、脉搏我似乎也听得清清楚楚。字迹中的一横一竖，或是一点一捺都是一种心灵的密码，充满了一种感情的纹路，只有心灵相通的人才能破译。

这便是书信的魅力所在。落墨成字，每一笔都饱含着思虑的凝结，即使涂改也是用心的体现；下笔成文，不像一通电话那样简单省力而又无可回味，耗时劳心的书写呈现的是书写者情感的真挚与内心的重视，即使文字平淡如水却也深意绵绵。读一封家书，思念也变成了一种具象的幸福；读一封情书，犹如重新体验了一次爱与被爱的过程；读一封朋友的来信，似在沙漠之中看到一抹绿色。"云中谁寄锦书来，雁字来时，月满西楼。"想当年北宋诗人晏殊"欲寄彩笺兼尺素，山长水阔知何处"的怅惘，想古人只能"雁足传书""鱼传尺素"的无奈。家书，得一个字一个字地写；信使，得一个驿站一个驿站地跑，写秃了多少杆羊毛狼毫笔，跑断了多少神骏奇骥蹄……如此，才有了"烽火连三月，家书抵万金"的千古绝句；有了余光中"乡愁是一枚小小的邮票，我在这头，母亲在那头"的煽情吟唱。

　　书信承载的情感厚度和生命体验无法用他物代替。现在写信少了，动动手指写微信多了，寥寥数语，或发几个表情，表示人心大快。写信的感觉和激情被这样的便捷消磨掉许多。过去写信是如此郑重，虽不必事先沐浴，更衣，但这是一种仪式：写着对方的名字，一字一句，痕迹里有生命的郑重，有我们没有匆忙度过的青春。

照片里的流年

也许真是上了年纪，如同自恋一般，有事没事，会经常拿出一些"过时"的老照片翻翻看看。人真的是很奇怪，在幼儿园时羡慕背着书包上学的小学生，上了小学又羡慕骑着自行车去上学的中学生，上高中时又羡慕那些每月都有一份固定工资的年轻人，等到参加工作真的长大了，世事的艰辛，生活的酸甜苦辣，又促使我们想念童年，发出要是时光能够倒回到从前该多好的感叹。特别是当你面对一张张略微泛黄的老照片时，并不遥远但却恍如隔世的往事，让你觉着你在这头，青春在那头，遥遥相望，便会压抑不住内心的悸动。

我小时候的照片有很多，这得感谢我的父亲。父亲那时在一所大学宣传部工作兼校报记者，所以只要有机会，就会利用职务的便利给我拍照。我小时候的模样，在剧团大院同龄的孩子们当中，可爱至极，大人见了都忍不住要上来抱一抱，确是大大地风光过几年。

在不多的老照片中，一张旧照让我永远不能忘怀。20世纪60年代末，我插队落户来到舒茶一个叫余家河湾的生产队。1958年9月16日，毛主席视察了当时的舒茶人民公社。毛主席面对眼前的青岗岭对陪同的当地干部说"以后山坡上要多多开辟茶园"。时隔十年，舒茶人民公社召开落实毛主席"九一六"指示的5000人誓师大会，提出用两年时间，把青岗岭开辟成一个高标准的梯式茶园。那年冬天，我正赶上了修建"九一六茶园"。为了赶时间，规定不论远近，所有人一律吃住都在山下。说是住，其实就是用几根茅竹在山脚下架起一个"人"字形，两侧蒙上用稻草编织而成的条状的"帘"即成的草棚。山区的冬天特别寒冷，在这样的天气里，每天天刚麻麻亮我和社员们就在大喇叭的呼唤中，一个个机械地钻出草棚。我们很像法国作家莫泊桑描写的寒冷的冬鸟：

"它们只得瑟瑟缩缩地弯着身子，打着寒噤，忧郁地注视着满天皆白的原野。"

记得一位查姓的省报摄影记者隔三岔五地来工地拍照。一天，为了宣传我们这些知青和贫下中农一起战天斗地，查记者把我还有几位上海知青和当地社员混搭在一起，摆了个抬石头的姿势连拍了好几张照，不久省报就刊登出来了。查记者和我父亲认识，沾了父亲的光，查记者事后悄悄给了我一张照片。这是我八年知青生活留下的唯一一张照片。

五年的演员生活倒是给我留下了不少的剧照。70 年代末，我考上了一家话剧团成为一名话剧演员。那时"文革"刚刚结束，一大批经典剧目和新创剧目纷纷上演，如《霓虹灯下的哨兵》《茶馆》等等。我们团则排演了一批新创剧目，如《橘子红了的时候》《泪血樱花》《一双绣花鞋》《孝顺儿子》《七十二家房客》《于无声处》等等。那时每上一个新剧都要拍大量的剧照，并提前一个星期挂在剧场的宣传橱窗对外宣传。我那时不仅是个演员，而且还担任了每个剧的剧务。每当一个新剧完成十天半月的演出之后，就要把剧场宣传橱窗里的剧照撤下来，我就利用剧务一职的便利，在撤下剧照的同时，把我的个人的剧照全都悄悄留了下来直到今天。

人的一生，也许可以用几张特定的照片来概括。满月照、周岁照、学生照、工作照、身份证照、结婚照，乃至最后的遗像。的确，当泛黄的照片罗列眼前，每一张照片，真的是承载了太多的岁月流年，也承载着我们太多的沧桑变迁。情之所系，非只是那一纸方寸，更多的，是寸心间的所思所感。平淡也好，绚丽也罢，这一程的滋味，真正能够品出的，也只有自己。

于丹在读到自己幼年的成绩单时，说："有时候人的成长就是'回顾所来径，苍苍横翠微'，突然看见自己的童年，看到那么一个不自信的生涩的莽撞的自己，傻傻地站在时间那一端，觉得流光能改变人多少心里的痕迹啊！"是的，人需要在某个时段向过去亲近。老者、少者、城里人、乡下人，岁月的划痕带给人的温馨和怅然感觉大概都差不多。当我们知道再也回不到从前之后，时常看看傻傻地站在时间的那一端的自己，是亲切，是怀恋，是恣意。它把往昔的岁月，花一般地绽放在你的眼前，很诗意，又很美好。

单车情结

　　说到"单车情结"，央视第四期《朗读者》中，主持人董卿在现场回忆起自己对单车的那份难忘的情怀。她讲到初中的时候为了买自行车，暑假去了一家宾馆做服务员，打扫房间，一天挣一块钱。暑假结束后，父亲补贴了一些，买了人生中的第一辆自行车。接着，一段苏童的《自行车之歌》的朗读，更是勾起了我对自行车的回忆。

　　20世纪七八十年代，我们国家被称为"自行车王国"。当下的年轻人对这个称号一定会感到惊讶。也难怪，自打他们记事起，看到的就是马路的扩建，汽车的呼啸，电动车的乱窜，早晚因拥堵而蠕动的漫长车流。如果告诉他们，三十年前在马路上的自行车更加壮观：一片黑黢黢的头顶汇聚而成的河流，整齐、平缓而又流畅地流淌着，他们恐怕要惊讶地张大嘴巴。如果再告诉他们，那个年代的人结婚，只要有自行车、手表、缝纫机这三大件就成，还不把他们羡慕死啊。

　　再有，现在的单车和过去的自行车真的是没法比。过去的自行车，前有大梁后有座，能带人、能拉货。特别是后座，那是整个车最重要的部分。年轻小伙恋爱时，那后座就是为心爱的姑娘准备的。不论是上下班，还是星期天出去游玩，小伙子在前面用力骑，姑娘坐在后面双手揽着小伙子的腰，把脸贴在小伙子的后背上，给人的印象就两个字：幸福。成家后，前面横梁上通常固定一个儿童座椅，是宝宝的专座。一家三口不论是上街还是回娘家，前面坐着宝宝，后面坐着妻子，给人的印象还是两个字：温馨。

　　清楚记得1967年初夏，父亲买回一辆上海产的凤凰牌自行车。那个年代拥有自行车的家庭不多，能有一部崭新的自行车更是奢侈。自行车在父亲的眼里就是宝贝。每天下班回到家，做的第一件事就是给自行车"美容"，上上下下里里外外我都仔仔细细"巡查"好几遍，翻来覆去地反复擦拭，唯恐留下一点瑕疵。擦拭完毕，再看那大梁那钢圈锃亮锃亮，都能照得见人影。每隔一段时间，父亲就要把车的辐条、罗丝等紧一遍，同时给链条、车轴、脚蹬等旋转部位上足机油。不仅如此，父亲还规定了"三不骑"：雨雪天不骑，炎炎夏日不骑，我们兄妹三个不许骑。正因有了这个"三不骑"，我们兄妹三个那时都不会骑车。也正是因为这个"三不骑"，1969 年 5 月在我们全家下放农村前，父亲几乎按原价把自行车卖了。

　　我学自行车是在工作之后。学骑自行车首先得学会"溜"车，即双手稳住车把，一只脚踩在踏板上，另一只脚先稍稍用力蹬地，自行车借力前行。等到熟练了，就可以用力蹬地，借自行车跑起来之机，右腿往上一跨，双脚就可踩踏板了。没出一天我就学会了骑车。当然，和现在的孩子们相比，他们很小就有了"小童车"，五六岁就学会了骑自行车，我就不值一提了。

　　骑车闹过一次大笑话。一次，骑车带女同事去市里办事，在遇到一个上坡时，因为爱面子，我不好意思让女同事下车，就弯腰弓背，两脚使劲地蹬着自行车，蹬到坡顶时，觉得轻轻的，回头一看，女同事却远远地蹲在原地揉着肚子大笑。原来女同事怕我骑不上去，早就悄然下了车。

　　1982 年，我有了一辆自己的自行车。新车买到家，我也和父亲一样，每天下班回到家，做的第一件事就是给自行车"美容"，翻来覆去地反复擦拭一番。但由于工作地离市里太远，雨雪天也好，炎炎夏日也罢，我都是骑车上下班。此外，我同意儿子骑车。但我也给他立了几条"规矩"：要尽量紧贴右侧骑车，不要在路中间骑，让左右两边都不好走车；要尽量骑直线，不要七扭八歪蛇形走位，影响超车人的判断；停车一定要先靠边，不要在路中间突然刹车下车，免得后面的人反应不及。儿子懂事，从学会骑自行车就没惹过麻烦。

　　时间飞快，随着生活的提高，居民的钱包渐鼓，自行车不再寄托着人们的骄傲和风光，电动车、家用汽车的普及，使得骑自行车已经变成一项单纯的体育运动了。久而久之，自行车最终被遗忘在车库的角落和记忆的角落。曾经在网上看到，一个女孩说："宁愿在宝马车里哭，也不愿在自行车上笑。"真的是让人感叹。

　　然而，谁又能想得到呢，遗忘被颠覆只是瞬间的事。被人遗忘的自行车，却"忽如一夜春风来",赤橙黄绿青蓝紫,再一次蜂拥上街,席卷城市,那些常年沦为机动车停车场的非机动车道,又一次车铃响彻、人头攒动。仿佛只是一夜之间,"自行车王国"又回来了!如今,走在大街上,最晃眼的,就数那五颜六色的自行车。虽然和我记忆里的自行车有所不同,但我依然好兴奋。因为这对改变日益受到污染的环境,对我们锻炼身体,都大为有益。不仅如此,现在不都在说让生活慢下来吗,那么就从骑单车开始,让生活慢下来,慢到可以收获那些意外的遇见,一棵树、一朵花、一个静静等车的女孩……

待岗在家的日子

"不是我不明白，这世界变化太快。"崔健十多年前歇斯底里的呐喊，曾经让彷徨困惑的一代人激动得泪水四溅。说实话，当初听崔健演唱时，仅仅是出于一种欣赏，压根没在意那歌词的真实含义，倒是在十多年后的今天，才真正明白了这"变化"已经渗透到我们生活的每一个角落，每一个细节之中。

由于报刊整顿，所效力的杂志社接上级主管部门通知，被告知所办刊物停办，于是乎我和大家一样被告知在家等待重新分配工作。虽然不舍，但一想到终于有时间在家中休息，也算是不幸中的万幸了。

自打四年前调进杂志社之后，就没觉着有过轻松的时候，常常是这期的杂志刚刚送进印刷厂，下期乃至下下期的主题策划已经搁在案桌上了。还有就是案桌上的稿件，就总也看不完，这边刚刚处理了一批，没两天又恢复了原样，摞在眼前让人看得心里发慌。我时常望着楼下马路上的车流人流胡想，如果唐代那个贾岛和尚活在现代，他还有时间为了是用"僧推月下门"还是用"僧敲月下门"而反反复复地推敲吗？还有才女李清照，如果她活在每天早晨认真地对镜仔细装扮自己，力图显出一副洒脱、独立的现代女性的形象，而到了晚上回到家中，把高跟鞋踢得远远，一脸疲倦，蓬头垢面，不修边幅，不再理会什么是斯文、什么是干练的现代，她还能有时间和耐心写出"寻寻觅觅"的名句吗？……也不知是从什么时候开始的，我特别喜欢从同事们的口中听到"下班喽"这三个字。

现在好啦，再也不用过如打仗一般的日子了。我现在最喜欢做的两件事，一是看书。把一些过去想看而又没时间看的小说从书架上请出来，一边品着香茶带给我的惬意，一边饶有兴趣地走进书中的世界。如果我讨厌某本书，我可以把它丢弃在角落里，它不像生活，总是黏糊糊的使我甩不掉。当然啦，我也不能老是看书，累了，看看电视剧频道和体育频道。晚上，喜欢九十点钟出门逛街，此时的城市已没了白天的喧嚣，夜里的霓虹、夜里的醇饮、夜里的嬉笑四下里摇曳。我住的地方离护城河不远，像四年前吃惊于省城的繁闹一样，我现在吃惊于它的静默。月光下的水面，宛如一片清澈明亮的净土。自小就喜欢水，只是人到中年，方知儿时的喜欢太浮浅。水是有灵气的，水是有生命的，水是有思想的，水是有精神的。所以，每每面对它时，就觉着这个世界都变得崭新、可爱、通体透明——这是精神上的家园吧！如游鱼入水，飞鸟归林，流溢着一种朝气，一种圆满，一种虔诚。

二是买菜做饭。说到买菜做饭这得感谢我八年的知青生活。在那个艰难的日子里，不仅学会了农活，而且还学会了做菜做饭。每天早上拎个篮子上菜市，在熙熙攘攘和嘈杂声响中，眼光四处游动，见到喜欢吃的菜，马上蹲下挑选。我买菜基本不讨价还价，只要看中了就买，回到家中，才发现买糟了，买贵了，结果受到家人好一顿数落。

转眼一个月过去了。这天，当我醒来拉开厚厚的窗帘，当我猛然意识到又是新的一天的时候，不由得怦然心动。人毕竟是群居动物，当一个人独处的日子久了，不禁感到无限的孤独和寂寞。面对新的一天，面对眼前暖暖的太阳，我突然地怀念起上班的日子，怀念忙乱不堪埋头工作的情形。而此时，我该做些什么呢？我能做些什么呢？望着空荡荡的家，我不止一次地陷入这种焦躁不安而又无奈的境地，我无法将它们抛开，就像我不能正视自己的生存境况。我自问，是无病呻吟吗？过去，是那样盼着能拥有可以自己支配的时间，渴望每个月都有黄金周，梦想着能有一天把自己安静地放在床上睡个昏天黑地。如今，这一切都做到了，实现了，为什么反而自感坐立不安和压抑？渴望能马上跨出家门，进入又一轮的生存程序？

现在，我明白了一个道理：闲，不属于个人，就像人们向往的自由，追求了一辈子，得到的充其量是相对的自由，而不经意中得到的闲情逸致才是难得的。一个人置身于社会群体之中，无论他担任什么样的角色，工作着就是美丽的。

给生活一条最浅的底线

　　人生在世，总有一些不顺心的事如影子一样跟随你，躲都躲不掉。借调到新单位已经一年了，虽说现在所从事的工作是我完全陌生的，但是在这一年时间里，我是兢兢业业，努力加勤奋，尽力把工作做得完美，拉小与同事的距离。算是回报吧，这一年下来，从为人处事到工作态度，都得到了上司和同事们的认同，我呢，也算是给了自己一个交代。

　　工作着是美丽的。但在美丽的背后也有不顺心的事，甚至说是憋气的。我现在工作的这家单位由于工作性质，对外称局，对内是厅的一个处室，人不多，15 人，借调人员比正式在编人员还多。每位同事都是独当一面，工作非常辛苦，往往是手上的工作还没完，新的任务又放在了你的案头，给人的感觉就是没个尽头。尽管大家在工作上都很卖力，也能吃苦，但我们这些借调人员心里都明白，和那些在编的同事相比，我们只是打工的，矮人一头。如果仅仅如此也没什么好争的，不都是工作嘛，相处得好就多沟通，话不投机就敬而远之。问题是大家干的是一样的工作，待遇却不是一样的，而且差距还很大。算了一下，一年下来，相差达到近万元。

　　我呢，刚到新单位时什么都不了解，第一次遇到这种情况时心里很是不平，在借调同事的鼓动下，找到领导反映情况，希望我们这些借调人员能够受到公平待遇。说老实话，我们的领导还真是好人，在我表达了自己的态度之后，当即表示向厅里反映并了解一下其他单位情况。仅隔 2 天，领导找我谈话，说这事是经过厅党组研究决定的，她本人除了表示同情外，只能请我转告大家，希望能够得到大家的理解和谅解。领导都说到这个份上了我也就无话可说。从那以后，不论单位发什么，有就在表上签个字，没有问都不问。尽管时不时有同事私下鼓动我再找领导，尽管心里气得真想骂人，但还是心字头上一把刀——忍了。现实社会里，我们所见到的听到的不公平之事还少吗？如果什么事都去较真，可能吗？再者，太较真的结果又会是什么，不是自己拿自己饭碗开玩笑？

这天，单位发奖金，拿到手比在编的少了一半，而且数额相差太大。几位借调同事愤愤不平，再次让我向领导反映。我说我正在发烧，心里难过得很。同事一听，立马不再提起此事转而关心地问起我的病。我说没什么大碍，只是现在的药费太贵，一个小病花去我一个月的工资。同事一听说那还是小病啊。见同事一脸认真样，我忍不住笑了。我说人活在这个世上，什么都可以放弃，只要能好好活着，钱算什么？少拿的那份钱就当看病买药了。

父亲在世时常常表扬我"没心没肺"。真的，我这人对生活中的一些小事真的是懒得计较，总觉着那是自己和自己过不去。佛烧一炉香，人争一口气，但得看争什么了。工作上，我从来不偷懒耍滑，有十多本全国、省、市先进工作者证书为证。而对待其他，特别是钱，我是有它活着没它也活着，只要对得起每个月走进会计室从会计手中接过的那份工资就好。东汉大臣孟敏，年轻的时候曾卖过甑。一次，他的担子掉在地上，甑被摔碎了，他头也不回径自离去。有人问他："坏甑可惜，何以不顾？"孟敏回答："甑已破矣，顾之何益？"是的，甑再珍贵，再值钱，可它被摔破，已是无法改变的事实，你为之感到可惜，心疼如焚，顾之再三，又有什么益处呢？这是明代大学问家曹臣所著《说典》中的一则小故事，读来竟感到充满人生的大智慧。

人生在世，谁都无法避免类似"甑已破"这样的事，竞职落选、经商亏本、财物被窃，凡此种种，不一而足。不为无法改变的事后悔忧伤，是古今聪明人共同的生存智慧。甑被打破，不可能恢复原状，任你如何后悔、哀叹，甚至捶胸顿足、呼天抢地，也不会改变事实。除了再一次地徒增苦恼，又有何益？同样，人的一生要经历许多事情，其中也包括不平之事、不公之事，是沮丧还是乐观地面对，不同的态度会给自己营造出不同的心境。工作和生活环境的好坏不是你可以决定的，但怎样工作和生活却由你决定。

给自己的生活画一条最浅的底线，我们就会从种种不愉快中品尝到快乐的滋味。

关于吸烟的那点事儿

算起来连自己都不敢相信，我的吸烟史居然比工龄还长。来到这个世上已有五十多年，而吸烟吸了三十多年，知道吸烟有害，书上报上都在说抽烟易患癌症，想过戒，也戒过，结果是戒不了。

我第一次吸烟是 13 岁。那年，我们全家下放农村，农村的孩子吸烟的多，但吸的都是劣质烟。我第一次吸的烟就是 8 分一包的丰收烟，记得由于吸得过猛，一口烟吸下去，呛得我眼泪哗哗流，就差没把肚里的东西全给吐出来。

因为吸烟我挨过父亲不少打。记得有一次，因为吸烟父亲让我跪在村口。父亲打我时我最怕的是有人在一旁劝，因为人越劝，父亲越不肯罢手，我也就更加倒霉。那次也不例外，原本我已跪了近两个小时，看着我跪在那儿的可怜样，母亲心疼，就跑过来拉我起来，父亲不依不饶，母亲气得和父亲大吵一架，结果我还是在那跪着，直到天黑。

还有一次是大年三十。因为过年，我有点得意忘形，嘴里叼着烟，在村里玩耍，结果被父亲撞上了。二话没说，父亲揪着我的耳朵回家，刚到家门口，父亲对着我的屁股就是一脚，我当即倒地，不知让什么给碰了一下，额头流血了。正在炉边忙着炒菜的母亲见状，吓得也顾不上锅里的菜了，赶忙把我抱到里屋，打开抽屉，找出红药水给我抹上。之后，母亲冲出里屋，和父亲大吵，结果两人都动了手，把准备过年的东西摔得一片狼藉。第二天，也就是大年初一，父亲和母亲又一块上街买回一大堆碗碟。

20 世纪 70 年代末工作以后，远离父母，吸烟没人管了。于是乎，吸烟成了生活中的最爱。当然，我一直不敢当着父亲的面吸烟，直到 30 岁那年全家人给我过生日，在母亲和弟弟妹妹们的劝说下，父亲最终点头同意。这是我第一次当着父亲面吸烟。

　　吸烟也有雅俗之分。记得刚工作那会，团里有一个吸烟的同事，堪称高手。一根烟没吃完，另一根已拿出。放桌上顿顿，把烟丝夯实了，将未吃完的烟蒂插进去，连着吃。一天不废几根火柴，不留几个烟头。不仅如此，那香烟沾在嘴角，边说话边吸烟，不掉，还吸成一长条烟灰，是当年单位的一景。另一位相反。舞台置景的许师傅，工资低吸烟就省，每根烟必分三四次，吸两口就灭火，待会儿再吸。再有，吸烟人的烟瘾有大小之分。我有位朋友，白天吸晚上吸，睡前不吸两根烟睡不着，吸烟不是提神吗？到他这里说不通。不仅如此，朋友早上醒来，先坐被窝里吸两根，否则不下床，下床也迈不动步。

　　我也戒过烟。那一年父亲病逝，临终前嘱我戒烟，因他的死源于烟。这让我震撼。也巧，不久我由外地调回合肥，就想借着新环境试着戒烟。戒烟时的难受不说，那烦躁、那心神不定，让我在很长一段时间写不出东西，而且动不动就发火，脾气见长。特别是在应酬时更难受，嘴里少了话题，手中没了武器，无所适从。见人吸烟，心痒痒的如妓女刚从良。最后，我还是没能戒烟。爱人说我没毅力，只要一看到报上电视上吸烟有害有关内容，就喊我看。我和她辩，说百岁书法家张鹏翼先生每天四两白酒两包烟身体硬朗得很；说叶圣陶长寿的秘诀是抽烟喝酒不运动。气得她直说你就抽吧抽吧，抽到你不能抽了为算。

　　其实我知道吸烟有害，就是戒烟难。巴尔扎克戒几百次了，结果还是抽。我也戒了多次，就是戒不了，被家人骂作没出息。别的什么都敢吹牛，就是不敢说戒烟。想戒烟的也只说忌烟，先少吃，试试看吧，没信心。当年有幅漫画很出名，说某人下决心戒烟，把香烟从三楼扔下去，马上就后悔，赶紧跑下楼拾烟。人到一楼，扔出去的烟还未掉到，赶紧接住吸了。这是夸张，极言戒烟之难。

　　说归说，每当和一些青年朋友在一起，只要他们说不会吸烟，我就特别高兴，鼓励他们别吸烟。说到自己，我只能说，戒烟如戒饭，怎一个"吸"字了得。

嗑瓜子

在键盘上敲出小文的标题，我一下想到了儿时夏季吃西瓜的情形。将一个绿皮黑纹的西瓜剖成两半，露出扁黑的瓜子粒儿，瓜瓤吃进去，籽儿滑溜溜吐出来，用碟子盛着，在阳光下晒。一个夏季结束，瓜子存了不少，奶奶就将瓜子和沙子拌在一起热炒，炒熟后的瓜子吃起来，又脆又香。我还记得儿时不论是在电影院还是在剧场门口，处处可见小贩脖子上套根带子，一个不大的竹匾挂在腰间，用旧报纸叠成三角包着瓜子花生之类，在一旁兜售。那时，没有保护环境切勿乱扔果皮纸屑一说。此外，每到春节，家家招待客人时，瓜子也是必不可少的。

中国人"吃瓜子"的历史悠久。据说，嗑瓜子的习俗在明代时已经流行，晚清之前主要是西瓜子，晚清以来南瓜子开始流行，民国时期葵花子又异军突起，大受欢迎，可谓"国民第一零食"。就是这么一种"吃不厌，吃不饱，要剥壳"的食品，何来如此魅力？想到丰子恺先生的《吃瓜子》。先生在文章里不乏幽默地说，中国人人人都具有三种博士的资格：拿筷子博士，吹煤头纸博士，吃瓜子博士。老先生的描述极细致，让人读后莞尔，说的是如果用臼齿"咯嘣"一咬，若用力不得其法，两瓣瓜子壳和瓜仁叠在一起折断了，心里比较担忧，瓜子已纵断为两半，瓜子仁紧紧地装塞在两个半瓣的瓜子壳中，好像日本版的洋装书，套在很紧的厚纸壳中，不容易取出来。看来吃瓜子还伤脑筋，吃得不好"有伤于中国人的体面"。

从小父亲教导我，坐有坐相，吃有吃相。丰子恺曾这样写过嗑瓜子的男人："那些闲散的少爷，一只手指间夹着一支香烟，一只手握着瓜子，且吸且咬，且咬且吃，且吃且谈，且谈且笑。"随意嗑着，壳儿到处飞，一幅肉吃皮落的市井气。这吃相，用今天的话说十分不雅且不卫生。用我父亲的话说：吃相太差。而在描述女人嗑瓜子的表情时，先生却这样写道："她们用兰花似的手指摘住瓜子的圆端，把瓜子垂直地塞在门牙中间，用门牙去咬它的尖端，'的，的'两响，两瓣壳分别拨开，咬住了瓜子肉的尖端而抽它出来。"瞧瞧，声音清脆可听，姿势妩媚动人，连吐瓜子壳的模样都是那样姣好。

我清楚地记得在 80 年代初，父亲和母亲突然喜欢上了嗑瓜子。两位老人家除了吃饭，几乎瓜子不离口。一问才知道，父亲和母亲之所以嗑瓜子是为了戒烟，嗑瓜子能戒烟？我也是头一次听说，但不管如何毕竟是好事。一个月下来，父亲和母亲吃了十多斤瓜子，结果是母亲真的把烟戒掉了，父亲没成。

我也吸烟。我也喜欢嗑瓜子。但我嗑瓜子不是为了戒烟，而是为了少吸烟。我不嗑西瓜子，也不磕什么咸的、甜的、五香、鸡汁、干炒、奶油等味道的瓜子，我只磕原味的葵花子。我在网上查了，葵花子含 1g 食物纤维，比苹果还高，可以促进大肠蠕动；饭前嗑，促进食欲；饭后嗑，消化食物；每天一把瓜子，能安定情绪、治疗失眠、增强记忆力、防止老化。网上也说了，如果一次嗑瓜子量太多，持续的时间又长，瓜子与舌头反复摩擦，会引起舌尖部肿痛、红肿、起血泡等现象。过量食用，还会影响消化，引起打嗝儿、腹胀、腹痛等不适症状。所以，一次吃瓜子的量最好以 250 克为上限。

当然，我嗑瓜子是一种量少次多的进食行为，可以随时停下来，也可以随时捡起来继续嗑。我特喜欢晚上看电视时嗑瓜子，为了少吸烟，我给自己规定了，看电视剧时，每看一集时不吸烟，只嗑瓜子，等到一集结束，吸一根烟，看电影也是（央视的电影频道每播放一部电影，都会在中间插播五分钟的广告）。别说，效果不错，达到了少吸烟的目的。

小小一把瓜子，演绎生活的妙义。我现在最惬意的时光就是躺在沙发上，拿一本书翻着，慢悠悠地嗑着瓜子。瓜子伴书，犹如饺子就酒，心境甚是逍遥。

过时的贺卡

春节将近，年味愈浓。不知为什么突然就想到久违的贺卡。七八十年代，每逢春节到来之际，一张张贺卡就像雪片似的纷纷从窗外飘来。贺卡的样式风格迥异，有大号的，有小型的；有简单粗糙的，亦有美丽精致的，甚至是活动的音乐贺卡，可谓是五花八门，精彩纷呈。

我至今保留着上百张各种贺卡。有亲朋好友，有单位同事，有师尊同窗，有文朋诗友，上至官员领导，下至一介布衣，南疆北国，四面八方。贺词也是才思各展，有的寥寥数字，字简意赅；有的文白相间，言近旨远；有的嘘寒问暖，深情饱蘸；有的含意悠长，使人回味。用今天的话来说，绝对都是原创的，有个性的。同样，我更清晰地记得，每当春节即将来临，我都会提前一两周去街上的商店或邮局用心挑选贺卡、信封和邮票，然后回到家手握钢笔，在精致漂亮的贺卡上写上自己对朋友的亲切问候和真挚祝福，然后再拿到邮局郑重地投进邮箱。

因爱好结缘，贺卡记录最多的是我与文朋诗友之间的相互勉励和牵挂，用如今的话讲，那"鸡汤味"是又纯又浓。一张寄自《诗刊》杂志社王燕生老师的贺卡中说："'枕上诗书闲处好，门前风景雨来佳。'唯唯，功夫在诗外。加油！"山东《文朋诗友》杂志主编阿红写道："祝你和你主编的《青铜诗报》，新的一年，办得有声有色，更上一层楼！"已故著名诗人陈所巨在贺卡中说："大作入选《安徽文学五十年（诗歌卷）》，可喜可贺。多写诗，写好诗，祝新的一年收获多多。"黑龙江诗友第广龙的贺词则这样写："霞光晓瑞，云物丰年。辞旧迎新之际，作为爱诗、写诗的我们，携手并进，共沐春华。"福建诗友高林在贺卡上与我共勉："写作每一天，激情每一天。"一张寄自南方鹏城的贺卡真的充满了牛气："写最牛的诗，上国家级的《诗刊》！"本省的兄弟则法："有空来淮北大地走走，有看不够美景，写不完的诗。等你！"有一位女诗友在精心制作的贺卡上，题了一首小诗：一直有一个执着的心愿/愿远方的你/年年都是闪亮的模样/愿你我的友谊/永远朝着永恒。

感谢诗神缪斯，像一位至性至情的亲人，感召和赐予了我们这代人的心灵洗礼，使我们获得了一份感动、纯粹和激情。现在，我虽然离开诗歌已经很多年了，但面对这一张张诗友的贺卡，好似保存了一罐浓烈的陈酒，越陈越香。我品味贺卡，仿佛见到了多年未见的旧朋新友，轻轻一声问候，勾起我几多温馨的回忆，留给我多少珍贵的思念。

一些前辈的贺卡，片言只语中能读出他们的殷殷关切和教诲。一位铜陵的前辈邮来的明信片说："一年又一年，总是想着你。祝你年年有成天天乐！"还告诉我"手写字已不听话了，谅之"。本地一位前辈写道："你的散文越来越棒了！从早期的青春洋溢，到现在充满智慧、饱涵文史厚重，我佩服你对世界始终保持爱心、童心以及豁达的目光！祝新的一年取得更大成就！"更有一位师长，在我人生的低谷期寄来一张贺卡，上写道："平淡是真，平安才是福。世事十之八九不尽人意，但求问心无愧就好。"看到这样的新年祝福，岂能不让人感动！

还有些贺卡完全是寄赠者自制的，大小不一，风格各具特色，有的擅长绘画，有的精于书法，它们在我的眼里，承载的是为友之情，是为人之厚，是谋事之实，是处世之思。寥寥数语间，性情藏溢，才气深浅，尽兴流露。

时过境迁。今天，日新月异的电子媒介已轻而易举地替代了一切，每每打开电子邮箱，都会收到几张电子贺卡，欣赏着贺卡上浪漫的祝福话语和动听的背景音乐，在感动之余又总觉得少了点什么。是的，纸质贺卡正渐行渐远，或将成为消失的雅事，新增的文物。但是，不管时代如何变迁，当年在那些青涩日子里留下的那些简单的贺卡，那一笔一划亲自写下的真挚情愫和温暖的感动，是今天这些制作精美的电子贺卡所不及的。我永远不会删除旧时贺卡里珍藏的这些美好记忆，这种类似信札的文化载体所蕴附的传统文化价值也永远不会消失。

往事如梦，岁月如梭，新年就要到了。这时随手翻看那一张张精致美丽的贺卡，深情的祝词充满暖暖的情谊，可谓张张精彩，句句走心。尽管当年那些给自己寄贺卡的人，有些很少联系，有些甚至都没有了消息。但不管是有联系的还是没有消息的朋友，我都会默默地祝福他（她）们：平安、健康、快乐、幸福！

年　画

　　说到年画，现在的年轻人可能不知道年画为何物。也是，年画就像一块钟表停在了过去的某段时光。出生于50年代的我，却永远记住了年画以及与年画有关的那些点滴岁月。

　　年画是最"接地气"的民间美术形式之一。古老的年画遗存着农耕文化的生存记忆。普通百姓把风调雨顺、五谷丰登、家宅安泰、灾病不临的愿望都寄托在岁首的春节，因此，张贴年画成为人们祈福迎祥、驱邪避灾等愿望的象征。如福娃寓意天赐麟儿、连生贵子、童颜佛身；佛手寓意福寿平安、福瑞多寿、吉祥如意等；仙鹤寓意仙鹤万年、延年益寿、童颜鹤发；蟠桃寓意长寿万年、万寿无疆、长生不老；石榴寓意红红火火、多子多福、子孙万代。芭蕉寓意平安吉祥、宏图大业、繁荣茂盛；蝙蝠寓意鸿福齐天、五福临门。我们能在其丰富的题材内容中感受到中国的传统习俗和文化观念，如祖先崇拜、自然崇拜、宗教信仰。

　　年画以家庭为单位进行张贴，一年一换，已传承千年。记忆中，儿时过春节家家都是要张贴年画的。在那个物资匮乏的年代，尽管家家的日子过得并不富裕，但到了年根上年画还是要买的。一张张年画无疑是人们对幸福生活的追求和向往。年画包含的内容很多，丰衣足食、富贵兴旺、国泰民安、天下太平等，这充分体现出普通民众的文化心理。年画以喜闻乐见的艺术形式表现民众的文化信仰观念，形象直观、通俗易懂，它自觉接受并自发地传承民族文化生活，并在这一过程中成为普通百姓寄托生活理想的精神替代品，成就了乡土中国的民间"读图时代"。

　　年画的最大特征是，它是一种视觉图像，是中国民间美术中最具典型性、代表性、艺术性的样式。印象中，当年有两幅年画是最受欢迎的。一幅是两个胖乎乎的丫头小子身穿红肚兜，各骑一条大红鲤鱼，叫"吉庆有余"的年画，还有一幅是鹤发童颜的老寿星，照耀着满堂幸福的儿孙，叫"富贵满堂"的年画。更多的年画还是通过大头娃娃、老寿星、八仙过海这些笑容满面的人物，表达出美好祝愿。如家里有上学孩子的，购买的年画往往是"鲤鱼跳龙门"；家中有小孩子的，要买"长命百岁""胖娃娃"；家有老人，就要购"松鹤延年"之类的长寿图。再有就是把生活画出来，让你陶醉；把心里想的画出来，让你叹服。

我们家的年画都由父亲负责操办。腊月二十八，过年的东西都准备得差不多了，该到镇上买年画和对联了。于是，我们兄妹三个跟着父亲屁颠屁颠地直奔镇上。镇上人山人海，那年画，或摊在地上，或挂在墙上，林林总总，"招呼"着前来品评、欣赏和购买的人。一幅幅年画弥漫着浓浓的乡间情调，构成农村腊月集市的一道风景线。

如此众多且好看的年画，看着看着就看花了眼，哪一张都好看，哪一张都想买。然而，任我们兄妹三个围着父亲咋咋呼呼，父亲就是不出手，而是一个摊位一个摊位地看，来回转了几圈之后，父亲最终挑好了心仪的年画，付了钱，摊主一张一张给卷好，用纸绳捆上。我们兄妹三个欢天喜地把年画抱在怀里，大呼小叫地踏上回家的路。

贴年画是件非常讲究的大事。记得大年三十，吃过早饭，母亲熬上一大盆的糨糊，父亲就领着我贴春联和年画。我在父亲身边，跑来跑去，忙前忙后地跟着端盆，给父亲打下手，父亲拿着对联，从大门贴起，然后再贴屋门，最后屋里贴年画。父亲拿着年画在墙上比划，让我在远处看高低、歪正。贴年画要讲究协调一致，不仅画的高低要一样，画与画之间的间距要一样，画与画之间整体的形状要协调，年画贴在什么位置也都是有讲究的，正墙一般贴"年年有余"或者是"福禄寿"图样的年画。两侧墙上的年画，内容也要一致，要是风景都是风景，要是人物都是人物。贴好年画和春联，家里家外，那感觉，用母亲的话说："只有贴上年画春联，才算真正过年。"

年画，曾温暖和欢愉过一代又一代的人。

"年年岁岁画相似，岁岁年年人不同。"今天，年画曾经固有的那样一种质朴与生活韵味已经随着岁月的老去，渐渐地从千家万户的墙上走了下来。民俗专家冯骥才说："当中国年画逐渐消失的时候，其实是我们摈弃了自己的传统，是历史精神的丧失。只有重新反省历史、民俗和文化情感，我们才会真正重拾年画。"是的，年画的重要意义是要把过年的种种心理、愿望和种种追求外化，承载着老百姓对未来的美好憧憬。人间的温暖不能只在回忆里汲取，更需要恒久如一的真实温暖。

记忆中的两个年

1. 最早的过年记忆是插队农村时过的第一个春节。

在那个物质生活极其贫困的 1973 年，胼手胝足劳作了整整一年的农人，尽管刚刚从生产队里的年终分配花名册上按下手印，领回少得可怜的几张皱巴巴的块票，但过年却是非常隆重甚至有些奢侈的。进入腊月，家家户户依然开始蒸年糕、酿米酒、炒花生、做米糖、杀年猪什么的。哪怕仅仅是一种节日的点缀，一种传统年景的象征。

和社员们不同，我们这帮城里知青只会东家吃一点、西家尝一口，能吃不会做。也曾想试着做个米糖什么的，村上的人说别糟蹋了粮食，到时一家送一点就够你们吃到正月完。村里人是这么说的也是这么做的。临近春节那几天，我们不断地从乡亲们手中接过各种各样的糖食和糕点，生产队长还送来一瓶白酒。每每从乡亲们手中接过这些，我们只会说谢谢，而房东汪大妈一听我们这么说，几次流下了眼泪。说你们这些城里伢子这么点大就离开父母跑到我们山里遭罪，我们再不疼你们那真对不起你们家里人。

除夕之夜落了一场雪。繁密的雪花闪闪烁烁地漫天飞舞，整个山村笼罩在沉静的飞雪之中。我们围着炭盆，笑语盈室，而炭盆上的水壶冒着热气的氤氲，伴随着沸水欢乐地嘶嘶作响。炽热的炭火照红了墙上那一排用塑料薄膜权作玻璃的木隔窗。我们在吃了一顿丰盛的年饭之后，便趴在桌上、床上，开始给家里写信。那年月，信似乎成了我们与世界的唯一的联系通道，或者说，信证明我们仍活在这个世上。

大年初一的大清早是在爆竹的脆响声中醒来的。睁眼一看，哇，整个小屋都是银亮的雪光。横窗上嵌着白色花纹似的雪花。屋檐凝结着白珊瑚般的冰串。

我们迫不及待地掀开被子，以最快的速度穿好衣服，打开门。门外是一个广漠的白雪世界，白得宁静，白得肃穆。远处白皑皑的群山屏立，像一幅银灰色调的庄严版画。我们跑进雪地，打起了雪仗，堆起了雪人。不知怎么就想起学生时代喜欢的惠特曼的一句诗："啊，我的灵魂，我们在平静而清冷的早晨找到了我们自己了。"

2. 记忆中最孤单的 2002 年春节。

新年的鞭炮从大年三十中午就开始响起来了。欢快脆亮的鞭炮声，带着人们的祈福和心愿，在晴空下欢实地此起彼伏。站在阳台上，看着、听着，脸上虽挂着事不关己的表情，但心里不免空落落的，倍感孤独和伤感。于是，回到屋里，关了门窗，拿着遥控器对着电视狂点，想以此来分散精力。我知道我的这种做法是无用的，徒劳的，但我别无选择。

父亲走后，母亲去了深圳妹妹家。离婚四年，我已经习惯了一个人上班下班，习惯了一个人做饭吃，习惯了一个人哭，习惯了一个人笑，习惯了太多的一个人。因而好不容易收拾好心情，我是一边看着中央台的新闻联播，一边吃着方便面，完成了被称为有着深刻含义和文化渊源的"年夜饭"。而此时外面的鞭炮更是达到了极限，那响声震得我再也坐不住了，于是关了电视，一个人走出家门。

我沿着长江路毫无目的地走着。和往日不同，我是走在马路的中间，因为此时已没有交警和手执小旗的人，不用担心会遭到训斥和罚款。此时的大街已没了往日的繁荣和热闹，没了往日川流不息的车流，仿佛大海退潮，一下子全都没了踪影。偶有"的士"不知从哪里突然冒了出来，但也是急驰而过。大街两边的路灯，孤单单地立在那儿，就像迷路的孩子睁大眼睛，期待着家人的出现，期盼着和家人的团聚。

走到市政府广场，让我没想到的是广场上已聚集了不少人。一个个或坐或站，正津津有味地看着大屏幕上的春节电视晚会。我观察了一下，大多数是无法回家过年的农民工和一对一对的小青年，也有三口之家和大家族。当然，也少不了小贩。他们手持各色气球、鲜花和鞭炮在人群中叫卖着。我在一大理石凳上坐下，觉得在这看电视比在家要好，人多热闹呀！

当零点走来，当晚会的主持人倪萍、朱军、周涛、王小丫以及现场观众大声数着倒计时时，广场上的人也都跟着大声叫喊起来。钟声响起时，偌大的广场一下沸腾了起来，鞭炮、烟花、笑语、叫喊交织在一起，一下把我挟裹了。我掏出钱从小贩手中接过两个大烟花，点燃，随着一声响，一串串火花直冲夜空，在天幕上绽放出绚丽的花朵。

呛人的烟久久不散，而广场上的人随着晚会的结束渐渐散去，不一会儿，刚刚还是人声鼎沸的广场，一下子又恢复了平静，我也从兴奋中回到了现实，望着一地粉红色的纸屑和其他弃物，一丝淡淡的伤感不知不觉又上心头……

我的父亲母亲

父　亲

父亲猝然离去已有十年了！当年噩耗传来，真是如雷轰顶、五内俱焚！那年，我还在铜陵工作，接到家人的电话，不敢有一点怠慢，租车赶到合肥。

父亲患的是肺癌并被告知已是晚期。癌症是这个世上最可怕的病，它不像其他的病，比如脑溢血，比如心肌梗塞，它们几乎是在瞬间让人跨越生死的界线。而癌症不是这样的，它仿佛一条狼狗，一口一口撕咬活生生的肌血，慢慢地，一点一滴地消耗着你，用常人无法想象的剧痛来折磨你，让你在死亡阴影的笼罩下等待末日的来临。

父亲从发现患了肺癌到去世整整一年时间。在这一年时间里，为了照顾父亲，单位领导特批我一个星期上三天班，所以一到星期三，我就赶最后一班长途汽车回家，每次父亲看到我出现在他面前时，父亲那张苍白、消瘦，挂满了疲惫和痛苦的脸上，又增添了些许歉意，总是说他给我们一家人带来麻烦之类的话，而每每这种时刻我都要打断父亲不让他说下去。我珍惜这样的时刻，因为医生已经说了……我低头看着父亲日渐消瘦的脸庞和身子，眼泪在眼眶里打转。

父亲只读过小学，很难想象，只有小学水平的父亲，是如何学习创作，如何写得一手好文章，如何获得国家级大奖，最终成为一名文学编辑的，这其中的艰辛是一般人难以想象的。父亲对我最大的望就是读书，把书读进去，把书读出来。然而，"文革"十年，最终使得父亲对我的希望化为泡影。好在受了父亲的影响，70 年代末，我尝试着学习写作。在父亲的鼓励下，我一直写，就像一种跋涉，也累，也快乐。一篇篇习作不断寄给父亲，每次相隔不到十天，就能收到父亲的回信和我的习作。父亲用红笔在写得好的段落下面划上红线，有时还在旁边写一个"好"字，写得不好的文句段落也不直接划去，而是用蓝笔在旁边打个问号，并说出自己的看法供我参考，对一个个错别字，倒是毫不留情地改正在习作的天头地脚。直到现在，我行文时使用的"的""地""得"都格外谨慎。

说父亲是世界上最劳苦的父亲一点也不过分。1969 年，我们家一下子出现了两个癌症病人。年过七十的奶奶患了子宫癌，母亲被检查出患了乳房癌，更要命的是，那年 5 月我们全家又被迫下放农村，那年父亲还不到 40 岁。记得是1970 年立秋之后，奶奶说她想吃西瓜，我二话没说就去集市上买瓜。哪还有瓜卖啊！一问，人家说西瓜早下市了等明年吧。回来跟奶奶一说，奶奶要我写信给在省城陪同母亲看病的父亲，让他从城里买。信刚发出去，父亲回来了。父亲到家已是中午，听我一说，父亲没顾得上吃饭就和奶奶说他去汤池买西瓜。汤池是个大镇，离我们家有二十多里路，而且都是山路。大概到了下午四五点钟光景，父亲背着两个还没有足球大的西瓜回来了。一到家，父亲顾不上喝口水，就忙着把西瓜洗净切好，送到奶奶手上。我问父亲怎么知道汤池有西瓜卖的？父亲说："我也不知道。"我说："万一要是买不到那不是白跑了吗？"父亲抚摸着我的头，很认真地对我说："买到和买不到并不重要，重要的是自己努力去做了，即使买不到，也就没有什么遗憾了。"

父亲在工作和生活中又是一个很认真的人。在整理父亲的遗物时，发现海南省委宣传部新闻出版文化处在 1995 年 4 月 18 日寄给父亲的一封信和一份《新闻出版文化工作》简报。信中告诉父亲："您的信除了在我省新闻单位负责人会议上通报外，还把您的来信全文发表在我处办的《新闻出版文化工作》第四期上，让我省所有新闻从业人员认真学习，提高办报质量。"信的结尾是感谢一类的话。接着我看了简报。简报前加了编者按："原安徽人民广播电台主任编辑王晓拂同志，在去年底来琼旅游期间，阅读了不少我省出版发行的报纸，发现差错很多。其中既有校对的问题，也有与编辑有关之处，特此来信给予一一指出。现全文刊登这封来信，希望各新闻单位的总编台长认真读一读。特别是来信中被点到的报纸，更要认真检讨一下自己的工作，吸取教训，制定切实可行的改正措施，下真功夫提高出版的质量。"再看父亲的信。父亲在信中将自己住在海南20多天时间里所看的15家报刊中的错字、别字和漏字一一指了出来。此信长达五千字。

……现在每每想起我的父亲，都会是这样的情形：也许是在清晨，也许是在午后，一觉醒来，睁开眼睛，意识既清醒又朦胧，斗室的幽暗，窗外的苍黄渲染出一种浓浓淡淡的气氛，这种气氛渐渐解散，我仿佛看到父亲从遥远遥远的地方向我走来。我似乎又感觉一生笔耕的父亲，仍坐在案桌旁，戴着眼镜，写着什么。那种恬静忘我的神态，在我心的深处，已经化成了一个意象，一种象征，化成了一个只能用心去感应、寻找、描绘和亲近的影子……

母　亲

母亲最终没能抗争过"七十三，八十四，阎王不请自己去"的那句咒语，2008年3月27日12点31分，母亲离开我们，走了。

母亲叫王少梅，生于1925年，出生地是江苏泰州，自幼丧父。外婆姓孙，曾唱过梆子青衣。母亲排行老三，哥哥王少舫，姐姐王少娟。母亲一家靠唱京戏谋生。为了生计，母亲也不例外地从小就跟在哥哥后面学戏。母亲虽没进过学堂，但天赋过人，一说就懂，一看就会，为此比她的哥哥姐姐少挨了不少师父的打。

母亲是个戏路子很宽的演员。既是青衣行里《天仙配》中的"大姐"、《牛郎织女》中的"王母娘娘"、《春香传》中的"月梅"，又是老旦行里《江姐》中的"双枪老太婆"、《罢宴》中的"刘妈妈"和《喜荣归》中的"老夫人"，还有彩旦行里《刘三姐》中的"王媒婆"和《三里湾》中的"能不够"。不仅如此，母亲由于身材高大，曾在《红楼梦》《梁山伯与祝英台》中反串"贾宝玉"与"梁山伯"。我至今还记得，我第一次看母亲演出的角色是《江姐》中的"双枪老太婆"，其中"革命人永远年青"这段唱成了母亲的保留唱段。母亲在74岁那年，就是凭着这段唱在全国中老年戏曲演唱大赛上捧回一等奖。也是那年，在安徽电视台主办的春晚上，母亲还是唱了这段。

母亲之所以能有如此表现，除了自身努力，哥哥王少舫对她的帮助也是很大的。王少舫在9岁那年被送到上海从师鲍筱麟专攻京剧里的老生。两年的时间里，王少舫学会了一批京剧传统剧目，如《四郎探母》《碰碑》《昭关》《失·空·斩》《宋帝寨》等多出老生戏。王少舫学成回来，每每上台演出，母亲都要在台边上认真看着哥哥的一招一式。母亲曾和我说过："我从我哥哥那里学到了不少真本事。"

母亲改唱黄梅戏是抗日战争爆发之后。那年，母亲一家逃难来到安庆，安庆是黄梅戏"老窝"。以唱京戏为生的母亲一家要想在安庆那块地方生存，显然是困难重重。开始母亲一家只是在大戏（黄梅戏）开场前唱一出京戏的折子戏，但由于老板给的钱少，一家人无法维持生活，无奈之下，母亲一家只能"弃京"改唱黄梅戏。母亲一家改唱黄梅戏，得到了当地黄梅戏老艺人丁永泉、潘泽海等的支持和帮助。那段时间母亲和哥哥王少舫演了黄梅戏传统剧目《打猪草》《夫妻观灯》《兰桥会》《路遇》等。其中《夫妻观灯》是母亲和哥哥王少舫共同创作并演出。十年磨一戏，经过多年磨练《夫妻观灯》日趋成熟，后来成了黄梅戏艺术中的精品。

母亲是一个敢于和命运抗争的人。1969 年 5 月，母亲经检查身患乳房癌，医院决定在 21 日替母亲手术。就在这个时候，剧团"革委会"硬是要母亲下放农村，并说："要相信农村的赤脚医生！"一气之下，母亲在说了一句"我就不信我会死在农村！"后，便领着我们一家离开了黄梅戏剧团。不幸中的万幸，那年的年底，一位方姓的医生为母亲做了乳腺癌根治手术，又介绍母亲去做补充放射治疗，服了近 4 年的中草药。这期间，母亲一边积极治疗，一边坚持锻炼。母亲锻炼的方法和别人不一样，不舞刀弄棍，也不学太极以及五花八门的这操那操，就是走路。每天早晨 4 点出门，沿着环城路走两个小时的路，先是慢走 1小时，之后快走 1 小时，一早晨少说得走上近 15 里的路。除非下雨下雪，母亲这一锻炼就坚持了 15 年。奇迹也就是这么出现了，曾被医生断言只能活半年的母亲，居然闯过了"鬼门关"并健康地活着。用母亲的话说，"上帝也怕我这个'王母娘娘'呢"。父亲生前也曾戏说"上帝也会开后门，看在你是'大姐'的份上，放你一马"。

2001 年，我从外地调回母亲身边。我喜欢在深夜写作，早上不起。母亲为了不影响我睡觉，每天凌晨出门前只是用湿毛巾抹把脸，我说："妈，不碍事的，我睡觉死。"母亲却说："我没事，别影响你休息耽误上班。"我有一次就开玩笑说，你真要怕影响我休息，那你就在家歇着。这样我能睡个好觉，你也能睡个好觉。母亲说："儿子，我把身子锻炼好了，不也是为了你们兄妹三个，省得日后给你们添累赘。"这话说得我的心头一沉，我才知道母亲所做的这一切都是为了我们。她把生命的意义看得是这样的直接明了。从那以后，我常常想着母亲的那番话和她每天凌晨走出家门的情景。我想，世上什么都能重复，恋爱不成可以再谈，配偶可以另择，身份可以炮制，钱财可以重挣，甚至历史也可以重写，唯独生命不能。也许只有母亲才会这样对待生命。她将生命不仅仅看成是自己的，而是关系着我们兄妹，她将爱通过生命的方式传递给我们。

我们陪了母亲 28 天。在母亲清醒的时候，我们的角色好像换了，我们是大人，母亲是孩子。我们贴着母亲耳边不停地说："妈妈你要坚强。妈妈你是我们最好的妈妈。妈妈我们都在外边等着你出来。"母亲无力回答，插在母亲喉咙里的呼吸插管让她也无法回答，母亲只能点头。而在母亲昏迷的时候，我们只能眼睁睁看着母亲，无可奈何，痛苦万分。在最后的一刻，母亲点头同意拿去插在喉咙里达十多天的呼吸管，并不再艰难挣扎。现在想来，母亲之所以同意拿去呼吸管，她肯定是放弃了活的希望。因为两个小时后，心电图上那根表示母亲心跳的青色的线，最后闪了一下，母亲就安静了。母亲永远地睡去，解脱了我们所有的人。

当我写出以上的文字时，心里涌起无尽的遗憾和思念，也真实地感受到"心痛"时针刺的那种痛感。同时我又不禁想到：如果苍天有知，一定会安排父亲母亲在天堂重逢。而我们的血肉之躯就是用父亲母亲赋予的基因组织而成，只要我们像父亲母亲那样真诚、充满爱心地生活，那么，父亲母亲就与我们同生、同在！

我的奶奶

每隔一年，我都要在清明或冬至去乡下看看奶奶的坟。奶奶的坟在一座荒山上，很简陋，碑也没一个。奶奶去世时我 13 岁，也不知道父亲为什么没给奶奶立个碑。父亲去世前曾一再叮嘱我："你是家中老大，一定要记住在清明去乡下看看奶奶。"

关于奶奶，很早就想着写点什么，可关于奶奶那些生活的碎片已经在繁忙的生活之中被逐渐地湮没，那些难以捡起来的点点滴滴让我无法提笔。为了让自己在日益物欲横流的日子中不会彻底忘怀至少还残存着的记忆，为了让奶奶那早已发黄的照片在我的生活中如昔日般清晰，虽然奶奶的足迹很是模糊，可奶奶那无言之中绽放的花朵却依然绚烂美丽，让我在生活的孤寂之中铭记于心，魂牵梦绕。

奶奶个子不高，微驼的背，有着一双鲁迅先生笔下杨二嫂式的圆规脚，走起路来颤颤巍巍，梳着粑粑头，耳垂下吊着一对银耳环，有着一张慈祥的面孔。奶奶这辈子只生了一个儿子一个女儿。我出生时，是唯一的长孙，过了一年才有了弟弟，又过两年有了妹妹。在旧式妇女中，对大孙子的宠爱是天然的。奶奶护佑着我长大，从没有一句训斥和责骂。不仅如此，因儿时太调皮，常常挨父亲的打，这时候奶奶总是护着我和父亲吵，每次挨打后，奶奶总是悄悄地，从她卷了好几层的手绢里拿出一角钱递给我，让我自己买好吃的。

只是有一次，弟弟放学时手里捧回一张奖状，嚷着让奶奶把奖状贴在墙上。奶奶没好气地对弟弟说等你爸爸回来让他贴。这时我正趴在吃饭的方桌上写作业。见弟弟不在，奶奶颤巍巍地拿起扫帚，用扫帚把照准我的屁股就是一下，问我："是不是上课不好好听老师讲啦？你就不能给奶奶争口气，也捧个奖状回来让奶奶高兴高兴?"在我的记忆中,这是奶奶唯一的一次打我,也是唯一的一次关注我在学校的情况。大概是习惯于奶奶生活中周到的照应,虽然扫帚把落在我身上,一点都不觉得疼,但奶奶的话却深深地印刻在我的记忆中。

20世纪60年代末,奶奶和母亲同时都被检查出患了癌症,奶奶是子宫癌,母亲是乳腺癌。那个年代,一家出现了两个癌症患者,真是任谁都会唏嘘无奈。然而屋漏偏逢连夜雨,船迟又遇打头风。就在这时,我们全家被要求下放农村安家落户,父亲多次力争但形势所迫,最后只能带着全家下放农村。

到了农村把家安置好,父亲又为奶奶和母亲的病去省城寻求治疗方案。奶奶因是癌症晚期,而且又坚决不去医院接受手术,只能依着她保守治疗。而父亲带着母亲和弟妹去省城,把我留下来照顾奶奶。那年我13岁。

每天早晨上学前,我把隔夜的饭放点水烧开后,放点咸菜,端到奶奶的床前,再用手扒一扒她的眼睛,看能不能睁开。只有当奶奶睁开眼,我才敢放心地去上学。那时候我就想,奶奶生病我可以照顾,要是她突然醒不过来了,我该怎么办啊?看着奶奶,我真的很无奈,要是我能替奶奶受罪就好了,别让病魔折磨奶奶了。

一天晚上,我刚洗好脚准备睡觉,奶奶把我叫到她面前说,小唯啊,如果奶奶死了,你要告诉你爸爸,不能把我送到火葬场烧了,一定要给我买口棺材埋到山上去。可记住了?我点点头说记住了。接着奶奶又哆哆嗦嗦地掀开被垫摸了半天,掏出我所熟悉的那条手绢,递给我说,这里面有五块钱,不要和你爸爸说,你自己留着用。我说奶奶你留着吧,我不要。奶奶说,我现在也用不上了,你拿着。怕奶奶生气,我接过了手绢。

第二天和平时一样,我端着早饭递到奶奶面前时,奶奶是背对着我的,我用手想把奶奶翻过来,怎么也搬不动,我一用力,奶奶整个人一下翻了过来。此时的奶奶静静地躺在那里,满脸慈祥,就跟睡着了一样。我不敢相信自己的眼睛,不相信奶奶就这么静静地走了,我大声地叫着奶奶,双手不停地摇着奶奶,连喊带哭,大哭,恸哭,可是奶奶再也没有醒过来……

转眼间,奶奶离开我有40多年了,只在清明或冬至,我拎着这个湿漉漉的日子与奶奶相见。隔着坟头我总是怅想,奶奶在里头,而我在外头,像隔着一堵没有门的墙,我不得其入而奶奶不得其出。我不知道在另一个世界的奶奶,是否还想到我?但愿她像我想她一样想我!

第二辑

02

| 凡尘清唱 |

敬畏文字

人到中年，朋友们都劝我悠着点儿，别整天趴在电脑前写那没完没了的破文章，这年头谁看啊。我能够理解朋友们的好意，不管谁劝我，我都把朋友的话接过来，轻轻拿在手里，不能让朋友的话掉在地上。其实朋友不解，文字，简单而真实，能让我们痛痛快快地道出所思所想。

文字不是冰冷的笔画、方块及其组合，文字是有温度的，是有筋骨的，是充满了力量的。《最后一课》中，韩麦尔先生的那一句话仍印在我脑海里："法国语言是世界上最美的语言，最明白，最精确。"又说："我们必须把它记在心里，永远别忘了它，亡了国当了奴隶的人民，只要牢牢记住他们的语言，就好像拿着一把打开监狱大门的钥匙。"是的，文字，是民族最坚实的屏障。

曾几何时，我们渐渐地对文字少了几分敬畏，少了几分善待。当敲击键盘成为一种习惯，却忘记了一撇一捺的书写，"提笔忘字"无疑是对中国传统文化的一种伤害。经历了五千年历史的中国汉字，尊严正在逐渐丧失，这成为一个令人忧心的文化现象。"癞蛤蟆"，几乎不会有人念错的动物名，然而在《中国汉字听写大会》上，竟然只有30%的成人写对了这3个字；"间歇"，这个日常书面语，听写错误率竟然高达40%。成人汉字书写所呈现的低能，让我们大跌眼镜。光明网曾经以"在网络时代如何看待汉字的书写"为主题做过问卷调查，44.25%的人觉得自己的字不好看，41.52%的人经常提笔忘字。有专家说，语言来自民族的历史和生活，汉字不能被简单看做是文字工具。现在人们写字越来越少，母语情感会逐渐淡漠。短期内可能看不出影响，但百年后，汉字恐怕会遭遇危机。

敬畏文字是一种文化品德。唐代诗人贾岛会为了"僧推月下门"还是"僧敲月下门"琢磨半晌,反复思量"推"和"敲"哪个更好。一字之差,意思迥然。千百年前的古人尚且如此,今人又该作何思想?联合国教科文组织早就提出"学习母语是一种权利"。法国规定"法产商品的商标必须使用法文";韩国主张"立志于国语发展和国语文化创造";俄罗斯甚至把保护母语纳入了国家安全战略;在邻国日本,从小学到初中都有习字和书法课,文科大学里书法也是必修课。汉字是我们文化的根,是滋养我们现实生存发展的血液。在网络时代,当我们握着鼠标,是否还记得第一次握笔写字时,那是何等欣喜的情景;是否还记得心中充满了对文字的敬畏!

是文字,记下了"先天下之忧而忧,后天下之乐而乐"的爱国情怀;是文字,描绘了"晓风残月"诗一般的意境;是文字,勾勒了一幅"采菊东篱下,悠然见南山"的画卷;张继大概永远想不到的是,他会因《枫桥夜泊》而被世人深深景仰,并被写入历史;辛弃疾被闲置多年,与文字相伴,留下了"把栏杆拍遍"的爱国情怀;一句"春江潮水连海平,海上明月共潮生",人们记住了张若虚,于是有"孤篇盖全唐"之誉……作者因作品被后人所传诵而被记住,这种现象并不少见。

人的一生是一个不断退守的过程,也是丢盔卸甲的过程。剩下的东西不多了,你钟爱的,总是保留到最后。我钟爱文字,痴缠写作,每天,一杯茶,一本书,一篇文字,就是最好的陪伴。也正是因为文字,使我每天活得充实、快乐。对我来说,文字是我活在这个世上最好的依托,写作是我最美的人生状态。前不久,看了梁衡先生的一篇短文《命薄原来不如纸》,文章感叹:与宣纸的千年寿命相比,人的生命无疑是短暂的,"看来,人如要寿,只有把生命转换成墨痕,渗到纸纹里去"。是啊,生命终有一天会终止,但文字,可以永远活着。

古人云:"风雷雨露,天之灵;山川民物,地之灵;语言文字,人之灵。"对于汉字,我们只有敬畏的资格。

朗读者

"你有多久没有朗读了？很久了吧？因为很多人觉得，朗读，那是学生时代的事情，或者说它只属于一小部分人。不，朗读属于每一个人。"这是央视文化情感类节目《朗读者》第一期中，制片人兼主持人董卿的一段自问自答。

事实上，朗读的传统在中国自古有之。《尚书·舜典》写道："诵其言谓之诗，咏其言谓之歌。"儿时长辈们教我们的童谣，可以说是最初级的诗词，通过诵读的形式，我们能更快地记下这些优美的古典诗词，并慢慢理解了其中的含义。只是不知从什么时候开始，我们习惯了省时快速地浏览即时信息，远离了细细咀嚼、沉醉其中的"知其然亦知其所以然"的思考阅读；习惯了方便携带的电子化图书，远离了一支笔、一本书的"书香阅读"。当然也有例外，许鞍华的抗战题材电影《明月几时有》预告片，开头就是周迅特有的低回嗓音朗读了茅盾先生的散文《黄昏》，画面配音相得益彰；徐静蕾的电影《一个陌生女人的来信》从头到尾贯穿着信的独白，电影里最让人动情唏嘘的就是被念出来的部分；张艺谋在谈到自己的电影《归来》时说最喜欢的一段是念信，陈道明念完"春天真的来了"，给了个长长的停顿，巩俐眼睛有一点点湿润，就在那儿听着"这好过所有"。

我的第一次真正意义上的朗读是在 1976 年 3 月。

那年 3 月，省话剧团（现已改为省话剧院）招收演员。在得知了这个信息后，父亲给当时还在农村插队的我来信，让我和生产队请个假赶紧回合肥。赶到合肥后，没有休息，父亲让我换了身衣服，接着带我来到省话剧团家属宿舍。在二楼最里面的一间屋前站住后，父亲敲了敲门，不一会儿，门开了。父亲对开门人说，赵老师我把小唯带来了。没有寒暄，赵老师一上来就让我朗读。我看看父亲，父亲说，别怕，就跟在家一样。我鼓足勇气，操着带有浓重合肥地方方言的"普通话"，抑扬顿挫地朗读了毛主席诗词——《七律·长征》。

赵老师沉默片刻后说了几句鼓励的话，接着话锋一转说"声音洪亮，并不是说要你扯着嗓子喊。你首先要理解这首诗的含义，读出感情，要注意在朗读过程中的停顿、重音、语速和句调。朗读必须要用普通话，在朗读之前，首先要咬准字音，掌握语流和音变。比如说唐诗《春晓》知道吗?"我点点头说："知道。"赵老师说："朗诵这首诗时，要注意把握好停顿：春眠/不觉晓，处处/闻啼鸟。夜来/风雨声，花落/知/多少。念到'晓、鸟、少'时，字音要适当延长，带点吟诵的味道。特别是在读'花落知多少'时，重音要放在'落'字上，这样才能让我们感觉出诗的音韵美和节奏感。"接下来，赵老师又说了很多有关朗读的术语，只是让我听得一头雾水，说心里话，不就是一个朗读吗，有那么复杂吗。想归想，但我还是表现出十分虔诚的样子，不停地点头以示听懂。

从那以后的半个月，每天早晨，母亲带我去护城河边练嗓子。母亲是演员，知道如何练嗓子。什么口腔共鸣，胸腔共鸣，腹腔共鸣，等等，听着都新鲜。白天父亲让我听广播，学习普通话，朗读各类散文和诗歌，晚上，我一个人去赵老师家上小课。

考试的日子到了，在省话剧团的小剧场。尽管事前做了充分的准备，但是一走进剧场，看到那么多的考生，和一个个脸上毫无表情的考官，我一下莫名地紧张起来。万一忘了词怎么办? 万一中间打了顿怎么办? 万一吃"螺丝"怎么办? 然而所有的万一等我走到台前，从朗读的那一刻起，统统都不存在了。我记住了母亲的话，上了台，眼睛不要往下看，要平视，要往远处看。那天我朗读的是高尔基的作品《海燕》。

第二天接到通知参加第二轮考试。父亲立马再次带我去了赵老师家，商量下一步要做的准备。也就是从那天开始，由赵老师的爱人陶老师负责教我做无实物小品练习。所谓无实物小品练习就是空手练习。比如吃饭，没有碗筷，但你表演时必须让大家看懂，知道你这是在吃饭。

这之后，又参加了多场考试，最终由于其他原因没被录取。虽然没有录取，但通过小半年的锻炼，朗读对我日后的生活起到了关键作用。那年年底，铜陵市文工团来合肥招演员，经赵老师推荐，经过两次面试，最终我被录取。我还听说，和我一起报考省话的王诗槐和侯露，前者考进巢湖市文工团，后者考进池州市文工团。现在的王诗槐已经成了著名的电影演员，侯露现在是国家一级编剧、安徽戏剧家协会副主席。

很多年过去了，是《朗读者》唤起我的回忆。我已经很久很久没有朗读了。回望曾经熟悉而今模糊的朗读过程，美好记忆仿佛在这个春天醒来，唤醒它的是《朗读者》。是的，朗读者就是朗读的人，朗读是传播文字，而人是展现生命，将值得尊敬的生命和值得关注的文字结合在一起，于喧嚣中放缓节奏，将那些字节从心灵深处放出，冲出唇齿，闯入听者的耳膜，最终走进对方心里，泛起我们的文化情感深处的阵阵涟漪，最终完成以心对心的沟通。

雨

新年伊始，央视《中国诗词大会》第二季火爆荧屏，一曲飞花令，让众多观者如痴如醉，一时间古诗大热，唐诗宋词之高雅，五言七绝之韵律，无不让人暗自叫绝，拍手称快。中华五千年传统文化又一次光彩耀人，不亚于雾霾中的一缕阳光，是当今纷乱环境中的一股清流。

在第二季的比赛现场，新增加的"飞花令"让我们大开眼界。原来今天玩的"空当接龙"游戏，中国古代早已戒型且玩得如此高雅。我在网上查了，原来"飞花令"源自古人的诗词之趣，原本是古人行酒令时的一个文字游戏，得名于唐代诗人韩翃的名句"春城无处不飞花"。在这季《中国诗词大会》中，节目组引进并改良了"飞花令"，为每场比赛设置一个关键字，不再仅用"花"字，而是增加了"云""春""月""夜"等诗词中的高频字，增加了比赛的紧张感和趣味性。

整个赛季看完，觉着也有点遗憾，因为在飞花令的选字里少了一个"雨"字。我们都知道，当我们谈到诗歌尤其是古典诗歌时，除了四种常见的意象风、花、雪、月，事实上，只要稍加留意，就会发现，雨这一意象在我国诗歌中出现的频率与前四者相比，可以说是有过之而无不及。早在《诗经·卫风·伯兮》中就有"其雨其雨，杲杲出日"的诗句。此外，沈颢的"遍地园林同己有，满天风雨助诗忙"，王维的"空山新雨后，天气晚来秋"，苏轼的"软草平莎过雨新，轻沙走马路无尘"，韩愈的"天街小雨润如酥，草色遥看近却无"，杜甫的"细雨鱼儿出，微风燕子斜"，朱服的"小雨纤纤风细细，万家杨柳青烟里"，欧阳修的"双燕归来细雨中"，等等，诗人们把自己特有的感受、体验、情绪和心态都融注到对雨的描绘中，因而产生了不同的雨的意境，天人合一，妙不可言。

我是喜欢雨的，向来都喜欢。不管是淅淅沥沥的春雨，夏天的瓢泼大雨，还是缠缠绵绵的秋雨，甚至是冬天的冰雨。它带给我的是不一样的感受，不一样的心情。特别是下雨的时候，心情是完全放松的，很适合一个人静静地想心事。

我喜欢"清明时节雨纷纷"。因为每到这一天，我都会想起远在天堂的父母。虽然"树欲静而风不止，子欲养而亲不待"，但是，一年一度的清明节，却给我提供了一个弥补孝念的机会。跪在距离亲人最近的地方，在心底默默地叨念："亲爱的爸爸妈妈，你们好吗？这些日子，我经常地梦到您、想起您。今天我来看你们了，并带了好多在那边可以花的钱。你们就尽情地花吧，不用惦记我……"

我喜欢"昨夜雨疏风骤，浓睡不消残酒"。我们这代人，少儿时恰逢三年困难时期，到了读书的年龄又逢"文化大革命"，于是中学一毕业就远离家乡，到一个完全陌生的农村插队劳动。在那里我和农民们一起，在烈日的暴晒下赤脚下田收割播种，知道了"一粥一饭，当思来之不易"；在那里，我懂得了什么叫纯朴，什么叫义气，什么叫苦难，什么叫真情。改革开放后又为一纸文凭与年轻自己十多岁的师弟师妹们同在一个教室里苦读。当我第一次读到李清照的这首小令，想到的是两个词：青春易逝，悲伤惆怅。

我喜欢"大珠小珠落玉盘"。在雨夜，凭窗静听雨点敲打叶瓣的节奏，以感知天地间最纯美的琴瑟之音。此时，心中油然泛起一种灵性，与悦耳的雨声作心灵的对话，使我处于一种天人合一的超然状态。在这时，我可以什么都想，也可以什么都不想，心是淡淡的，仿佛时间都停顿了，好像天地间唯我独尊。

我喜欢"而今听雨僧庐下，鬓已星星也"。退休一年多了，我已从无所适从到慢慢地学会了适应，卸载了许多过去很重要但现在已无用的东西，找到了新的生活坐标，对雨更多了一份悠闲自得的心态。每当细雨飘零的时候，我喜欢打开窗户，任凭雨把丝丝凉意带进房间，令人心旷神怡，忘掉人世间的浮华、喧嚣、得失，身心不自觉地融进雨那清新、淡雅的意境之中……

喜欢雨，"细雨湿衣看不见，闲花落地听无声"；喜欢雨，"小楼一夜听春雨，明朝深巷卖杏花"。心情若雨，雨若心情。因为喜欢，人与自然浑然成一体，蓦然大悟；因为喜欢，感受一种境界，一种追求，一种淡然！

杯酒人生

人有千面，酒有百味。

"举杯邀明月，对影成三人。"酒，不仅是李白的灵感之源，还是他的好友。李白斗酒诗百篇是他最真实的写照了。而对于"吾饮少而辄醉兮"的东坡先生，也喜欢唱出"把酒问青天"之类的诗句，他的《赤壁赋》和《赤壁怀古》最后都以一樽酒、一轮明月结束，或许正如他自己所言"使我有名全是酒"，仿佛少了这一杯，苏轼就会失去了几分潇洒，几分从容。杜甫"性豪业嗜酒"；欧阳修这个醉翁留下"醉翁之意不在酒"的名句；李清照儿时就已经"沉醉不知归路"了，结婚后更离谱，"傍晚就东篱，把酒黄昏后"，到了早上就"浓睡不消残酒"起不来了。她的酒，是与愁字紧紧连在一起的，所谓"借酒消愁愁更愁"。

或许是千年来的传承，也可能是受一种特定文化的熏陶，从古至今，迎来送往、婚丧嫁娶、结交办事、亲朋聚会……都离不开酒。有人说，酒是个好东西，也是个坏东西。其实，酒本身无所谓好坏，好坏取决于喝酒的人。生活中，有些人喝酒喝出了离愁，喝出了情谊，喝出了豪情；有些人杯来盏往之中深藏谄媚的虚伪和各种目的。最常见的是借酒撒疯的人。他或是找出各种理由让你不得不喝，或是用他那双富有情感的手拉着你，贴近你的耳边，说一大堆车轱辘话，把饱和着酒精的空气蘸着口腔的特殊味道，喷在你的脸上或者吹到耳朵眼儿里。还有是以酒壮胆的人，总以为喝多了之后干的任何蠢事别人都会原谅。于是毫无顾虑地说着一段段七荤八素的话，配搭着某些夸张的动作，把空气搅得喧嚣而有些腥臊。再有一种人挺高明也颇有心计，把敬酒当成宣誓，穷尽美词，或者以喝当罚，企图在领导面前把许多工作中的欠缺抹平，甚至拐个弯生产出另外的亮点……

我不喜欢喝酒。然而自 2006 年担任一家文化馆馆长后，我才明白很多时候，好多事情如人脉联络、办事公关、经济合作，都是在酒宴中促成的。

酒宴上，人家要与我喝酒，满脸赔笑地跟人解释不会喝酒，人家说：男人不喝酒，枉在世上走！执拗不过说："倒杯啤酒吧！"人家说：喝酒不喝白，感情上不来。退到山穷水尽的地步，只能说："我沾一下。"人家说：感情浅舔一舔，感情深一口闷。正所谓欲加之"醉"，何患无辞。最后，当我以人格发誓说真不会喝酒时，人家就会说，亏你平时还写写狗屁文章呢，看人家李白，斗酒还诗百篇呢，你怎么就这么厖啊。知道朋友使的是激将法，但是在无法承受一杯水酒渗透的感情、人品、尊严之重的时候，感觉再不喝无地自容的时候，胆边会生出些许舍身饲虎的壮烈，于是，一场酒席下来，又多了一次浑然不知中被人送回家的经历。

喝酒的过程于我来说最怕的要数敬酒了。敬吧，一桌十来个人，如果一人一个"单眼皮"（满杯为单眼皮，半杯称双眼皮），我非在酒宴还没结束就就此倒下；如果端着"双眼皮"去敬酒，人家是不会听你的解释，而是一边说你没诚意一边拿起身边的酒瓶帮你倒满。如此，喝也不是不喝也不是，难堪得无地自容。如果是有领导或是自己的顶头上司在场，酒量再不大，即使喝下就醉就倒，不敬也是不行的，装傻是装不过去的。因此有人总结说，敬酒，敬好了，陌路马上成兄弟；敬不好，恭喜你，又多了一个新的冤家。

如果仅仅到此为止也就罢了，要命的是，酒过三巡之后，敬酒极可能上升为另一个高度，即拼酒、灌酒。其结果有的人借着酒劲儿，大吵大闹、大哭大笑、手舞足蹈、骂骂咧咧、走东窜西。不该出的错出了，不该出的丑出了，不该办的事办了，不该犯的犯了，等到醒酒后一切则是悔之晚矣。

中国传统文化讲究中庸之道，忌讳太满、太盛，认为物极必反，圆满和极致并不是吉祥的状态。诺奖得主莫言说"每赴一次宴，差不多就要被人扶回来"。逢喝必醉，胃病发作，他渐渐对酒厌恶，有一段时间干脆不喝了，他说，"我再也不想去官家的酒场上逞英雄了"。再有，有多少不能自制的人，因长期饮大酒死在酒场上的有之；喝醉了在社会上惹是生非的有之；回到家里不是打老婆就是骂孩子的有之……其害之广，可见一斑。

喝酒，实际上喝的就是一种心情。喝的不只是酒的本身，而是文化、是感情。清朝人张潮在《幽梦影》有一段关于喝酒的描述:"上元须酌豪友,端午须酌丽友,七夕须酌韵友,中秋须酌淡友,重九须酌逸友。"细细品之,犹如一幅锦灿华丽的饮酒图,一份悠远绵长的意趣。现在的我有时也和朋友们喝喝酒,我所说的喝酒是那种两三个好友或者是至交,找个不用太豪华的地方一坐,没有目的,没有功利。小菜两盘,啤酒数杯,边吃边聊,无所不谈,这样的喝酒,如梁实秋所言"花看半开,酒饮微醺",才是最令人低徊的境界。

　　喝酒种种,其实就是人生种种,喜怒哀乐,各有不同。

酒逢知己

我写过一篇短文《杯酒人生》。在那篇短文里写到，我不喜欢喝酒，然酒逢知己，我是一定要小啜几杯的。

2013 年那个冬季，我记得很清楚。我回到了工作和生活了 24 年的铜陵。十多位铜陵的朋友在一起聚餐，喝酒，回忆当年我们一起工作的经历和趣事，说些只有我们才听得懂的"黑话"，感触万千。大家频频举杯，为我们年轻时的梦想和疯狂，几杯酒下去，心里面的茫然就多于快乐了，鼻子一酸，眼泪就涌了出来。大家吓了一跳，忙问为什么，说一些劝慰的话，可越劝越伤心，情绪低落至极。最后我居然丢下大家独自跑回下榻的宾馆。

第二天，大家笑骂我没用，喝那么点酒就醉成那样。我说，我没醉，醉的是心情。古龙曾酒后吐真言："其实，我不是很爱喝酒的，我爱的不是酒的味道，而是喝酒的朋友，还有喝过酒的气氛与趣味，这种气氛只有酒才能制造出来。"是的，酒之所以让人欲罢不能，正因为，有人喝出了情调，有人喝出了往事。

事后，我还常常回忆起那次喝酒，惊讶于"酒逢知己千杯少"的真理般的含义。

有一次受舒城县文化馆之邀去讲课，见到了原在县文化馆当副馆长的胡老师。我曾在舒城县舒茶公社插队八年。由于出身梨园世家，不论是大队、公社还是县里，只要组织文艺演出都会找到我。记得 1974 年六安地区（"文革"时六安还没设市）要组织全地区文艺汇演，舒城县当然要组队参加，于是县馆的一纸通知到了公社，让我三天后到县文化馆报到。到了县馆之后我接的任务是担任小戏《追报表》的男一号。然而当我听说是庐剧时，我不干了，因为我从小在省黄梅戏剧团大院子里长大，家人又是唱黄梅戏的，所以我打小就不喜欢庐剧，为此，胡老师当场决定将庐剧改为黄梅戏。后来我才知道，为了这次去六安演出，胡老师用了一星期时间已经把《追报表》的全部唱腔写好了。

这回的酒定是要喝的。讲完课，我谢绝了县馆的安排，去了胡老师的家。在胡老师家里，我与胡老师以及几位当年在一起演出的朋友畅饮畅叙，友情如酒，愈饮愈香，愈品愈醇。那酒呀，一杯再一杯，一杯再一杯，怎么也喝不完似的。我竟有些得意：我还真能喝！朋友们说我，看不出来，你现在也能喝酒了呀，想当年你可是滴酒不沾啊。

俗话说"酒壮人胆"。有一年元旦，参加一个朋友的婚礼宴。端着酒杯，看着台上一对新人幸福满满的笑脸，我的心却是空空的，是木然的。不知何时，一只红酒杯轻轻地碰了我手中的酒杯，一个神态优雅的女孩坐在了我的身旁。她的眼睛里是切切的爱慕，是一见钟情的喜悦，我盯着她看，木然的心在这一刻怦然苏醒。然后，我们什么也不说，就那样一直相互凝望着，感受着突如其来的酒逢知己的喜悦。不，不只是酒逢知己，这是超越知己的情感，这是爱情。比美酒更香醇的爱情！

时至今日，我不知那晚我究竟喝没喝酒，喝了多少酒，但我知道，从碰杯那一刻起，爱情改变了我的生活，赐给了我一生最美丽的记忆。虽然，数年以后我们选择了天各一方，但每每追忆起来，并不遗憾。

千般滋味，杯酒人生。身心风尘，时过境迁，现在的我行走在浩瀚的笔墨旅途中，奔波在南来北往悲欢离合之间，酒也一直陪着我见证了许多温婉的光阴，唏嘘的万千感慨。"当一个人沉醉在一个幻想之中，他就会把这幻象的模糊的情味，当作真实的酒。你喝酒为的是求醉，我喝酒为的是从别样的醉酒中清醒过来。"记不清这话是谁说的，但我能理解其中的滋味。你问喜欢喝酒的人，是喜欢酒的本身，还是喜欢喝醉的感觉呢？你问喜欢抽烟的人，是戒不掉尼古丁的瘾，还是享受着在烟雾缭绕间迷迭的情愫呢？答案终是迷离。我们大部分人，都只是世间的尘埃，我们需要借酒去宣泄，去逃逸，或去作片刻的出离。这合情合理。但我企求，有一天当我们举起酒杯，不是因为自我破碎，而是以酒成欢，以酒忘忧。

酒逢知己，醉了也是醒着，醒着也是醉了。菜根谭所谓"花看半开，酒饮微醺"的趣味，才是最令人低徊的境界。

你以为你是谁

一位在剧院工作的朋友，戏演得特别好，在圈子里特受追捧和尊崇，但在做人上却让我不敢恭维。无论什么场合他都觉得自己高人一筹，甚至连走路都有一种优越感，趾高气扬的。觉得不论谁，都应该很尊敬他甚至崇拜他，假如某人在某种场合对他有一点不敬，他都会视对方为可恶的无知之徒。

一次，我和他去一市里参加当地举办的艺术节开幕式。在饭局上，也不知为了什么，朋友和同桌的一位争了起来，双方互不相让，唇枪舌剑。负责接待我们的主办方是位副局长，急着站了起来是两头劝，手中端着酒杯，一个劲说，不说了，不说了，喝酒、喝酒。谁知不劝还好，越劝我那朋友越来劲，言语间夹杂着一些粗话。我这时候赶忙站了起来，语气很重地压住双方的话头：如果你们二位不想让我们好好吃这顿饭，那我们就撤，什么大不了事啊。不看僧面看佛面，当着人家东道主的面这样好看呀，你们不要脸面我们还要脸面呢。

见我认真了，双方没再说话，我也见好就收。饭后，我向对方小声介绍说：知道他是谁吗？他就是我们省里著名艺术家×××，国家一级演员，在省里很有名气的。让我没想到的是，对方一点也不为我朋友那样的名气而有所收敛，用不屑的口吻说，那又怎么样？戏演得好，自有喜欢他的粉丝捧他，你想让所有的人都对他敬畏，恐怕没有这个道理吧？说到底不就是一个唱戏的嘛，有必要那么盛气凌人吗！

我颇有同感。

我想到了曾经两次荣获普利策文学奖的美国著名小说家、戏剧家布思·塔金顿。一次，在一个艺术品展览会上，有两位豆蔻少女拿着笔记本跑到他面前要求签名，塔金顿欣然应允，用铅笔在少女的本子上郑重其事地签上了自己的名字。谁知少女看过后，非常失望，问："你不是罗伯特·查波斯吗?""不是，我是布思·塔金顿，是《爱丽丝·亚当斯》的作者。你们没有读过吗?""哦，没读过，对不起，我们认错人了。"两位少女扭头便走，并且边走边用橡皮擦他刚签上的名字。顿时，布思·塔金顿像被雷击了一样呆在了那里，他没想到他的鼎鼎大名在两位少女眼里竟然不值一文。从那以后，他经常告诫自己：你没什么了不起，你不过就比别人多写了两篇小说，如此而已。

再有，英国著名戏剧家萧伯纳应邀到俄国访问时，曾兴之所至地在莫斯科街头与一位小女孩玩了会儿游戏。分手时，萧伯纳不经意地对小女孩说："回去告诉你妈妈，今天同你玩耍的是英国戏剧家萧伯纳。"他以为以他在世界上的名气足以让小女孩感到兴奋，谁知小女孩望了他一眼，也学着他的口气说："你也回去告诉你妈妈，今天同你玩耍的是小女孩安妮。"这个回答让萧伯纳大吃一惊，他立刻意识到自己的矫情，意识到一个人无论名气多大，也并不是走到哪里都有人认识你，人得始终平等待人。

认真想想，我们都是普通人，正因为普通，我们大可不必拿腔作调，显摆圣人气象。因为职业或爱好，我们每个人都有自己活动的领域，都努力在属于自己的领域内争取做到最好。军人想做将军，科学家想出成果，警察想多抓几个罪犯，甚至一个普通的建筑工人，因为手艺娴熟也能为人称道。在一个特定的范围里，你成就大了就有人对你推崇备至，甚至是无所不在的崇拜和喝彩。但是，一旦你脱离了这个特定的领域，你的优势就不一定被别人认可，你身上的光环自动剥离，你也就是人群里一点也不起眼的普通人，没有人再用特殊的眼光关注你。

这个世界上，不管你在自己的领域里多出色多优秀，千万别把自己看得太重要。摆正自己的位置才是根本。

虚度些时光又怎样

　　多年习惯，上班的第一件事就是浏览一下当地的报纸。那天在省报看到老同学赵去世的讣告，着实让我吓了一跳。不敢相信，打电话过去询问，得到的回答是因病突然离世。放下电话，半天没有回过神来。

　　同学在一家正厅级单位担任二把手，平时很少来往，只是在节假日相互发个短信问候一下。记得在一次同学聚会上，虽然他出差在外，但还是从其他同学那听说了他的一些事。在一家医院工作的女同学告诉我："你不知道，别看他刚到50岁，但未老先衰，得了心脏病。在准备给他做心脏支架手术的那两天，他把病房当成了办公室，下属走马灯似的来来往往，闹腾极了。自己回单位开会也是家常便饭，仿佛地球离了他不转。他患的是心脏病呀，稍有不慎就会见上帝的。"

　　我曾问过他工作真的是那么忙吗，他的回答是你不在其位不知难哟。想想也是，人生梦长苦短，几十年一晃就过去了。活在当下，人人都在忙碌，无论是莘莘学子还是职场精英，无论是大人还是孩子，无论男人还是女人，人人都忙着竞争、充电，起得跟鸡一样早，活得像牛一样累，超负荷地运转，超负荷地工作，其后果透支了健康，透支了人生，透支了梦想，快乐越来越远，抑郁越来越近，再回首，人生已远。

　　同学赵的突然离世，令人扼腕叹息。死者已矣，念其人阅其文，不免痛及肺腑，想想真是"人世几回伤往事，山形依旧枕寒流"。我也算披阅数载，感受无数，淡忘无数，然独独记住了那位女同学说过的话，把工作带到医院里做，究竟是想不开还是真的忙成那样？身体有恙，仍然念念不忘工作，工作真的那么重要吗？事业有成固然很重要，但是因为事业而失掉其他的东西，很容易与人生、与理想背道而驰。就像人活着，需要阳光、空气和水一样，工作只是人生众多构成部分的一小块，如果把工作当成人生的全部，势必会顾此失彼，付出不应有的代价。

由同学的突然离世想到当下的我。我每天也是顶着各种压力，循规蹈矩的工作已经成了一种习惯，但是，无论工作多忙，我坚持在双休日选择一天，把自己关在家里，不上网，把手机也关掉，切断与外界的一切联系。朋友们也曾指责我太过分，但我的回答是：虚度些时光又能怎样？就像《我想和你一起虚度时光》歌里唱的那样，低头看鱼，落日下散步，风起的时候坐在走廊上发呆，生活像花草一样美好。

虚度些时光，才能把迷失在喧嚣尘世里的自己找回来。如果执意去追逐与获得，不肯放手，人生那种不由自主的悲哀与伤感会更加沉重，为物所累，羁绊一生。人生就是一趟旅程，走累了，歇上一会儿，看看花草，看看蓝天，喝口茶，喘口气儿。人生不仅仅只有立正，还有稍息，适当地虚度些时光，然后重新出发，生命旅程才会走得更加从容畅然！

就像此刻，一个人在小区里散步，穿行在一幢幢居民楼之间，那一株株桂花树悄然绽放清香，悠悠的，淡淡的，丝丝缕缕直入心底。看家家户户的灯光渐次亮起，宁静平和，现世安稳。我现在体会到，人的很多糊涂，都与把自己看得过分重要有关。总以为自己的才是最好的，总以为别人的不如自己的，总以为自己是不可替代不可或缺的，这其实都是把自己看得太重要所产生的错觉。

人生苦短，一天天就是一年年，一年年就是一辈子。每个人，都有属于自己的生命状态，我们不需要刻意活成某种固定的模式，不必活得那么紧张。真正重要的是，第一知道你应该要什么，人生中什么是重要的、值得争取的；第二知道你能够要什么，做什么事最适合于你的性情和禀赋。前者是正确的价值观，后者是准确的自我认识，在我看来，二者是让你的生命从容的关键。

放下一切，在虚度的时光里，享受着尘世间最微小、庸常的幸福。

好好活着

　　同学沈的姐姐来省城办事，电话里，我问她中午可有安排，请她吃个便饭。她回答要赶回县里，说下次吧。我说下次和你弟弟一块来玩玩，我挺想他的。对方稍许停了一会儿，语调低落，说她弟弟年前出了车祸走了，我一下呆住了。

　　我和沈是初中同学。因为爱好篮球，我们成了最要好的朋友。那时少不更事，再加上"文革"期间学校管理混乱，无课可上，因而我和沈几乎整天都泡在球场上。沈个不高，但灵活，投篮又准，那时我们学校教学水平不怎样，但篮球水平在全县所有中学中倒是很有知名度的，我和沈都曾代表过县中学生篮球队去专区和周边一些县打过球。我和沈同一个公社，他家住在镇上，每次只要是去镇上，我都要去他家，不是瞎聊，就是到公社的篮球场打球。初中毕业，他去了县里一家高中，而我依旧在镇中学上高中。尽管分开，沈每次只要从县里回来，必定要到家里找我，必定相约到公社球场打球。高中毕业，我离开了家考上一家市文工团，而沈考上一家粮校，毕业后回到县里，在县粮食局工作。尽管不在一地，可我们一直都保持联系。

　　同学沈的去世，让我又想到同事小丁的死给我带来的震惊。去年底，原单位同事打来电话，说小丁因患癌症，死了。我说怎么可能呢，两个月前我们还在一块共事过，怎么说死就死了呢！我和小丁同事三年，虽说后来我由市文化馆调到一家区文化馆，但因业务关系常常和市馆保持联系。小丁在单位负责行政事务，说白了也就是跑跑腿，做些服务工作。因为所从事的专业不同，我和小丁的相处也只是很一般，唯一记得的就是小丁有点口吃，我们常学他拿他取乐。好在小丁从不生气，而且笑容可掬。

　　去年10月，我去铜陵参加华东六省一市小品大赛，作为大赛承办单位，我们省文化馆和铜陵市文化馆共同负责整个大赛期间的服务工作。按照分工，铜陵市文化馆负责每个节目之间道具的换场。这项工作，说大不大，说小不小，因为在换场时大家动作要快、道具的摆放位置要到位，否则会给演员带来很大的麻烦。小丁也参加了搬道具。记得是江苏代表队的一个小品，要搬三张办公桌上场，当时我负责场上调度，我就催着小丁和另外一位快点。节目演出时，我看到小丁坐在后台的一张椅子上，脸色煞白，气喘吁吁。一位原单位的同事悄悄告诉我，不能让小丁干重活，他生病刚刚才好。之后，我没敢让小丁再干重活，但小丁还是笑容可掬地对我说没事的。大赛结束，就在我第二天准备动身离开之前，小丁到了我下榻的宾馆，送我一瓶铜陵生姜。依旧是笑容可掬，他知道我喜欢吃生姜。

前后一年时间，两位好朋友离我而去。死者已矣，念其人，不免痛及肺腑，想想真是"人世几回伤往事，山形依旧枕寒流"。过去，总以为死是别人的事情，跟自己无关。甚至，都不会想到死，认为人原本就是要活着的，只会有生之绚烂，哪里还会有其他，根本无视岁月的力量，也不用向岁月妥协什么。仿佛岁月只是自己活着的一个载体，你载你的，我活我的，两不相干。

活到这一刻，才明白了，人的一生貌似漫长，实则短暂易逝，而且脆弱得连一根稻草也承受不起。梳理人的一生，其实就是一个曾经来过的记忆，曾经拥有的那些辉煌、地位和名利，不过是一件皇帝的新衣，犹如昙花一现、灯花一闪，从生到死，仅仅是一场梦的距离。因此，今天还活在人世的我们就该好好珍惜，好好活着。即使到了最后要撒手，那也应当是在精疲力竭的时候。

艰难的艺考

　　春节刚过，单位有几位同志请假说是陪孩子考试。因不了解情况，我说距高考还有四五个月，现在就急着当陪考也太早了点吧。他们说是艺术类考试，先考。有同志建议我去省艺术职业学院看看就知道了。

　　我在周末去了省艺术职业学院。刚走进艺术学院的大门，眼前的情景让我想到一个词，"人山人海"。刚想往里走，一外地人就递过来一张招生简章。我看了一下，在一些报名点前，不仅仅是学生，还有不少的家长也围着咨询。有问某个专业有多少人报名，有问去年的录取情况和分数多少，还有问今年招生的男女比例，等等。在报名点旁边的操场上，院方搭建的一排遮雨篷前，有学生趴在桌前填写报名表，也有学生家长凑在一块，正对着一份招生简章进行分析。一位家长就告诉我，现在有些老牌学校报名的人太多，考中几率不大，选个"冷门"，或许还有希望。

　　在报考现场，我见到了我的一位朋友。朋友女儿的学习成绩不好，为了让女儿将来有个工作，朋友给孩子请了一位艺术学院的美术老师。据说学费不低，这些我是早就知道的。看着朋友手里拿着好几份简章，我就问选择了哪个学校。朋友说都报了名。我说报那么多学校干吗。朋友说这你就不懂了，这几年艺考的淘汰率越来越高，比如某人口大省的一千名艺考生参加某所高校的校考，这一千个人里面，只有 20 到 50 个人能够获得该学校的专业合格证，那么该学校的淘汰率是 92% ~98%。那些被淘汰的人，无论艺术功底多么好，被淘汰了就是被淘汰了，就没有资格报考该学校。我女儿学的是画画，还算是好的了，现在北电、中戏、上戏，这些学校的表演或者播音主持专业，可谓是万里挑一，考上哪一所都不容易。

　　朋友指着一位看上去年龄不大的小女孩对我说，上午那小女孩告诉我女儿说，她这次一共报了 13 所学校，已经参加了 6 场考试，说是已经有两家学校看中了她。我说那花费也不得了啊。朋友说现在谁还考虑钱啊，能让孩子考上就算祖坟冒烟，烧高香了。接着朋友以他的孩子为列给我算了一笔账：从 7 岁开始学画，每周上 1 个小时的课，每节课 100 元，到最后考上大学之前要花费接近 7 万元，这还不包括学画期间所需要的纸和笔墨等。朋友最后感慨地说，现在就这么个形势，想通过文化课考上大学是不可能的，只有从考艺这条路上一直走下去了，只是现在报考的人太多了，压力太大了，给孩子多报几个学校，只要时间能错开，都不能放过。这就叫全面撒网，重点收获。

　　朋友的话让我想到单位的那几位同志为什么要请长假了。是啊，我也是从事艺术工作多年的人，知道不管学艺术的本质是什么，都必须充分做好生理与心理吃苦的准备。踏上艺考之路意味着每天大清早爬起来去练习，熬夜通宵会成为你最好的朋友。随着时间的流逝，在各种技法、基本功的碾压下，热情可能渐渐地被磨灭，原本的新鲜感与耐心慢慢被磨光……也许艺考生最难熬的不是面对考试的压力，而是每天不断地坚持，坚持跳舞、画画……在成功前，要经历多少个不眠之夜，多少刻苦与努力，为了心中梦想而不懈努力。

　　回来的路上，不知为什么我突然想到刚看过的一篇题为"遍地画家"的文章。文章作者是位老画家，他在文章中写道："现在学画的人太多了，我们国家需要这么多的画家吗？"我理解那位老画家说此话的意思，不要误人子弟！近几年，不仅一些正规的艺术学院的美术专业纷纷扩招，就连非综合性的理工科学院也办起美术系或相关专业。这还不算，现在全国有多少美术家协会，而协会下的会员恐怕也是成千上万吧。再有，现在到街上各报刊销售点看看，有多少报刊增办了画刊。有些行业性的报纸，根本与艺术沾不上边，也在赶热闹，一版一版地大登其画。谁都明白，这些报刊之所以这么做就是在卖版面，借以为作画者做广告，报刊是得了实惠，可读者呢，真能得到艺术享受？

　　由此，再想到现在的艺考，想到刚才那位朋友的孩子和已经考了 6 场的那位女孩。除了艺考相对比高考容易之外，艺考的前景真的就那么好？看过一份调查：2015 年，艺术类毕业生就业率不足 20%，言下之意，更多的艺术专业毕业生为生存而改行。我有个朋友的孩子，家里几代人都是从事画家职业，可朋友的孩子接连三年报考美院，都因文化课成绩未能达到分数线而落榜，直到第四年才终于如愿以偿，可是四年学成之后，却找不到工作，最后还是在家人的帮助下，自己开了家画坊，靠卖画为生。现在想来，真是应了那位老画家的话："我们国家哪需要这么多的画家呀！"

生活需要仪式

　　池州朋友李大成来电话邀我正月十五去他那看傩戏，我答应了。知道池州傩戏，是在我兼任省非物质文化遗产保护中心主任之后。池州傩戏，被誉为"戏曲活化石"。池州傩，属《论语》中所载"乡人傩"。它起于明代、盛于清朝，主要流布在九华山麓方圆百里的贵池、青阳、石台等地，当地素有"无傩不成村"之说。池州傩戏是以请神祭祖和驱邪纳福为目的、以戴木制彩绘面具为表演特征的古老艺术形式。以上是我所知道的关于池州傩戏的文字，但我没有看过真正的原汁原味的池州傩戏，这也是我爽快答应的原因所在。

　　早上8点，我们一行来到梅街镇青山庙。青山庙始建于元代大德七年（公元1303年），原为昭明太子祠和都城隍祠，中殿内供有南梁昭明太子萧统的牌位。青山庙会作为联社性质的土地之祭，主要是对本地信仰区域中心的"土主"昭明太子的朝拜与祭祀活动，同时又复合了佛教、道教诸神，成为多神崇拜、祖先崇拜的民间综合祭祀活动。每年正月十五，当地刘、姚、汪、戴等宗族的九个傩戏社，都要举行盛大的朝庙仪式。

　　上午9点，青山庙会正式开始，各祠堂整队出发。傩戏队伍由四面大开锣和四块"肃静""回避"的虎头牌领先，接着是红、绿、蓝等数十面大开旗迎风招展。紧随着的是细乐锣鼓（又叫十番锣鼓），有锣鼓钟钵箫笛等乐器，五音谐调，奏出《什样锦》《小桃红》等乐曲。再后是鸾驾队伍，所谓鸾驾乃是皇帝、皇后出巡用的仪仗队。鸾驾队后面又是一班细乐锣鼓，其后是提炉队，由八至十二个衣着华丽的男童排成双行，每人手提龙头木柄吊挂香炉，香烟缭绕，导引着供奉傩神（面具）。最后是族长、乡绅及村民群众。前呼后拥，铳炮连天，浩浩荡荡，向青山庙大殿进发。

在青山庙会现场，各社的龙灯、狮舞、竹马、高跷尽献技艺。此时，鼓乐喧天，人声鼎沸，旗锣伞铳，蔚为壮观，由"伞孩儿"舞伞领头，年首喊"青山庙段"，抬龙亭的一班人，有节奏地一上一下抖动，好像点头似的。喊段结束，将龙亭歇至殿旁，这时，人们才能自由活动。"南边旗，荡里伞，刘锣戴铳汪扎板，山里山外齐呐喊"，这首当地流传了几百年的顺口溜，形象地描述了各傩戏会的特点和青山庙会的盛大场面。

到晚上7点左右，各家各户陆续聚集到祠堂，正式的傩戏就要开始了。演戏之前，族里的老者还要带领族人来到村头的土地庙请傩神下驾，莅临祠堂看戏。请回的面具用白酒擦拭，再经烟香绕熏，位置排正，就可以敬香膜拜。这时村民们一脸虔诚，怀着对神灵的敬畏，每个环节他们都做得十分认真。祭祀仪式结束，演出就开始了。

大成告诉我，池州傩是一种以"社"为范围的活动。所谓"社"就是或祠堂、或堂屋、或社坛，以宗族为演出单位。其主要表现形式有傩仪、傩舞和傩戏。傩舞是正戏演出前的舞蹈，情节简单，内容多是驱灾逐疫，祈求丰收、平安吉祥，用我们现在的话说就是傩戏开场前的暖场。傩舞结束，傩戏开演。傩戏有唱有白，有完整的故事情节，传统剧目有《刘文龙》《孟姜女》《章文选》等。此外，傩戏的表演，离不开面具，面具以整块樟木雕刻而成，并根据善、凶、丑相造型涂上不同的油彩。傩戏面具在傩文化里被赋予神秘的宗教与民俗含义，人们把傩戏面具比作神灵的象征和载体，这其中不乏必须要遵守的约定俗成的各种清规戒律。比如，傩戏面具的制作、使用、存放都被视为男人的事情，女人不得触摸和佩戴。其造型，往往因角色的不同而有差异，主要以五官的变化和装饰来完成人物的剽悍、凶猛、狰狞、威武、慈祥等性格的形象塑造。

听着大成的介绍，眼睛盯着演员们的表演。看着看着，我惊奇地发现他们就是古人，从古代的时空走出，突然之间降临到我们身边，完全没有意识到时代已经更改。傩面仿佛不是戴上去的，而是他们有温度的脸。他们遵循着"起伏碎步"等古老的步伐，他们焚香，作揖对拜，交叉转身，在虚空中比比划划，衣袂飘飞，旁若无人，透出说不出的一种优雅……

夜越走越深。坐在返回的车上，我一直沉浸在一种静静的感动里，我甚至

97

不知道受到什么触动，有点无缘无故，却又真真切切。脑子里时不时会映现出那些龙灯、狮舞、竹马、高跷；映现出各种古老的面具、道袍、法具、经书，等等。我突然精神一振，我想我找到了感动的理由。那是因为，承认和尊重仪式感，是一种文化。我们不妨怀着敬畏之心，保留和传承一些遗世独立的仪式。我们的生命中，总有些仪式不能省略。

感　动

　　生活中时常会出现一些让我们感动的事情，就像多年未开花的树突然开出一朵花，不算艳丽多姿，却足以温暖人的心灵。

　　从医院体检出来，刚出楼道，发现楼旁的一块草坪上，歇着一男一女和一个小女孩，不用说这是从乡下来的一家子，我当时没在意就从他们身边走过去了。然而我刚走过去没两步，就听到身后传来"咣当"一声，接着是一阵女人的哈哈大笑。连忙回头，只见一个分不清原色的旧瓷缸躺在离我不远的水泥路上，那女人如同恶作剧的孩子又叫又笑，声音是那样刺耳。那男人没起身去捡瓷缸，只是微微皱着眉头对那女人说："别闹了。"女人非但不听，反而抓住男人的头发又叫又笑得更加厉害。

　　这女人精神有问题？就在我产生此念头的一刹那，令我难忘的一幕情景出现了：那男人轻轻掰开女人的手，接着把那女人拥抱入怀，一只粗糙的大手在她的脸上、脖子上、肩膀上温柔地抚摸起来。女人刹那平静下来，她闭上双眼，仰起头任男人的手抚爱着，脸上现出一种正常女人在此情下所流露出的心弛神醉的神情。

　　目睹这一切，我被他们的真情交流深深感动了。我走过去捡起那只瓷缸放到那男人身旁，他笑容可掬地一连说了好几声："谢谢。"

　　我们攀谈起来。原来他来此地就是为了给她治病。那女人果真如我推测，精神上有一点毛病。好在女人也不是频频犯病，好的时候，除了人迟钝一些之外，与正常人没有什么两样。这时，我再一次看那女人，此刻她那张脸上已经没有了愚蠢和空白，有的只是一个幸福女人所有的陶醉和妩媚。我对那男人说："你活得真不容易。"他听了一笑说："习惯了也就没什么了，苦过了头就不苦啦。"他说这话时的表情，没有悲伤，没有沮丧，也没有抱怨，一个人都到了这般处境，还能保持这样的一种心态，真真地让我感到惊奇。

望着他们一家三口，我想如果换了是我，我该如何去面对这一切？我会不会逃避？我真的不敢深想。是的，生活给予每个人的东西是不一样的，而幸福的含义却相同，谁欣然接受了生活的给予，谁就把握了生活的幸福。就像寒冷的日子里经常看看太阳，心就不知不觉地暖和起来。

一天下班回家，路过一个巷口，看见一对老人，一高一矮并排坐在巷口的转弯处。他们周围摆放着的全是竹椅、竹扫帚、竹扁担、竹筐什么的，这是一对卖竹器的老人，看上去恐怕都在 70 岁出头。老太太双手捧着一个大瓷缸，我估摸着那里面装的是他们的中饭。

当我与他们擦身而过时，我听见坐在矮竹椅上的老太太说："你先吃？"像是一般的谦让，但"吃"这个动词则不经意地透出无限亲密。而坐在高竹椅上的老伯伯说："你先吃。"老太太又说："你先吃。"像是真切的劝让。老伯伯则含一丝的笑意："你先吃。"老太太再次道："吃吧吃吧。"其表情、其口气既像一位任性的少女的娇嗔，又像一位慈祥的母亲对着不听话的孩子，老伯伯的回答更是甜蜜而坚决："你先吃。"

两位老人显然没有看到我，他们的注意力全集中到了对方的脸上。我很难形容在那一刹的感受。但我肯定是被感动了：他们的一问一答已脱离了最初的意义，而演变为一种充满柔情的对峙。

老伯伯到底没有"犟"过去，就在他张口的一瞬间，我看见那是一张几乎没有牙的嘴。老伯伯慢慢嚼着的同时，又从老太太手中"夺"过勺根，从瓷缸里盛了满满一勺，慢慢送到老太太的嘴里……

我远远地望着两位老人，我被他们脸上那种满足与幸福的神情打动了。我想，一辈子没有矛盾的夫妇应该是没有的，毕竟是生活在一起的两个相异的个体。包括那对老人，谁能说他们没有过年轻时争强好斗的时候？他们一生难道没有过磕磕绊绊？但那一切都已是遥远的往事了。我要感谢那对老人，是他们让我明白了一个道理：父母健在，爱人孩子健康快乐，吃饱穿暖，有份称心如意的工作，遇到困难的时候有人给你打气，伤心痛苦的时候有一个依靠的臂膀，能时时刻刻看到亲人们温馨的笑脸，这就是人生最大的幸福呀！

亲近宣纸

　　初秋时节，在"桃花潭水深千尺，不及汪伦送我情"的泾县乌溪，当地书画院院长老范陪我走进中国宣纸文化园，目睹了享有"千年寿纸"的宣纸制作过程。

　　宣纸因其"质地绵韧、光而不滑、洁白稠密、纹理纯净、搓折无损、不蛀不腐、润墨性强、韵感万变"的独特禀赋，成为古往今来中国书画家们的最爱。一张薄薄的宣纸，要经过砍剥、蒸煮、踩踏、堆沤、捶洗、晾晒、氧化、翻摊、漂洗、干燥、拣皮、春打、混浆、捞纸、榨胚、烘干、剪纸、包装，18 道工序，138 个操作过程，最后才能成型。这还不算，宣纸的原材料青檀树皮和沙田稻草，从选、捡、蒸、煮、沤、浸、扯，到最后的摊晒，至少要一年时间，这期间还要不停地翻覆。在经过一年的风吹日晒，雨淋雪冻，自然漂白之后，才能达到宣纸制作的基本要求。站在园内，那山坡上铺满了一方一方的稻草和青檀树皮，已被晒得洁白如雪。

　　触摸一张张纯白细密，纹理清晰，绵软坚韧，光而不滑的宣纸，心里有着一种莫名的激动。我眼前仿佛不再是一张张洁白的纸，而是笔走龙蛇的狂草，是行云流水的行楷，是一笔千钧的隶书，是柳公权、颜真卿的心性在纸上游走；是郑板桥的竹，是八大山人的兰花，是吴昌硕的牡丹，是徐悲鸿的马，是黄胄的驴，齐白石的虾……闭上眼，就能嗅到纸上花香，听到马蹄声声，感受到驴儿撒欢打滚时扬起的阵阵黄土，和借着腹部和尾的弯曲迅速游的虾的可爱。

　　在生产车间，可以看到细心的女工正在一根一根挑拣制浆的青檀树皮和高秆稻草，不放过一粒杂质；身强力壮的职工操作着大木槌把树皮、稻草敲打成一片片料饼；踩浆工用脚把纸浆踩成烂泥形状；抄纸工用竹帘从乳白的浆液中捞起一张湿漉漉的宣纸；烘纸工把捞出的纸贴在特制的烘墙上，烘墙的夹层用木柴燃烧加温，使墙面保持65℃的恒温。烘干后再经过压平压紧，然后把一张张成品纸揭下来，切边包装。

在这些生产过程中，抄纸是一道关键的工艺，全凭经验和技巧，以及手眼的细致把控。不仅如此，抄纸还需菁力过人。抄纸大师周东红就是凭着一手绝活，30年未出一张废品、次品，被授予"大国工匠"的称号。我问周师傅一天能抄纸多少，周师傅的回答是1600多张。听到回答，我相信我的表情一定是惊呆了。且不论在最寒冷的冬季，双手被冷水浸泡得僵冷麻木，也不说常年的水质腐蚀侵害皮肤，看着师傅们那不停地躬身起伏的造型，我突然想到了朝圣路上风餐露宿三步一拜一叩首的虔诚身影。是的，宣纸制作技艺的传承，犹如德人制车、瑞人造表，不啻是一场远路迢迢、步履维艰的文化朝圣。

亲近宣纸，让我想到郭沫若先生对宣纸的赞誉，"宣纸是中国劳动人民所发明的艺术创造，中国的书法和绘画离了它便无从表达艺术的妙味"。不是吗？那一捆捆稻草，一扎扎树枝和树皮，就像变魔术似的竟然变成一张张洁白如雪的宣纸。同样是纸，为什么宣纸百折不损，吸水润墨，宜书宜画，防腐防蛀，有"纸寿千年"的美称？为什么用宣纸题字作画，墨韵清晰，层次分明，骨气兼蓄，气势溢秀，产生出特殊丰满的艺术效果？设想如果世界没有纸，如果中国没有宣纸，世界文明会怎样？中国的书法绘画又怎样？不管以后电子书是否代替纸质书，纸在传承人类文明进程中功不可没，宣纸在中国书法绘画史上不可替代。古有诗人称赞："蔡氏文明举世钦，云笺片片记时新。五千年史红尘事，借此今人识古人。"宣纸，中国人智慧的见证。

离开时，我提出买几卷宣纸带回去，老范笑我，你不会写不会画的买宣纸干吗。我说，此话差矣！知道陶渊明吗？陶渊明不解音律、不会弹琴，却在厅堂摆放一张无弦之琴，曰："但识琴中趣，何劳弦上声？"琴唯无弦方见心，佛道中人常用弹无弦琴、吹无孔笛、唱无声曲、念无字经，意指不可言传、无法表述、不可思议之禅理玄机。

敬仰文化，先须敬纸。

乘坐公交

　　自打搬家之后，成了跑公交一族。时间久了，常常会遇到一些发生在公交车上的事，印象深刻。

　　一次，我身后座位上有两位 30 多岁的女性聊天，一个控诉自己丈夫懒惰，不但不做家务，甚至还是秩序的破坏者，臭袜子都能扔到茶几上；另一个则声讨自己的丈夫结婚后就变得没有任何情调，退化成了闷葫芦，实在让她寒心。她们越说越起劲，互相数落着丈夫的种种讨厌，听起来简直是劣迹斑斑、罄竹难书。听着她们的说话，让我都不禁为这俩爷们害臊，并为这"悲惨"的婚姻深深担忧。而就在此时，她们中一位又问对方："你买的啥？"答："哎呀，我老公最喜欢吃我做的糖醋排骨，我买了二斤排骨回家给他红烧。"另一个则说："我家那吃货就喜欢吃我做的豆腐鱼，这不我也买了条鱼回去红烧……"我突然笑了，敢情这两位是铁嘴豆腐心，情绪转化得也太快了点。

　　还有一次，一位年轻的母亲带着男孩上了车，孩子冲到我面前，眼睛直直地盯着坐着的我。我明白小男孩的意思，就在我迟疑是否起身让座的刹那，小男孩指着我对他妈妈说："我要坐这个位子！你让他起来。"小男孩母亲的打扮，像个标准白领，很矜持。她对着男孩说："你好好对叔叔说，叔叔一定会给你坐的。"我对她的话感到奇怪，她为什么这么有把握？我坐着没动，我不能把位子让给这样不懂礼貌的孩子，我更不能纵容孩子母亲的这种教育方式。小男孩看着我，我也不回避，眼睛直直地看着他。这孩子可能有点绝望了，冲着我"哼"了一声，气冲冲地往车厢里面走了。望着他的背影，我想，像这样的"小霸王"多了，我们还能指望这个社会进步吗？

　　细节是魔鬼。一些不经意的细节，就像一件朴实的布衣，没有奢华的面料，没有美丽的花纹，也没有别致的款式，却有着最朴实、最真切、最长久的温暖舒适，静静地亲切地包裹起我们，让每一个日子都溢满温馨。

盛夏，当地气象部门连着多日发布高温预警。那天，我注意到一个女中学生捧着一盒雪糕上车了，多热的天，看着她吃得又凉爽又幸福。我看着她吃完后将手中的纸盒和木片儿往哪扔，后来的结果证明是我错了。她先是从书包里拿出一张餐巾纸，擦了擦手，小心地将纸放进雪糕盒，接着又从书包里拿出一张纸，将纸盒和木片儿包起来，攥在手心里。直到下车，那纸盒始终攥在她的手心里。

冬日的傍晚，坐公交车回家。因有暖气，车厢里暖暖的。关闭的车窗上有了一层蒙蒙的水汽。突然看见一女孩从手套抽出手来，用手指头在窗玻璃上画了起来。她很专注，身子随车摇晃着，脸上有微微的笑意。寥寥几笔，一个笑眯眯的娃娃出现了。她又给娃娃添上朝天辫，蝴蝶结。接着，又在旁边画了一个十分可爱的小狗头。女孩下车了。娃娃和小狗还在那里眯眯笑。

被雾霾笼罩了好久的天，终于放晴。乘车上班，车到下一站停稳，开门上客，这时，突然听到司机对着一位刚上车的老太太大声吼着："看看清楚，这个不行。"原来老人把身份证当作公交卡了。只见老人掏出一个手绢包，慌忙在里头寻找零钱。"快点啊！"司机一脸的不耐烦。老太太手绢包里只有一张百元大票。老人很无奈。这时，那位司机在咕噜："存心的啊，拿张一百元来吓人。"说罢一扳排挡，车猛地启动了。老太一个晃动，差点摔倒。我看不下去了，正要上前和那位司机理论，就见一小男孩快速从座位上站了起来，跑到钱箱面前把手中的两元钱放了进去，然后对老太太说："奶奶，您坐我的位子吧。"说着，他扶老太太到自己的座位上。车到站，男孩下车时还没忘回头向老太太挥了挥手。

有人说，认识一座城市是困难的。城市是钢筋混凝土建筑物构成的森林，从物化的角度来看，城市之间只有大小的区别，而没有本质上的差异。但是，有了细节，一座城市就会在人们的心头丰满起来，让人可以触摸到城市的温暖和活力。

爱与性

那些曾经被我使用过的文字，它们很少与爱和性发生关联，不是我没想法，也不是我不谙风情，只是觉着爱与性常常被我们看作是比较禁忌的话题，不管从哪个角度入手都会使这个话题的思想产生偏颇，所以，我笔下的那些文字，尽量离她们远一点。

寒露，确切地说是甲午年的寒露，晚间 10 点钟，我静静地坐在书房，书桌上放着一本 2014 年第 10 期《散文》，当我看完作者小茶的《断章：虫儿飞·虫儿飞》，我突然觉得该留下一点关于爱和性的文字了，再不写，恐怕今后的机会会越来越少了。

《断章：虫儿飞·虫儿飞》写得洁净、朴素，似春水初生，不染纤尘，静水流深。文章不长，全文如下：

> 他并不认识她。那天上工他走进油茶林，把事先准备好的一双尼龙袜递给正在拾柴的女人。他直觉知道她会收下。女人说，"晚间来"。晚饭后，劳改农场全体人马到总部看电影，数月间唯一的娱乐，没人不去。路上要经过一个斜坡，女人的家正在斜坡上。男人有意落后，到了她家门前。天还没完全黑，女人也在做着准备，她奶着孩子哄他睡下。外面传来敲门声，声音越来越急，女人明白外面来的是谁，高声说："睡下了。"外面的不答应，说："不开门就踹！"女人狠声说："你敢！"外面人不吭声，退下了。
>
> 夜幕终于降临，室内一片浓黑。
>
> 看看夜已深，男人准备起身。女人说："慢点！"她撩开帐子，擦着一根火柴，用一根火柴的光照着男人赤裸的身体，她什么也没有说，只凝神

注视着。她要亲眼看看她在黑暗中感受到的，在视觉上再一次回味她得到的幸福和满意。

故事到此戛然而止。

窗外细雨绵绵。盯着文字，细细品味，作者仿佛一位习武之人，比的是内功，而不是外力。内力到了，好文字是四两拨千斤。

由此，我突然想到了被誉为"中国最后一个纯粹的文人，中国最后一个士大夫"的汪曾祺的小说《窥浴》。小说不长，只有千字左右，写了一个吹奏黑管的音乐天才岑明被分配上"样板团"后，真才实学无所发挥，因此变得沉默、抑郁、孤独，与身边的人格格不入。整天躲在宿舍看《红与黑》以及戴维·赫伯特·劳伦斯的小说，只能在劳伦斯的性描写中浮想联翩。一次偶然，他发现了那个能够窥见女浴室的角落。后被众人发现，一顿好打。此事正好被他的老师虞芳看到，上去解围并把他带到自己的家中。之后的对话是全文最精彩的部分：

> "你想看女人，来看我吧。我让你看。"
>
> 她乳房隆起，还很年轻、双腿修长、脚很美。
>
> 岑明一直很爱看虞老师的脚。特别是夏天，虞芳穿了平底的凉鞋，不穿袜子。
>
> 虞芳也感觉到他爱看她的脚。
>
> 她把他的手放在自己的胸上。
>
> 他有点晕眩。
>
> 他发抖。
>
> 她使他渐渐镇定了下来。
>
> （肖邦的小夜曲，乐声低缓，温柔如梦……）

这一暖调的故事结尾向我们展示了爱的力量和生活的希望；展示了人性的美。特别是当他们身体渐渐靠近的时候，作者为他们的浪漫配上了小夜曲这样"温柔如梦"的背景音乐。

看看当下那些描写男女之间爱和性的文字，特别是网上那些所谓的情色

"小说"，正如作者小茶所说"看现在写男女之间的爱没有了禁忌，也没有了味道，以致写的、看的，也都没有了感觉。曾经，《金瓶梅》是明代情色小说之'翘楚'，比起当今尺寸，真不知谁是谁的翘楚了"。

"食色，性也"，与生俱来的人性特点，是生命自然成长的轨迹之初。性描写在某些文学作品中，是有其特定的生活依据、美学意义和社会效益的。性作为人的一种生理机能和生理需要，作为个人生活和社会生活最重要的组成部分之一，在文学描写中不可避免，在很多情况下是作品不可缺少的重要组成部分。然而，现在的一些网络小说，缺少的不是写作的技术，而是写作的境界。重口味的内容日益趋多，以"下半身写作"来招徕读者，拿性来当噱头，成为当今网络小说的一个丑恶现象。

人，追求性与爱，是最正常不过的事情，没必要伪装和回避，但要把持健康积极的观念，才能有恰到好处的生活状态。如果只是为了经济利益而丧失社会责任，那就值得我们深思并严肃地面对了。

提笔忘字

最近，连看了两期央视科教频道今年暑期周末黄金时间推出的《中国汉字听写大会》。参赛者都是来自全国各地的初三学生。我也跟随节目进程做汉字听写自我检测。真是不测不知道，一测吓一跳。对于主持人给出的一些常用成语、词组，有的会写，有的提笔忘字。一期节目我大概只能写出40%左右的字。无独有偶，《中国青年报》社会调查中心通过民意中国网和爱调研旗下问卷网发起的一项调查显示，65.7%的受访者收看过《中国汉字听写大会》这个节目。98.8%的受访者坦言自己曾遇到过提笔忘字的情况。看了这则报道，哑然失笑，继而又觉得很失落。不知道从什么时候起，美丽的汉字从我手指缝里一个一个消失了，这个过程是悄无声息的，仿佛时光的流逝，有些让人伤感。

从小学用铅笔到后来的中学用圆珠笔乃至工作之后用钢笔，我的字一直被公认为漂亮。当然这要感谢我的父亲，父亲的钢笔字写得端正、饱满，很有点像书上铅印的字，方方正正。在我刚刚开始学写字的时候，父亲在练习簿每一行的第一个方格里，工工整整地写上要写的字，我就按照父亲写的一笔一划往下写，就和小时候用毛笔描红一样。父亲说，要把字写得端端正正，就像做人要堂堂正正一样。

笔是写字画图的工具。从古至今，著书立说、书法绘画、官方文书、民间记事、书信往来、传递信息乃至签字留言，皆离不开笔。有关笔的名言名句、术语词语举不胜举，诸如"读书破万卷，下笔如有神"，"好记性不如烂笔头"，笔下生花、投笔从戎、笔墨官司、口诛笔伐，等等。在20世纪60年代，寻常百姓中拥有一支钢笔的人还不多，很多人把胸前的小口袋插上一支钢笔作为一种时髦和荣耀，往往以插钢笔的多少推断学问、学历的多少、高低，有些人把插有一、二、三支钢笔视为小学生、中学生、大学生的标志——这当然是戏言。

　　如今，电脑取代了笔，纸质书也遭遇了前所未有的生存困境，电子阅读占了半壁江山。我现在也是如此，很少用笔去写文字了。偶尔也动动笔，只是写出来的字真的让我不敢相信是自己写的字，不是撇没撇出去，就是结构没有了间架。连笔也不那么随心所欲了，划纸，涩得厉害。我现在很怕用笔写文章或写信，因为我现在真的写不好字了。记得父亲在我刚学写字的时候就说过，字如其人。我母亲是个演员，从小就学戏没进过学堂。后来有了名气之后，就有人找到后台请母亲签名，于是母亲在父亲的帮助下，天天在家练习写自己的名字，不久，母亲也能将自己的名字行云流水般地落到纸上了。

　　一直觉得，纸和笔是一对亲密的恋人，耳鬓厮磨，相濡以沫。纸是一位磊落的青衫先生，笔是亭亭玉立的小家碧玉，他们以墨传情，心有灵犀。从古至今，所有的爱情传奇里，都有墨香的痕迹。尺素传相思也好，诗词唱和也好，有多少人都把纸和笔当成爱情的寄托。可是，随着时代的发展，纸和笔却成了"牛郎织女"，难得碰面。即使金风玉露一相逢，却是尘满面鬓如霜，各自沧桑。

　　当下，在信息交往更为便捷的背后，人与人之间的情感交流反而有了隔阂。键盘打出的文字固然工整，却没有了淡淡的墨香，更缺乏了用笔书写时的律动和灵性。字如其人。一个人的字哪怕写得再蹩脚，只要认真，都能让对方"见信如晤"，仿佛在面对面地交谈，闻得见相互的呼吸，感受到一种超越文字的情感。而这些是手机、电脑怎么也无法敲击出来的。令我尤为感动的是，就在前几天，我收到一位原在一家报社副刊当编辑的老师的来信，他曾多次编发过我的一些散文，现在已经退休，但他依然关注着我。他在信中一一罗列了我最近发表在各类报刊上的稿件篇目。老师的信还是写在文稿纸上，每格一字，一如他的为人那样认真憨厚，我感叹这年代里还有这样的写信人和有心人！

　　30年前，"写信联系"常挂在我们嘴边。而今，这句话似乎已慢慢沉寂或成为一种回忆，取而代之的是"发短信联系"或是"QQ上说"。一句话的变更，折射的是一种生活方式的变更。今天，自蔡伦以来的两千年的纸笔书写时代正面临一个危机，当下人对于键盘的熟悉程度和亲切感高于纸笔。那种红叶题诗、鸿雁传书的浪漫情致，只能存在于诗歌中，供我们鉴赏和想象了。

　　习近平总书记在今年教师节前夕，对北师大老师们说："我很不赞成把古代经典诗词和散文从课本中去掉，去'中国化'是很悲哀的。应该把这些经典嵌在学生脑子里，成为中华民族文化的基因。"同样，汉语、文字也是中华民族文化的基因，用笔写信，是对笔墨的一种敬重，也是对情谊的一种厚待。更重要的是，不能让飘了两千多年的墨香，留下最后一抹丽影，在我们这一代人的手中绝尘而去。

书　房

　　十多年前我写过一篇短文《无斋说斋》，发表在《光明日报》的副刊上。我在那篇短文里写道：犹如画家希望有自己的画室，钢琴家希望有自己的琴房，乃至一个木工师傅希望有自己的工作间一样，我这个业余时间喜欢爬格子的人十万分地渴望能有个"书斋"。十多年后的今天，我终于有了自己的书房。

　　临窗一张书桌、座椅、电脑，全是新的，后面靠壁是一顶天立地的书柜，排列着几十年下来所购的几百册书籍。我非学问家，亦非藏书家，比起学问家、藏书家，我的书籍数量不足挂齿。即便这样，当有些陌生朋友来访，以为我是学问家，而加以恭维时，我总是还之以惭愧表情。坦白地说，书柜里的书，有三分之一读得还算认真，有三分之一只是随意浏览，剩下的三分之一往往束之高阁。借用孙犁老先生说过的话："寒酸时买的书，都记得住，阔气时买的书，读得不认真。"

　　人的一生是一个不断退守的过程，也是丢盔卸甲的过程。剩下的东西不多了，所钟爱的，总是保留到最后。我曾多次搬家，每次搬家总是坐在一堆书前，为留下哪些书，淘汰哪些书，真是耗尽了心思。从几千册到今天书架上的几百册，其过程就是掂量再三，煞费苦心，跺脚割爱的过程。今天想想，就会有一种揪心之痛，自觉此心已经够狠的了。好就好在，我买书不为收藏考虑，不讲究版本校勘，不懂毛本书、签名本、藏书票以及善本、孤本的奥妙，我最看重的是阅读利用率。我买书、读书全凭个人嗅觉和兴趣，一向随心所欲，市场的蛊惑和媒体的忽悠对我不起作用，只要内容吸引我，就不会在意书的形式如何简陋，因此对于这些书将来的命运也就不用考虑太多了。

　　"最是书香能致远"，书真的是有香味的。我习惯于晚上10点走进书房，推开房门，一定会闻到纸张、油墨以及木质书架的木头与油漆混合成的似有似无的气味，那是一种沉稳厚重的香气。此时，凡尘给予的一切虚名和饰物，已失去效力，不再膨胀。旁人给予的一切讥讽和鄙视，已决然远去，无须自惭。独处，使心声颤动而凝聚，是思考的过程；而记录思考，正是创作的过程。如果这时旁边的小桌上再放一杯香茶，茶香也漂浮在房间里，被书香和茶香包裹着，若适时地用键盘作忠实的记录，便是捕获了思想的结晶。

一日有一朋友造访，在我的书房里转了一圈后，直言我的书房缺陷不少，感觉也就是一个藏书的仓库，明显地缺少一种氛围。他所说的氛围我当然清楚，这大概与我的修养有关，我可能只注重实用性，压根就没考虑书房应有的品位，譬如悬挂上几幅名人的字画，譬如在书房内弄上几盆花草，感觉就不一样了。我不是那种力求完美的人，凡事能有一个大概也便能满足。刘禹锡称他的书房为"陋室"，我的书房应该是陋室中的陋室。其实，简陋并不可怕，可怕的是书房成了真正的藏书的仓库，藏在仓库里的书，还能迸发出应有的生机吗？

书房即是人的心灵世界，入书房，心神才会俱静。坐在书房读书写作，浑如步入清新雅致的红尘之外的世界。卡莱尔说："读经典就是在聆听一些高贵的灵魂自言自语。书中人物的一颦一笑，一嗔一怒，痛苦与欢乐，恐惧与平和，卑微与崇高，苟且与担当，以及种种的悲欢离合、生离死别和爱恨情仇，都可以通过阅读来感受。"书间如梦，沉醉其中，捧腹开怀，乐而忘忧，击节叹赏。而更多的时候，我就这样静静地坐着，如禅，静静地读，静静地写，静静地思，让层层包装的灵魂静静地裸行。在独处的静美中提升自己的品味，完善自己的人格。再有，看到一篇篇在书房"生产"出来的"作品"，见之于报端，更使我感觉到生命之欢愉及意义。

古人云："人生七十古来稀。"我已渐入老境，回望人生坎坎坷坷、点点滴滴，毫无疑问首推阅读是大快乐事。青春年少时多读中外古今经典名著，犹如站立在巨人的肩膀上窥探世界，万花缤纷，风景无限，受益终生；走向社会开拓创业时有的放矢多读些专业书籍，对于提升劳动技能、竞争实力、创新潜质，收效几乎立竿见影；人要乐呵，当然也可以适当翻翻消遣类图书，解闷是也。

有茶相伴

　　我和茶结缘已有 40 余年的历史了。20 世纪 60 年代末，我们全家下放到一个叫舒茶的茶乡安家落户，从此和茶结缘。开始只是觉着茶能解渴，拿起搪瓷杯一通猛灌，图的是痛快、爽气。特别是干了大半天的农活之后，回到家中，捧着母亲已经沏好的茶，看着袅袅升起的热气，不由自主地将手中的茶移近鼻尖，张开鼻翼深深呼吸，再端到唇边呷上一小口，任清清浅浅的苦涩在舌间荡漾开来，充溢齿颊，那劳累便随着那丰醇的滋味吞咽而下，因茶的润泽而重新焕发了生机活力。

　　每次上镇上办事或购物，我喜欢去镇上仅此一家的茶馆喝茶。说是茶馆，其实也就是一间如教室大小的店堂。地砖有些高低不平，砖已看不出颜色，十来张陈旧的方桌，配上宽窄不一的木长凳，显得灰头土脸的。套用现在人的话讲，茶馆硬件虽不咋地，但生意却十分兴隆，每天东方既白，晨曦微露，店堂内已是人声鼎沸，从四周赶来的老茶客们坐在长凳上，围着一张张方桌，摆起龙门阵来没完没了。跑堂的伙计手里拿着个大号的长嘴开水壶，来回穿梭，扯着嗓门吆喝："来啦，来啦，当心烫着——"那时，看到那些连走路都不太利索的老者拄着拐杖，一清早就风雨无阻地赶到茶馆，心里很有些不解。后来我才逐渐明白，对这些茶客来说，喝茶已经成为他们每天的"必修课"，是他们生活中不可或缺的精神依托。

　　喝茶的日子久了，不知不觉开始学习品茶，不仅明白了饮茶的妙处不但在于欣赏它的色、香、味、形，而且茶叶对人的健康也有着很大的益处。茶叶有解渴、润喉、舒胸、抗疲劳、发汗、排毒等使人放松的药性。中国文字中"茶"字就是用数字加起来的长寿，意喻 108 岁。现代医学营养学证明茶中的营养物质钙、镁、铁、硒、锌等丰富，茶叶中的氨基酸、茶多酚等都是人体不可缺少的，茶叶还有帮助消化以及抗氧化等功效。当然，饮茶的情趣还在于让人"偷得浮生半日闲"，放松心情、涤荡性灵，保持心境中的一些清纯之气，在忙碌浮躁的日常生活中，喝出一点清新与静雅。

在茶乡呆了八年后返回城里，但依旧恋茶、嗜茶，到了"一日不可无此君"的地步。每天起床，我所做的第一件事不是吃早饭，而是烧水泡茶，在喝上近一热水瓶水之后，有了饥饿感，这才开始吃早饭。这已是我多年的习惯，并一直保持至今。

有人说，喝茶，是人到中年后感悟人生的事；还有人说，喝茶，是退休后晒太阳时的事。我想说，喝茶，宛如年轻时的初恋。谁不向往羞羞怯怯、酸酸甜甜、袅袅缠缠、浓情蜜意的初恋；谁不向往有苦有甜、有浓有淡、有爱又恨、有牵有挂的初恋；谁不向往一试浅深、一如忐忑、一心眷恋、一路沉醉的初恋……这些，茶中尽有！中国的第一首茶诗就与女子有关，那是左思的《娇女诗》："止为茶荈据，吹嘘对鼎铄。脂腻漫白袖，烟熏染阿锡。"那左思定是个爱茶之人，为其娇女吹鼎烹茶弄污衣裳引歌作诗，可以想象，那娇女双手按地、半趴在地上对着正在烹茶的鼎铄吹火的娇憨之态，谁人又能不生喜爱之情呢！

有人说，中国人的额外享受，不外乎三样：烟、酒、茶，烟对人有害无一利，不用多说了；酒则要热闹，适量地喝可以助兴，喝多了就会适得其反，不仅伤身，而且会被人看做是十足的酒鬼；只有性灵的茶，是幽静柔和之物，可以让人触景生情，犹如花开芬芳，鸟鸣婉媚，自然万物都有其禅意，需要去领悟与善待。鲁迅说过，"有好茶喝，会喝好茶，是一种清福"。喝茶，仿如参禅，悟茶理，领茶道，在一杯淡茶中，喝出风静人定，经得起尘世诱惑。

当下，城市里的茶馆多了起来，带来的结果是，这几年茶叶的价格持续飙升，好一些的茶叶已不是我辈能享用的，但我时常感觉喝茶的目的并非全在于茶叶的好坏，而是一种心境。真正的好茶，应是在我们的感觉里。明朝张源在《茶录》中说道："饮茶以客少为贵，客众则喧，喧则雅趣乏矣。独饮曰神，二客曰胜，三四曰趣，五六曰泛，七八曰施。"强调的就是那种悠闲淡然的意境。刘禹锡在《尝茶》中写道："生拍芳丛鹰嘴芽，老郎封寄谪仙家。今宵更有湘江月，照出菲菲满碗花。"这茶，就尝得有情趣，更有情愫，当然，饮茶其实并没有文人所说的那么玄乎、那么有文化品位，它只是内心的一种惬意罢了。

　　因不善饮酒，所以我很少参加宴请之类的聚会，我怕那种频频敬酒等繁文缛节，俗套虚情。但我喜欢和朋友们一起上茶馆小坐。朋友相聚，清茶一杯，说东道西，吐槽聊天，无拘无束，自由自在，心绪平和，气氛和谐，从苦滋滋喝到甜津津，然后进入平平淡淡，茶喝淡了，拱手道别，这就叫"君子之交淡如茶"，"客至心常热，人走茶不凉"。人的一生也一样，从苦难坎坷的经历到甜津津的晚年，乃至最后平平淡淡的告别，这就是明白人图的一生。

　　喝了大半辈子茶，我问自己，茶的真境界到底是什么呢？我想，茶禅一味，都是在于让人轻松、宁静、自在，既可自得其乐，亦可与人分享。在我们今天这个喧嚣繁杂的尘世中，累了倦了，捧一杯茶，一杯从唐宋诗雅熬煮的碧绿淡茶，来洗涤心上的烦恼与尘埃，以达到心物两忘、超然独立的心境，在平淡的生活中享受生活的乐趣，这便是我的所求。

静听雨声

告诉我春天已到来的是窗外的濛濛细雨。

很喜欢"隔窗静聆雨打蕉"的意境。坐在雨声中，打开一本书随意读一读，或在键盘上敲出题目写一点自己想写的东西，或者干脆什么也不做，任意怔怔发呆，让生命设置在一种自然状态。觉得累了，便端上一杯沏开的热茶和着柔和雨声一同啜饮而下，感到五脏六腑都渗进了柔性的雨声，那些藏于毛孔，抑或细胞里的困惑、疲倦也会被雨声驱散而尽。此时再掬一捧雨声洗脸，就会有一种凉爽的快感散布全身，被中断的构思也会在这一刻续上灵感。但逢新晴，我以出奇的好心情享受着每个阳春，每条雨后彩虹，每一泓春水，我惊讶我竟看出了平日居住地周围的可爱来。当然，我明白所有这一切，都是那春雨所制造的绝妙的效果。"风雨故人来"，每逢雨天，支撑着心灵之伞，痴痴傻傻地期盼着友人来访，钟情于品味蒲松龄的"天下快事莫若友，快友之事莫若谈"的乐趣。许是人生是宜雨天来谈的，风雨潇潇，天地同时，在一间斗室里，品茶长谈，不计昼夜，既神奇又道合。所及人际悲欢，大千世相，必偶出解人的颐语，好比雨天放牛娃，戴顶桐油油过的斗笠，攀上泥滑的山路，在青葱的坡坎上，摘下一串黄硕的山果来。

记得小时候的雨就像一首儿歌那么欢快而动听。每到春雨来临时，我总是看到大人们站在细细的春雨中，仰着头，激动地大声感叹道："春雨贵如油，春雨贵如油啊！"我虽压根不明白这话的内涵，但我还是冲进雨中，一阵欢蹦乱跳，也跟着大人们大声喊起来，一会儿雨淋湿了我的头、衣服和全身，我不但没感觉到冷，反而觉得春雨柔柔的，暖暖的。然后，我看见在那哗哗的雨声中，大人们笑了，而且笑得格外开心，笑声就像雨滴声那般响亮而动听……长大后，雨在我的心目中，就像戴望舒的《雨巷》般浪漫。每当那细细的雨从窗前飘飘而来时，我总是用心去读那雨，想象《雨巷》里那"撑着油纸伞，独自彷徨在悠长、悠长，又寂寥的雨巷"；想象"我希望逢着一个丁香一样地，结着愁怨的姑娘……"我仿佛身不由己地随那淅淅沥沥的、不紧不慢的、飘飘洒洒的、在窗外依依不舍的细雨，来到我梦中的那条长长的小巷里，走来的也是一个带着丁香气息的她，如诗如画般点缀我青春的浪漫！

听雨最好是在乡下。走在乡间田野的小路上听雨，你可听到春笋在沙沙的雨声中欢快拔节；柳枝在沥沥的雨声中悄然吐出嫩芽；草地在如丝如绒的雨点抚摸下骚动春情，一垄垄又厚又绿的麦苗如无数手掌虔诚地迎接着飘然而至的春雨，泥土在唰唰的雨丝敲打下尽情地绽放朵朵晶莹的鲜花。神奇的春雨，仿佛过滤了人们的私心和杂念，带走了尘世的喧嚣和浮躁，赐予了大地万物蓬蓬勃勃的生命形态。

当然，城里也可听雨。但我始终认为城里的雨声已被汽车的喇叭声、摩托车的引擎声肢解了，钢筋混凝土的森林挡住了大自然的神籁。在城里，也许我们永远感觉不到春雨的韵味，夏雨的热烈，秋雨的缠绵。城市是人类的集装箱，在城里呆久了，我的神经就显得异常脆弱，而只有在夜深人静的雨夜，淅淅沥沥的雨声，最能扯动自己昔日的情思，也最易叩响感情的门环。"夜阑卧听风吹雨"，这时，我的眼里便会看到农人们背着南方特有的状如龟背，叫做"背风"的雨具，躬身在银白一片的水田里栽秧；牧童则披着蓑衣，悠然地骑在牛背上放牧，一幅"青箬笠，绿蓑衣，斜风细雨不须归"的田园风景。我想，在这样一个浮躁飞旋的年代里，人们正在被物化、金钱化、城市化和钢筋水泥化，正在失去与大自然顺利对接的心情和能力。现在还有多少人能摒弃尘世的杂念，如此投入地听一回雨声呢？我又想，身居城里的人，完整意义上的听雨是不存在的，雨是世界上最轻灵的东西，能将那厚重的钢筋水泥敲响吗？

我之所以喜欢听雨，不仅仅是因为一年四季的雨都有着不同的风韵，还因为雨似乎更像人生轨迹。更多的时候，你得忍受寒冷和潮湿、无奈和寂寞，正因为人生悲欢离合、曲折坎坷，才使生命有了丰富的内涵和绚丽的色彩，才有一种饱蘸笔墨而奔放的情怀！

雨声是宁静的，我想它是一种超声的静。但我还是以为，真正的雨声却使我们首先学会倾听。人在懂得倾听的时候，对于自身的受挫和苦难，反转才变得心平气和，高低贵贱才能被漂白淡化。这时，虔诚地将雨声捂在脸上，或者贴在胸脯上，似有一袭清馨，一片清凉扑面而来。时间久了，便觉得这雨声也可触摸，握笔或端书的手心也会沁出一些细细的汗珠，我想这是被雨打湿了……

生日杂想

　　生日那天，朋友发来祝福短信，调侃我又老了一岁。自己也不禁感慨：是啊，在这个世界里我已经活过了 56 年，想想这一生，想想日复一日不断重复的生活，我忽然感到光阴的短暂："子在川上曰：逝者如斯夫。"这大概是古往今来人们最多的感慨。

　　现代生活，节奏太快，压力太大，每日奔忙在充满诱惑、充满欲望、充满浮躁的都市，心里总像有什么急事要办，但它是什么，又似乎并不清楚。在家里时，急着出去，出去了又急着回来。久而久之，我被那些模糊不清的事物弄得心不在焉，神不守舍。我不得不承认，为了生存，为了某种体面或虚荣，不得不做着一些甚至连自己都感到勉为其难的事，其结果是常常把自己搞得疲惫不堪，得不偿失。

　　记得我还在读中学时，《钢铁是怎样炼成的》里的一段话，曾让我热血沸腾："人的一生应该是这样度过的，当他回顾往事的时候，不因虚度年华而悔恨，也不因碌碌无为而羞愧……"当时，我被这番话感动得眼含热泪，心潮澎湃。然而，随着年龄的逐年增长，三十而立、四十不惑、五十知天命，这种感动在心中却越来越少。或许，是尝够了人间的甜酸苦辣；或许，是看多了人间的悲欢离合；或许，是遭遇了太多的不平和不公。总之，现在的心情和当年比，确实已不能同日而语。我不知道，这是把人生看透彻了，把功名利禄看淡了，还是自己对人生采取了虚无主义的态度。

　　工作之余，我喜欢写作。我的常用字永远只有那几千个，可我得无数次地把它们用不同的意念组合出不同的世界，不同的含义。我不知道，是我在玩这些汉字，还是这些汉字在玩我，但我知道，大街上修鞋的师傅是在穿针引线中缝补着岁月，而我是在汉字中"穿针引线"，寻找着意义。大家都没有什么不同，不同的只是打发时间的事情不同而已。前不久，在报上看到一则新闻：一位日本老妪，在 99 岁生日的时候，出版了她的处女诗集。在诗歌衰落的日本引起了极大轰动，销量突破了 23 万册，连续加印了 8 次仍供不应求。我想，一个白发苍苍的老妪写的诗之所以会有那么多的人喜欢，或许是因为那颗写诗的心永远保持着不褪色的纯真和浪漫。这是命运赐予追梦人的最崇高的现实享受。而这样的心境，或许有的人一辈子都感觉不到。

　　其实，人生的每一个阶段都是需要珍惜的，每个年龄段都有每个年龄段的精彩，少年、青年、中年、老年，从天真无邪到踌躇满志，从起落沉浮到淡定从容，这是一个自足轻松而奇妙无比的过程。面对这种变化，不必过喜，也无需过悲，只需让自己的心保持一种内在的清醒和觉照，默默地去感受自然的魅力和生命的自由。或许，正是因为有了这种感触和想法，我告诫自己：不能再像过去那样对自己不喜欢的人和事那么的深恶痛绝，即使对那些曾伤害过自己的人。可能，我依然不能原谅那个人当时的那些作为，但我也愿意去理解或者能够理解他为什么会对我这样，因为每个人都在按照自己的逻辑生活，而不是按照别人的意愿去思考。再者，我又何尝没有有意无意伤害过别人呢？

　　杜·罗休弗克说："不论人生多不幸，聪明的人总会从中获得一点益处；不论人生多幸福，愚蠢的人总觉得无限悲哀。"生活的大道就是日常事物，看上去充满玄机，实际上普通寻常。回眸自己走过的人生路，能抖落很多尘土与负重，淡忘很多繁琐与喧嚣，化解很多烦恼与伤痛；回眸自己走过的人生路，会感觉心情清静而悠远，胸怀旷达而飘逸，灵魂闲适而舒展；回眸自己走过的人生路，是一种休息，是一种温暖，是一种享受，更是一种平和高雅的境界。

可聊者有几人

当下社会流行这样一个说法：熟人越来越多，朋友越来越少。比如手机里保存着几百个名字，可是，当你闲下来时，当你感到寂寞时，当你特别苦闷时，你想找个可以随时见上一面聊上几句的朋友时，却常常不知道该打给谁。再比如，QQ里熟人名单一大堆，但可以聊的内容实在是微乎其微，心灵交汇的空间其实有限得惊人。也正因此，台湾女作家龙应台有一次自我质问："为什么在人群中更加寂寞呢？"

忙碌的生活让我们越来越没时间去照看感情，即便坦诚相见的友情都越来越难得。在不同的场合，我曾经无数次听到别人在接手机时，一边说自己现在在出差的路上，一边抱怨对方来怎么不提前告诉一声也好等着为之接风洗尘。更为尴尬的是，一位在外地工作的A君回到老家，给B君打电话说本来要来看望老朋友的，但日程实在太紧，工作太忙，明天一早要赶回去，只好下次再聚；B君也殷切地说自己多么想念对方，但碰巧刚好出差在外，否则真得好好聚聚。谁知道，第二天上午他们居然在一家超市不期而遇。

越来越丰富的娱乐生活淡化了人与人之间的交往。好玩的花样层出不穷，感情交流的时间只好让位。更因为交通、通讯这么发达，人们可以"宅男宅女"了，不需要面对面交流，当然见面的机会也就少了甚至可以免了。远的不说，就说我们现在所居住的小区，你问问看，现在还会有人去邻居家串门吗？不知道对门住着谁倒是个普遍情况。我在小区住了有六年了，说来惭愧，还真是认不出几个人；平时打招呼的几个邻居，都是因家中养了宠物狗而认识的。刚搬进来时，也曾试图和邻居混熟一些，可敲响人家的门之后，看到人家只是打开门上"猫眼"的位置，淡淡地问一句"什么事"，于是什么心情也没了。

在家靠父母，出门靠朋友。这种说法既表明了朋友的重要，又表明了朋友的价值在于被依靠。朋友的确可以帮你解决在生活中遇到的许多难题，我也曾得益于朋友的很多帮助，对此我一直心存感激。我知道中国人注重礼尚往来，这次朋友帮了我，一直想着能有一天也能帮回他。我更知道"人情大似债"这句老话，但是现在遇到的最大问题是，老之将至，哪里有什么能耐出手相帮？为免"欠债"之苦，最有效的办法是尽量少开口求人，凡事求诸自己，如此心安理得。

美国诗人赫巴德说："一个不是我们有所求的朋友，才是真正的朋友。"我虽赞赏，但又以为很难做到。这年头与人结交，不论是同级"平头之交"，还是向上"攀附之交"，表面大家都会客套几句"因缘际会"，似乎随性随缘，其实"潜规则"暗流汹涌。交与不交，关键看你有用没用。经济学家说，把你朋友的工资加起来，再除以你的朋友的数量，得出的值差不多就是你的工资水平。也就是说，你交的朋友，都是与你生活水平差不多的人。这是从经济上来分析朋友之间的融合性，这一点，我们平时虽不明就里，却遵循着这个规律行事。比如，有时你会发现某个朋友疏远了自己，初始还有些不解，直到有一天，发现人家或高升或挣了大钱，这才恍然大悟。因而，分手的朋友，往往可以让你看到自己或对方的变化。

相识满天下，知心能几人。俞伯牙和钟子期的故事让人喟叹：人生得一知己足矣！马克思和恩格斯伟大的友谊铸造了《资本论》的诞生。台湾歌手周华健的一曲《朋友》又道出了当代人的婉转情怀。在通讯技术快速发展的今天，真希望人与人之间的感情不要也跟着机械化、格式化。不管物质生活发展到什么程度，我们都需要"酒逢知己饮，诗向会人吟"的可聊者，幸福就这么简单。

"百度"自己

因为喜欢写作，近些年在各地大大小小报刊上发了不少短文，于是就会每天在网上搜索文章发表了没有。时间一长，我在搜索之余顺便查查和我同名同姓的人有多少，结果显示，和我同名的共有134人，其中女性占了一半以上。也难怪，我的名字会被很多人误认为是女性。我曾问过父亲为什么给我起了这么个女性的名字，父亲说，你出生那年正好赶上毛主席号召全国人民学习唯物论反对唯心论，于是就有了我现在的名字。想想也是，在五六十年代，名字不仅是一个符号，还承载了父辈的愿望，甚至社会意义、政治意义。比如"文革"时期许多人起名叫"卫红""卫东"的。

在市面上看到一些职场指南书籍，不少都提及一个好名字对于应聘或者升迁的意义。将书中举例的那些好名字放到网上一搜索，境遇相差万倍的，大有人在，有当官的，也有落魄的，可见纯属胡说八道。比如和我同名的人中在大学的居多。有教师、有学生，除此之外，有记者、有演员、有医生，在这些人当中，最高的官是一家集团人力资源助理总经理，也是位男士。最让我失望的是这134人中居然没有一人是从事或喜欢写作的。

由搜索想到了"网络上没有人知道你是一条狗"，早年的这句名言如今随着"人肉搜索"的流行被改变了。过去，要了解一个人，我们往往要花几周甚至几年的时间。可自从有了网络，或许只要一顿饭的工夫。不管承不承认，事实上，人人都有偷窥欲，区别只在程度不同，所以"人肉搜索"才能大行其道。

我的第一次"人肉搜索"，缘于一个多年没见面的老同学。这位同学一别数载，杳无音信，据说他已混成了社会名流。我想，如果他真是社会名流，网络上肯定有关于他的信息。于是，我在百度上搜索他的名字，不费吹灰之力，就看到了他的很多故事，几个著名网站都有关于他的报道，有图有文。照片上的他，依旧风流倜傥，神气十足，难得的是数年沧桑，竟没有在他身上留下一点岁月的痕迹。仔细看了报道，才知道他在一家主流媒体当老总。同时又是一家著名大学的客座教授、社会学家。我还搜到了他的博客，如同故友见面，心里好一阵激动。但遗憾的是，博客里除了异国风光之外，并没有多少个人情况。本想在他博客里留言，但犹豫片刻，还是免了吧，主动上门，岂不有攀附之嫌？

"人肉搜索"，有惩恶扬善的，如汶川大地震时的"辽宁骂人女"事件，再早一些的"虐猫女"事件，等等；有恶意并引发悲剧的，如"成都别车女司机被当街殴打"事件，"少女被疑盗窃跳河自杀"事件，等等。沸沸扬扬之中，不知伤害了多少人的感情和隐私。因而，也就有了法律界人士为保障网络舆论生态健康发展，强化个人信息保护，为恶意人肉搜索设法律红线。

搜索自己是一种乐趣，常常会搜出一些意外的感悟。当然可怕之处也正在于此，网络带给我们便捷、满足的同时，也让你无处遁形。比如我就是这样。在百度上打上自己的名字，有作家的我，有演员的我，有以馆长身份出席一些活动的我。看着那一条条信息和一张张照片，看来我还不是籍籍无名啊。

有朋友提醒我，千万不要做公众人物；做了公众人物，千万别做啥昧心的事情；做了啥昧心的事情，千万别在网上留下痕迹。否则，你就等着被人家"人肉"吧。没错，现代社会就是一张四通八达的网络，每个人像小虫子似的，被粘在上面，要真想了解一个人，总能找到有关他的信息。如此，我告诫自己，要想不被"人肉"，就要时刻保持"惊弓之鸟"的状态，好好工作，好好做人。

读书悦心

20 世纪 80 年代初，我所在的一家市级话剧团宣布解散，我被分配到市文化馆。馆长问我能干什么，我说我一演员能干什么呀，混口饭吃就行。馆长说馆里正缺一位图书管理，你可愿意干。我说好啊，打小我就喜欢看书。

儿时，家里还是很清贫的，几乎没有什么像样的摆设，只有一个占据了半面墙壁的四层大书柜，那上面整整齐齐摆放着各类书籍。母亲告诉我，家里的什么东西你都可以动，就是这些书你不能动，那是你爸爸的心肝宝贝。但是什么都拦不住一个孩子的好奇心，于是我在父亲不在家的时候偷偷从书柜里抽出一本书看。我可以坐在椅子上连续几个小时看书，也不管里面的字是否认得全。

对一个孩子来说，读书有时候并不是来自刻意的教育，而是来自兴趣，兴趣的产生来自环境的熏陶。父亲爱读书，经常是看书看到深夜；父亲爱写作，经常写到很晚很晚。我后来变成了一个特别喜爱书的人就是受了父亲的影响。我成长的时代在时间上不像现在的孩子，每天有写不完的作业，考不完的试，负重如山。我那时完成作业之后，有不少时间可以读书，读书实在是件幸福的事情。记得那时我睡觉、吃饭甚至在厕所里都要读书。读书于我成了一种嗜好，一种习惯。然而，这一切在我奶奶眼里却成了一种灾难，因为她受不了我每天晚上躺在被窝里看书，很晚都不睡觉。她总说："你就作吧作吧，眼睛不要啦？将来戴个眼镜看你怎么办！"

没有人要求我读书，更没有人逼着我读书，是我自己想读书。工作之后，读书、买书成了我的最爱。每月工资一发，留下伙食费，我从书店抱回一摞书，我买书不讲究，全凭个人嗅觉和兴趣，随心所欲。那时，我最大的梦想就是拥有一间属于自己的书房。我曾经写过一篇短文《无斋说斋》，文中写道："犹如画家希望有自己的画室，钢琴家希望有自己的琴房，乃至一个木工师傅希望有自己的工作间一样，我渴望能有一个属于自己的书房。"写这篇短文时，我住在单位一间堆放旧物的小仓库里，属于我的1000余册书分别装在9个编织袋里，一个挨一个地靠在墙角处。我那时就常常幻想着，如果我要有一间四壁皆书的书房，每天晚上坐在临窗的一张书桌前，无忧无虑、无拘无束地读书，即便外界生活有许多变更、许多不测、许多动荡、许多艰苦，只因书香围绕身边，获得的却是一个广袤丰富的矿藏。

我真正意义上拥有书房是在六年前，"领地"一旦形成，就意味着住房面积"缩水"，三居室相当于两居室，也只好厚着脸皮装聋作哑。妻子曾问我："光看你买书，就没见你读过。书房里的那些书，你都读过吗？"我总是面露尴尬，一笑了之。比起藏书家，我的书籍数量不足挂齿，即便如此，我也没有把书房里的书都读过。大致说来，那些书有三分之一读得还算认真，有三分之一只是随意浏览，剩下的三分之一往往束之高阁。我相信这个事实并非"个案"，或许孙犁的一句话可用来自我解嘲，"寒酸时买的书，都记得住，阔气时买的书，读得不认真。读书必须在寒窗前，坐冷板凳"。

知道很多大家的书房都冠以什么斋什么室之类的雅号，也曾想给自己的书房起个名字，但最终还是放弃了。因为不敢称自己读书和写作的"地方"为书斋。书斋，在我的印象中，起码是一间稍微宽大的房间，摆得下书橱书桌，电脑茶几，坐椅沙发。这印象从哪儿来的呢？是从电影和电视那里得来的。记得最深刻的有《列宁在1918》里克里姆林宫的书斋，太宽大了，全是书，我当时想，怪不得列宁那么聪明，敢情书看得多呀！还有就是毛主席接见尼克松和田中角荣的书房，沙发后一圈大书架，架子上全是线装书，看了从心里敬佩他老人家伟大，知识渊博，贯通中外。如此看来，虽没冠以雅号，但我毕竟有了一个专心致志读书和写字的场所，却也知足。如果再往前想，诗圣杜甫住的是风雨难避的草房："八月秋高风怒号，卷我屋上三重茅"，"床头屋漏无干处，雨脚如麻未断绝"。清人曹雪芹晚年穷困潦倒，在北京香山附近的几丛修竹、一堵矮墙、几间小农舍里，借着油灯，呕心沥血，一字一字地写出传世之作《红楼梦》。和他们相比，我还有什么可说？

林语堂称读书是"魂灵的壮游"，还把阅读比作"找情人"，只有情投意合，才能心心相印。我深以为然。忙碌一天之后，走进书房，首先会闻到纸张、油墨以及木质书架的木头与油漆混合成的似有似无的气味。那是一种沉稳厚重的香气。面对书架上那一排排的书，总有一见如故的真挚，好像今生有缘。取出一本书，翻开，油墨都很香醇，很清新，也很特别。一行一行时短时长的句子，就像强健的筋络和气魄、素质相连一样，久久地感动着你，抚爱着你，不动声色地渐入你的心底、血脉。在这样一种氛围之中，完成一次安静、私密的阅读时光是何等的惬意啊！

尽管拥有了自己的书房，怎奈没了熬夜的精力。毕竟是五十好几的人了，偶尔熬夜，便觉困意似看不见的无数的虫子，从四面八方钻进我的肌体。真难以想象啊，年轻的时候，可以三夜不睡，整个人精力旺盛得如一瓶大香槟，"呼"的一声，身体里巨大的精气神冲天而起，真不知道这个世上还有"困倦"二字。我常常问自己，是当年那种如饥如渴的欲望已经泯灭，抑或真的是老了？想想也不是啊，深秋，离萧瑟的寒冬还有一段日子，所谓"秋阳力尚刚"吧。为此，我现在不论是看书还是写作，常常让音乐来陪伴自己。此时的音乐，已不再是飞扬四溅的音符，而是宛如沙沙的春雨声，淹没了我，又把我款款浮起，这时，就会有一种凉爽的快感散布全身，被中断的构思也会在这一刻续上灵感，困倦也随之散去。正如一位作家所说的那样："看书或写作的时候最好有音乐陪伴，轻松、愉快，别有一番滋味。"

读书可悦心。心境不好时，读书得以改变心境；心境好时，心境可以改变书的意境。进而想到，书无需多，但要精，关键是投缘。一见如故，相见恨晚，这样的书聚在一起，自然会形成特有的书房气场。当然，如果把书读到头悬梁、锥刺股的地步，真是不读也罢。

情书可品

马克·吐温曾说："人的心灵活动，最坦率、最无拘束、最秘而不宣的成果要算是情书了。"这是对情书最为贴切的诠释。

情书可以是两情相悦时的一种相思，两处闲愁。如一阕宋词，婉约而又哀怨，他写："红酥手，黄滕酒，满城春色宫墙柳。"你书："世情薄，人情恶，雨送黄昏花易落。"这一世，或许他于你是陆游前世的寄托，你于他是唐婉在梦里千回！思念时，也一定有人会轻轻唱起"红藕香残玉簟秋，轻解罗裳，独上兰舟，云中谁寄锦书来，雁子回时月满西楼"。情书又是彼此双方情感最热烈、最大胆、最诚挚、最动人、最美丽的表白。"在天愿作比翼鸟，在地愿为连理枝。天长地久有时尽，此恨绵绵无绝期。"白居易痴情不已的句子，早已成为自古以来有情人的向往。

毫无疑问，在这个声讯极为发达的时代，很多人认为情书已不再是这个时代的主流。电话、微信、电子邮件，以方便快捷的特点，正适应了当代人的心态，以致现在的人特别是年轻人不愿或很少去写情书，并认为情书这个传统节目应该退役。其实，情书的独特魅力，是微信或电脑屏幕上冷硬的方块字永远无法替代的。它沾染了对方气息的每一个字，每一个笔画，每一个标点，每一种语气，似乎都是脉脉含情的。会让你在每一字每一句的慢慢品味中，感受到字里行间的真情流露，心心相通的微笑会悄悄地绽放在嘴角。有人说，感情有时像酒，时间越长就越醇香，而情书便是盛装美酒的瓶子。我想说的是，情书像照片，能把回忆凝固在那一刻，让你在多年以后轻易地滤净记忆的杂质，记得彼时彼刻的深情和快乐！

最早的情书是谁写的，已无从考查。有说是在中国，在《诗经》里，"关关雎鸠，在河之洲。窈窕淑女，君子好逑。""蒹葭苍苍，白露为霜。所谓伊人，在水一方。"有说在意大利，有人在维罗纳市图书馆的羊皮纸上，发现了12世纪用拉丁文写的句子："我对你的爱是如此之深，以至于我无法用言语来表达，但我身体的每一寸皮肤都在说着我爱你。"中国的情书是含蓄委婉的，外国的情书是大胆直露的。世界上最长的情书是一个叫郭立杰的中国小伙子写的，他在追求俄罗斯姑娘玛莎时，传说前后写下了26万8千多字的情书，据说还申报了"世界上最长的情书"的吉尼斯世界纪录。而最短的情书却众说纷纭，莫衷一是，但一致认定的是，世上最短的情书，只有三个字："我爱你"。其实，只要能深切表达爱意打动对方，无论长短，都是最令人难忘的情书。

情书不是作秀，她不需要太多华丽的语言，需要的是最深切的真情流露！贝多芬在给"永远的爱人"的书信中写道："我的人躺在床上，但我的思绪却飞向了你，我永远的爱人。请保持冷静，爱我。今天，昨天，我的眼中饱含泪水思念你……你……你……我的生命……我的一切……永别了。噢，继续爱我吧，不要误会我这颗最赤诚的爱着你的心。我永远属于你。你永远属于我。我们永远属于彼此。"只有情到深处，才会有如此炽热的言辞，朴实而又煽情，以至于很多人都称之为一封不朽的情书。是的，无论岁月如何辗转，它依然会历久弥新！一如今天已被枕在那三千发丝下，继续让活着的人可以感受一场隔世的温暖！

秋，来了；夜，长了。心事趁"长"而入。老了的我，内心还保留着不轻易示人的矫情，还是那样多愁善感。回首自己的一生，许多情景随着岁月的推移都已淡忘，但当年书写情书时心情温暖、感动，圣洁的语言，深深烙在心头难以抹去。"遇见你是偶然的，喜欢你是自然的，爱上你是毅然的，伴你一生是必然的。"看到这样情书，谁能不动心呢！200多年前，英国女作家简·奥斯汀在她的《傲慢与偏见》里写道，女人们往往会把爱情这种东西，幻想得不太切合实际。实际上，男人也不例外。

情书可品，带着岁月的味道，直抵心灵、永久温暖。

又到岁末

倏忽间，又到岁末。

"一年过得真快啊。"这是世界上最温暖的一句话，因为在不同的年份、不同的人和不同的环境下听到，总难免沾染上人心的温度；这也是世界上最寒冷的一句话，因为它提示着时间的流逝，往昔时光难再。

看着案桌上的台历，365页。随手翻翻，上面有的写着电话号码，有的是随手记下的要做的事情，起到了电话簿和记事本的作用。也正因如此，那上面所写的点点滴滴，也只有自己能够看懂。透过崭新如初的台历，想着走过的一天又一天都能在这里找到投射，才忽然意识到时光竟然是这么的不经用，就像一个人，才刚刚出生，就有人已经预见了他的衰老。正如陈村在短篇小说《一天》里所描述的那样，主人公清晨出门的时候还是一个没长胡子的弱冠少年，顶替父亲去工厂上班。晚上回家时已两鬓斑白，戴着红花被敲锣打鼓地送回来——他退休了。他的一天就是一生，他的一生就像一天。

我早过了"为赋新诗强说愁"的年龄，也不是不满意目前的生活，可是在内心深处，我对生活对自己有着更高的期待——期待着能把这一次性的人生过得充实和丰富。参加工作已经30多年了，唯一的报酬就是工资，虽说这没有什么不公平，但我却希望除了工资以外还能有点其他的收获，比如说能力的增加、潜力的发挥，成就感，等等。我曾对自己说过：每天要保证1个小时的读书时间，一周要写一至两篇短文，坚持晚间走路1小时……可是什么时候，这些东西渐渐离我远去了呢？没有它们，我怎么还过了这么多日子呢？为什么我还是每天从早到晚地在忙呢？到底我都忙了些什么呢？我找不到说服自己的证据，也拿不出什么证明自己在这一年里所做的工作如何如何，如此的反诘，只能让我的心越来越沉重，在最用得着眼泪的时候，我不知道它们都躲到哪去了。

比如现在，我的床上、案头、书柜里……还摆放着许多书：有一直想读而一直都没有读过的；有读了一半扔在那儿的；有读过一遍计划还要再读一遍的……书与人之间的沟通，绝对应该是心灵与心灵之间相互吸引的秘密，因为书即心灵，而文字和纸张不过是心灵践约的途径而已。它们看似平静地躺在那里，但我知道它们有些迫不及待，等待我的双手抚摸，期盼我的目光浏览。再比如，一直都抱着很随意的态度去写作，按理说写不出来也没什么好苦恼的，老老实实做好本职分内的事情，绝不害怕自己的名字在报刊上的寂寞与黯淡，这样的活法虽然难有出息却也滋润，聊可自慰。但问题是，当我坐在书桌前，对于生活中的那些动情的人和事没有了激情，文字从笔尖流出来时，情绪总是很低落，心灵的麻木和干枯让我感到难以言说的痛苦。写作是延续、拓展、加深对生活对生命的感受和理解，如果感受还在，理解还在，那写与不写，并没有特别不同，让我担忧的是我对生活仿佛不再好奇，不再敏感，不再感受到生命本身的美好。如此，当新的一年仿佛等待了许久，又猝不及防的情人，穿着惹眼的红棉袄，轮廓清晰地走来时，理当产生一种百感交集的情绪，但只因碌碌无为的日子使得我归于麻木，脸上没有任何表情。

不管你愿意不愿意，盘点记忆，才会忽然意识到生活着的可爱之处，以及那些由生活缔造快乐的重要之处。比如，我喜欢写作，我会在每个双休日中选择一天，把自己关在家里，不上网，把手机也关掉，切断与外界的一切联系，享受一个人独处的快乐。当我拧亮一盏台灯，在一圈晕黄的灯光里，明净的空气中有什么东西正在无形地潜伏着流动，"静态"中正有一种看不见的"动态"喷薄欲出——那是内心的光线，当我被这缕光线照亮的时候，一些文字就开始慢慢地坐落到我电脑中的纸页上来了。当然，这时光如能以茶相佐，则境界全出。在蒸腾的氤氲中，陷入一种无际的遐思，一种入禅的意境，这或许诚如作家马德所说的那样："一个人的灵魂，只有在独处中，才能洞见自身的澄澈与明亮，才能盛享到生命的葳蕤与蓬勃。也就是说，只有独处，才能把迷失在喧嚣尘世里的自己找回来。"

人的生命何其短促，逝者如斯，一生，或许只是老天爷的一眨眼罢了。今天与明天，仍像歌儿里唱的"太阳下山明朝依旧爬上来"，不会眨眼间天地翻覆的，时间刻度只是人类对茫茫时空的一种切割和把握方式罢了。如此，在这个岁末，我只能希望在新的一年里，浮躁不安的心灵最终能沉静下来。不需要读很多的书，写很多的文字，读过了，写过了，就说明自己还没有放弃。世界上永远有两种事情，一种是适合去做的，做了之后你会觉得神清气爽、心灵充实；一种是适合去想的，单纯去想的时候，你会觉得它韵味无比、美不胜收。围棋的序盘和中盘讲究别把棋下得太紧，人生的道理也是这样的。

个人小结

　　每到年终，大大小小的宣传媒体，都在自己的那一亩三分地里，不遗余力地制造着五花八门的各种盘点，对即将过去的一年进行各自的总结性发言。看来看去，发现这些所谓的盘点大都相同，所例举的重大事件和重要人物差异不大，看得多了也就没了兴趣。不过，由年终盘点想到年终的个人小结，和媒体一样，只要你是公家人就得在年终给自己来个"盘点"，不同的是，媒体的盘点是对他人而言，而个人小结是拿自己说事。

　　俗话说干得好不如说得好，说得好不如写得好。对年年要写"个人小结"的人来说，如何把"个人小结"写得生龙活虎、活色生香，让人对你一年的功绩过目不忘，那就必须绞尽脑汁。好在年年过，年年写"个人小结"的文本渐渐演变成几十年如一日。首先，起句基本上是紧张忙碌充实的一年即将过去，新的一年即将到来；接着笔锋一转写道：回顾一年来，我在思想上能够……其次，我能够服从组织上的一切安排……再次，我没有违法违纪行为……云云。当然，最重要的一点就是，在小结结束处一定要写上一两个缺点。

　　尽管人们都不喜欢缺点，但缺点却总会围绕在人们的身边，赶不去，也藏不住。然而，给自己找缺点，也的确是个难事，尤其要落实到文字上，这就不能不令我们慎之又慎，说轻了，怕领导在会上说你写得不深刻；写重了，又怕领导抓住小辫子。于是，人们惊奇地发现，"个人小结"里所写的缺点竟是那样的相似，几乎都是这样两条：一是有时不能遵守按时上下班制度，二是不善于团结同志。

　　仔细想想，写上这两条缺点是最安全的。因为第一条缺点可以说在任何一个部门都是存在的，具有普遍性。第二条就更算不上什么缺点了，上班时间不允许你和同事们东扯西拉，说些与工作无关的东西，而下班各自回家，哪来时间闲聊？如此，也就不算是什么缺点了。

当然，写小结只是摧残心灵的一个方面，听人念更是一种对耐性的考验。一篇拖沓的"个人小结"写的人虽绞尽脑汁，读的时候声音又是那么高亢有力，但听的人却昏昏欲睡。念小结的人正沉浸在自己慷慨激昂的工作中，岂不知听众里有多少人都在腹诽，盼着他"嘎吱"一声停下，让大家耳根清净会儿。记得有一年年终小结，曾有一女同事休产假，前后近半年没上班，上班后大家照顾她孩子幼小，纷纷帮她负担工作。总结大会上，大家的各项工作罗列了不少，她为了显示自己也做了很多工作，就把我们政治学习传达上级会议的精神一条条罗列出来，通篇总结都是"学习了什么什么，学习了什么什么"念下来一点都不比上满勤、干满点的人花费的时间少，刹那间醉倒了一大片。

"个人小结"大概算是我们中国人的独创。这种"个人小结"领导看不看我就不好说了，但写是必须要写的，因为它隐隐约约和饭碗有关。也许你在这一年里没干什么正经事，但只要你写了"个人小结"，这一年就算交待过去了。小结听得多了，发现一条通用的真理，那就是踏踏实实干工作的人，基本没有废话，都是有事说事；而那些整天蜻蜓点水做表面文章的人，小结都是长篇大论，都是废话。

我早过了"为赋新诗强说愁"的年龄，所以也就没必要为此说东道西，只是认真想想，又觉得不说出来心里就堵得慌。不是我们不需要"小结"，但肯定不是这样一种模式化的"小结"。今天，我们会对上辈人在"文革"中的早请示、晚汇报、背语录、跳忠字舞等一些言行感到很可笑和不可思议，可是，当我们的孩子在 10 年或者 20 年之后，读到我们今天所写的"个人小结"时，一定也会忍俊不禁。

说归说，我们依然在认真地、一丝不苟地、理所当然地写着。除此之外，我们又能说什么呢？就这样延续下去吧，反正又没妨碍到谁，至少目前对我们个人而言没多少好处，也没多少坏处，只是留下限于个人的疑问：什么时候，我们能痛快而无留恋地说一声："别了，个人小结！"

该不远了吧，我想！

过　年

1

过年遇上熟人或朋友，最常见的动作是双手抱拳行礼。对长辈行礼，抱拳置于额前；对亲朋问候，则置于颌下。说得最多的话就是"过年好"。电话拜年、手机拜年、短信拜年、QQ 视频拜年、微信拜年，等等，说得最多的还是"过年好"。过年好，怎么才叫好呢？当下中国，人口流动，游走天南海北，一家人在一起过年，变得难得。所以啊，亲人团聚，那才是过年好！

一进腊月，连下两场大雪，我索性不出门，整天面对电脑、电视，倒也落个轻松。天一放晴，就待不住了，想出去走走，就是出去走走，没有目的，走走看看。快过年了，看看大街上的年味浓不浓，看看人们都在忙些什么。一路上，大大小小的商店门前，有人在挂红灯笼，有人在贴春联。几家大商场的电视大屏上，不断地打出并变换着各种广告，诱惑着你迫不及待地把口袋里的钱大把大把地掏出来，花出去。也有人架起梯子，给树木身上缠灯绳，是那种塑料的发光管，软软的，在树木的枝干上走圈，还一束束，一串串，从高处垂下来。这个到了晚上看，耀眼不刺眼。

城里过年就这样，年前热闹，小年一过，人就待不住了，心开始躁动。春运开始了。多少人提着、扛着、背着大包小包，全都向着家的方向移动。不回家，那叫什么过年呢？考察汉语词汇，在有形的人与物的层面上，有家父、家母、家乡、家宴、家书、家庙等；在无形的精神层面上，有家风、家教、家规等。总之，家能安顿人，能安慰心。

我无家可回，父母已离世多年。父母在，不回去，是游子；失去父母，在哪里，都是孤儿。

2

腊月二十六，周日，逛街。明显感觉到大街上车少了，人少了。一些店铺和饭馆不做生意了，也不爱钱了，只给门上留下红彤彤的对联和一纸歇业告示，锁住门，奔家去了。

平日里，我喜欢逛宁国路。这里，一路的大小饭馆，不管你什么时候来，都有人在里头吃饭。有的饭馆，人坐满了，要坐在外面的板凳上，吃着店家免费供应的瓜子等座。而现在仿佛约好的一样，做饭的走了，吃饭的也走了。各自回到原来的地方去了，似乎那里才是不能舍弃的生活。

实际上，回家对许多人来说是对忙了一年短暂歇息的安慰。回去，看老人，看孩子。到了正月初五六，在家待不住了。城市让他们体验着得到和失去。过去缺钱，日子再不快活，一家人在一起；如今，人的欲望提升了，多少钱也不够花，和家人在一起成了一件最奢侈的事情。现实就是这么无奈和残酷。

那么，过年还留守在城里的人咋过年呢？难回答，答案说出来，虽不一样，露出来的伤口，是一样的。能怎么样呢，把过年当成平常的日子，不也是过了。

3

平日里人往城里跑，过年时节，方向颠倒了，人又都往乡下跑。在中国社会过年时才会出现人口大迁徙的场面。最早可追溯到 2000 年左右的"摩骑大军"，少则二三百公里，多则上千公里，伴着一路寒冷和危险，奔向家的方向。据电视里说，最多时由珠三角地区出发的人数达 60 万之多。

都说是回家。那么，现在生活的地方，不是家吗？就是户口都在这里，老婆娃娃都在这里，还是要出门，要回去？是的，回去的是老家，那是长大的地方，有一大群亲戚的地方，那是被记忆的地方，是填履历表籍贯的地方。最主要的，那是父母的地方。

父母在哪里，家就在哪里，根就在哪里。不然，谁愿意大过年的，在路上辛苦啊。回去，在父母身边，家完整了，人踏实了，心也安定下来了。父母是一盆火，儿女回来，烤火来了。

失去父母的人，过年是不会贸然上路的。回去，也没地方安身啊，旅馆歇业了，饭馆关门了，吃的住的，没着落。兄弟姊妹再亲，都得靠父母团着，才能团到一起，不然，都是各过各的。人常说，父母在，兄弟姊妹是一家人，父母不在了，兄弟姊妹是亲戚。这是两种关系，差别大了去了。

但有一件事是必须要做的。大年二十九，或者大年三十，我会到离家不远的护城河边，像许多和我一样的人一样，要给逝去的亲人烧纸。

4

难忘小时候过年。

过年了，人穿新衣裳，房间里也要干净。"腊月二十四，掸尘扫房子。"我们家的扫尘是父亲的事。扫尘前，父亲指挥我们把一些小的物件搬到屋外，大的物件就用报纸或旧被单盖好，一切完毕之后，父亲拿一张崭新的报纸，叠成济公帽戴在头上，手里握着长柄鸡毛掸子，站在凳子上，开始扫尘。细小的灰尘在阳光中飞舞，房梁屋脊的尘网，犄角旮旯的土灰，父亲站在灰尘里不放过任何一个微小的角落。父亲把扫尘当作一项仪式，认真而虔诚地做着。清除干净一垛屋顶，就从凳子上下来，挪动一下，如此反复。在父亲的舞动中，平日毫不出奇的屋子，一下子就焕然一新了。

父亲忙扫尘，母亲也没歇着，擦窗户是母亲的事。母亲个高，手长，身子斜到外面，先用报纸擦，后用干布擦，擦好了外面擦里面。父亲这边扫尘结束，母亲把窗户也擦好了。猛一看，窗户上的玻璃擦得不见了一样。

现在也扫尘，只是角色换了。请钟点工，来的一般是小两口，动作麻利，一两个钟头，把家打扫得干干净净。他们年前出东家、进西家，也是挣上几个，好回家过年，给老人孝敬烟酒，给娃娃买新衣裳，手里宽展些。工钱，只要不离谱，不会讨价还价的。

我也是请钟点工，图个省事。

5

还要采办年货。过去过年，平时里把钱看得比命还重的大人们，一下子大方起来，大包小包提回家的，无非吃的用的。蒸年糕，炒花生，做米糖，哪怕仅仅是一种节日的点缀，一种传统年景的象征。

除了吃的穿的，文化的味道也是少不了的。年画，始于古代的"门神画"，以喜闻乐见的艺术形式表现民众的文化信仰，形象直观、通俗易懂，成为普通百姓寄托生活理想的精神替代品，成就了中国的民间"读图时代"。

印象中，当年有两幅年画是最受欢迎的。一幅是两个胖乎乎的丫头小子身穿红肚兜，各骑一条大红鲤鱼，叫"吉庆有余"的年画；还有一幅是鹤发童颜的老寿星，照耀着满堂幸福的儿孙，叫"富贵满堂"的年画。如家里有上学孩子，购买的年画往往是"鲤鱼跳龙门"；家中有小孩子的，要买"长命百岁""胖娃娃"；家有老人，就要购"松鹤延年"之类的长寿图。

年画，曾温暖和欢愉过一代又一代的人。

今天，年画曾经固有的那样一种质朴与生活韵味已经随着岁月的老去，渐渐地从千家万户的墙上走了下来。民俗专家冯骥才说："当中国年画逐渐消失的时候，其实是我们摈弃了自己的传统，是历史精神的丧失。只有重新反省历史、民俗和文化情感，我们才会真正重拾年画。"

6

腊月掀到最后一页，年也就到了。

大年三十下午家家开始贴春联。贴春联是两个人的事，一个人站在门框下，一个人搬条板凳站在上面，瞧好门框贴上下联的高度及对联条幅的宽窄。位置定好后，涂一把熬好的面糊糊，再轻轻贴上红春联，喊下面张望的人："高了吗？低了吗？歪了吗？正了吗？"直到下面的人点头喊好才算完事。

贴完春联贴福字。贴福字是贴春联的姊妹产品，不可缺少的。尤其是老一辈人家，过去的日子过得像苦胆儿，对福字的渴望更加强烈、迫切。老人家听到大门外的人把春联贴完了，就会从堂屋的方桌上小心地捧出两张老先生写的大福字，嘱道："倒贴哩！福到福到哈！"

　　一般的人家贴到这里也算把过年贴春联的事干完了。可到精致的人家，则还要从门廊到堂屋都贴得红彤彤的，十分喜庆。过路的人从大门春联往里屋瞧，只见里里外外焕然一新，红彤彤的新鲜，红彤彤的春色，而人个个喜气洋洋，精神活泼、饱满。

7

　　除夕之夜一家人的欢宴是春节的高潮。

　　父亲会做菜，平日里，饭食简单，都由奶奶和母亲做。只有做年夜饭，父亲才亲自下厨。

　　父亲精心打造的六大冷盘摆上桌，热炒开始一道一道上，最后是几盘大菜齐上。动筷前，父亲给我们兄妹三个的碗里分别夹一筷青菜、一筷萝卜，象征"做人要'清清白白'"，每逢此时，父亲有点像做回了老师，不忘关照我们几句做人的道理。完后，母亲一句"开吃"刚落音，迫不及待的我们直奔主题，迅速果断。大人们酒还没喝尽兴，我们已经吃不动了，颈梗直挺，肚皮滚圆，酱油印渍满面孔。这时，母亲要给我们盛饭，说："年夜饭，年夜饭，白米饭一定是要吃一口的。"

　　没人不感叹如今的"年味"变得越来越淡薄了。但是，仍有一些东西一直都在，比如，对吃的重视。尽管今天随着生活水平的提高，国人对吃的渴求已不像过去那般强烈，但是，吃在春节仍然占据重要地位。从腊八节到送灶神，从年三十到正月初一，从初五迎财神直到元宵节，都与吃有关，当然其中的高潮，一定是除夕之夜一家人的欢宴。对于中国人来说，吃什么，怎么吃，从来就不是一件简单的事，而是一种饮食文化。

8

　　吃过年夜饭，一家人围着炉火开始守岁。

　　此刻，杯盘狼藉的桌子已收拾干净，平时不用或新买的东西上场了，晶亮的玻璃杯被泡上茶，漂亮的果盘被装上糖果、枣子、花生和瓜子。热水瓶、脸盆、毛巾……都是洁净簇新的，表现出空前的节日气氛。接过面色酡红的父亲给的压岁钱，我们乐滋滋地开始守岁，一家人又拉开了话闸。

小孩守岁的最初想法毕竟抵不过身体要睡眠的自然法则，母亲看到我们开始打瞌睡时，便开始讲她过去当演员时的一些故事给我们醒脑。母亲讲得最多的是她在拍电影《天仙配》和《牛郎织女》时的一些事。虽然这些事情不知被母亲讲了多少遍，我们依然听得如痴如醉。直到远远近近的鞭炮声开始密集起来，农历新年的钟声响起，我们迫不及待地跑出家门，点燃鞭炮。

新年正式开始了！

现在没有守岁一说了。看完央视春晚已到零点。大多数人家，都洗洗睡了。也有例外，年轻人都跑到电影院、歌厅寻乐去了。

9

过去过年，少不了走亲拜年。在那个物资匮乏的年代，拜年的礼物一般不过食糖、饼干、方片糕之类，家境稍裕的顶多配上一两瓶粮食酒，而窘无分文买不起礼物的，便是提着自家鸡下的10枚20枚蛋，倒也不失拜年的礼节。

拜年对于我们小孩子来说，最大的吸引力是那一张张崭新的压岁钱，"拜年拜年，人气甜甜，吃香又喝辣，还有压岁钱"。虽然面额不大，但对我们来说却是很诱人的。儿时跟着父母去给长辈拜年，其情其景至今仍记忆犹新。到了长辈家，首先按照辈分依次跪拜，许多长辈除夕夜就在堂屋铺红毡，蒲团上垫包被，准备接受晚辈的磕头礼拜。晚辈毕恭毕敬磕头后，长辈会不失时机说些夸奖的话、寄予厚望的话，并把早就准备好的红包（用红纸包着压岁钱和糕点糖果）赏给晚辈。许多长辈以给自己拜年人数多少来预测新年"喜气、福气"。

当下微信垄断了拜年的时空。有文字的祝福，有动漫的祝福。还有微信电话、微信语聊、微信视聊、微信群聊……不管在天涯海角或北国塞外，信息彩铃，温馨悦耳，一声声点亮新春的灯盏；几行汉字，几个字符，一句句传递年夜祝福的温暖。

人和人简单了，反而让人轻松。过年假期长，可以安排自己的事情，而不用顾忌人情世故，这多好。

短信拜年

　　大年三十，漫天飞舞的短信像被惊扰的庞大鸟群，纷纷飞入手机。短信内容言辞华丽，句式整齐，读起来朗朗上口。遗憾的是，在那些短信背后，承载的情感大大打了折扣，复制、群发，不分对象地"天女散花"，让一些原本内容不错的短信在翻来覆去的传播中变得索然无味。在这样的繁忙往来中，人们完成了新春祝福——短信拜年。

　　短信拜年，是我比较心仪的一种交流方式。心仪是因为恰到好处的分寸感。一声祝福，一句问候，一番倾诉，都是内心情感最真实的表述。我相信每一位给我发来短信的人都是心怀虔诚祝福的，至少，我给每一位朋友发送短信的时候是如此的。年前，我就开始费心思想些与众不同的短信，对不同的对象编写不同内容的短信，发给老人的，就祝健康长寿；发给同事的，就祝事业有成；发给女士的，就祝越来越漂亮，等等。在我看来，短信是人际关系的一种体现。人际关系本质上是一种心理距离，需要真诚作为桥梁。拜年短信是心意的表达，承载着一方对另一方的祝福与牵挂，但当下的短信拜年有点变味了。一些人一晚上要发送几十、上百条拜年短信，很容易让发送者重视形式而忽视内容。此外，同样的短信收到多条，人的心情会由新奇变为冷漠甚至厌烦。雷同的短信不断被人重复阅读，其祝福的效用也不断递减。而且缺少情感真实释放的群发短信，也让接短信人的幸福感大大降低。短信可以转发，感情却不能复制，短信是二手的，但谁也不希望感情是二手的。

　　都在说现在的年味越来越淡，何谓年味？年味就是几千年来渗进民间民俗里的传统。记得小时候，从年初一到初三，亲友邻里间就不停串门拜年，互相祝福，共贺新春。我们小孩子也聚在一起，挨家拜年，每到一家不光给长辈们说吉祥话拜年，还分别表演节目，然后得到长辈们的糖果，一圈下来，满头是汗，收获颇丰。人间亲情、友情、乡情尽在其中，那"忽闻有人贺年来，举家喜迎春联下"的景致，好不温馨。而随着短信拜年的兴起，亲朋好友之间拜年之礼也淡薄了，人们也懒得再去串门了，除夕夜的一条短信就算是拜年了。

再有，传统春节里的大年夜，特别注重和讲究的是，以家庭为单位的团圆。年味儿，首先体现在全家人在一起。亲自动手，亲情才格外浓郁，年的气氛才格外浓郁。两者互动而交融，才会越发让人体会到，每人的参与在过年中的意义。特别是吃罢年夜饭后，去放一通鞭炮，落得红红的纸屑满地，踩着如红花的鞭屑出门，带着一身的红火和喜兴，去给亲朋好友拜年。可是现在呢？早早到饭店预定一桌酒席，气派和省事的背后，传统民俗中美好而又独具魅力的东西丢失了。说句玩笑话，就像跳脱衣舞似的，我们现在把许多传统民俗的内容精髓都扒掉了，只剩下了吃和玩两种。

当然，中国人过年过的是人情，不见面，不听声，再不写字儿、读字儿体会字里行间的祝福，年过的什么劲?! 我这里想说的是，如果新年的祝福流于"复制转发"，拜年这种中华民族的传统习俗就逐渐失去了浓浓的人情味。当所有的人都在转发和群发一些似是而非、语言雷同、风格一致的短信的时候，阅读和回复就成为人们轻松过年的一种负担。所以才有人发出这样的感慨，"短信拜年的确节省时间和金钱，但是我们希望看到的是原创短信，哪怕只是一个简单的问候，而不是转发，甚至转发时连别人的名字都没有删掉"。

拜年，拜的是一颗心，问的是一种情。今天，拜年的形式可以说是越来越多样，也越来越简洁，越来越方便了，这是我们的生活从传统走向现代的一个侧面，是社会向前发展的自然过程。但是，不论拜年形式如何变，内容如何变，但有一种恒久不变的东西，那就是感情。作家冯骥才曾说道："人情味正是中国最深的年味。"从我们对春节的不同记忆和不同理解中，我们可以感受得到时代的变迁，岁月的淘洗。年味儿在传统中，也在我们的手中。它本来就是我们手中放飞的鸽子，飞得有些遥远，现在应该让它们迷途知返，唤它们归家了。

第三辑 **03**

| 优雅老去 |

优雅老去

　　过完 58 岁生日，时常会想到两年后的退休生活。记得有人用"童年如猪、中年如牛、晚年如狗"概括人生三态。童年如猪，是形容人之初，靠父母喂养长大的情形；中年如牛，是说"挤的是奶吃的是草"的艰辛和奉献；晚年如狗，是说人老了无事了，只能在家看看门而已。如此表述，我甚为佩服。

　　其实退休是再简单不过的一件事，但又有着不很简单的道理。我的一位朋友是一家事业单位的老总，到了 60 周岁那天，一天也不拖延，把办公室整理得干干净净，工作移交完毕，当日下班把包一拎，就悄悄告别了工作了几十年的岗位；而我原来单位的头，在退休前突然见人就说自己当年把岁数搞错了，应该还有一年才退，硬是不办退休手续。由此可见，同样是退休，有的人能高高兴兴地退下来，有的人却修改年龄，以达到"延长自己政治生命的目的"。

　　我想，当我过了 60 周岁那一天，我也会一天都不拖延地离开，即使单位返聘我也会不接受。因为我怕单位的一些人特别是年轻人会用异样的眼光看我，我自己也会觉着无趣，工作起来也失去了往日的滋味。当然，我并不是向往退休后的生活，而是向往退休后的那份安定、从容，从事群众文化工作 40 多年，我累了。记得孙犁的散文，写到老的时候，他说："如果老了，我就什么也不做，发发呆，因为没有年轻时的睿智，所以，什么也不写了。我要优雅地老去。"这种优雅的老去，有着看尽人生风浪后淡出利欲、悠然见南山的强大吸引力。

　　"一个人老了/徘徊于昔日的大街/偶尔停步/便有落叶飘来/要将你覆盖"，这是诗人西川的秋天。在西川的诗里，人可以看得到自己的过去，也可以看见不可知的未来，蕴涵着不朽的思想，正如人们评论的那样：诗歌可以让我们在

18 岁时拥有 80 岁的思想，也可以让我们在 80 岁时回到 18 岁的单纯和无畏。我想，从这首诗里，我看到了自己的人生季节里已飘起秋的落叶。

我想到了梧桐叶。梧桐叶春来爆芽，绿满一夏，壮阔而又蓬勃；到了寒风冷雨时节，它知道自己使命行将结束，于是告别大树，纷纷落下，把最后一抹颜色留给大地。深秋几度风雨，梧桐茎黄叶枯，有些悲凉、有些伤感，但它一旦落下，毫不留恋、毫不畏怯，一走走得那么自然，那么飘逸，那么无牵无挂，叫人羡慕不已。梧桐叶在秋天落下，既是一则规律，一道风景，也是一种勇气。

英国哲学家罗素在《如何安度晚年》中就提出，人的晚年就应该使自己的兴趣广泛而博大起来，自我之墙一点一点地坍塌，直到你的生命慢慢融进无限的宇宙之中。我想，我退休后的生活当是一种什么状态呢？或许，我会更加关心国家大事，喜欢上中央电视台的《新闻联播》与《焦点访谈》；或许，我会喜欢上孩子，见到谁的孩子都要停下来逗逗；或许，我更加注意保养身体，只要听说哪里有健康讲座我一定会去听课；或许，我喜欢打探自己原来工作过单位的消息。当然，我更喜欢享受写作带给我的快乐。近些年写了不少豆腐块儿文章，只是与经典无关，也肯定留不住。就如财富留不住，千金终有散去的时候；就如容貌留不住，美人终有迟暮的时候。哲人说："如果我们最终不能亮成火炬，亮成灯塔，我们也要亮出属于自己的光芒。"我要说，哪怕只有萤火虫一般微弱的光亮，也要尽可能地在这个世界一闪。不过这些于我而言都不重要，重要的是真实地写出一点一滴的感受，一枝一叶的浏览，这就足够了。写作于我更多的是一种活法，一种人生的乐趣。

自然规律谁人挡得。就让我步入生命之秋的深邃、谦卑、感恩，超然和宁静。我知道，那种老，很优雅，显示出人生意义。

本命年

二〇一五年，羊年，我人生的第五个本命年。

在传统习俗中，本命年常常被认为是一个运气不太好的年份。这不，刚刚跨进羊年，"羊年厄运"的说法就在民间流传开来。其实，生肖是中国独有的文化符号，是人类早期动物崇拜、图腾崇拜的产物，最初的作用是用来纪年。

公开资料显示，羊与人类关系密切，堪称与人类关系最亲密的六种动物之一。很多与羊有关的汉字、词语字面意思都比较美好。如"羊大为美""羊口为善""羊祀为祥"，等等，许慎在《说文解字》里直白地解读羊字："羊，祥也。"

"光阴似箭，岁月如梭"，那是年轻时经常挂在嘴边的一句套话，没想到今天成了心惊肉跳的真话。一想到自己已经60岁了，那种"忽觉人初老"的感觉迅速蔓延了我的心。蓦然回首，感觉像是翻阅一本自己写的书，想看又不忍去看，怕看过之后，书里的文字就会随风飘走，不小心就吹落了回忆。于是，提笔又搁笔，几经犹豫，最终才在纸上涂鸦起来。我告诉自己，如果不为自己留下一些让自己热泪盈眶的日子，那生命就白过了。

一九六七年，12岁，我来到这个世界上的第一个本命年。这年，因为"文化大革命"，学校"停课闹革命"，我辍学在家。

一九七九年，24岁，我人生的第二个本命年。这年十月，我结婚了。爱人和我同在一家市文工团，属马，比我大一岁。记得十月一号晚上演出完话剧《雷雨》，团长在后台宣布了我的婚事，鼓动大家去闹新房。新房原是团长办公室，八平米。剧团的人会闹事，花样还特多，因而我和爱人躲了起来，逛大街去了，直到深夜3点多才悄悄回去。

　　一九九一年，36 岁，我人生的第三个本命年。一九八二年因为演出市场不景气，所在文工团宣布解散，我和爱人同时被分到市文化馆。八五年郊区成立文化馆需要一位专业人员担任馆长，经过努力，我当上区文化馆馆长。这年，我做得最成功的一件事，是举办了首届全区文艺汇演。当时全市共有四个区，郊区开了先河。汇报演出，区里请了分管市长和另三个区分管区长，事后我被评为当年全区先进工作者。同时，我个人经过多年努力，创作的诗歌《春天的土地》两首，最终在国家级刊物《诗刊》上发表，接着一组爱情诗在《青年文学》上发表，在当地文学圈引起不小的轰动。那时喜欢写诗的人很多，把能上《诗刊》作为奋斗的目标。我是全市第二个作品上了《诗刊》的人。

　　二〇〇三年，48 岁，我人生的第四个本命年。父亲因患癌症去世。父亲去世前把我叫到身边，要求我在他去世后调回来。理由一是长子为父；二是同样身患癌症的母亲需要我去照顾。我跪在地上答应了父亲。二〇〇一年九月，我从外地回到合肥，二〇〇八年母亲去世。两个世上最爱我的人先后离去，我的心情低落到极点。那年，我在一家报社工作，因报刊整顿，宣布关闭。我在家待业小半年。后被分配到机关服务中心担任副主任，一天班没上，就被借调到省文化市场管理局，负责音像制品管理和一份内部刊物的编辑工作。

　　借调不是个长事。同样是干事，待遇却相差甚远。虽然局领导十分器重，但还是感到憋屈。二〇〇五年底，省文化厅公开招聘省文化馆馆长，我报名参与竞争。经过笔试、面试，最终经厅党委决定，任安徽省文化馆馆长。

　　从二〇〇六年一月十三日正式上任到今年卸任，整整十年。十年，说长不长，说短不短。我最感欣慰的是，做了该做的工作，维系了整个馆正常运转，老同志、新同志人人工作顺利，家家平安。我仍虔诚地认为，上苍待我不薄，工作、生活于本人最喜爱的群众文化事业。傅聪说，上帝让我此生与音乐为伍，这已经足够。我亦十分知足，惟感在上苍面前索取多多而无所回报，心存愧疚。因此，对生活的感恩之情，将伴随在我今后人生之路的每一步中。

　　60 年，得与失，错落着；悲与欢，交替着。亲情、友情、爱情，不同的人生阶段，看重的情感不一样。以前看重的事情，现在回头去看，都已经不重要了；原来稀罕的东西，也不再有意义了。我现在所要做的就是，忘掉过去成就，好汉不提当年勇；忘掉昔日恩怨，睚眦之恨，鸡虫之争。将浮躁调为淡定，慌乱调为从容，苛求调为宽容，寻求内心的一份宁静、丰盈。

林语堂曾说:"我们都喜欢古教堂、旧式家具以及绝版旧书,但大多数却忘了老年人之美。古老的东西,饱经世变的东西,才是最美的东西。"老人的美,美在睿智,美在安详,美在宽厚,美在慈爱,故而歌之"最美不过夕阳红"。是啊,从现在起,无须白加黑、五加二,更不用向谁请假,尽情享受生活,做自己喜欢做的事情,多好!

二〇一五年,羊年,我人生的又一轮回开始。

60 岁是个驿站

　　过完 60 岁生日，突然觉着 60 年人生路漫漫，60 岁恍惚一瞬间。当我站在 60 岁的门槛回顾自己走过的路程，真乃五味杂陈。

　　记得年少时，觉得年过六十的一切该是多么的可怕，我根本无法想象 60 岁后的自己，肉体和灵魂都将无可逆转的老去，那会是何等的不堪和悲哀。60 岁意味着什么呢？意味着肌体的衰老，意味着记忆力的衰退，意味着体力的不济，意味着可有可无……怪不得孔子也会有如此牢骚："吾岂匏瓜也哉，焉能系而不食？"如此，当 60 岁真的来临时，我假装平静地跨过这道自己曾经极度害怕的年龄界线，开始以慈悲之心面对自己，打开记忆之笼，放出那些过往。

　　"神龟虽寿，犹有竟时，烈士暮年，壮心不已，老骥伏枥，志在千里"，既然"生命"还在路上走，虽然活得不出彩，但也要活得有光彩！60 岁，孔子周游列国刚走到郑国；62 岁，晋文公重耳刚刚继位，霸业方兴未艾；63 岁，陆游尚在四川宣抚使王炎幕府赞襄军事，为抗金光复奔波；66 岁，吴承恩才被选为浙江长兴县丞，还在为《西游记》搜集材料；67 岁，齐白石结束 10 年"衰年变法"，画风大变，始入大师行列；68 岁，鉴真和尚第五次东渡日本成功，开始传授戒律；70 岁，黄公望开始画《富春山居图》，历时 10 年方才画成；80 岁，姜子牙辅佐武王定天下，建立周朝；82 岁，梁灏参加科举考试，在殿试中，这位老人气宇轩昂，面对宋太宗的提问，对答如流，博得太宗的赞赏，终于独占鳌头，考取状元！

　　民间有着"苦命羊"的说法。其实哪个属相的人一生中都不会轻轻松松，平平坦坦。我们这代人曾留下了与共和国同步的时代烙印。我们戴过红领巾、团徽，唱过"我们是共产主义接班人"，"意气风发斗志昂扬"；三年困难时期挨过饥寒，上山下乡吃苦务农……这些酸甜苦辣的经历都在悲喜参半中体验过。特别是而立之年，我们忙于生计，疲于奔命，压力山大；人到中年，我们事业第一，牺牲健康，忽略家庭；知非之年，我们急于求成，苛求他人，追求完美。回想一下，勇于负重、自强不息正是我们这代人的秉性。

失之东隅，收之桑榆。退休在家，或许写不出大块头文章，但可以写点小随笔、小感悟自娱自乐；可能没有纵横捭阖、指点江山的机会，但对社会时弊、不正之风发一点小声音，虽然声音微弱，也起不了多大的作用，但也是尽自己的一份心。退休在家，不能再为社会创造财富，但可以帮助基层文化单位写写说唱小品之类的文艺节目，力所能及地干点志愿者的活动，赠人玫瑰，手有余香，也很有成就感；周游世界或许有些困难，但游祖国名山大川，拜家乡名胜古迹，也能心旷神怡，陶冶性情；不一定有老骥伏枥志在千里的豪情壮志，但更得"采菊东篱下，悠然见南山"的闲情逸致。

"未觉池塘春草梦，阶前梧叶已秋声"，从朱熹的诗句中我已感到了人生的秋意。然而六十虽近黄昏，夕阳下的霞晖却更加绚丽。我很喜欢郑板桥六十自题寿联："常如作客，何问康宁；但使囊有余钱，瓮有余酿，釜有余粮，取数叶赏心旧纸，放浪吟哦；兴要阔，皮要顽，五官灵动胜千官，过到六旬犹少；定欲成仙，空生烦恼；只令耳无俗声，眼无俗物，胸无俗事，将几枝随意新花，纵横穿插；睡得迟，起得早，一日清闲似两日，算来百岁已多。"

60岁只是个驿站，停留一下，试着去跟昔日发生过纠葛的人与事握手言和；试着去将浮躁调为淡定，慌乱调为从容，苛求调为宽容。回顾一下，生活有时需要反刍，以期弥补过错、弥补失误，才能体味生活的真谛。提醒一下，退下来后一是时间的发条不能松懈；二是人生的动力不能降低。正如一首歌里唱到的那样："我能想到最浪漫的事，就是和你一起慢慢变老；一路上收藏点点滴滴的欢笑，留到以后坐着摇椅慢慢聊……"

我的 2016

　　无论愿不愿意，2016 年不可抗拒地和我说再见了。过去的那些年，每到年底我都会写一篇类似小结的文章，把一年的欢笑泪水成功遗憾汇集成天空中的几个字：那都不是事。但 2016 年于我不再是一个普普通通之年，这一年，我的关键词就是：调整。这个调整从退休那天开始。

　　人生有限，而世事纷繁，天才虽有，毕竟是少数。60 岁毕竟是人生的一个重要的年龄点。按照我们传统文化和传统习俗的意思，是耳顺、是悟道，是忆旧事的年龄。这也许是前人归纳的生命本身的规律特征，我不可能违抗生命规律。是的，夕阳无限好，但毕竟已经近黄昏了。

　　英国哲学家罗素在《如何安度晚年》中提出，人的晚年就应该使自己的兴趣广泛而博大起来，自我之墙一点一点地坍塌，直到你的生命慢慢融进无限的宇宙之中。我承认，我没有罗素那么一个博大宽广的胸怀，无论生命处在哪个阶段，都能坦然面对。

　　记得年初刚退下来时，恰逢冬季，张目四顾，缭绕身旁谦恭带笑及议事之人散尽，似"独钓寒江雪"的"孤舟蓑笠翁"，很难适应突如其来的宁静生活。我变得无所适从，像所有习惯了忙碌的人一样，突然的空闲，让我很不适应，有无事可做的空寂，觉得像是被世界遗忘了。因而在那段时间里，当妻子和孩子一大早急匆匆地赶着上班，只我一人留在家中时，那其中滋味，真如一只关在笼里的困兽。因而没事找事，冲着家人发些无名之火，好在家人理解也体谅，好在时间会改变一切。

　　渐渐地，我开始适应了一个人的生活。

　　一个人久了，心空了，卸载了许多过去很重要但现在已无用的东西；心静了，没有了人事纠纷，利益牵扯，是是非非都已远去，恩恩怨怨也风吹云散。这种空寂才是一个生命面对的本真。一个人久了，会在散步时候情不自禁唱起歌，听着歌词里形形色色的人生，竟也有了越来越深刻的体会，一步一步踩在节拍上，觉得这样的生活也挺轻松自在。一个人久了，有时候会自言自语，会在深夜里一遍遍翻看当年的工作日记，觉得回忆也是一种幸福；一个人久了，学会了买菜做饭，整理房间，投入烟火生活里，也能惊喜地发现，很多看似寻常的日子，都有令人回味的瞬间，这些瞬间，像渗透了迷情的沉香屑，也可以让生活有滋有味；一个人久了……开始习惯并且喜欢继而享受资深宅男的日常。

回头看看走过的这一年，发现生活与平常并没有太大不同。该来的电话还是照来，那是熟悉的亲人、朋友、同事们的声音，他们并不会因你退休而放弃联络。以文字为针，穿一些东西，心情好时就穿，不好时就放下。今年写的新作不算多，也小有收获。十月，我的第一本旅游专著《情绪的风景》由安徽文艺出版社出版发行。出门旅行是我生活中的一项重要内容。在位时虽也常出差，但总是像风筝，来去匆匆不利索，纵有好山秀水，也难叫人忘情于山水。现在有了大把的时间，趁着还跑得动，四处走走看看。总之一句话，完成了一个"原省文化馆馆长"到"普通百姓"的调整。

我不敢说人一旦退休就必定孤独，孤独是一个高贵的词，高贵的人说是享受孤独。配得上享受孤独的人不多，我不是，好多朋友也不是这样的人，但这种状态却是一种常态，是一个人退休之后必须面对的。经过一年的调整，我想，退休后生活的最高境界，往大的方面说，力戒传统和习俗中可能导致平庸乃至消极的东西，追问新知识，关注正在发生着的生活。这既是作为一个人的生命意义所在，也是把人生的长度、厚度尽量延展，并获取这种重生机会的智慧途径。往小的方面说，就是陪着一个旧人，守着一屋的旧物，悠悠地数着一段旧岁月。如此安宁闲适的日子，能与时间对视，静观自己，安然享受欢喜和愉悦，是幸福的！

回归简单的生活

不知从什么时候开始，喜欢一个人在书房里静静地坐着，如坐禅。

当城市的尘埃越来越重，当忙碌的人们行色匆匆，我不知道在这座都市中，还能不能寻求到一点安静与祥和。人啊，一直处于忙碌中，试图追求最大化的经济利益，但当我们真的获取了费尽心血得来的梦寐以求的东西，是不是该想一想，我们失去了什么？活着，真的不该如此忙碌啊！

古代很多的文人因不愿与俗名浮利同流合污，为求内心安宁、人格独立和精神升华，往往退避山野江湖，或寄情山水，或求醉杜康，或潜心琴棋，或热衷佛道，以求摆脱一切世俗的牵挂。我是俗人一个，达不到他们那样高雅飘逸的境界，在我意识的深层，只是向往心底的沉静。只要没事，我就会走进属于我的书房，拉上窗帘，静静地读，静静地写，静静地思，让层层包装的灵魂静静地裸行。累了，就闭上眼睛，任思绪漫无边际地任意流淌，一种神清气爽、闲适悠远、身心得到极度放松的感觉便会油然而生。尤其是夜渐深的时候，市声渐寂，偌大的小区静悄悄的，间或才可听到车辆驶过的轻微刷刷声，既未远离尘世的喧嚣，又能放心于形骸之外，就有了宁静致远、独善其身、遁世忘忧的况味，心里更是有一种说不出的从容暖意与恬静闲洒。

在茶烟袅袅中，我会想到光阴的短暂，"子在川上曰：逝者如斯夫。"这大概是古往今来人们最多的感慨；我会想到生命的渺小，就像一位歌手唱的："如果我现在死去，明天世界是否在意……"我会想到爱情的易逝，"年轻时我们不懂爱情"，可到了老来，又"有多少爱可以重来"；我会想到陶渊明"采菊东篱下，悠然见南山"的闲适；我会想到王维"明月松间照，清泉石上流"的宁静；我会想到苏东坡"此心安处，便是吾乡"的淡定……一路信马由缰地想来，人世间的种种紧张、彷徨、压抑、无奈，包括心灵的包袱和物质的屏障便都统统放下了。古人说："闲而后能静，静而后能观，观而后能知，知而后能悟，悟而后能得。"这个时候，只要你能闲能静，你就能"不出户，知天下，不窥牖，见天道"，有所发现有所得。

一个人静静地坐在书房里，慢慢学会了自己跟自己说话，那些想跟别人倾诉的话，也慢慢烂在了心里。也不用再花那么多的心思去取悦别人，不用总是担心自己打扰了别人。但我并不寂寞，因为有书相伴。读书素来是一件雅事，是足不出户的旅游，书中江山多娇，风景独好；书间如梦，沉醉其中，捧腹开怀，乐而忘忧。阅读还是一种精神览胜，由于经典著作寄托着作者最真实、最深刻和最丰富的情感，书中人物的一颦一笑，一嗔一怒，痛苦与欢乐，恐惧与平和，卑微与崇高，苟且与担当，以及种种的悲欢离合、生离死别和爱恨情仇，都可以通过阅读来感受。书中的情怀与思想、跌宕与精彩，让人拈页展颜，击节叹赏。卡莱尔说过，书籍里横卧着历史的灵魂，读经典就是在聆听一些高贵的灵魂自言自语。因此说，书房就是我的寺庙，它是众神狂欢和叹息的地方，也是我独自修行的场所。

都说现代生活节奏太快，有很多人为了幸福而忙碌，却因为忙碌而丢掉了幸福。现在的城市人一到节假日，便纷纷驱车往城外跑，还不是为了去寻找一方净土，让麻木的神经得放松，让疲软的心灵得到滋润。其实，用不着那样费力费时，独坐一隅，或吟诗诵词，或濡墨书字，那被时光历久弥新所浸润的香味，会沁人心脾，让人忘却所有的烦恼和疲惫，空气中，一个安静生命的内核在浮沉中发出金属的脆响，让我们顿时神清气爽起来。

天色渐渐黯淡下来，我一个人倚坐在靠椅里，看着室内橙黄色的灯光与窗外正在变得浓稠的暮色，看着它们小心翼翼地约会在玻璃窗上，挤在那儿交头接耳。再仔细倾听，窗外的晚风似乎也在絮絮低语，间断掉落的树叶如同一个个逗号，切割着那些凌空曼舞的句子。此时此刻，所有的嘈杂纷争、抑郁怨忿，甚至心比天高的欲望，全都悄然退去了，一种温暖，从心里盈盈升起……

享受老年

这天刚散完步准备回家，一个一米六不到、二十来岁的小姑娘叫住我："大爷，您看看这个……"什么？大爷？我心想，我哪里看着像你大爷了？我有那么老吗？顿时一股愤气涌上头顶。我脸色冷冰冰地怒回了她一句："叫谁大爷呢？"小姑娘显然还青涩，没什么经验，立马脸憋得通红，讪讪地不敢吭声。她这不吭声没关系，倒是我的老毛病又犯了，心一软，指着她手中拿着的宣传单问："这是什么呀？我看看。"小姑娘顺势就接了一句："这是我们公司专门为老年人……"你可真是会捡人不爱听的话说，你是不是故意的？我失去了最后一点佯装搭理她的耐心，扭头就走。不用回头，我肯定那姑娘一定是傻傻地站在那儿，一头雾水地盯着我。

我知道，我在变老。自从踏进花甲之年，那种韶光逝去的无奈时常会忍不住溢于言表。还没有喝忘川水，就先善忘。文字过目后就飞到九霄云外，再翻寻有如海底捞针；老友几年不见，说不出他的姓名，只觉得他好生面熟；齿牙动摇，咀嚼的时候像反刍；更不用说登高腿软，久坐腰酸，睡一夜浑身关节疼痛，睁大眼睛等天亮，种种现象不一而足。老，作为生命链中极其重要的一环，衔接着生与死，就像黄昏的左手拉着白天，右手紧握着黑夜。没有老年的生活，一个人的生命历程是不完整的，也是不完美的。

既然抗拒不了，那就好好享受老年。

前不久，在央视的《朗读者》节目中，看到了我国著名的翻译家许渊冲老师。这位96岁高龄的翻译大神，居然是自己拄着拐杖走进会场，只有在上讲台的台阶时，主持人董卿才扶了他一下。他说，他每天都在工作，时间不够用，就从晚上借几个小时。董卿跟他开玩笑说："您那就是熬夜嘛！"在朗读他最早翻译的一首林徽因的诗《别丢掉》时，许渊冲老师声情并茂，当场洒泪，泣不成声，我自然已泪流成行。聪慧睿智的董卿适时总结："您这么情感丰富，说明您还年轻……"

和许渊冲老师相比，我和他还隔着36年的光阴，36年，13000多天呢。96岁的许老，拥有的是16岁的少年之心，所以才会刹那间被文字打动，然后潸然泪下。他或许从来不把年龄放在心上，所以像以往的每一个日子一样，该干什么还是干什么。再反观现在的自己，年龄不大，好像已经不太会感动，不太会动情，仿佛心头早已结了好多层茧，没有任何东西可以触动它。是啊，不妨学学许老师，把年龄抛在一边，该干啥干啥，直到你真的干不动为止，再长点，可以直到生命的尽头。

"一个人老了/徘徊于昔日的大街/偶尔停步/便有落叶飘来/要将你覆盖"，这是诗人西川的秋天。在秋天大幕沉重的背景下，他看到了落伍的大雁，熄灭的火，当然也会看到沉下去的夕阳，在夕阳中舞动的树叶。假设我们用电影中时空交错的手法，就可以清晰地看到少年时的意气风发，看到青春洋溢时真切的笑容、歌声，然而，人生毕竟会经历四季的更替。

按照传统文化和传统习俗，花甲之年，是悟道、忆旧事的年龄。这也许是前人归纳的生命本身的规律特征，没有人能违抗生命规律。

"龟蛇虽寿，犹有竟时"，人总是要老的，横竖不过几十年。现在，我给自己作了这样的规定，并自觉践行：少参加不必要的应酬，适当参加社会活动，真诚干净地会友，按计划读书，潜心写作。说到写作，我现在的写作完全是凭自觉，不再一味为发表和稿费而写，而是自己想写才写。写得随意率真，提前进入"从心所欲"的文字之境，思想的顾忌没有了，假话彻底没有了，矫情也没有了，甚至文采也没有了，平实得像一个老农种自家的自留地，花啊草啊不关注了，关注的是实用的"果实"。当然，我会很认真地写，把每一篇文章都视为"遗作"而写，写得严肃又庄重，因为我希望文字的寿命长过我的寿命，这些文字就是留给儿孙乃至家族的一份遗产了。如同一位工匠，展示自己精细的"手艺"，生产着一件"绝品"，我不敢草率。

人生在世，不就是活一种心境吗？

当你老了

　　"当你老了，两鬓斑白，睡意沉沉，倦坐在炉边时，取下这本书来，慢慢读起，追忆当年的眼神，那柔美的神采与深幽的晕影。多少人曾爱慕你青春的身影……爱你哀戚的脸上岁月的留痕。在炉栅边，你弯下了腰，低语着带着浅浅的伤感，爱情是怎样逝去，又怎样步上群山，怎样在繁星之间藏起了脸。"这是爱尔兰诗人叶芝的诗《当你老了》。在这首诗中，诗人把心中的感伤化成了缱绻的诗魂，以柔美曲折的方式，给我们呈现出一个凄美的艺术世界。

　　人都有老的那天。我不敢说人老了就必定孤独，孤独是一个高贵的词，高贵的人说享受孤独。配得上享受孤独的人不多，我不是，我身边的好多朋友也不是这样的人。但这种状态却是一种常态，是人进入老年之后必须面对的。自退休之后，因不玩微信，不喜欢聚会，不热衷麻将，其结果是自我切断了与大千世界的瓜葛。除了每天到菜场和超市买买蔬菜和日常用品，一般，我只是倚在书案电脑前写点儿自以为是的文章，累了就躺在沙发上看自己喜欢的电视节目，如果没有好看的节目，就一个人站在阳台上发发呆。发呆在这一刻也是奢侈的，或者说是诗意的，我已经很久没有体会过发呆给我带来的那么一点点的惬意。

　　年轻的时候，做事贪得务全，给自己设置了过多的标准或束缚。就像一个有限的容器，里面填满了各种庞杂的内容，有的必不可少，但也有大量可有可无甚至多余的东西，为了某种体面或虚荣，把自己搞得疲惫不堪，得不偿失。特别是走上领导岗位之后，整天无休止地在单位加班加点地工作，什么双休日、节假日，统统都待在电脑前。在没有退休之前，认为自己的位置和自己的水平高得无人能取代，我的很多工作都是得到过省里部里专家肯定的啊，我一旦退下来会对单位造成很大的损失啊！后来事实证明，我下来了人家照样干得好好的。我当初那样想，真是幼稚得可笑。当时的所谓别人不如我，也都是一些假象。不在其位，不谋其政，你在那个岗位上，人家哪里有必要表现得比你更有能耐啊！

现在我想明白了。所谓明白，就是懂得了自己是怎样一根葱，懂得了不管你在自己的领域里多出色多优秀，出了你赖以生存、生活或者出名的领域，你身上的光环就会自动剥离，你也就是人群里一点也不起眼的普通人，没有人再用特殊的眼光关注你。这就好比你虽然能写出很好的文章，但不能要求人人都来读一样。面对生活的种种错位，不再诧异、惊恐，更不再抱怨，而是以豁然的心境泰然处之，随遇而安。一如水里加盐会变咸，刺破了伤口会流血，没什么值得大惊小怪的。

人虽老了，但还得好好活着。我敬佩画家黄永玉那老者风度，叼着个大大的烟斗，对着一块画布画啊画的，画着画着就把个岁月给画投降了。然后，站在阳光下，看着一场风，越刮越小，小到，风的脚轻踩老而顽劣的心；小到，天地间风烟俱静。再有，孙犁曾写到自己"如果老了，我就什么也不做，发发呆，因为没有年轻时的睿智，所以，什么也不写了。我怕留下垃圾文字，不想让人笑话，我要优雅地老去"。和他们相比，不禁感叹，老去很容易，优雅却很难。因为优雅不是每个人都能做到的，优雅需要气质，需要资历，需要岁月沉淀，需要那份从容和风淡云轻。

夕阳岁月，我虽很难做到优雅地老去，但我会认真过好一个普通老头有味道、有精彩的日子。人生有两件事情我们不能决定：出生和死亡。剩下的事情该由我们做主，那就是生命的过程。虽然现在退休在家，但我依旧坚持用文字来释放自己，让思绪空灵如落叶般，飘然而至，找寻一种温暖感觉。除此以外，师从自然、内敛守成。从被动的顺应，到主动的顺生，最后，进入乐生之地，俗生活也有了佛门禅意。

一个人

一年多了，适应了一个人的生活。

一个人，是寂寞的。正如丰子恺的那幅名作《人散后，一钩新月天如水》，满目空灵，只剩下一钩新月和冷掉的茶，而人，已经孤独于月下寂影里了。其实，"寂寞"对人并不总是坏事，如果能深入其中，就会发现"寂寞"和你精神上的契合，或许只有在"寂寞"中人才不会丢失自己，才能获得成熟所必需的时间和养分。生活中，"自作多情"以贬义居多，然而对于人生进入"下半场"的我来说，或许是一剂好药。以往看不透的慢慢淡了，始终执着的渐渐放了。不为情困，不为名累，不为利驱，不为物役。昨天是历史，明天是未知，今天是恩赐。每天早上，不妨自作多情地把"你好"当作说给这个世界的情话，然后，期待生活的热诚回馈。

买菜做饭，散步闲逛，读书写作，这是我现在的生活状况。苏东坡词云："此心安处是吾乡。"何谓"心安"？我理解，就是过随遇而安的生活。

每天早晨，走进人头攒动的菜场，那嘈杂，那吆喝，那气味，如果你不知何为人间烟火气，那就到菜场来体验一下。其实，一个地方的菜场就是一个地方的生活中心。小康不小康，尽可看菜场，物阜民丰，丰俭由人，菜场的吞吐量大小，菜肴的荤素比例，大众菜与特色菜的比例可以照见一个地方老百姓荷包厚薄，一个菜场的购买力足以窥见一个地方的生活状况。

庄祖宜在《厨房里的人类学家》里写道："做菜的乐趣就在于它看得到摸得到，闻得到吃得到，而且有付出必有回馈。看着葱蒜辣椒劈劈啪啪地在油锅里弹跳释放香气，酒水注入沸腾弥漫于空气中，那种满足感是非常真切踏实的。"

话虽如此，健康与口欲，永远在鱼与熊掌间游走。好在，多年习惯，喜素不喜荤。不过也不绝对，比如生日那天，我给自己烧了一碗红烧肉。这也是我第一次烧红烧肉，按照网上所教的做法：先将生肉放入清水中，让血水溢出，然后将水笡干，倒入锅中，同时倒入小葱、生姜、老抽、黄酒、白砂糖等作料。加水漫入肉块为宜，武火烧至翻滚后，改文火攻之，直至肉烧至筷子稍用力即可戳穿肉皮，便可大火收卤，至微微呈黏糊状，然后起锅。但见那肉色通红，连同肉膘也是红色的，皮为暗红色，这就标志着卤汁和色泽都浸透贯穿了整个肉块，一眼望去，肉块被一层明油包裹着熠熠发光，一口咬下去，肥肉的软糯、精肉的劲道、肉皮的韧性，都在齿间层次分明。我也是很久没有这任性地放开吃了，一碗红烧肉居然让我一顿给吃完了。那一刻，尽管知道不能多吃，但心向往之而身不由己。清粥小菜固然是人间清欢，秀色可餐的红烧肉却能叫人流出口水。节制是美德，偶尔的出界会带来不可言说的快乐。

有专家指出，上午 9 点至下午 5 点之间，是散步的最佳时间。我现在的主要交通方式就是步行。午睡后，必散步一小时。有时循着同一路线，有时变换一下路线，随意走，随意看，即便是同一条路线，不同时候也能发现不一样的风景。我在散步时，有过很多偶遇，让人惊喜。

一天，路过一个街心广场，忽然听到一曲谭咏麟的《水中花》："凄雨冷风中，多少繁华如梦……"多老的歌了，谁这么不合时宜？寻声而去，见一位中年男子怀里抱着一把吉他坐在那水泥台阶上，身边放置一个音箱。接下来，周华健的《最真的梦》，张学友的《吻别》，刘德华的《忘情水》，这些老歌仿佛流水一样，一首首从那音箱里流了出来。

听着那老歌，真有沧海桑田的味道。不高深，不玄妙，朴素坦白，像与你对坐聊天，你听他倾诉，觉得心有灵犀；又像是江湖夜雨后的沧桑倦客，让你不由得想把心贴近一些，去抚慰他的黯然神伤。听着那老歌，参透了人世冷暖。不虚张声势，就那么小情小调，小愁小绪，却最懂你的心思。他讲他的故事，你借他的故事，浇自己的心中块垒。

每天晚上 10 点，我最爱做的一件事是在书房磨上一段"挣扎"的时光。"挣扎"使心声颤动而凝聚，是思考的过程，而记录思考，正是创作的过程。海德格尔曾说："人活在自己的语言中，语言是人'存在的家'，人在说话，话在说人。"文字即语言，说白了就是语言的表达程度。我常常投宿在语言的寺庙里，膜拜那些语言大师，膜拜他们用简洁的语言完成复杂的叙述。在这座寺庙里，像我一样的膜拜者还有许多，然而，当他们五体投地匍匐于大师们的脚下时，我却站立起来。当我走出寺庙时，突然发现我有了自己的叙述语言。

一个人，是寂寞的。坐在回忆里，看自己的风景，读自己的心语。在或晴或雨、或明或暗的日子，在随着年龄增长，老态如影随形的日子，慢慢学会了自己跟自己说话。那些想跟别人倾诉的话，也慢慢烂在了心里。一个人来去自由，没什么束缚。以前总喜欢和朋友聚在一起，觉得热闹才是好，现在却更加喜欢清静。一个人久了，会做满满一桌子好吃的菜奖励自己；会把屋子打扫得很好，让自己住得舒适；会一个人去电影院看电影，沉浸在男女主角悲欢离合的故事里；一个人久了……开心了就庆祝，难过了就发会呆。自己的情绪自己消化，自己的难题自己解决。这既是一种生活方式，也是一种生存的能力。一个能与自己为伍的人，时刻可以不寂寞、不无聊，丰盈、温暖而充实！

生命里，总得有一首歌，一边前行，一边天籁般地唱给自己听。

把烟点上，跟自己说说话

第壹根烟

点上第一根烟的时候，我面窗而坐。

我似乎每一天都要在自己的书房磨上一段"挣扎"的时光。雪白的墙壁，柔和的灯光，沉默的书籍，打开的电脑，似乎是一种全然的静止状态。然而，我自己知道，面对电脑屏，思考从微弱到强烈，从朦胧到清晰，从无形到有形。当起始句通过手指敲击键盘，出现在电脑中的纸页上后，其他文字依次涌出，在我的电脑里安了家。

也有心烦意乱的时候，也有魂不守舍的时候，这时索性关了电脑。推开窗，望着毫无表情的天空。想到陶渊明"采菊东篱下，悠然见南山"的闲适；想到王维"明月松间照，清泉石上流"的宁静；想到苏东坡"此心安处，便是吾乡"的淡定……这时，所有的嘈杂纷争、抑郁怨忿，甚至心比天高的欲望，全都悄然退去了。一些模糊不清的，也不一定有什么意义的零碎片段，它们没有什么秩序、章法地来到脑中，并在此盘桓。文字又开始慢慢地坐落到我电脑中的纸页上来了。

时光流逝了，我依然在这里。

第贰根烟

我很想念一个叫河湾村的地方。在那儿，有我最青涩而美好的插队八年的回忆。时隔四十年后的一天，我又回到了这里，一个人在空荡荡的村子里行走。

村子还在，但乡土一样熟络的面孔已剩没几张。几乎所有的人家都是铁将军把门，有的门锁已是锈迹斑斑，门前晒衣服的绳子已经发黑，偶有一两家门前是晒着衣服的，或黑或白，在风中微微摇摆，呈现出一种凭吊的意味。偌大个村子，见不到那抖着红红鸡冠打鸣的大公鸡；见不到那呆头呆脑扯着嗓子叫唤的大白鹅；见不到那老母猪领着一群小猪一路寻食；更见不到在这个季节里狗儿打情骂俏的交配情景……唯有归巢啁啾的鸟儿，放大了村子的空寂与清冷。那些曾经被时空拉远的乡音与往事，在时间与空间的勾兑下越来越淡薄、缥缈。

诗人叶赛宁说："我抵达故乡，我即胜利。"我理解，这胜利绝不是一般国人所理解的衣锦还乡。现在，有多少人还能衣锦还乡，还有谁又在想着衣锦还乡呢？现代人愈来愈远离土地了。泥土的芬芳已邈远成古代的神话，更不用说将自己的腿插入其中，感受土地的宽厚与慈爱，"稻花香里说丰年，听取蛙声一片"的诗意已成历史。今天，没有人会再说土地是我们的家园和归宿了，我们远离她的温柔和爱抚，已经很久很久了！

有人写下低头思故乡的诗篇。这些年，一直惦念着那个熟悉而又陌生的村庄。我不知道，它是否也惦念着我。

第叁根烟

健康体检报告出来后，因报告中的一句话："双肺多发性肺大泡，右肺少许炎症，左肺上叶近磨玻璃影。"引起了家人的担心和不安。我理解家人的担心和不安，因为我的父亲、母亲和奶奶都是被癌症带走的。

人生苦短，一天天就是一年年，一年年就是一辈子。每个人都有属于自己的生命状态，我们不需要刻意活成某种固定的模式。生命中的每个阶段都是必要的，生老病死，坦然对待，所谓兵来将挡、水来土掩，不必活得那么紧张。史铁生从身处残疾渴求死亡到思索死亡再到超越死亡的经历与体验，不但使他对人生有了全新的认识，也极大地实现了他的人生价值。在他那里，死不是生的终结，而是生的另一种延续。

人一辈子过得不易。最初我们来到这个世界，是因为不得不来；最终我们离开这个世界，是因为不得不走。所以，一定要照顾好自己，什么都不是自己的，唯独身体是自己的，最重要的只有健康，学会照顾自己，爱自己，生活就这么现实，且行且珍惜！

第肆根烟

爱到后来，红尘碎。

我不知道我有多少时候是含着泪或者是带着伤一个人在孤独地奔跑！有时候，某一阶段尽管我也在心底为自己的努力和不放弃自信过，但这些脆弱的自信，有时却经不起一点点的触碰就折断了。分手的那天，阳光很好，我的世界却是一片漆黑。

200多年前，英国女作家简·奥斯汀在她的《傲慢与偏见》里写道，女人们往往会把爱情这种东西，幻想得不太切合实际。实际上，男人也不例外！

恋爱时闭着的眼睛，婚姻使它睁开了；恋爱时披着的服饰，婚姻把它脱掉了。期望、失望、绝望，爱得刻骨铭心，是通过爱的曲折来体现的。准确地说，是通过爱的疼痛来体现的。

站在远去的爱情的背影里，看清了对方，也看清了自己，看清了一切的假与真。此刻，我想找块干净的纸巾擦掉这些痛苦，可我没有纸巾，只有烟，只有回忆和悲伤，以及伤害。

放下吧，放下了对方，其实，是放下了那个痴心而绝望的自己。

第伍根烟

我的第三本散文集《情绪的风景》出版了。

生是一种状态，活是一个过程。也许，我不是幸运的一代。但是，我认真地活过，认真地写过，从来没有因为困难而放弃过。我至今还保留着近百封报刊的退稿信。我就这样在无声的退稿之中成长，在侥幸的发表概率之下磨练，最终拥有一颗勤奋、扎实、敢于失败的心。

约翰·契弗说："唯有文学能持续地清晰地记录我们力争卓越的过程。"是的，我的每一篇或长或短的文字，记下的都是我作为一个普普通通写作人的生活和感受，其中，包含我挣脱"泥泞"的渴望。记不清是在哪本书上读到过这样一句话"读书是一种略带忧郁的享受",借用这句话,写作于我是一种略带忧郁的享受。

我在,故我写;我写,故我在。

第陆根烟

今年是我的耳顺之年。从过去的一个大忙人变成今日的一个闲人。古人说,闲而后能静,静而后能观,观而后能知,知而后能悟,悟而后能得。梁实秋说,人在有闲的时候才最像是一个人。的确,人只有在清闲的时候,才能倾听自己内心的声音。

人生的每一个阶段都是美好的。回眸自己走过的人生路,能抖落很多尘土与负重,淡忘很多繁琐与喧嚣,化解很多烦恼与伤痛;回眸自己走过的人生路,会感觉心情清静而悠远,胸怀旷达而飘逸,灵魂闲适而舒展;回眸自己走过的人生路,是一种休息,是一种温暖,是一种享受,更是一种平和高雅的境界。

司汤达先生为自己的一生做出了一个这样的总结,让我们后来的人得以知晓:人生千万事,唯有"活过,写过,爱过",而已。

李白说,举杯邀明月。举起酒杯,面对明月,我只是想说:我要学会优雅地老去。使自己老得更有韵味,老得更有价值,老得更有尊严。

人生无法重来

　　自一年前退出公众视线，我最尴尬的事，莫过于高估自己在别人心里的位置，其实明明知道，最卑贱不过感情，最凉不过人心。在位时，同事邀打牌或去歌厅吼歌，我常拱手告辞，缩回书房阅读或码字；遇人请旅游请喝，也多半婉拒。退位后，张目四顾，缭绕身旁谦恭带笑及议事之人散尽，似"独钓寒江雪"的"孤舟蓑笠翁"。然"塞翁失马，焉知非福"，走进书房，看书；打开电脑，写作。与其抱怨他人，不如快乐自己，能把寂寞的生活，活出诗意，把薄情的世界活出深情，这才是本事。

　　人的一生貌似漫长，实则短暂、易逝。从娘胎里呱呱落地，是因为不得不来；最终离开这个世界，是因为不得不走。而这中间的过程还注定要与各种各样的"纸"打交道。比如出生证，这是每一个人最初的、最原始的证件，人的一辈子也就从这一张纸开始了。比如户口簿，这可能是最有中国特色的一种文本，在户口簿里，你就没有什么秘密可言。比如毕业证，毕业一张纸，这张纸是奋斗的开始，也是奋斗的一张通行证。没有这张纸，还真是一个不完美的人生。比如婚姻证，结婚离婚都有证，婚姻是不是幸福，只有结婚的两个人才说得清；离婚是不是醒悟，也只有分开的两个人才说得清。婚姻的殿堂向来都是说不清的。比如任命书，这张纸是人生的重要里程碑，没有几个人能够抵挡住这张纸的诱惑。为了这一张纸，多少人把真实的面目隐藏得很深很深；为了这张纸，多少人不顾脸面和自尊；为了这张纸，多少人丢掉了朋友、友谊、柔情。只是有的人把这张纸看成是生命中的唯一，不顾一切要去得到它；有的人看得顺其自然一些，能得到则欣喜，不能得到也不失意，因为他知道这不是生活的全部。比如钞票，这一张纸，世俗的人都不敢轻看它，脱俗的人又微乎其微，说对它没有兴趣的人，可能没有，说对它不在乎的人，也许就是躺在纸堆里那福布斯榜上有名有姓的一方人士，他也许是真的不在乎这一张纸，是因为这一张纸曾经压碎了他的人生——已经没有乐趣。这一张纸，愿你真的就是一张纸，没有血腥，没有铜臭，尽管这只是一种梦想一种寄托。比如死亡证，纸上的人生，最终归根结底的总结就是死亡证。从火葬场里开出来的是人生的终结，人生的结束。在这一张纸面前，所有的纸都失去了意义，顶多也是证明你曾经的存在。

如此，人一辈子过得不易，酸甜苦辣，悲欢离合。也正因如此，生活中，我们总喜欢抓住点什么，荣誉、金钱、地位……抓得世界五彩缤纷，抓得自己精疲力竭，想抓住的太多，而能抓住的实在又太少太少，甚至等到回头一看，两手空空，徒叹奈何。这个道理，我也是在步入花甲后想明白的。可惜有好多人至死也不明白有一种智慧叫放弃。人有时候要学会宽容自己，太过于苛刻，会伤害生命。学会放弃，学会善待自己，做到有所选择，可能会一路走得更好。

"不以物喜，不以己悲"，如果说这种境界，是我们常人难以企及的，那我们就学会放弃吧。想想，当你累了，会有很多人对你说，累就别干了……可给你钱花的有吗？当你生病了，会有很多人对你说，吃点药吧……可真正给你买药的人有吗？当你说手机不行了，会有很多人对你说不行就换一个吧……可真正能给你换的人有吗？当你遇到困难了，会有很多人说没事……可是真正能帮你的人会有几个？记住：有些人你可以期待，但不能依赖。任何人也无法代替你自己。

人握拳而来，撒手而去。人的一生其实就是一个曾经来过的记忆。记不清是在哪本书里看到，说的是一个墓碑上的文字，很短：我曾经来过。我很喜欢并记住了这短短的几个字。是的，我们每一个人，原都是这样，曾经来过，并成为渐渐被人忘记的过去。所以每一程人生，对于别人的意义，不过是瞬间逝去的风景，平淡也好，绚丽也罢，这一程的滋味，真正能够品出的，也只有自己。

现在，退出公众视线的我，逢或贵或富或斜眼瞧人者，视若无睹、径直穿越；见年轻貌美女性，不再心跳与搭讪，以保心湖平静；婉拒无数微信入群邀请，以便手机轻松通畅。一年了，闲云野鹤的我，读完十余本书，然，吾生有涯书海无边，观书如观东海令人望洋兴叹；断断续续撰写过不少短章，却无影响。"横看成岭侧成峰。"我愿意保持这种生活的安宁。不缠着往事抱怨，不赖着曾经感叹，做自己喜欢做的事才是硬道理。哲学家海德格尔说过："人安静地生活，哪怕是静静地听着风声，亦能感受到诗意的生活。"

人生无法重来。好好活着，且行且珍惜！

我写，故我在

那天，突然接到很久没联系的一位外地朋友的电话，他向我提出一个请求：能否赠送一本我去年出版的散文集《情绪的风景》给他的儿子。朋友在电话中解释说，他儿子在同学家看到了我那本散文集，里面有一篇《三亚落日》，正好他们现在的语文课本里也有这篇散文。当他知道我们是好朋友后，就求着他向我讨要一本。听过他的电话后，我答应了他的请求。

十多年了，陆陆续续写了不少散文，有作品被转载，有作品获过奖，但我毫无自赏之感。唯有《三亚落日》很是让我欣慰，此文虽只有千字左右，篇幅短小，但让我没想到的是居然被江苏省选入了苏教版六年级语文课本下册。全国有多少散文大家的作品入选课本？我在网上查了一下，有老舍、鲁迅、赵丽宏、梁衡、金波、碧野、贾平凹、莫言，等等。我虽不能和这些大家相比，但我以为人的经历不同，人文感受也是不一样的。眼前之景人人能见，心中之景就未必了。散文写到最后，就是拼修养——文化积累、思想见识、人生阅历和艺术表现。我相信曾经用心写下的文字，一定会在某一时刻闪光。

有朋友说，你那些陈年往事、记忆亲情的文章沧桑味太浓。是的，从那些陈年往事中能看到现实的影子。如果没有那些陈年往事，失却历史沧桑感，现实多少会显得苍白、轻飘。正是因了现实每天都在成为过去，我很乐意把笔浸在陈年往事之中，眼睛却时时注视着今天。现实生活中的一切人或事，都是飘动的云。它们相互映衬，方显出生活的复杂和丰富。我不知道别人感受如何，对我而言，沧桑便是时间与空间的结合。在时间的流动中感受着历史，在空间的存在中感受着世界，或者说，两者从来就是一体的。正是在这样一种历史与现实、个人与群体、抽象与具象的交叉渗透中，沧桑才赋予人的情感、思想、人生一种沉甸甸的分量。

　　一个真正热爱写作的人，谁不对自己的文字分外珍爱呢？谁不想出一本自己的专著呢？即便是会被今时今日铺天盖地的书海湮没，即便是整齐地摆放在新华书店的书架上，少人问津，也是依旧痴心不改。"所有写作都是一种纪念。"桑塔格说。我喜欢这句话。世界上所有写作都是刻舟求剑——时间早已走远，而我们还在这里写着当年。好与不好，毕竟承载着自己的所思、所想，倾注着自己的心血，是自己存在于这个世界的岁月见证，一如脸上的皱纹无法抹平。这是写作者的宿命，我所能做的，就是静静写下我所能写的那部分。

　　余光中先生说："在一切文体之中，散文是最亲切、最平实、最透明的言谈，不像诗可以破空而来，绝尘而去，也不像小说可以戴上人物的假面具，事件的隐身衣。散文家理当维持与读者对话的形态，所以其人品尽在文中，伪装不得。"散文需要真情实感。我们读李白、杜甫的诗歌，读曹雪芹的《红楼梦》，读鲁迅的杂文，读朱自清的散文，等等，我们的心灵无不为之震动。这些作品给我们最直观的感受，不是他们的写作技巧有多么好，而是里面所包蕴的情感是那样的真挚和炽烈。

　　我在，故我写；我写，故我在。就好像怀胎十个月了，作品诞生犹如自然分娩那样自然、顺畅。孕妇分娩时那个瞬间是痛苦的，生活脱胎成文字时，恰恰是快乐的极致。

字为心迹

　　从小学用铅笔到后来的中学用圆珠笔乃至工作之后用钢笔，我的字一直被公认为漂亮。我呢，也一直以此为荣。当然这要感谢我的父亲，父亲的钢笔字写得相当的漂亮。父亲写的不是楷体也不是行书，而是他的自创体。父亲的字端正、饱满，有点像书上铅印的字，方方正正。在我刚刚开始学写字的时候，父亲都会在练习簿每一行的第一个方格里，工工整整地写上要写的字，我就按照父亲写的一笔一画往下写，就和小时候用毛笔描红一样。

　　因为字写得漂亮，还在初中的时候就被老师点名负责班上出的墙报抄写，上了高中，各科老师让我帮他们把要讲的教学内容用钢板刻成讲义发给大家。每次，我都是很认真地去做，就只为在完成之后能听到老师的一句夸奖。后来考进了一家剧团，每排一个新戏，团领导都会让我把剧本刻出来。我开始学写小说、散文是在我刚刚二十来岁时，每次在写完一篇文稿之后，当我觉着可以投稿了时，我会在稿纸上恭恭敬敬地誊写一遍，尤其是向一些国家级刊物投稿，一个字也不涂改，就连错了一个标点，也要重写一遍。等大汗淋漓地写完了，那简直就不只是一篇文字，还是一件硬笔作品呢！

　　而今呢，随着手机和电脑的普及，谁还会用笔来写文字？现在写东西，只要在电脑的键盘上噼啪一阵响，时间不长，要写的东西就完成了。接下来检查一遍，没错，打印出来再看，就和小时候老师对作业本的要求一样，干净整齐。我现在也是如此，很少用笔去写文字了。偶尔也动动笔，只是写出来的字真的让我不敢相信是自己写的字，不是撇没撇出去，就是结构没有了间架。连笔也不那么随心所欲了，划纸，涩得厉害。我现在很怕用笔写文章或写信，因为我现在真的写不好字了。记得父亲在我刚学写字的时候就说过，字如其人。我母亲是个演员，从小就学戏，没进过学堂。后来有了名气之后，就有人找到后台请母亲签名，于是母亲在父亲的帮助下，天天在家练习写自己的名字，过了很久，母亲总算是能把自己的名字写得像那么回事了。

努力想想，在信息交往更为便捷的背后，人与人之间的情感交流反而有了隔阂。键盘是一种科技产品，它所制造的文字固然工整，却没有了淡淡的墨香，更缺乏了用笔书写时的律动和灵性。字如其人，一个人的书法哪怕再蹩脚，只要认真，都能让对方"见信如晤"，仿佛在面对面地交谈，闻得见相互的呼吸，这一些，是手机、电脑键盘上怎么也无法敲击出来的。令我尤为感动的是，就在前几天，我收到一位原在一家报社副刊当编辑的老师的来信，他曾多次编发过我的一些散文，现在已经退休。但他依然关注着我。他在信中一一罗列了我最近发表在各类报刊上的稿件篇目，最后他鼓励我说："多看，多写，将来一定会有大进步的。"老先生的信还是写在文稿纸上，每格一字，一如他的为人那样认真憨厚，我感叹这年代里还有这样的写信人和有心人！

前不久看到一篇文章，日本人把汉字作为一个艰难又崇高的课题，加之认真谨慎的行事风格，因此不管书法能力如何，写汉字时都很认真，一笔一画很规整。缘于此，我告诫自己，从现在开始，写文章在键盘上敲，写书信还是用笔。用笔写信，是对笔墨的一种敬重，是发自内心对汉字的一种敬意，也是对情谊的一种厚待。

我对死亡的态度

健康体检报告出来后，因报告中的一句话："双肺多发性肺大泡，右肺少许炎症，左肺上叶近磨玻璃影。"引起了家人的担心。不仅如此，就在这个节骨眼上，医院打来电话，让我尽快去看门诊，请专家再确诊一下，并再三嘱咐要抓紧时间别耽误了。一个电话，更加引起家人的担心和不安。

我理解家人的担心和不安。我的父母亲和奶奶都是被癌症带走的。民间有种说法：家中有人如果得了癌症，不是传给子女就是传给隔代人。因此，面对家人的担心和关心，不管谁劝我，我都把他们的关心接过来，轻轻放在手心里，不能让他们的关心掉在地上。

人对死亡的恐惧大抵是与生俱来的，而死亡就像人的影子，必将伴随短暂人生的全过程。面对死亡，每个人都会有不同的态度，或惧怕，或坦然，正是因为人们对死亡的认知不尽相同，才有了种种截然不同的面对死亡的态度。雨果在临终前，轻松地说："我该休息了。"哲学家维特根斯坦，曾放弃了一切财产去穷乡僻壤教孩子，他最后的遗言是："告诉他们，我度过了幸福的一生。"耶稣在十字架上说的最后一句话是："事成了。"

我对死亡的有意识的恐惧，最早发生在 13 岁那年。1970 年 9 月 17 日，一个普普通通的早晨，我端着做好的早饭来到奶奶床前，喊奶奶起来吃。奶奶是背对着我的。我用手推了推奶奶，奶奶没有反应。我想把奶奶翻个身，却怎么也搬不动，我一用力，奶奶整个人一下翻了过来。此时的奶奶静静地躺在那里，满脸慈祥，就跟睡着了一样。我吓得赶紧跑到隔壁告诉舅妈。舅妈跟着我跑到奶奶床头，摸摸奶奶的脉，说奶奶死了，让我赶紧上镇上邮局打电话让父亲回来。我不相信奶奶就这么静静地走了，我大声地叫着奶奶，双手不停地摇着奶奶，连喊带哭，大哭，恸哭，可是奶奶再也没有醒过来……从那以后，我开始非常非常地害怕死亡。

随着年龄的不断增长，人类的新陈代谢更是在我的眼皮底下清晰地发生着。有人病故，有人早逝，曾经非常害怕的死便越来越司空见惯了，特别是父母相继离开我，离开这个世界时，我没有哭天喊地，取而代之的是大地般的平静。

能有什么理由不平静呢？面对死亡，我们无地可遁，唯有应对。生老病死，这是不以人的意志为转移的生命程序。对你，对我，对所有人都一样，在这方面最平等、最公开、最没有争议，当然，更没有办法拒绝。诗僧寒山说过："欲识生死譬，且将冰水比。水结即成冰，冰消返成水。已死必应生，出生还复死。冰水不相伤，生死还双美。"是啊，生死犹如冰与水，在转换中轮回，在自然中循环。人或许只有悟明了生死之间的常理，方会明白，死亡不是一个偶遇，而是一个生命必然的命运；死亡也不仅仅是一个结局，而是在帮助你书写一幕完整的生的戏剧。当一个生命走向死亡时，是在完成他的生命进程。

在史铁生的笔下，死便成了生的一种默契，"现在我常有这样的感觉：死神就坐在门外的过道里，坐在幽暗处，凡人看不到的地方，一夜一夜耐心地等着我，不知什么时候，它就会站起来，对我说，嘿，走吧，我想那必是不由分说。但不管是什么时候，我想我大概仍会觉得有些仓促，但不会犹豫，不会拖延"。史铁生从身处残疾渴求死亡到思索死亡再到超越死亡的经历与体验，不但使他对人生有了全新的认识，也极大地实现了他的人生价值。在他那里，死不是生的终结，而是生的另一种延续。

草木枯荣，白云苍狗，我们终将面对亲人的离去，我们自己也终将身临其境，死亡是生命密不可分的一部分。从某种意义上说，人对死亡的态度，其实也是对生活的态度。从恐惧死亡，到接受死亡，再到平静地面对死亡，这一过程便是生命和思想走向成熟的渐进过程。一个能够平静地面对死亡的人，是绝对能够平静地面对生活中一切的，包括深深的坎坷，包括巨大的厄运，包括一切误解、一切冲突、一切纷争……因此，我常常想，我们终将老去，一切终将过去，要学会爱和珍惜，学会感恩，学会宽容，学会看淡一些东西。我坚信，在人生大限来临的时刻，也是人生最圣洁、最接近完美的时刻。假使人们都能提前以终老时的人生态度对待人生，生命将会演绎得多么宁静，多么和谐，多么美丽！

　　此刻，当我在写这篇小文时，手中的烟还剩下最后一点亮光，抬头再看窗外的黑夜，想到那些离世的亲人，以及那些飘于这夜空中的祷愿，不知冥冥当中的神灵，可曾听到苍生泣血的祈求？

日常生活

有朋友在微信里问我：怎么样，一个人的小日子过得如何？我答：挺好的呀。一个人回家进门就脱衣服，一个人瘫坐在沙发上看电视，一个人不关门就上厕所，一个人叉开腿躺床上看书，一个人想吃什么就吃什么，一个人想旅游说走就走……总之，过得有滋有味。朋友回复：你是在真实地生活，而我仅仅是在活着。

我有两三秒钟的震惊。是的，震惊。记得刚离了那段时间，很难厘清自己所怀的到底是种什么样的情绪。解脱后的轻松？多少年了，几乎所有的时间和计划——生活的和事业的——都以家为轴心。从今往后，不用再为另一个生命全权负责。兴奋？久违了，失而复得的自由。可以随意安排生活，可以尽兴地做自己喜欢做的事，可以任性地会朋友、购物、在家里大声吼唱、手舞足蹈。失落？早上起来，一碗芝麻糊加一个鸡蛋，没有了大张旗鼓锅碗瓢盆的必要。出门一个人，回家人一个，偌大的房子，不再有此起彼伏的笑声、说话声……低头自省，生活还有目标吗？

黎戈在她的书《时间的果》里说：我是个无神论者，但是，如果有什么在我的生命中接近信仰，那就是日常生活。是啊，日常生活很平淡，平淡得如白开水，没有太大的波澜，只是在新的日子里重复着旧的时光，我们有时也会厌烦，但更多的时候，日常生活，让我与这个热闹的世界保持着一段合适的距离，不远不近，不疏不密，不热烈也不冷漠，不哗众取宠亦不装腔作势。于是便觉得，我是这个世界活得最警醒、最不易被热闹湮没的人。

人无癖则无趣，培养自己的兴趣，把日常生活安排充实，是我眼下生活的状态。

　　写作，让我的日常生活有了那么一点缤纷的色彩。说起来很惭愧，从事写作多年，其间许多遇见的人，发生过的事已无踪迹可寻。幸好因了文字，那度过的光阴，所经历的人与事，在笔下流淌下来，仿佛又不是我度过的光阴，经历过的人与事。好比一株树映照在水波中，有了奇异之感。写作亦把每一个琐碎的日子，变成了我的良辰。当我在写作的时候，那些消逝的光阴，仿佛又回来了，弥漫着人间烟火气。我想写的就是那点人间烟火气，以及日常生活之美。

　　朋友相聚也是日常生活中最精彩的一部分。时常十天半月固定的三五个朋友相聚，酒水是否有档次，饭菜是否可口都不重要。这种场合其实是脱去伪装的压力释放和内心调理，无需遮掩，也无需设防。小酌几杯之后，酒劲儿将心里的忧愁、心里的苦乐逼出来，伴着额头细密的汗珠一起滑落，尽管内心细雨蒙蒙却也晴空艳阳，一派清明。到了上有老下有小的年纪，还似兄弟一般坐在一起，如老牛反刍那些青涩过往，还能嘘寒问暖相互照应，还能指着鼻梁对骂，于夜色中勾肩搭背兴尽晚归。这岂是聚会，分明是过瘾。这瘾只配兄弟才能解馋。

　　出门旅行是我的另一种修行。读万卷书，行万里路。旅行是对天地之书的阅读，只有身体力行去远行、去探索，才能实现"读"的更高层次和境界。只有踏过了千山万水，见识了形色人等，才能走出井底，才会用全新的眼光重新审视打量自己，认识到自身的卑微与渺小。由此，每一次旅程，都是荡涤心灵的寄托，都是增长智慧的机缘。走的路越远，遇到的人越多，见识的美景越震撼。更重要的是对在这个美丽星球走上一遭觉得感激和荣幸，同时体验生活的美好。

　　我喜欢现在的我。我不会去用真挚的友谊、精彩的生活或温馨的亲情，与为了少一些白发和扁平的肚子做交易。我老了，也就更懂得好好爱自己，不再对自己苛求完美。我变成了自己的朋友。我不会因为自己多吃了一片甜饼，或者没有整理床铺，或者花钱买了一时半会还用不上的东西而自责。我见过太多的好友过早地离开了这个世界，还没有来得及安心享受这伴随着年老而来的宝贵自由。

　　我不会永生不死，但只要我活着，我就不会浪费生命悔恨过往。我喜欢年老，它让我懂得，我竟有这样的福气，黑发变成了银丝，青春的欢笑在我的脸上雕刻出了道道皱纹。有多少人，还没有开心地笑过；又有多少人，还没有熬到白发苍苍就已经悲戚地离去。我喜欢年老，它让我懂得日常生活，虽千篇一律，也千变万化；它平平淡淡，也活色生香；它不深刻也不独特，却常常令我怦然心动。它不会给生活带来惊天动地的变化，只是慢慢地，变成了一束光，长出温柔的力量，一路洒在我生活的路上。

生活没有模式

　　早晨七点半起床，喝上一杯蜂蜜水，带着"小家伙"出门。沿着小区先走上两圈，接下来站定做操、倒走、压腿等。"小家伙"很听话，一直站在我身边，如有小伙伴出现，它也只是跑过去打个招呼，相互闻闻，又回到我的身边。约莫40分后回家。洗漱之后，泡杯绿茶，吃完早点，走进书房，打开电脑，或看新闻，或写作。中午一定要小睡一会儿。晚饭后，一个人在小区走上半小时，回来后，看完《新闻联播》再选一部大片，之后又回到书房——这就是我一天的生活。有时候，一整天不下楼；有时候，一星期不出小区大门一步。这和我在农村干农活那会儿很相似——犁地、播种、收获。天黑了就睡，天亮了下地干活。

　　我承认，在灿烂多彩、丰富饱满的生活面前，我的生活无疑是毫无亮点的。各种信息、各种诱惑、各种生活方式于我毫无意义。我不会使用智能手机（也就谈不上什么发微信、建QQ群），不会开汽车；不去KTV，不去酒吧、咖啡厅，不去电影院，生活中有诸多的"不会"和"不能"。也许，在年轻人看来，我这样整天宅在家里的生活应该被吐槽了。有时候，我在公共场所看见年轻人低头在手机上拨弄，我不知道他们在手机上看什么寻找什么。我想，手机里肯定有他们感兴趣的东西，有他们的兴奋点——他们那样地生活着，而我只能这样地生活。

　　写作，对我来说是硬道理。如果几天不写东西，我会觉得虚度了日子，会感到自己对不起自己。手上写着东西，我吃得香，睡得好，一切都很正常，气色也不错。如果不写东西呢，就无所依，无所傍，心里就发慌，好像整个人生都失去了方向。生命在于运动，写作于我也是一种运动。从这个意义上说，写作，不仅是心理上、精神上的需要，也是生理上、身体上的需要。写作和身体不但不是对立的关系，还是和谐统一的关系。

我已经养成了写作的习惯。喜欢安静地藏身于一隅，用写作来释放自己，让思绪空灵如落叶般，飘然而至，找寻一种温暖感觉。作家亦舒说："做人凡事要静，静静地来，静静地去，静静地努力，静静地收获，切忌喧哗。"我以为，她讲的是写作时内心安静的状态。写作，从来都是内心的呼吸，静静感受，写出温暖、洁净、朴素的文字。而每当自己写出的文字登上报刊呈现在眼前的时候，我为辛勤耕耘获得的丰收而兴奋无比，浑然陶醉在字里行间和随手拍拍而散发出的油墨芳香之中，情不自禁地翻着看着，就像捧着孩儿般爱不释手。这情景和那些年轻人低头在手机上拨弄如出一辙。

走过了青年时代，进入了中年时代，踏入了老年时代。青春戛然而止，热血从此不再沸腾，毛手毛脚变成了淡定从容。原来有太多的幻想，现在更多的是回味；原来遇事喜欢大呼小叫，现在最多的态度是漫不经心。在喧嚣的尘世里，我学着做一个有静气的人，放下年少时的虚荣和浮躁，不抱怨，不纠结，优雅从容，气定神闲，与生活、写作相濡以沫。这些于我，都是一种内在的修炼。活过，写过，爱过……这是法国作家司汤达的墓志铭。初读，感觉是几分伤感几分无奈。再读，感觉是一派的沧桑，一派的觉悟了。

生活没有模式可言。我觉得，适合于自己的生活就是好生活。正如此时，窗外月色如水，夜空澄澈而高远。在这寂静的月光里，可以在洒满月光的阳台上，想"举杯邀明月，对影成三人"是怎样的一种境界；也可以选一支舒缓的曲子，躺在沙发上，静静聆听。总之，岁月如风，寂寞在静静地开出花朵。我们都是孤独的人，在各自的生活里绽放着芬芳。

简单地生活，似静水流深！

我与微信

　　始用微信，是 2017 年年底的事。退休在家，虽说岁月静好，但不免有时憋闷、寂寞，想打电话给朋友聊聊，又怕人家工作生活满满当当，是不是恰好有闲情逸致陪我聊天呢？有一个词叫苦不堪言，不堪言，是因为言了，也只能是自言自语。而苦呢？大约就是天底下，几十亿人，熙熙攘攘，来来往往，居然没有一个可以说话的人吧。于是下决心换了跟着我长达八年的手机，朋友帮我注册了一个微信，一番耳提面命，言传身教，很快让我学会了如何操作。

　　有了微信，原来通讯录上的名单一个个活跃起来，在互加好友后，那不断闪烁的小红点，就像打通了我的任督二脉，日子也变得神清气爽起来。学会了手机拍摄，学会了晒朋友圈，学会了语音聊天，学会了地图定位……微信，使我的个人生活一下变得丰富多彩起来。

　　其实，一段时间内，我对于新鲜事物并不太敏感，总是被动地接受，特别是对那些乱七八糟的微信是很抵触的。于我来说，手机最大的功能就是打电话。为此我还写了篇《不换手机》的短文。我在文中写道："当手机的功能越来越全，就会越容易形成一个悖论——到底谁是主人，是人还是手机？究竟是我们在玩手机，还是手机在玩我们？而可以肯定的是，一旦手机的工具属性越来越强，手机作为人的附属工具地位就一定会上升，甚至会越俎代庖。"只是没想到，当初坚决"不换手机"的我，自从学会了如何使用微信，兴趣日渐浓厚，以致最后全盘接受。

　　新鲜事物容易让人上瘾，有了微信后便一发不可收拾。现在，每天早晨打开手机，朋友圈里已经人来人往，各种微信五花八门。什么心灵鸡汤、什么养生秘诀、什么生活窍门；还有拉团旅游以及各种卖萌照、孕妇照、亲子照、风景照、工作照……真是林子大了什么鸟都有。这番热闹，让我原本憋闷寂寞的生活透进了一丝光亮，多少找回一点点舞台的意味。于是，或点赞、或关切、或赞赏、或掌声、或戏谑地说笑，让我在旁观他人生活的同时，也满足了自己的好奇心。

今年春节，我一个人跑到云南，先后去了大理古城、丽江古城、石林、蝴蝶泉、洱海、崇圣三塔等景点。每到一处，我有选择地用手机拍摄一组九张照片，配上文字，发到微信上。这边刚发不久，就赢来一片赞美，有点赞的、有评论的、有发表情的，一拨一拨的，不仅满足了我小小的虚荣心，也让旅游的快乐指数顿时提升了不少。

开始使用微信，我觉得是为了方便联系朋友，发表心情，释放压力。但很快就发现微信这玩艺儿太强大了，强大到完全可以影响我们的日常生活。在网上看到一则消息：一对80后夫妻每晚睡前都有玩手机的习惯。晚上关灯后，两个人在被窝里背靠背看微信，看公众号，再是刷朋友圈、刷微博，经常是所有更新都看完了，妻子给丈夫发一条诸如晚安、好梦，再配几张美图，而丈夫就在下面留言，晚安、好梦。看完这则消息，真的不敢相信生活中真有触手可及心隔千里之事。

再有，无论何时何地，随便哪个公共场所，你放眼四望，都是埋头看微信或其他的低头族。微信，就是这样强势地绑架了当下人的工作与生活，侵蚀着我们的亲情和友情。也验证了我在《不换手机》里说的话。有一幅对比图生动地诠释了当下这一现状：一百年前，一个侧卧于床榻抽着大烟的人和一个现在的躺在床上玩手机的人，其姿势、动作甚至神态都惊人地一致，只是手里拿的东西不一样，一个是烟枪、一个是手机。

微信原本是用来填补碎片时间的工具，到头来却无情地撕碎了我们的生活。在现在这个见面没说上三句话，就会热络地说"你有微信吗"的世界，交换微信都成了一个基本礼节。举足投手间，都有微信的影子，上班存在，吃饭存在，走路存在，连睡觉都存在。我就在想如果哪天没有了手机，没有了微信，人该如何是好？是否也如电影《肖申克的救赎》里面，那些蹲监狱蹲得年数太长的人，到最后，宁愿选择继续蹲监狱也不愿出狱，因为他们已经不知道离开监狱如何生活了。

　　微信，正在悄然无声地改变我们的生活。无论你接受不接受，它都来了！既然改变不了大环境，就改变小环境。现在的我，很少在微信上留言和发声。没事走出家门，看看天空，看看云朵，看看树木和花草，不带手机，只带了身和心。

　　你不能决定太阳几点升起，但可以决定自己几点起床。

走散的朋友

人以群分，是从交友开始的。人生每个阶段，都会结交不同的朋友。只是在时间面前，有些人走着走着就走散了，同行的人越来越少。有些人走散了并不可惜，因为不能志同道合，自然很难一起勉强前行，但有些人的走散，不免让人感怀伤情。

因为职业缘故，我认识的人也算蛮多。但严格说来我的朋友却不多。我不属于那种见面一次即可称对方为朋友的人。有些人同我素无交往，偶遇一次，便将我划入他的朋友圈子。虽然我表面上不说什么，但心里却绝不认这个账。我知道对我来说他只不过是一个熟人而已，熟人和朋友是不可相提并论的。于我来说，缺少一个了解的时间过程，纵然认识了，可是知之不深，彼此内心依然陌生，相距依然很远。

朋友一个个走散，并非谁有什么过错。人生就像一列火车，总有一段又一段的分岔口；总有一站又一站的遇见；总有一程又一程的风景。好朋友们一拨一拨地上车、下车，只有很少的几个人可以自始至终陪着你走完全程。终于明白，有些路，只能一个人走，那些邀约好同行的人，一起相伴雨季，走过年华，但有一天终究会在某个渡口离散。因此，当陪伴了一段旅程的朋友要下车离开时，即使不舍，我们也该心存感激，然后挥手道别。"君子之交淡如水"，靠的就是一份敬重。

"有时间吗？见面一叙。"发来短信的是一位很久很久未见面的老朋友。他告诉我，刚刚从图书城购买了一本我的书，还发给我一张那本书的封面图片。看着短信，好一阵兴奋——跨越这么多年时光，忽然有个人想起你，这就足以让我感动。我庆幸我们没有在彼此的生命里走散。

一壶茶，一包烟，满屋子书趣和闲话。我们无话不谈，说人生磨砺，说退休后的生活，话语像泉眼里的水一样突突冒着。我们谈话的共同点比比皆是、信手拈来，可谓是掏心掏肺。这样的情境、语境下，不用把自己包裹得严严实实，可以撕下伪装，可以城门四开，痛痛快快把自己还原到本来的面目上来。离别时，朋友的一句话让我刻骨铭心：记得，当年只道是寻常的话，在今日竟如此的厚重和入骨。

朋友间动人的情，是一生彼此牵挂，是"凉风起天末，君子意如何"，是"空山松子落，幽人应未眠"，是不用时时想起、永远不会忘记；而不是浓到大碗喝酒的肆烈，不是好到刎颈之交的壮烈，不是一日不见如隔三秋的炽烈，不是堪托生死的惨烈。朋友间动人的情是融在时间里长长久久的念想，是某一时刻某一情境触发的牵挂，是微笑，是祝福，是正常的人生，是温暖的人性。它不需要大肆渲染浓墨重彩，只需要点染洇开的淡淡水墨，是浓缩着你知我知的常见名词。

翻看手机，很多名字静静地躺在通讯录里，有的显得陌生，有的已经模糊。这些人在哪里，在做些什么，他们生活的近况，一点都不知道。他们已然和你没有任何交集。可能一辈子都不会再联系。于是，一按删除键，一个个曾经的朋友，沉入人海成为陌生人。借用作家余华在《细雨》中的话说："我不再装模作样地拥有很多朋友，而是回到了孤单之中，以真正的我开始独自的生活。有时我也会因为寂寞而难以忍受空虚的折磨，但我宁愿以这样的方式来维护自己的自尊，也不愿以耻辱为代价去换取那种表面的朋友。"

周华健的《朋友》唱出了歌者的心声，因为"朋友一生一起走"只是一种乌托邦的奢望，最后就落在了"一句话一辈子，一生情一杯酒"上；另一首《朋友别哭》唱道：有一扇窗，能让你不绝望，看一看花花世界原来像梦一场。有人哭，有人笑，有人输，有人老，到结局还不是一样；而臧天朔的《朋友》更是最好的诠释：朋友啊朋友，你可曾记起了我，如果你有新的，你有新的彼岸，请你离开我，离开我。

是啊，朋友圈里的朋友，走着走着走乱了，走着走着走淡了，走着走着走散了。既然如此，何不珍惜眼前稍纵即逝的光阴。计划一把，去做自己想做的事；疯狂一把，追上自己所爱的人；清醒一把，道一道还没有来得及道的歉；还可以时不时地挥霍一把，和三五好友把酒言欢，宿醉言心，长谈世命，感人间之喜。

梁实秋说："你走，一句保重，我不送你；你来，无论多大风雨，我要去接你。"我也想说一句：很高兴你能来，不遗憾你离开。

散　步

退休后，散步是一天中难得的享受。

有资料显示，散步是最简单、最经济、最有效、最适合人类的防治疾病、健身养生的好方法。随着社会的发展，散步在医学领域中的重要价值正越来越受到人们的普遍关注。我散步不是追求单纯的延长寿命。试想一下，如果哪天我真的一个人整天躺在病床上，两眼发呆空望窗外蓝天、无知无觉地过着每一天，即使靠药物多活了数年，那又有什么意义呢？这对个人、对家庭、对社会都不是一件好事。我追求的是延长健康时间，延长有质量的寿命，体面地活，有尊严地死。

白居易诗："晚来天气好，散步中门前。"傍晚时分，出家门不远就是环城公园。一个人散步，边走边欣赏天空的颜色一点点地变化着，夕阳不那么刺眼了，视野之内的万物生灵，默默地承载着落日的余晖。河水无声，水草在流水的作用下前后摇摆着。那是一种文静、悠闲、理智、成熟的情调。此刻，我心若水。我唯一要做的也是唯一可做的事，就是"行到水穷处，坐看云起时"。春明景和，鸟语花香，悠游在微风中，能够感受到春天的温馨与烂漫；夏日荫荫，雨过天晴，流连在晚霞里，能够享受到夏天的浓郁与舒畅；天高云淡，桂香菊黄，缱绻在秋阳下，收获到的是秋天厚重的慰藉与满载的欣喜；山寒水瘦，银装素裹，在茫茫的雪野散步，放下了所有，完全地融入冬天的洁白与纯净中。在这样的四季里散步，既是一种陶醉，也是一种境界，更是一种别样的人生。

人生如散步。我们这代人，少儿时恰逢三年困难时期，读书时又逢"文革"，接着下乡接受贫下中农的再教育，改革开放后又为一纸文凭与年轻自己十多岁的师弟师妹们同在一个教室里苦读。后来，踏上了工作岗位，做了一名从事群众文化的工作者。三十而立、四十不惑、五十知天命、六十耳顺……随着年龄的逐年增长，我会想到光阴的短暂，"子在川上曰：逝者如斯夫。"这大概是古往今来人们最多的感慨；我会想到生命的渺小，就像一位歌手唱的："如果我现在死去，明天世界是否在意……"我会想到爱情的易逝，"年轻时我们不懂爱情"，可到了老来，又"有多少爱可以重来"；我会想到陶渊明"采菊东篱下，悠然见南山"的闲适；我会想到王维"明月松间照，清泉石上流"的宁静；我会想到苏东坡"此心安处，便是吾乡"的淡定……这个时候，你就能有所发现有所得，心里更是有一种说不出的从容与恬静。

人生走到下半场，很多东西已经不容易改变了，但心态可以改变。到了我这把年纪，"宠辱不惊，闲看庭前花开花落；去留无意，漫看天边云卷云舒"。再也不必在知识的海洋中遨游争先，而只需随心所欲地观赏；再也不必在人生的跑道上拼搏冲刺，而只要闲庭信步地赏花望月；再也不必在升职的窄道上苦于竞争，而只需学会看淡欲望享受快乐；再也不必在暂时的挫折中平生烦恼，而是回归简朴过平淡的日子……不以物喜，不以己悲。散步，就是自己与自己的亲近，是自己与自然的对话，什么都可以想，什么都可以不想；什么都可以说，什么都可以不说，信马由缰，心游万仞。随意，随性，自信，从容，就像悠悠然然的河水，就像飘飘渺渺的闲云，就像自由自在的鸟儿，是一种静养，是一种情趣，是一种享受。

散步，是一个动词，但是我更愿意将它视为形容词。在我的意象里，散步就是一种安静的生活状态，如摄影师镜头里最多的定格，如音乐家眼中最轻巧的音符，如画家笔下最美丽的留白。安步以当车，一路闲看花开花落，虽然近黄昏，恰似夕阳无限好，这也许就是散步的意义。

看戏随想

　　我现在居住在一家戏曲剧团的大院内。40 多年前我就出生在这个大院，之后，我离开大院去了外地，我没想到自己会在 40 多年后又回到这个大院。

　　剧团有个 200 座位的小剧场，常常有演出。儿时，只要锣鼓一响，用奶奶的话说："魂都被勾跑了。"现在不管剧场锣鼓敲得如何欢实，却再也提不起我看戏的兴趣了。这天，有朋友自远方来，原打算请他们出去喝茶，谁知路过小剧场时正巧有演出，朋友们就提出想看戏，我只能照办。这是我从外地调回来 10 年间第一次走进这个剧场。

　　那天看的是四个传统小戏，儿时就看过多遍，对剧中的人物、剧情、唱腔都很熟悉，只是不再是那熟悉的演员了。随着一个小戏结束，另一个小戏开始，我渐渐地有点坐不住了，台上的演员无论是表演还是唱腔，说心里话，真的不敢恭维。这时，人虽坐在剧场，但已不在盯着台上，而是想起儿时遇到的一件事情。

　　儿时离家不远有一露天书场。一些老人在早上买好菜或吃过中饭之后，都喜欢上书场听书。我常常在中午光顾书场。虽然说书人嗓子沙哑，说出的内容我是一知半解，甚至听不懂，但我就是图个热闹。听书人分两种，一种坐着，一种站着。坐着的是要给钱的，而站着的一般不给钱，除非听入了迷还想听下去而两腿又站着发麻，那就五分钱找个座坐下继续往下听。

　　一次遇上了一件怪事。那天，说书人说的是《武松醉打蒋门神》，正当说书人说到武松杀嫂之前去阳谷县衙告状时，一位坐着的老者忽然向说书人发问："那状子是谁写的？"说书人答："请人写的。"老者追问："西门庆是地方上的恶棍，没人敢得罪他，请问敢写此状者姓甚名谁？"老者一番发问，让说书人坐在那支支吾吾，脸涨通红。老者见说书人答不上来，竟站起来，扒开前座人，直径走到放在说书人桌旁一个盛钱的盘子前，从里面拿出一张纸币走人。而此时说书人瞪着两眼，嘴呈 O 型，好半天没回过神。

我当时都看傻了，说书人辛辛苦苦挣的钱那老者凭什么拿走？而说书人干吗不追讨自己的钱？事后我问父亲，经父亲一说，我才明白那老者的行为"是听书人对说书人的一种警示"。说书人在说的过程中，如果有了漏洞，或不能自圆其说或蒙混过关，听书人则可半途退场拿钱走人。父亲说这就是要求一个人干什么事情都要认真，不能糊弄别人，否则只会落个自欺欺人的下场。

事情过去了很多年，但一直没忘，联想到现在剧团和演员的现状，真的不好说什么。回到大院已经十多年了，我就从没听见有演员在早晨练过嗓子。记得儿时，不论晴天雨天，每天早晨 6 点挂在剧团门口的大钟一响，沉寂了一夜的大院立马热闹起来，演员们练唱的练唱，练功的练功，乐队的演奏员也个个操什乐器敲着打着。我印象深刻的一位周姓打大锣的人，每天左手悬空托着一块红砖，右手执一锣锤，对着红砖中间用粉笔划的一个圆点不停地击打，一练就是一个小时。还有一位练武功的小学员，父亲姓杨，是剧团的武功教师。母亲是家庭主妇，腿有残疾。每天早晨他母亲一手拎个篮子，一手拿一木棍，领着他上菜市买菜。一路上，他就在人行道上练小翻，他母亲则一瘸一拐地紧跟着，还不停地用木棍给他抄后腿。就这样一路翻到菜场。母亲买好菜后，再一路翻回来。

我读过英国著名作家高尔斯华绥的小说《品质》。小说描写了做靴子的能工巧匠格斯拉兄弟，对这个职业痴迷、挚爱、忠诚如一，把每一双靴子都当作工艺品制作，从不肯偷工减料，以致入不敷出，挨饿受冻，默默无闻地死去。他们之所以这样做，既不是为了名，也不是为了利，为的是对得起自己的手艺，为的是维系职业的信誉。

之所以唠唠叨叨地贩卖我过去的见闻，想说的是，敬业。敬业是一种道德的光辉所在；是一种对自己生存形态的关注与升华。观众掏钱买票看戏，看的不是你那国家一级或二级演员的招牌，看的是你的唱、做、念、打的真功夫。我或许是瞎担心，但照此下去，观众会不会也像那位老者一样愤愤退场呢？

我看世界杯

　　四年一度，全球狂欢的足球盛宴在俄罗斯拉开序幕！

　　6月14日，当世界杯在俄罗斯莫斯科的卢日尼基球场拉开揭幕战大幕，犹如给这个夏天注入了一剂兴奋剂，32个日日夜夜，25个比赛日，64场赛事，世界杯让"环球同此凉热"。在以往历届世界杯举行期间，政治立场对立的两个国家可以暂时和解，战乱地区政府军和反政府武装组织可以停战，人类对世界和平的追求在这段时间内达到极致，这种"世界杯"现象，无疑能从一个侧面反映足球穿透不同文化背景的巨大魅力。

　　世界杯不只是一个关于"大力神杯"争夺战的四年循环，也不单单是一大群世界足球巨星的对垒，它更像一部纪录片，没有导演，没有制片，却无比真实。一场足球比赛犹如浓缩的人生，有悲伤有喜悦，有兴奋有沮丧，有无悔有遗憾，有成长有老去，有开始当然也注定会有结束。这一切都会在短短90分钟里，丝毫不加掩饰地呈现在人们面前——人生百态不过如此。再出色的导演，再优秀的编剧，想必也无法将悲剧与喜剧在同一部戏剧中淋漓尽致地演绎。64场比赛，很多人可能会预测出比分，但没有人能够预料下一秒钟的画面——不管是马拉多纳的上帝之手；还是墨西哥人布兰科的惊天蛙跳；抑或齐达内的头顶马特拉齐，这些或精彩或惊人或尴尬的画面，就如同一张张装帧精美的照片，永远地定格在无数人的记忆里，永不尘封。

　　世界杯又如一场宏大的交响乐，人人都是作曲家，个个都是演奏者。留在台上最后谢幕的虽然只有一支队伍，但谁又能说之前的黯然离去者，不是最佳的协奏者，甚至包括那些坐在看台上的，包括没有机会前往俄罗斯观看的球迷们。最华彩的乐章，最不经意的音符，都是这场交响乐中流淌出来的，无法分割，也无须取舍。

纪录片也好，交响乐也罢，如果单从足球比赛的结构来看，它是否更像是一种战争的模拟？是一场不动枪炮而硝烟弥漫的世界大战？你看，32 支球队类似 32 个参战国家的精锐部队，他们在绿色的草坪上，进行着国与国之间的"战争"。为了提醒人们记住战争的参加国，出场时演奏的是对阵双方国家的国歌，双方交换的是自己国家的国旗。而参赛国的首脑们为了目睹本国"战士"的英勇顽强，要么"御驾光临"，要么放下一切国家公务和大事，在电视机前观战，赛后又向公众发表有关观战的言论，这种情形只有国家在战争期间才会发生。同样，足球比赛的结果，也与战争的结局相似。不然，败者何以使举国沮丧，胜者何以如凯旋的远征军？一个国家与另一个国家，一个大洲与另一个大洲之间，没有刀枪相见，却完成了面对面的攻击、厮杀与胜负。由此可见，足球世界杯赛是和平期间不流血的战争，是世界上各种力量的较量"移情"到球赛形势的曲折显现。它以人类任何活动都无法与之比拟的魅力，永远激发人类的热情、想象力和创造力，或多或少地在改变人们的生活。

如果以上说法能站得住脚，那么本届世界杯对我国球迷来说也就没什么联系了。理由是我们没了主队情结，没了参赛国球迷的那种渴望和激情。在这个时候，有谁还会记得 2002 年 6 月 4 日，中国男足在经历了 44 年的等待之后，第一次踏上世界杯的舞台。中国足球经历过太多泪水，但只有那一次大家流下的是幸福的眼泪。或许正是因为期盼得太久，才倍加珍惜，才会尤为期待。当进一球、拿一分、赢一场的梦想被真实实力无情碾压后，对中国球迷而言，属于我们自己的世界杯记忆就这样停留在了遥远的 2002 年……因此，我告诉自己，足球就是一项被术语称作体育比赛的游戏。既然是游戏就别太认真，就别一边看着世界杯一边想着中国队，我所要做的就是谁演得精神，便为谁喝彩，谁演得没劲，便对谁嗤鼻。

说到底，世界杯的意义早已超出了足球竞技本身，成为一种类似年轮的时光标记、一种文化符号、一次狂欢的盛会。不管是喜怒哀乐还是爱恨情仇，都会因为极致的淋漓直达心扉。这种纯粹的感觉，除了一生中最刻骨铭心的爱情，恐怕就只有足球的世界杯可以达成了。比如说我，我平日习惯在夜间爬格子，这回俄罗斯世界杯的时间，与我们的时差大约六个小时，这是自 2002 年世界杯赛以来对中国球迷时差最为有利的一届。这于我正好，写完稿子看世界杯，真是说不出的舒畅。这不，行文至此，那边的球赛即将开始，搁笔、泡茶、点支烟，美滋滋地就等开战了。

买　菜

买菜，就得上菜市场。说到菜市场，就会想到梁实秋先生笔下的菜市场：集脏之大成，地窄人稠，污水横流，满地泥泞。青菜在臭水沟里淘洗，满手油污随便在柱子上揩擦。菜贩更是油滑狡狯，巧舌如簧，缺斤少两。当然，那是梁实秋先生那个时代的菜市场，今天的菜市场变化可大着呢。

我所住的地方离菜市场仅十分钟的路。一走进菜场，一个一个摊位上，各种新鲜蔬菜早已码摆整齐，散发着清冽和泥土味道。在水产品摊上，几十个盆子一字摆开，鱼啊虾啊此时在盆中游弋、蹦跳和开合呼吸，时不时有水从盆里溅出；卖猪肉和牛肉的大师傅，此时正大刀阔斧地肢解肉块，刀落砧板吭吭的声响中，肉块在颤抖，闪动油亮的光泽。置身于熙熙攘攘和嘈杂声中，目遇之，耳听之，强烈地感受到这里有过寻常日子的气息，维持着朴素的甚至有一些粗糙的时光。

讨价还价，是菜市场最常见的一幕，也最能体现买者和卖者的口才和善变。买者通常是把想买的菜往不好里说，挑出各种毛病，最后才提出自己的价位，而卖者或岿然不动或极力反驳，双方咬住不放。在这个过程中没有必要显示个人的超脱，这里是如此世俗，讲究实用，讨价还价成为一种必然。每个人对于物品的感觉都存在差异性，都有自己的价值观，审美的、实用的，像在网上讨论一部电影作品的高下优劣，仁者见仁，智者见智。只是自由市场的买卖，一个愿打，一个愿挨，没有对和错。

我买菜不喜欢讨价还价，也缺乏砍价的智慧和能力，而且我买菜从不看秤，说多少钱给多少钱，几乎不假思索就买了。此举多次受到家人抱怨，我只一笑了之。我是这样想的，这些卖菜者风里来雨里去，早出晚归，无非是赚几个辛苦钱，只要不弄虚作假，不缺斤少两，就没必要和他们过不去。《朱子家训》上说"与肩挑贸易，毋占便宜"，我觉得很有道理。"肩挑"是农耕时代中国商贩的典型形象，它的每一分贸易成绩，都建立在一刻不停的体力劳作上，而这样的体力劳作所得总是非常有限，可以设想，一个"肩挑"者，他就是把所有的东西都卖掉又所得几何？所以古人总结：不要占这样人的便宜。这其中也包含了对弱者的同情和尊敬，流露出的是一份对生活艰难者的温恤。

菜市场入口处有一腌制品摊位，卖主是一位中年妇女。摊位上摆放着十来个黄色的小搪瓷盆，里面盛着各种腌制品。我是在无意间发现那红红的腌辣椒的。辣椒被切成小小的方形片，里面还有少许的生姜片，红的黄的相间，看上去是那么的活色生香。第一次我买了十块钱的。一个星期后我再次出现在她的摊位前。她没注意到我，正看着一本书，那书看上去显得有些旧且脏，我问，看什么书啊这么入神？她抬起脸看着我笑了，略显不好意思地说《红楼梦》。她这一说不要紧，但着实吓我一跳。本以为做生意是件又苦又累的差事，整天风尘仆仆，蓬头垢面，她们的精神生活必定是贫乏的。然而，她的话让我震惊了——原来她喜欢读书，而且是那样高雅的艺术书籍。我不由地多看了她一眼，心想，虽然她只是一个普普通通的卖小菜者，但她用优美的文字点缀自己辛劳的生活，让平淡的日子充满亮色，把生命装扮得富有生机，她的内心有自己的一片世界啊。从那以后，我们成了熟人，每次去，不用开口，她会很麻利给称上十块钱的腌辣椒。

和一对中年夫妻俩成了老熟人。那男的热情开朗，什么时候都笑嘻嘻的，还不计较，抹个零头是经常的事，哪怕你只买一根黄瓜，他都会送你几个剥好的大蒜。需要削皮的菜，只要你吱一声，他就麻利地为你削好。这些尚在其次，他还是一位很在行的搭配师。什么春天少食肉类，多买小白菜，油菜，菠菜等；夏天要以清淡为主，一星期买点排骨炖汤比较好；秋天干燥，各种蔬菜也好买，适当买点荤菜；冬天，牛羊肉少不了，豆芽菜、萝卜多吃，辣椒、葱姜蒜等，既开胃又驱寒！并一再嘱咐，烧菜火候要掌握好，炒菜大火快炒，这样味道跑不掉；烧汤要大火烧开小火慢炖，这样汤才能入味，等等。要说那男的口才真是了得，不知道的还以为是哪个美食节目的主持人在现场直播呢。

有朋友说，偶尔要个外卖也挺好的，天天买菜烦不烦啊。想想也是，不知从什么时候开始，大街上送外卖的人越来越多了，他们骑着电动车，穿着统一的工作服，上面印着各家外卖网站的标志，一阵风似的骑行在送餐的路上。听孩子说外卖的网站上，东西南北各地菜肴似乎都能找到，酸甜麻辣各种口味都能选择。我想，外卖虽然方便快捷，口味多样，但同时也失去了上菜市场买菜的乐趣，和这些卖菜人插科打诨地逗一逗，乐一乐，就好像踏实地和生活连接在了一起。再有，乡村离我们越来越远，也只有在菜场里，才能看到远去乡村的一些影子。

是啊，我还是喜欢有人间烟火气的菜市场。

闲 人

"不知从什么时候起，社会上有了闲人。"这是贾平凹先生《闲人》一文中的首句。多年前就拜读过此文，当时看了也就看了，也没多想，时间一长就给忘了。今天之所以再次想起此文，是因为我现在也成了闲人。

说来也怪，过去上班时总觉得很累，很是痛恨那种忙得难顾首尾的生活，总想着什么时候自己也能奢侈一回光阴。虽然在位时只是一个单位的负责人，虽然早先坐的那个位子并不显赫，但一个单位犹如一个家庭，有担当更有责任。一个单位所担负的事务，一个团队所有人的生计，都要操心。现在倒是彻底地闲下来了，也没了那些乱七八糟的操心事了，反倒没了闲情。究其原因，还是内心深处对"闲"字有抵触，以为有事干总比闲着好。特别是走在大街上，看着那密密匝匝的赶着时间上班的芸芸众生，他们仓促、疲惫、生气勃勃或者充满欲望，就想到了早些年提出的口号"革命加拼命，拼命干革命!""今天工作不努力，明天努力找工作!"有错吗？没有错。特别是家徒四壁一无所有的时候，那口号激发出的是穷则思变的动力。

细想一下，从古至今，能有几个人是不怕闲的？古时，当官的最怕的是赋闲，一赋闲，不是官场失意，便是仕途终结；再有就是害怕闲差，闲差就等于是被弃用，或是失宠。苏轼、陆游、辛弃疾都曾经有过这样的遭遇。尽管所提的这三位和一批古时的文人墨客，给我们留下了大量的文章诗歌，乍读，还能欣赏出些闲情逸致，可读得多了，也就会从字里行间读出其中的无奈。当然也有例外，如陶渊明那样"采菊东篱下"，闲而无怨；如孟浩然那样"把酒话桑麻"，闲而无忧；如王摩诘那样"独坐幽篁里，弹琴复长啸"，闲出情趣。和这三位相比，又得出了一个结论：那就是想闲也行，首先看你能否闲得起，消得起闲，无欲无为，安贫乐道，做老庄的门人，否则免谈。

在我电脑的文件夹里，保存着已故作家陈忠实在他 60 岁生日时对前来祝福的朋友们说过的一段话，他说："……直到我走进朋友们为我营造的这个隆重而又温馨的场合，我依然不能切实理解'六十'这个年龄的特殊含义，然而六十岁毕竟是人生的一个重要的年龄阶段。按照我们传统文化和传统习俗的意思，是耳顺，是悟道，是忆旧事的年龄。这也许是前人归纳的生命本身的规律特征，我不可能违抗生命规律。但我现在最明确的一点是，力戒这些传统和习俗中可能导致平庸乃至消极的东西。我比任何年龄段上更加强烈更加清醒的意识是，对新的知识的追问，对正在发生着的生活运动的关注。"说得多么精彩。

我也到了耳顺之年。我告诉自己，要慢慢学会闲下来。当然这里的闲，并不是或坐酒吧，或坐舞厅，或坐茶馆，很有修养或很迂腐地抽着烟，听着变了调的卡拉 OK，闻着混合着的各种气味的那种闲。我所说的闲，是一种生命的状态，是一种修炼的教养，更是内心的从容与自在。人不能没有精神家园。记得年少时读到法国作家司汤达的墓志铭"活过，写过，爱过……"的时候，感觉是几分伤感，几分无奈；人到中年再读的时候，感觉却有了变化，已经不再是几分伤感，几分无奈，而是若干倔强，若干自豪；今天，当我又一次读到这句话的时候，感觉竟然又有了变化，甚至也不再是若干倔强，若干自豪，而是一派的沧桑，一派的觉悟了。

一个人，在茫茫人海与芸芸众生之中能够活出一个自己来，实在是太难太难了。司汤达先生为自己的一生做出了一个这样的总结，让我们后来的人得以知晓：人生千万事，唯有"活过，写过，爱过"而已。

梁实秋说，人在有闲的时候才最像是一个人。的确，人只有在闲的时候，才能倾听自己内心的声音。心安宁了，精神上才能有"家"的归属感，生命才会有安顿感、温馨感、充实感和幸福感。只有这样，当生命的夕阳染红天边也染红那满是沟壑的面颊的时候，人才会怀着一种大彻大悟的了然，感慨于人生的诸般沧桑。这种时刻，所有的嘈杂纷争、抑郁怨忿，甚至心比天高的欲望，全都悄然退去了，会心一笑，说："啊，这就是人生啊……"

是的，这就是人生了。

爱　好

　　自打退休以来，我多次谢绝了原单位举办的一些活动和邀请，理由是怕自己管不了自己的嘴招人不悦。在位时，无论做什么事情，都似乎是在遵从上级的标准或外界的期待，仿佛只有得到了更高的资历或声誉的时候，才会觉得自己做的事情有价值、有意义。到头来却发现，自己为别人活了半辈子，为自己什么都没做。现在好啦，没有公务之累，不必说违心的话，不必做违心的事，许多千金难买的大好时光，随退休而得之。

　　退休，并不意味着老了，而是换一种生活方式，让你尽情享受人生的自由之乐。比如，因为从事群众文化工作多年，习惯使然，无论何时何地，只要看到有人跳舞、唱戏，我都就会停下来看上一会儿。不仅如此，有时看到兴头上也会加入其中。一次，在包公园看到两位中年女同志在演唱黄梅戏《夫妻双双把家还》，我主动走过去，提出和她们当中的一位一起唱。完毕，赢得了掌声和喝彩；还有一次，路过一街心公园，有十来位中年妇女正在为一个舞蹈动作争个不休。我看了好一会儿，结果没忍住，走上前把我的想法和她们一说，并亲自做了一遍动作，很快就得到了她们的认同。这下好了，不让走了，非得让我帮她们把整个舞蹈编排出来才放了我。原来，她们要代表所住小区参加区里组织的文艺演出。

　　我注意到了，不论是舞者还是戏剧票友，多为中老年人，女同志居多。舞者，或徒手，或持扇，或挥动小鼓槌，那么投入，那么用心；唱者，一句唱词、一个身段，那么讲究，那么认真，每次看见他（她）们，我都会投去敬意的目光。我知道这些人中多数人已经退休，有的终身没有职业，晚饭后来到公园、街头，只是因为爱好，为了跳掉一天的烦恼，唱出活着的状态。

　　一次，路过杏花公园，还没走到公园大门，就听到音乐响，我知道一定又是舞者们在那"运动"。走近，果然是。只是没想到队伍那么庞大，黑压压足有七八十人之多。我和爱人站在一边观赏。不一会儿的工夫，众多舞者中有一个人吸引了我。她70岁左右，路灯下，微微花白的头发，身材微胖，一招一式都那么"有范儿"，脸上的笑容告诉我她是多么陶醉。她跳得太好了，不仅把自身的美体现了出来，也把编舞者的意图体现了出来。我告诉自己，此人一定从事过专业表演，在歌舞团待过。一曲结束，我走到那位老人家面前，我对她说，你跳得真好，你一定从事过舞蹈专业。她擦着汗，脸上挂着满足的笑容说，看来你们也是行家啊。是的，我原是市歌舞团的一个舞蹈演员。

　　还有一次去黄山游玩，晚上闲着无事，一个人上街闲逛。路过一街心公园，隐隐听到很熟悉的现代戏《智取威虎山》中的"打虎上山"的音乐。循着音乐，很快，一群正唱得津津有味的戏曲票友出现在我的眼前。对我们经历过"文革"的人来说，八个样板戏可以说是熟悉得不能再熟悉了。我又因为出身梨园世家，可以这么说，八个样板戏中男角的唱段没有我不会的。直到现在，我只要一听到那熟悉的唱段，心就痒痒。在那位唱者唱完之后，我走过去主动对操琴的老者说，来段少剑波的《誓把反动派一扫光》。完毕，操琴老者笑呵呵地对我说，你看来不是一个业余票友呀，我笑着说，我只是因为爱好而已。

　　的确，我们活着是应该有所爱有所好。因为有所爱好，日子才会生动，人生才能趣味横生。爱好是生活的伴奏，是饭菜里的作料，一旦缺少了，即便烧菜的油再多、火候再适中，也难以保证饭菜色香味俱全。当我们发现自己开始一天天变老，不再年轻，当青春渐行渐远，当岁月的皱纹无情地爬上额头两鬓开始发如雪，当曾经那么骄傲的身材开始逐渐走样……那么，我们该如何面对老去的自己，又该如何接受这样残酷的现实呢？如此种种，我们何不静下心来，把藏匿在心底的爱好挖掘出来，即便花后无果，至少有滋心润肺的一路芬芳环绕着你，仍然有诗和远方……

一觉睡到自然醒

作家刘瑜在女儿出生百日时，写下了《愿你慢慢长大》一文，其中，最打动我的是结尾的"愿你一生一世每天都可以睡到自然醒"。

儿时，自打背起书包，跨入校园的那一天开始，听到最多的就是"一年之计在于春，一日之计在于晨"。道理我懂，大人们的良苦用心也明白，但我还是讨厌上学，厌恶天蒙蒙亮，就被从热乎乎的被窝里拖起来，特怕听到那句："起床啦起床啦，上学要迟到了。"我那时最大的期盼就是快快放假，只有放假，才能睡懒觉，才能一觉睡到自然醒。直到我自己也做了父亲，才深深地体会到，做父母的不易。每天一大早，为叫醒儿子那真叫个费力，这边把他拖起来，刚一转身他又躺下了，气头上恨不得抽他几下。虽然我也舍不得叫醒孩子，可是又有什么办法呢，我必须及时喊醒他，盯着他起床。读书、升学的压力，使今天的父母和孩子成了"仇人"，都变得更加焦躁而无奈。

长大成人了，工作的、生活的压力也陡然增长，该经历的一样也不能躲闪，该拥有的或早或迟也都已经拥有。在浩荡的时间里，当被各种各样急迫的任务催促着一路奔波的时候，渴望一觉睡到自然醒的梦想，离我愈加遥远了。特别是走上领导岗位之后，压力和责任呼啦啦地扑面而来，一觉睡到自然醒与我彻底无缘。奇怪的是，即使在节假日，不用去上班，也还是无法做到一觉睡到自然醒，总是觉着心中有一根绷得紧紧的弦。在心中装着万千杂事、处处芥蒂于外界的纷繁杂乱的大多数情况下，是吃不好饭，睡不好觉的，自然也是无法做到一觉睡到自然醒的。谋生之累、生活之难、变故之惧……不是半夜被噩梦惊醒就是彻夜失眠。

据说，人的一生，有三分之一在睡梦中度过，有两万多个日子时刻跟睡眠为伍。能够安然入睡，睡而踏实，并能够自然而醒，无疑是一件快乐的事情。"一觉睡到自然醒"的舒适与恬静，是一种真实自然的生活作息，更是一种优雅平静的生活态度。然而现代生活，节奏太快，我每天晚上睡觉前的最后一件事，就是检查手机闹钟有没有设定。我从不用我喜爱的音乐来做闹铃声，那会破坏我对它美好的感觉。我会选一首十分讨厌的歌做闹铃声，因为每到早晨，当它响起，就会变得特别刺耳，恨不得一拳将它砸得稀巴烂，然后再踩上几脚。

工作之余，熬夜写作成了我生活的一部分。当我一个人静静地坐在书房里，凡尘所给的一切虚名和饰物，此时，已失去效力；旁人的一切讥讽和鄙视，此时，已决然远去。心净化了，一面镜子就在心头亮了，模糊了的自己便渐渐清晰起来，以便修正和完善。独处，使心声颤动而凝聚，是思考的过程，而记录思考，正是写作的过程。每每当我完成一篇作品，刚刚躺上床，天就放亮了，新一天的忙碌又开始了。于是，拖着倦软的身体，筋疲力尽地从床上爬起，快速地穿上衣服，走出家门。

那时我就常常企盼着早点退休。我都想好了，退休后要做的第一件事就是一觉睡到自然醒。我始终固执地认为，人存于世，富也好，穷也罢，总要让心灵有那么一刻诗意的栖居。在市声喧嚣人欲芜杂中，能一觉睡到自然醒的人，是多么的有福啊！

现在我真的退休了。奇怪的是，刚退下来那段时间，我还是无法做到一觉睡到自然醒。用家人的话说："你就是一个操心的命！"也是，刚退下来那会儿，常常会不由自主想到单位的一些人和事，会跑到单位的网站上看看工作动态。朋友说："看了又能怎样？高兴也好，不高兴也罢，你都无权再去干涉，你以为你是谁啊！"家人的话，朋友的话，让我明白到了该把心放下，清雅地活着，过人间烟火的日子了。

老话说，心宽体胖。我现在的睡眠质量特别好。每天晚上 12 点上床，常常是睁开眼睛，阳光已经从窗帘的缝隙钻了进来。拉开窗帘，与扑面而来的阳光，撞了个满怀，精气神十足！

我很喜欢自然醒的状态：清爽、自然、舒适、恬静。

随心旅行

站在日历前，总有时光似鸟翩翩而过的感慨。盘点 2018，在这一年里，我先后去了云南、甘肃、河南、福建、江苏、江西、湖南 7 省 21 个地方。现在回想起来，一切都像昨天刚刚发生过一样，还好，那些画面都留在相机和手机里，也都清晰地留在自己的记忆中。

曾经听过一句话：人生最远的旅行，是从自己的身体到自己的内心。一度不得其解，在一次次的旅途中才恍然彻悟，旅行其实就是你的身体随着你的心在红尘漂泊。杨绛百岁感言：人生最曼妙的风景，竟是内心的淡定与从容……习惯了旅行，不愿被繁杂琐事困扰，自由自在去领略一个城市，一段故事，一片风景，留下一串足迹，一路心情，一生回忆。

"东方红，太阳升，中国出了个毛泽东……"当在书中、影视中见过无数次的画面突然出现在眼前时，我激动的心情久久难平。这就是韶山！这就是毛泽东的故居！这是一座湖南乡下常见的"凹"字形房子，坐落于茂林修竹、青翠欲滴的小山冲中。带着无尽的崇敬、敬仰，我跟随着"长龙"缓缓移动，越靠近，越觉着被一种强大的无形力量包围着，让我热血沸腾。当那些普通的家具、农具一件件出现在面前时，我仿佛听到了毛主席在天安门城楼庄严宣告"中华人民共和国成立了"的声音，想到了毛泽东写给父亲那首诗："孩儿立志出乡关，学不成名誓不还。埋骨何须桑梓地，人生无处不青山。"面对此情此景，我深感言嗫笔拙，一代伟人，就是从这座房屋走出，从此把自己的一生献给了中国人民。

带着无限的不舍走出毛主席故居，告别了韶山。

当我气喘吁吁，大汗淋漓，站在黄洋界哨口时，当我看到刻有"黄洋界"

三个大字的石碑时，不禁热血沸腾，情不自禁地大声朗读《西江月·井冈山》："山下旌旗在望，山头鼓角相闻。敌军围困万千重，我自岿然不动。早已森严壁垒，更加众志成城。黄洋界上炮声隆，报道敌军宵遁。"我仿佛看见上一个世纪那血与火的战争岁月里，红军战士和老一辈革命家，为了革命事业，为了祖国和未来，舍小家为大家，舍小爱为大爱，在这片红色的土地上，用鲜血和生命，用忠诚和信仰，书写了革命的大爱篇章，书写了大爱的井冈山！

回忆起坐在去敦煌的绿皮火车上的情境，那种渐入荒凉的感觉仍然刻骨铭心。茫茫戈壁，平坦得如用熨斗熨过一般，直看到天边，直看到天地相接处的那一道弧线，这样的一览无余，让人震撼。我们常把"远在天边，近在眼前"挂在嘴边，可我们从小到大，看到过天边吗？今天，戈壁上的天才叫个天，无豁无缺；戈壁上的地才叫个地，无滞无碍。什么叫天大地大，你要到戈壁上来看。面对这样最完整、最原始的天和地，置身其间，你一定会有这样的感觉：混沌初开！

坐落在洛阳龙门东北端琵琶峰的白园，因唐代大诗人白居易安葬于此而得名。去时，偌大的墓园，没有如织的人流，显得孤独冷清，恰好契合了文人墨客骨子里的清寂。移步墓前，端视"唐少傅白公墓"墓碑，双手合十，三揖九叩，以虔诚的心敬仰诗魂，膜拜文学偶像。退出园来，回望琵琶峰，我突然觉得它更像一方古砚：聚五岳的松烟为墨，磨黄河的浪，在那古砚里，研出民族的浓汁来。我想，蘸这样的浓汁写出的诗篇，必定可以惊天地，泣鬼神！

漫步在已有2500多年历史的苏州平江老街，许许多多的岁月痕迹，就沉淀在大小巷陌中——古寺、古井、古园与古树，错落有致，随意镶嵌。光亮可鉴的青条石，灰砖墙上斑驳的苔痕，青檐上摇曳的荒草，粗壮繁茂的古槐，古色古香的牌匾，在风雨中有些飘摇的庭院，无不在诉说着岁月的沧桑。听着那一声声拉长了的吆喝声，听着那吴侬软语的家长里短，听着那评弹昆曲，明白了"大隐于市"的美学体味也需要人间的烟火来成全。能够体味到市井的、庸常的生活中蕴含的幸福。

境由心造，随心旅行。和别人不同，我喜欢一人独自旅行。其好处就是自己说了算，更不会被导游拉到店家强制购物。再有，一个人旅行，你不知道这个过程中会发生什么，问题会何时出现，你一定是极尽全力地去解决，这个过程考验了你的意志，增加了你的胆量，挖掘了你的潜能，而最终结果是看到了自己的价值,内心获得的快乐性价比因此而无限增加。

2018 年转眼谢幕,我现在正在做的一件事,就是为 2019 年的旅行做案头准备。卡尔维诺在《看不见的城市》中写道:"每到一个新城市,旅行者就会发现一段自己未曾经历的过去:已经不复存在的故我和不再拥有的事物的陌生感,在你所陌生的不属于你的异地等待着你。"

游走于天涯海角,才会知道世界的丰富,亦可重新认识自己。

第四辑

04

| 节气之美 |

节气之美

近日，由24位散文家合力编著的新书《中国书写：二十四节气》在上海出版发行。与很多以"二十四节气"为主题的图书不同，《中国书写：二十四节气》完全从文学的角度，精心挑选了中国文坛24位优秀散文家，以一个人书写一个节气的方式，从不同角度书写以二十四节气为核心的自然物候、历史文化、故乡亲情、生命体验，用文字带领读者回归土地、感受自然、走进历史、体悟生命。

我也写过关于二十四节气的散文。从立春写起到大寒结束，我用了近一年的时间完成了约7万字的长篇散文《节气之美》。我之所以写《节气之美》，是因为我有过八年的知青生活，因而觉得这二十四个极其美丽的汉语词汇绝非是简单的符号，它们呈现出蓬勃的生命色彩，具有普遍又独特的意义，是时间、是农时，又是人事。

"春雨惊春清谷天，夏满芒夏暑相连，秋处露秋寒霜降，冬雪雪冬小大寒。"从二十四节气的命名可以看出，节气的划分充分考虑了季节、气候、物候等自然现象的变化。其中，立春、立夏、立秋、立冬、春分、秋分、夏至、冬至是用来反映季节的，将一年划分为春、夏、秋、冬四个季节；春分、秋分、夏至、冬至是从天文角度来划分的，反映了太阳高度变化的转折点；而立春、立夏、立秋、立冬则反映了四季的开始。由于中国地域辽阔，具有非常明显的季风性和大陆性气候，各地天气气候差异巨大，因此不同地区的四季变化也有很大差异。小暑、大暑、处暑、小寒、大寒等五个节气反映气温的变化，用来表示一年中不同时期寒热程度；雨水、谷雨、小雪、大雪四个节气反映了降水现象，表明降雨、降雪的时间和强度；白露、寒露、霜降三个节气表面上反映的是水汽凝结、凝华现象，但实质上反映出了气温逐渐下降的过程和程度：气温下降到一定程度，水汽出现凝露现象；气温继续下降，不仅凝露增多，而且越来越凉；当温度降至摄氏零度以下，水汽凝华为霜。小满、芒种则反映有关作物的成熟和收成情况；惊蛰、清明反映的是自然物候现象，尤其是惊蛰，它用天上初雷和地下蛰虫的复苏，来预示春天的回归。

　　我还注意到流传于民间的大部分农谚、农谣也都和二十四节气紧密关联。"雨水有雨庄稼好，大春小春一片宝"，"头伏萝卜二伏菜"，"立秋种，处暑栽，立冬前后收白菜"，"白露早，寒露迟，秋分种麦正宜时"。节气就是农时，"不违农时，谷不可胜食也"，所谓"人误地一天，地误人一年"，是耽搁不得的。这些农谚、农谣都装在祖祖辈辈农人的心里。乡下人的春种秋收，与节气息息相关、紧密相连。"谷雨前后，栽瓜种豆"，"冬天麦盖三层被，来年枕着馒头睡"，"枣芽发，种棉花"，"立夏到小满，种啥也不晚"，"椿花落地，要吃燎麦穗；椿花落梗，要吃白面饼"……这些农谚、农谣，是认知一年之中时节、气候、物候的规律与变化所形成的知识体系和应用模式，是我国独有的文化现象。

　　归根结底，二十四节气承载着深厚的中华文化传统，悠悠千年，它们形塑了中国人的智慧与记忆。二十四节气既是一份对天地万物共生共荣的细微体认，也是一份对民族共同身份的期许与认定。二十四节气还是一种生活状态，是中国农历中的特定节令，它承载着稻香谷黄，引导着蛙鸣蝉唱，它演示着叶落花黄，沉淀出蜜甜酒香，它浸润着淳朴农人的丰收之梦，也润泽着知性文人的跳跃诗行。

　　二十四节气是我们的根，是我们的乡愁与情怀。尽管当下我们习惯了在公历的时间节奏中生活，然而，到了春节、清明、端午、中秋等这些传统节日的时候，我们还会感到这就是我们的祖先留下来的农业文明的血脉和记忆，更意味着我们同自己民族文化记忆的关联。我想，只有在这种农业文明背景下进行中国文化的解释，以及存在于日常农历生活之中的诗意的描述，才能体会出真正的"中国味道"。老百姓的希望，老百姓的日子，不就是在二十四节气的顺延里播撒着，收获着吗！忙忙碌碌、平平安安、健健康康、快快乐乐，犹如海德格尔所说，人，诗意地安居在大地上。多好！

春天日记

　　阳光暖和起来！跃跃欲试的春风开始四处挤退冬的寒意，风吹到脸上像绒毛抚摸一样，痒痒的。没几日，地皮转青，先是草地上绽出了几星嫩绿，然后就发现湖边的柳树已是水墨画般地摇曳。人是真的拗不过自然。想到铺天盖地的黄到极致的油菜花，想到满山遍野粉透了的桃花，一颗心蠢蠢欲动，那里面涌动的正是对春的念想。

　　一切崭新的生命，无论贵贱高低居然都是这般的美好。

　　喜欢春天，与我当年插队有关。记得每当春天到来，那浓郁得化不开的绿意，便深深地积于心底，那山、那水、那树、那村舍、那炊烟都着一个绿字。山绿得深沉，绿得气宇轩昂，绿得像万年难以更易的誓言；水绿得清浅，绿得清秀，绿得儿女情长，绿得像一派天籁之音。绿凝结在每一片树叶上，绿得清幽宜人，绿得像一个沉静的梦；绿与袅袅飘出的炊烟融而为一，绿得散发出诱人的香味。经历八年的知青生活，虽然不能像哲人那样将绿色与生命一同联系起来思索，但我永远感谢绿色在我寂寞、艰难的日子里，让我在心里过滤去一些烦闷、孤寂和怅然，滤出一些空明般的澄静、透明和温馨。

　　很多年过去了，我总是不明白，为什么那绿色会不断地出现在我的记忆中，更多的时候出现在梦里。后来我发现，今天，在城市已很难看到那种真正赏心悦目的绿色。这几年，所住小城越来越城市化。城市化本来是人类由必然王国走向自然王国的伟大里程碑。然而，让人困惑的是，城市化似乎总是以背离自然、毁损自然作为代价。十几年前所居小城的一条主要干道，行道树覆盖率达到60％，被誉为绿色大道，可现如今行道树只占到整个路面的2％，如此以牺牲大片大片的绿色为代价，让人心寒。

前不久看到一篇《森林与文化精神》的文章，作者在文章中指出："没有大片大片树林的城市必然是个烦躁的城市。"砍伐树木，"其实是把艺术、哲学和科学创造灵感赖以生存的生态环境也毁了"。绿色是人类之母啊。当我为那大片大片绿色的夭亡而心中滴血时，人们理应带着一种丧母般的痛楚。奇怪的是，对城市内稀有自然生态执行死刑的人永远有一身的理由，他们总是十分雄辩地围剿绿色。城市的极端化畸形发展使得城里的绿色越来越少，绿意越来越淡，特别是炎炎夏日，由于缺乏绿荫，真有度日如年的煎熬感。

我们喜爱绿色，却未必懂得绿色。"前人栽树，后人乘凉"，此话老少皆知，也在不同的阶层不同的社会流行。而现在没人再说了，至少很少能听到此话了，我们无法想象，如果没有树木作为一个城市的背景，这个城市将会产生怎样的裂变。

现在，春天正在一步步地靠近我。我站在城市边缘的空地上，向远处瞭望。大自然的绿色，会让我们眼睛清洗云翳，会让我们分明地感受到每个空气分子里都有一张小嘴，正在把一个超越了我们人类视听范围之处的呐喊送出来，你体内的每一个细胞都由不得你地像要一同喊出来，同时，也让我们感受到这个世界上居然还珍藏着这样一片玲珑剔透的绿的精灵，实在是应该好好珍惜的。因为，呵护绿色，就是呵护着我们自己的一份憧憬、一份向往、一份梦境。

田野之香

初春时节，我再次回到了当年下放的村庄。

走在窄窄的田埂上，空气里飘满了植物草木的清香。我努力地想去分辨哪种香是油菜花香，哪种香是草香，哪种香是树香，哪种香是野花的香，哪种香是沟渠里流动的水香。结果是徒劳的，因为眼前那山、那水、那树、那河水、那村舍、那炊烟都着一个香字。山香得深沉，香得气宇轩昂，香得像万年难以更易的誓言；水香得清浅，香得清秀，香得儿女情长，香得像一派天籁之音；香凝结在每一朵油菜花上，香得清幽宜人，香得像一个沉静的梦；香与袅袅飘出的炊烟融而为一，滤出一些空明般的澄静、透明和温馨。

30多年前，我曾坐在村头的土坡上，望着那开得无比灿烂华美的油菜花写下：玻璃色的天空下/大片大片的油菜花/香馨得让人心慌/借助阳光，呈现出另一种生命与辉煌/油菜花也是一个季节的名字/喊着它，觉得生命的内涵更显真实。那时，虽然不能像哲人那样将它与生命一同联系起来思索，但我永远感谢那金黄的油菜花和那田野之香，在我寂寞、艰难的日子里，让我在心里过滤去一些烦闷、孤寂和怅然。30年后的今天，我虽没有了当年的那种浪漫，没有了烦闷、孤寂和怅然，但那大片大片的油菜花，在我眼里仍旧就像一群一群金色的大鸟。当这些大鸟在阳光下舒展翅膀时，连风都是金色的，让我看见和体验到了什么叫幸福。

自然界每一次细小的变化，都会使田野之香发生改变。而这一切不同的变化，对于长期生活在城市里的人来说，是无法分辨出那些香味的。那些从土地深处生发出来的香味，在不同季节是不同的，在不同的月份是不同的，甚至，在不同的时辰也是不同的。早上与傍晚不同，白天与黑夜不同，春天与夏天不同，暖秋与寒冬不同，阳光照临时与月光照临时不同，有阳光与没阳光时就更不同。只有那些热爱田野的人，才会敏锐地觉察到那种细微的变化和差别。有人说，田野之香是沟通大自然与人的心灵的一种不需要翻译的语音。借助田野之香的昭示，人们能够体察到天地造化中的灵性，感知自己灵海的波澜、心旌的荡漾。也许果真是这样，但对于正处在"韶华不再"最为敏感年纪的我来说，那田野之香像是丝丝缕缕、点点滴滴都飘落在寂寥的心版上，让我切实体验到一种流光似水、逝者如斯的感觉。

很多时候，我真想走出家门，并把那扇门永久地关上，使我没有返回的可能。这是因为，今天的城市已很难嗅到和分辨出那种真正赏心的四季芬芳了。因此，我们只能走出城市，走向大自然深处。大自然会让我们眼睛清洗云翳，会让我们分明地感受到每个空气的分子里都有一张小嘴，正在把一个超越了我们人类视听范围之处的香味送出来，你体内的每一个细胞都由不得你地像要一同生发出来，同时，也让我们感受到这个世界上居然还珍藏着这样一片玲珑剔透的香的精灵。我们常说呵护大自然，其实，呵护大自然，就是呵护着我们自己的一份憧憬、一份向往、一份梦境。特别是在春天走进田野，各种田野之香让你感到浑身有了一种躁动，用"蠢蠢欲动"来昭示自己的心理活动绝不是一种贬低，而是一种真实的描述。无边无际、博大无垠的田野之香，让无论飘泊到哪里的人都永远难以忘怀，永远在生命里一次又一次地呼吸着它的博大精深。

油菜花开

三月，春分，婺源。憋了一冬的油菜花开了！

由婺源县城包车去江岭，一路上，远山含黛，流水含情，清一色白墙黑瓦的村庄，一片片盛开的油菜花，在蓝天白云的映衬下，活脱脱一个人间仙境。

玻璃色的天空下/大片大片的油菜花/香馨得让人心慌/借助阳光，呈现出另一种生命与辉煌/油菜花也是一个季节的名字/喊着它，生命的内涵更显真实。这是40年前我写的一首诗《油菜花开》的结尾句。在我的记忆里，乡村的春天里，进入视野最多的便是油菜花了。金黄的油菜花在春日里显得格外妩媚、柔和。阳光照在花瓣沾着的露珠上，光彩夺目。偶尔一阵微风拂过，油菜花舞动着婀娜的身姿，花香四溢。那山、那水、那树、那河水、那村舍、那炊烟都着一个香字。山香得深沉，香得气宇轩昂，香得像万年难以更易的誓言；水香得清浅，香得清秀，香得儿女情长，香得像一派天籁之音；香凝结在每一朵油菜花上，香得清幽宜人，香得像一个沉静的梦；香与袅袅飘出的炊烟融而为一，滤出一些空明般的澄静、透明和温馨……

江岭到了。迫不及待地下车，迫不及待地走进错落有致的梯田里，金黄的油菜花迎面扑来，整个人立刻被金色的花海淹没，这般情景，让人真正体会到什么叫目不暇接。眼前的油菜花灿烂繁华，加之地势起伏，花潮汹涌。是的，当一种美极其繁复，同时又蕴含连绵的韵律时，几乎是汹涌而来，会令人有点眩晕。这种不适应会在短时间内激发心灵，使内心的感受能力迅速扩展。这种体验，让我想到夏夜里看萤火虫的情景。夏夜，小路上、野地里、丛林中，都有萤火虫飞舞时发出的微亮绿光。真的担心，那飘忽不定的微亮的绿光，随时都有可能被黑夜吞噬。然而，如果我们看到的不是几只，而是数万只萤火虫在眼前闪烁，那将是一幅什么样的画面呢？在杭州西溪湿地，每到夏季，这里都会举办"萤火虫生态展"。数万只萤火虫在茂密的水草、荷花之上飞舞，那么欢快，那么耀眼，那么势不可挡。面对那漫天飞舞的小精灵，我们在感受生态的可贵与美好的同时，内心早已阔大辽远，灿若星河。

阳光下，油菜花是奔放的，就像一群金色的大鸟。当这些大鸟在阳光下舒展翅膀时，连风都是金色的。阳光从花海拂过，空气里充满着一种生动而又氤氲的芬芳。那花浪被染得更加耀眼，闪闪烁烁，欢跳不止，闪着粼粼的波光，撞得满心满眼都是。越是想尽收眼底，越是难以穷尽。那场景，只需看上一眼，就有了灵魂的相惜和情感的寄托。赏花、赞花，有一种久违的惬意。闭上眼睛，阵阵清风吹来，很轻，很柔，如同婴儿的小嫩手儿抚摸在自己的脸上那样舒服。

人赏花，花映人。油菜花，以一色金黄胜却万千姹紫嫣红，令所有高贵的名花都黯然失色。黄的花蕊，绿的枝杆，在黄黄绿绿之间，她们开得那么灿烂，开得那么安详。面对她们，你会莫名地惊愕起来：油菜花是花吗？它似乎不是，因为它是菜的孩子。只是，我们一直固执地以为它只是花，竟然忘记了它还是菜，只是没有哪一种菜的花像它那样开得无遮无拦，也没有哪一种花像它那样有着那么多的"粉丝"，否则人们不会不辞劳苦地千里迢迢来一睹它的芳容。其次，再看看周围的山、田野，已脱下沉重暗淡的冬衣，换上了鲜亮轻快的春装，露出了绿芽点点。

从江岭回来的路上，我还沉醉在那金黄色的花海中……

寒食与清明

在二十四节气里，清明，既是节气，又是节日。《岁时百问》解释道："万物生长此时，皆清洁而明净，故谓之清明。"这个节日中既有"清明时节雨纷纷"的朦胧诗意，又有"子欲养而亲不在"的哀思，以及对先辈的感恩和怀念。

清明的前一天或两天是寒食节。它最初作为节日时，要禁烟、禁火，无论民间官府，只吃冷食，后来逐渐增加了祭扫、踏青、秋千、蹴鞠、牵钩、斗鸡、放风筝等风俗。如果追溯历史，早在唐代，寒食就已经是全国性的节日，而清明则是从唐代开始作为与寒食并列的节日。大体而言，寒食在唐代的地位高于清明，而且扫墓祭祖也是专属于寒食的内容。虽然寒食节现在已经几乎销声匿迹，但与其说是湮没在历史之中，不如说是与清明节融为了一体。

说到"寒食"与"清明"，在古代车载斗量的诗篇中有不少与它们相关的。如唐代大诗人白居易的："看舞颜如玉，听诗韵似金。绮罗不许笑，弦管不妨吟。可惜春光老，无嫌酒盏深。乱花送寒食，并在此时心。"（《清明日观妓舞听客诗》）宋代诗人王禹偁的："一郡官闲唯副使，一年冷节是清明。春来春去何时尽，闲恨闲愁触处生。漆燕黄鹂夸舌健，柳花榆荚斗身轻。脱衣换得商山酒，笑把离骚独自倾。"（《清明日独酌》）。两首诗的不同之处在于，前者于清明日在家中大宴宾客无比欢悦，心情甚惬；后者于清明日独自一人借酒消愁，喟叹人在天涯的痛楚悲凉。

除此，还有不少戏曲也与"寒食""清明"有关。最有名的就是《白蛇传》。剧中描述了清明节西子湖边游人如织，刚下凡的白娘娘惟独对"风流俊雅"的许仙青眼有加。她故摄骤雨，以附舟避雨为名，和许仙同船共渡。她假称自己年轻寡居，"无限凄惶，泪雨千行"，于是这个美丽哀怨的女子引起了许仙的同情，并萌生了与之缔结鸳盟的念头："痴想，我愿把誓盟深讲，怎能够双双同效鸾凰？"此剧虽然结果令人扼腕叹息，但一直以来深受戏迷们的欢迎。

再有京剧《焚绵山》。故事源于春秋时期的传说：晋国内乱，太子申生被献公宠姬骊姬害死，公子夷吾和重耳出逃。介子推追随重耳逃亡19年，风餐露宿，艰辛备尝。有一年重耳在卫国断粮，乞讨无着，介子推为救重耳，割下自己腿上的一块肉给他充饥，重耳大为感动，表示他日若登君位，定当报答。但当重耳成为晋文公后，介子推不仅不主动请赏，反而隐居绵山，辞官不言禄。文公火焚绵山逼他出来，介子推坚持气节抱树而死。文公追悔，为之修祠立庙，并下令于介子推忌日禁火、吃冷食以寄托哀思。

名著《红楼梦》中也有不少章节与清明有关。在第五十八回《杏子阴假凤泣虚凰 茜纱窗真情揆痴理》中就有这样的描写："可巧这日乃是清明之日，贾琏已备下年例祭祀，带领贾环、贾琮、贾兰三人去往铁槛寺祭柩烧纸。宁府贾蓉也同族中几人各办祭祀前往。因宝玉未大愈，故不曾去得。"可见清明祭祀祖先是贾府生活中的一件大事。在第七十回《林黛玉重建桃花社 史湘云偶填柳絮词》里，曹雪芹用较长篇幅描写公子、小姐们放风筝时的情形。李纨对黛玉说："放风筝图的是这一乐，所以又说放晦气，你更该多放些，把你这病根儿都带了去就好了。"可见那时人们就认为清明放风筝有驱邪除秽之效。

"寒食"也好，"清明"也罢，两个节日都是一个主题：禁火、扫墓、郊游。但随着时间的推移，小长假踏青郊游的重要性仿佛慢慢超过了扫墓。很多人开始质疑，扫墓这个仪式，意义究竟何在？如果扫墓的最终目的只是让人追念亲人和祖先，那大可不必硬性定在某天去扫墓，而是在某时某刻某地，想到他们、怀念他们就好了。

此说法，乍一听似乎有理，但窃以为这个想法有不妥之处。因为大家忽略了这样一个事实，人总是特别健忘的。就像大家总要等到每年拿到体检单时才意识到要开始倾听自己的身体一样，明白一个道理是一回事，按照道理去做却是另一回事。献花也好，默哀也罢。扫墓，或许是活人借助逝去之人的名义，来慰抚自己还活着的灵魂，告诫自己，好好生活，以至于回归黄土时不再遗憾。

清明看柳

俗话说，五九六九，沿河看柳。五九六九，正值立春与雨水之间，出门看柳，未必是最佳时间。因为此时的柳树，柳眼未开，柳芽未长，枝条萧瑟。那么何时看柳为最佳呢？南宋诗人吴惟信在《苏堤清明即事》写道："梨花风起正清明，游子寻春半出城。日暮笙歌收拾去，万株杨柳属流莺。"

清明时节，花草芳菲，日丽风和，天清地明，空气中饱含着泥土和花草的香气。几场春雨，让渴了一冬的柳树，吸足了春的灵韵，枝干儿柔了、软了，抽出嫩绿的细枝，丝丝缕缕，低垂袅袅。这份随风飘拂在清明中的美丽，倾尽世间言语，也难以描绘出那风情万种，欲说还休，索性便不去亵渎那一份灵动，一份飘逸。

看柳，得有古迹和传说。

"烟花三月下扬州。"太白的一句诗话成就了一座城市。到扬州看什么？到瘦西湖看什么？不就是一城烟雨，半城柳树嘛！扬州也成了文人、商贾、官员、丽人的向往之地。从这个意义上说，扬州的成名离不开柳树，少不了它的倩影。再有杭州的西湖。断桥前，择一赏心处坐下，看湖、吹风、赏柳。风，徐徐吹来；心，慢慢辽阔。猛然间，你会觉得，那柳，像白娘子，美得妖娆，一垂垂，一线线，一寸一寸缭绕到你的心里。

柳树不是匠人的树，而是诗人的树，情人的树。

"柳"与"留"谐音。清明时节，古人送别，喜欢折柳相赠。烟花三月，小桥流水，青青杨柳岸，兰舟催发，折柳送别，题诗相赠，别有一番风趣。"杨柳青青着地垂，杨花漫漫搅天飞，柳条折尽花飞尽，借问行人归不归。"此诗将折柳赠别之情表现得淋漓尽致。"天下伤心处，劳劳送客亭。春风知别苦，不遣柳色青。"此首五绝运用夸张的手法，真切表现了对朋友的深情厚谊。"楼前绿暗分携路，一丝柳，一寸柔情。"寥寥数语，把情人间折柳送别、依依不舍的情景刻画得入木三分。喝饯行酒也有拿柳树作词的，最有名气的当数《阳关三叠》"客舍青青柳色新"了。就是喝醉了，醒酒也要到柳树下，"今宵酒醒何处，杨柳岸晓风残月"。

古往今来，为柳树赋词吟诗的文人墨客举不胜举。"碧玉妆成一树高，万条垂下绿丝绦"，这是唐诗的风骚；"枝上柳绵吹又少，天涯何处无芳草"，那是宋词的韵味；"柳丝舞困小蛮腰"，"杨柳秋千院中，啼莺柳燕，小桥流水飞红"，这是元曲的浅唱；而"春风杨柳万千条，六亿神州尽舜尧"，这是一代伟人的手笔，不说绝后，至少是空前的。当然，我更喜欢的是"月上柳梢头"营造出"人约黄昏后"的幽幻之美。

和其他的花木不同，柳枝易斜，下垂。正如丰子恺在《杨柳》中所说："越长得高，越垂得低。千万条陌头细柳，条条不忘记根本，常常俯首顾着下面，时时借了春风之力而向处在泥土中的根本拜舞，或者和他亲吻，好像一群活泼的孩子环绕着他们的慈母而游戏，而时时依傍到慈母的身旁去，或者扑进慈母的怀里去，使人见了觉得非常可爱。"

柳树和我们的日常生活也有密切关系。先说药用价值：柳叶、柳皮、柳根都可以入药，能除痰、明目、消热、防风；它的主干，那可是高档家具的用材，水曲柳嘛，做出的家具可贵了；还有那风情万种的柳条，无论是编个花篮，还是编成筐，都能让你把春天装回家。婀娜多姿的柳条也是孩子们的喜爱，摘一片树叶，含在唇边，或者折一截柳枝做个柳笛，立时一段《小放牛》便响满原野。而将柳条编成个花环，往头上一戴，回家的路上充满了童真的欢乐。柳树也是年轻人的最爱，"人约黄昏后"去什么地方？当然是柳树下小河旁了。

在合肥也有看柳的好去处。

包公园，东起马鞍山路、西至徽州大道、南傍芜湖路、北临环城路，占地34.5公顷，其中，水域面积15公顷。每天傍晚时分，我由徽州大道走进包公园散步。沿河堤前行，一股清新之气，便远远地拂面扑来，让人由不得神清气爽。包公祠、包公墓、清风阁、浮庄、脚印塘、九狮广场，把这一个个景点串连起来的就是那环河栽种的236棵柳树。

春风拂面，柳枝依依，一棵棵柳树，就像一团团绿烟，在水边氤氲缭绕。

柳色青青，河水蓝蓝，走到树下，闭上眼睛，任那毛茸茸的枝条在脸上摩挲着，柔柔的凉凉的痒酥酥的舒服，散发出略带点苦味的清新气味，沁人心脾。"碧玉妆成一树高，万条垂下绿丝绦。不知细叶谁裁出，二月春风似剪刀。"想起这首诗，是那样的贴切。

　　清明去包公园看柳，会觉得自己是走在一幅水墨画中……

槐花开了

四月，洋槐花盛开了。满树的嫩叶，叶绿如翠；绽放的花朵，花白如雪；清幽的花香，沁人心脾。凝望着满树的洋槐花，鼻吸着沁人的香气，我仿佛又回到了那难忘的孩提时代。

儿时所居的大院，家家门前屋后都有槐树，一年四季，很少有谁去关注它，只有到了清明节前后，那满树一串一串的洋槐花摇摇欲坠地悬在枝条上，诱人的浓香，把我们都变成了一只只小馋猫。会爬树的男孩子都争相爬上树，先撸一把洋槐花放进嘴里，大口地咀嚼着，好像咀嚼山珍美味一样。不会爬树的男孩和女孩一个个都仰着脸，瞅着我们又是喊又是叫，那馋劲儿惹得我们在树上哈哈大笑。不过笑归笑，我们还是撸了一串又一串地往下扔，树下的人蜂拥齐上，抢到就往嘴里塞，我们在树上看着他们你争我抢的样儿，笑得都忘记了吃。

童年时代，我们很少花钱买玩具。女孩子玩的游戏就是跳皮筋、踢毽子。男孩子最喜欢玩的就是比赛爬树。因为只要是比赛爬树，女孩子们也都加入进来，充当啦啦队。男孩一见女孩也加入进来，更来劲了，谁也不想在女孩面前丢脸面啊。于是乎一个个一边往手心里吐着唾沫，一边互不服气地吆喝着："都别吹乎！有本事比试比试，看谁爬得快！爬得高！"为了体现公平，大家选出一女孩来宣布比赛开始。选出来的女孩站在树下面对男孩，表情一脸严肃，一声令下，我们一个接一个，拼了命地往树上爬。谁第一个爬到树顶，谁就可以吃洋槐花，并由选出来的女孩将一顶由槐树枝儿编成的头盔戴在他头上。

洋槐花对我们最大的贡献是在三年困难期间。那个时期，粮食紧缺，家家缺吃的。我家六口人，收入少，艰难困苦自不必说。多亏家门前的那棵槐树，成了全家人度荒的"粮仓"。春荒最难熬，青黄不接，腹中空空，找不到一点吃的。饿极了的我，使劲爬上老槐树，伸手摘下一嘟噜一嘟噜洋槐花，放进嘴里，大口地咀嚼着，嚼啊嚼啊，嘴角都流出花汁了。够不着的地方，就用竹竿又捅又打，洋槐花纷纷而落。

到了吃饭的时候，奶奶将少许的米面，拌上多量的洋槐花，蒸熟了给我们吃。有时奶奶为了换个口味，就蒸洋槐花饼子。放学到家，锅里已是蒸汽腾腾，那甜甜的味道，随着热气，弥漫在整个房间，钻进每个角落，钻进了我们兄妹三个小馋猫的鼻孔里。这时肚子已急不可待地咕咕叫了起来……那一刻，我们大口大口嚼着洋槐花饼，觉得自己是这世上最幸福的孩子！

后来生活渐渐好了，再也不饿肚子了，但我们还是常常吃洋槐花，只是吃法不一样了。洋槐花吃法多样，凉热皆宜，汤馅均可，配肉搭菜，煎炸蒸炒无所不能。凉拌时先用开水焯一下，可单独拌，也可配上粉丝、豆皮一起拌，佐以姜丝、葱丝、红辣椒，淋上醋、香油；炒着吃，可单炒洋槐花，也可与辣椒、韭菜等一起搭配，如能配上猪肉、鸡蛋更是香味独特。还能与面粉搅匀挂糊油炸，做洋槐花粥、洋槐花汤。洋槐花不仅好吃，而且还具有清热解毒、凉血润肺、降血压、预防中风的功效。

人常说："好花不常开，好景不常在。"半个月工夫，洋槐花便凋谢了。纷纷扬扬，飘飘洒洒，碎琼乱玉般铺了一地。面对倏然而去的春天，顿觉怅然。猛然想起宋代晏殊的词："无可奈何花落去，似曾相识燕归来。小园香径独徘徊。"伴随着一岁一枯荣的洋槐花，如今的我已到耳顺之年，每到洋槐花盛开时，自然就想起我那无限眷恋的儿时大院，想到那亭亭如盖的槐树。我有多少年再没尝过洋槐花，有四五十年了吧，味蕾已记不清洋槐花的味道，但心却记得，很甜，很甜。那年月流行着列宁的一句名言：忘记过去就意味着背叛。而今依然不能忘记这句话，有些记忆是不会因时间的渐行渐远而"风化"的，因为有档案在。

夜来风雨声

四月的第一场春雨是在夜间两点多下的。"好雨知时节，当春乃发生。随风潜入夜，润物细无声。"据介绍，诗人杜甫在写这首《春夜喜雨》时彻夜难眠，唯愿春雨下个通宵。和诗人笔下那种淅淅沥沥的细雨不同，我听到的是那种"哗啦哗啦"的大雨。

我不是被雨声惊醒的，我还没睡呢。如果没有特殊情况，我晚间的生活规律是看完《新闻联播》和《焦点访谈》后，就会关了电视走进书房，打开电脑，写点什么或浏览网上的新闻。当然，如果有国际性体育赛事，我也会守在电视机前看完整个比赛。

我喜欢安静地藏身于一隅，用文字来释放自己，让思绪空灵如落叶般，飘然而至，找寻一种温暖感觉。因此，在征得妻子的同意之后，我回到父母原来住过的小屋。父母离世很久了，看着墙上挂着的父母遗像，淡淡的回忆，在我，是一种奢侈的享受了。好久，已经没有这样的闲情逸致了。说回忆是奢侈的享受，并不夸张，淡淡的回忆中虽含着伤感，但也略带点丝丝的甜蜜。有回忆的人，是有福的，说明他还有这样的心境和闲情，说明他还有思念所在。

说不清为什么会选择这样一种生活方式。人孤独了，形单影只，孤枕难眠；心寂寞了，心如止水，波澜不惊。像这样的夜晚，听着窗外雨声，虽然寂寥而苍凉，但我喜欢这样的寂寞和孤独。只有这样，我才能坦然面对人生的起起落落，沉沉浮浮，坎坎坷坷，才能穿越世间的纷纷扰扰，一颗浮躁的心终于静静地开出花朵。记得我读王家新先生的诗《帕斯捷尔纳克》，看到了这段话："终于能按照自己的内心写作了，却不能按一个人的内心生活，这是我们共同的悲剧。"彼时，我的心灵感到猛地一颤。

　　离开书案，推开窗子，外面的世界一切可见的动都变成了静，大地上的一切事物都已沉睡，只有雨声。这时我又想到了杜甫《春夜喜雨》后半段"野径云俱黑，江船火独明。晓看红湿处，花重锦官城"。诗人在雨夜推门而出，伫立远眺，只见春雨密密麻麻、飘飘洒洒，平日泾渭分明的田野小径完全融进了无限的夜色，江船上的渔火在广漠幽黑的春夜里更显得红亮耀眼。诗人目睹此景，欣慰地想到，天亮时盛开的娇艳欲滴、缤纷芳香的百花正是这夜间的无声细雨潜移默化、滋润洗礼的结果。

　　窗外的雨渐渐小了些。和白天的张扬相比，此时的夜是清冷的，是寂静的。楼下的树枝悄悄地酝酿着绿意，花儿在夜风中飘扬，呼吸之中有清甜的花香。静默呆立，感受好久不来的宁静，虽然会夹杂年华易失的苦涩。我想说的是，一个释放自我的出口，于安妥心灵，是多么重要。

　　雨不停，心愈静。与自己灵魂相伴，这是世上最好的依托，安静是最美的人生状态。听着滴滴答答的雨声，我在想"行到水穷处，坐看云起时"是怎样的一种境界。它的可人之处在于，不费什么周折，就能构筑一个海市蜃楼般的世界，神游一番，奔逸一番，陶冶一番，愉悦一番；然后，回过神来，楼逝了，海遁了，云飞了，风跑了，而你在，世界在。这是一个人丰富自我精神世界的一种方式。这样的人，不迁就，不凑合，一辈子都在心底里高贵地突围着，决绝地在这个世界，寻找着另一个自己。

　　阿根廷诗人、小说家、散文家兼翻译家博尔赫斯说过这样一句话："记忆建立时间。"而我想要说的是："文字可以建立记忆。"回到书案前，我轻轻地低下头，静静地开始了我的书写。我笔下的文字慢慢地开始流淌漫溢，渐渐地流出了我心里的堤坝和围墙，我的眼前已经出现了那些久远古老的乡村和山河，我已经闻到那些地方的气味、情绪、土壤、植物、水土、人群……

花开花落

俗话说"春天孩儿面，一天变三变"，入春以来，春姑娘的脾气就是这么任性，时晴时雨、时暖时冷，气温的跳跃一如开启"过山车模式"。想象一下，近段时间街上如果同时出现穿着棉袄的和裙子的，那也不是不可能的事情。

这种让人摸不着头脑的天气，可惜了那些花儿。

每天一早一晚，沿着护城河散步，几乎是目睹了从花开到花落的整个过程。在蛰伏了一个冬季进入春季之后，那花，悄悄地开了，或浓妆、或淡抹、或整齐、或零散地涂抹着盎然春意，甚至连花骨朵，也是楚楚动人，让人觉得十分地怜爱。嗅着不同的花香，嗅着春天的味道，一遍遍清理内心的落寞。沿着花香气息铺成的碎石小路，踏着一季芬芳，这是一个梦幻的季节，每个人都脱去冬衣的重负，敞开心灵，接受春的洗濯。

可惜的是这多变的天气让这些花儿过早地凋落了。每每走过，看着那残落一地的花瓣，像是在留恋，像是在述说，像是在叹息。想轻轻地踏着花瓣走过，竟有几分不舍。"落红不是无情物，化作春泥更护花。"拾起各色的花瓣，放在掌心，嗅嗅残存的最后一缕清香，清新中透出雨后泥土的气息，也许这就是它回归本色的真正味道吧！

花如人，人如花，人生就是一场花开花落的过程。每一朵花未必都开得那么随心所欲，但每一朵都是独一无二的，都有存在的价值，都值得珍惜。如同花朵开放有花期一样，人的成长也要经历漫长而且艰难的过程。时光和自然法则对任何人都是公平的。没有谁能让青春永驻，没有谁能让时光倒流，没有谁能让生命长生不老。"若岁月静好，那就颐养身心；若时光阴暗，那就多些历练。"花儿尚且知道珍惜时光，不负过往，人生更该如这些花儿们一样，无论生

224

命长短，身在何处，都应执着自己的信念，该拼力时拼力，该绽放时绽放，该芬芳时芬芳，该付出时付出。无论在何种境遇下，无论经历怎样的磨难和坎坷，都要铭记那些最温暖、最善意的感动，一路捡拾最曼妙的光阴，一路编织最美好的风景，不浮不躁，素心向善，淡放馨香，活出如花一样的姿态和品质，让生活的每一个日子充满明媚和诗意。即便有一天花影不在，花魂也会在千古诗章里楚楚动人……

花期有长短，花香有浓淡。从含苞，到怒放到荼蘼，要历经多少风雨，阅尽几多芳华。迎来送往，朝来暮去，一不小心，就会花落流水。人生也是如此。从生到死，既要承载快乐也要承载苦痛和责任。茫茫人海，每个人都是大海里微不足道的一滴水，正是这平凡的一滴滴水，才可以汇聚成滔天的惊涛骇浪。人要学会适应环境而不是要环境适应人，不是所有人都适合站在风口浪尖。做最好的自己，既来之则安之。当一切尽在眼底，自会是花开如期。所不同的是，人生的这场花事盛开需要用一生去坚守，而花谢也就是短短的瞬间。

花开一季，每一朵花都有开放的季节，都有属于自己最美的瞬间，只是早晚问题。人活一世，我们需要做的，就是尽可能地酝酿芬芳，吸取精华，紧贴大地，踏踏实实地去走好每一步。城市的生活，周遭繁杂，忙碌不停，有些人为名尔虞我诈，为利斤斤计较。人们的心都高高地挂在车水马龙、灯红酒绿的城市上空，被日益膨胀的欲望填满。"愿使现世安稳，岁月静好。"这是多么平凡而简单的心态啊！碌碌尘世里，常怀如此心态的人实属少有，而正值青春年少就能彻悟这种境界的，更是寥寥无几。

花落，不过是生命另一种形式的转移。时光的脚步，蹉跎了我们的过去。时间的步伐，湮灭了我们的曾经。其实，生命就是一段旅途。诗人艾略特说，我们所有探寻的终结，都会回到我们的出发之地。如此，我们何不把心放低，再低一点，低入尘埃里。而后，兀自开出一朵欢喜的花，长在生命的途中，亲吻土地，仰望星空。

花有枯荣，人有生死，皆为大同。

端午寻香

　　端午节将至，各大超市摆出的粽子琳琅满目，有水晶粽、桂圆粽、咸肉粽、火腿粽，等等。端午不仅仅只有粽子，还有香包，还有艾草。

　　香包，又称为香囊、香袋、荷包等，佩在胸前、腰际等处。香包的起源可以追溯到先秦时代。起初，香囊是辟邪之物，一般系于腰间或肘后之下的腰带上，也有的系于床帐或车辇上的。东汉繁钦在《定情》中云："何以致叩叩，香囊系肘后。"大概是佩戴香囊的最早反映。魏晋之时，佩戴香囊更成为雅好风流的一种表现。东晋谢玄就特别喜欢佩紫罗香囊，丞相谢安怕其玩物丧志，但又不想伤害他，就用嬉戏的方法赢得了香囊，焚之，成了历史上的一段佳话。唐朝同昌公主的步辇缀五色香囊，每出游芳香满路。由于奇特香料多来自外国的贡品，朝廷还把香囊作为赏赐之物。佩戴香囊之俗，也在民间盛行。

　　从我记事起，见的最多的是三角香包。上小学那会学校有手工课，我就是那时学会做香包的。首先选一块长方形的花布头，对折起来，成为方形，将两边缝上，缝的时候要把正面放在里头，缝好后再翻过来，这样就是一个正方形的小布口袋。这时往里面塞入一半棉花，加入香料（我们用的是碾碎的艾叶），之后再加入一半棉花，填满，然后对折捏上，让顶边和底边成九十度，就是一个三角小香包了。我们在课堂上做的香包都是单色的，如果想做彩色的，那只有回家后向大人要钱买彩色的线。如果大人不给钱也有办法，那就是用红、黄、绿等一些彩纸给缠上。还有一种心形香包，做起来更容易些。是用两块红色的布缝在一起，放好棉花和香料，把边用针走一行，然后，轻轻一拉，就缩在一起，成了心形。

　　如今香包已经进入国家非物质文化遗产项目，一方面说明它蕴含着独特的文化内涵；另一方面也表明香包在当今社会生活中，已几近消失，从事这些行业的手艺人也被冠以"传承人"的称号。如何让"非遗"重新焕发生机，融入当今人们的生活？如何让传统文化在现代社会的架构下得以良好传承？这不仅需要政府的努力，也需要社会各界共同努力。

"清明插柳，端午插艾。"端午节历来就有插艾叶的习俗。这是因为端午前后，艾叶长势正盛，新鲜艾叶散发出的强烈芳香中含有大量的植物杀菌素，能有效起到驱蚊杀菌的作用。民间有俗谚曰："菖蒲驱恶迎喜庆，艾叶避邪保平安"；"蒲剑冲天皇斗观，艾旗拂地神鬼惊"。此外，将艾叶悬挂于房间，让室内充满艾叶的清香，不亚于空气净化器。

艾叶，又名艾、家艾、艾蒿，是一味常用中药材，它的茎、叶都含有挥发性芳香油，古人常用其来做芳香疗法。我国最早的医书《五十二病方》中记载，艾叶味苦辛，性温，归肝、脾、肾经，具有清热解毒、除湿止痒等作用。至今还有"家有三年艾，郎中不用来"的谚语。端午时节空气潮湿，而艾叶的芳香清新，能祛除毒气、除污浊、净化空气。艾蒿还是一种食用植物，艾草可做成艾叶茶、艾叶汤、艾叶粥、艾蒿蒸饺、艾蒿糍粑糕、艾蒿肉丸等，以增强人体对疾病的抵抗能力。

艾叶，除了在端午这一天，其他时间也能处处大显身手。晒干的艾草秆，可以作为夏天的驱蚊器：傍晚点燃一把艾草秆，让它冒着袅袅青烟，在屋子里走一圈，蚊虫立即四处逃散。艾叶煮水洗眼睛，可以明目；女子用艾叶水洗澡，可除妇科病；老人用艾叶水泡脚，能延年益寿。冬季寒湿，容易得风湿病、关节炎，以及颈椎、腰椎这些病，若用艾草来治疗，效果奇好。

"少年佳节倍多情，老去谁知感慨生。"年年端午节，岁岁人不同。如今的我对节日的热情虽然远淡于儿时，但是，那各种味道的粽子、那不同形状的香包、那芳香清新的艾叶，却嵌在心间，久久挥之不去。

寻香，把根留住，生活才更加有味道。

听 夏

说到夏季，眼前立刻会出现这样一些画面：透蓝的天空，挂着火球般的太阳，云彩好像被太阳烧化了，消失得无影无踪；没有一丝凉风，草木被太阳晒得垂下了头，无精打采、懒洋洋地站在那里，像干了错事的孩子低着头站在老师面前；鸟儿们都不知躲到什么地方去了，小狗耷拉着脑袋，热得吐着舌头不停地喘气；大地被烤得发烫，人在地上走都觉得烫脚，迎面的风似热浪扑来……

其实，我们不妨换个心境，跟随夏的脚步，顺着夏的足迹，去听听夏日里令人荡气回肠的美妙音乐，这确是件非常惬意的事情。蛙声的豪放、蝉声的悠长、风声的婉约、雨声的坦荡……像清晨的露珠，像黄昏的余晖，像亲切的问候，像甜蜜的微笑，更像久别重逢者的狂热拥抱，依依惜别时的绵绵回望……这些美妙的音乐正是夏天引人瞩目的根源所在。

我一直认为，在夏季，如果听不到蝉的叫声，那将失去很多别样的情趣，整个夏天算是白过了。蝉，这些餐风饮露，不食人间烟火的"民间歌手"，俨然就是这个季节的主唱。它们或低吟，或浅唱，或引吭高歌，此起彼伏，徐疾有致，真应了古人所形容的一个词："蝉鸣如雨。"蝉声的起音、转折、收束并非千篇一律，而是富有音乐高低起伏变化的旋律美。在乡间夏天的夜晚，这种蝉声穿越山谷，穿透厚重如墙的夜幔，带着野花的芬芳，沾着泥土的气息，踏波而来，踏水而来，直抵你的耳鼓，直逼你的心灵深处。

对蝉声产生真正意义上的崇敬，那是在我拜读了法国昆虫学家法布尔的《昆虫记》以后。从法布尔那里，我了解到蝉是一种可爱、可怜又可敬的生命。"四年黑暗中的苦工，一个月阳光下的享乐，这就是蝉的生活。"因此，它就愈加珍惜光明世界的每一个时辰，用歌声礼赞光明，用歌声庆祝战胜黑暗的欢乐，直到生命的最后一息。在歌声中死去，这是蝉选择死亡的方式，也是所有生命选择死亡最优美的方式。

当然，仅就恢宏的气势而言，在人类栖居的星球上，只有蛙声能与蝉声相媲美。

蛙声于我，并不陌生。我的少年时代是在乡下度过的。当村里村外的树枝上刚刚冒出软软的、嫩嫩的、怯生生的新芽时，蛙刚刚醒来，先是一点、两点、三点地零星响起来，几分拘谨，几分矜持，"咕咕咕"的叫声让广袤的田野充满了动感。当种子入土、禾苗疯长，当夜色从村子的四周浮起来，越聚越浓，将天穹撑得饱满时分，四野的蛙声，在夜的宣纸上缓缓浸染开来。由先前零零散散不成气势到最后如潮水般来势可惊，酣畅淋漓，让你想象在田间渠边，无数墨绿的乡土歌手，正摇其长舌，鼓其白腹，尽情尽兴地呱呱而歌。这时你无论身在何处，都恍有"满天蛙声"之感。蛙声开始遍野喧起来，"呱呱呱"的叫声使大人们的心事也节节拔高。这时节，乡村宛如一个襁褓中的婴孩，整夜整夜都泡在生动的蛙声里，做着甜甜美美的梦。当丰收在望，田野由碧绿衍变成金黄，蛙鼓就成了欢庆的前奏，叫梦想变得更加真实，握满一把蛙声，就是抓满了一把沉甸甸、亮堂堂的喜悦。

与蝉声和蛙声相比，夏季的雨声也是值得我们去听的。

夏季的雨并不是牛毛细雨，不是雨意缠绵，不是"雨浥轻尘"之声，不是"雨打芭蕉"之声，而是热情奔放，激昂高涨，像莽汉倾盆、壮汉泼瓢。豆大的雨滴开始可以用"颗"来计算，一颗、两颗、三颗……越来越密，相继"砸"下，越"砸"越猛，如擂鼓一阵高似一阵，最后泼剌剌地倾盆而下，最后变成了一片白茫茫的雨雾。天地间都被雨雾所笼罩，看不见一切物体，只听见哗哗的雨声，瓢泼般从天倾泻而下，下得淋漓酣畅，如同脱缰的野马，无拘无束。不仅如此，暴雨邀狂风做伴，拉雷电助威，噼里啪啦的雨声中夹杂着雷电轰鸣，狂风怒吼，似一场激越的战斗，又似一曲激昂的交响乐，好不壮观，好不痛快。见景铭诗，不禁想起白居易的诗句：嘈嘈切切错杂弹，大珠小珠落玉盘。

用心去倾听这个夏季吧。倾听是一种享受；倾听是一种心境；倾听是一种乐趣；倾听，更是一种净化。它会让我们在这个炎炎夏季收获一份宁静，在尘世的喧嚣中永葆一颗纯真的心灵。

观　荷

六月，民间有"小暑大暑，上蒸下煮"之说。凤台的朋友打电话过来说焦岗湖的荷花开了。这是朋友连续三年邀我观荷了，之前都因时间没有成行，俗话说事不过三，看来今年非去不可了。

焦岗湖以"水"闻名，该景区环境优美、气候宜人，既有芦苇荡、荷花淀、仙侣湖、渔业观光园、水上人家等水上景观，又有湖畔垂钓、芦荡探幽、荡舟采菱、湖中戏鸟、渔家寻乐、浪遏飞舟等休闲项目，兼有焦湖红心鸭蛋、醇香酒糟鱼、活鱼干吃、水晶贡圆、五香狗肉等特色产品，还有"仙侣下凡""黑龙遭难""神猴探宝""赵匡胤困南唐"等美丽传说，堪称"华东白洋淀"。

坐在船上，我第一次近距离地欣赏荷花，清晰地看到每一片荷叶的脉络。第一次近距离地欣赏到荷花绽放时花蕊上嫩黄色的小莲蓬，它们在白色或粉色或玫红色碗状花瓣的映衬下是那么地惹人怜爱。荷叶下的湖水如中国画中的墨一样暗流光采，你会联想到水墨在宣纸上泼墨，但又与中国画那种一清如水的气韵生动不同，厚实的地方凝练地压住画面，与那些垂下的荷叶形成一种对比。花多以白色为主，凝脂一般的，间或有一点两点的红，俏立在青绿细高的茎上，红唇微启，是花骨朵儿无疑了。最有看头的，还数那些圆润的荷叶，它们是水面上盛开的绿的花朵。

听风对荷的低语，观荷对绿叶的情意，我便不由想到"静美"两字。如果这时站立船头，荷叶拥着荷花，排山倒海似的互相簇拥着向你涌来，你不让我，我不让你，这个时候，古往今来，多少骚人墨客为之倾情，为之赞叹的名篇名曲和千古绝唱，便会一古脑儿地涌现出来。仿佛听到江南的采莲女，荡着小船吟唱着朱湘的《采莲曲》；仿佛听到李商隐在吟咏《赠荷花》，赞叹"惟有绿荷红菡萏，卷舒开合任天真"；仿佛听到杨万里发出的感叹"映日荷花别样红"；以及朦胧的月色中，清华园里，朱自清在苍茫的月下，欣赏着今夜的"荷塘月色"……当然，走近荷花的方式还有许多许多，像南朝的《西洲曲》和宋代杨万里的《小池》《晓出净慈寺送林子方》，等等。此外，画家的笔、歌手的嗓子以及舞蹈家的身段当然更不会闲着。据说自王冕以来，齐白石、张大千、李苦禅、黄苗子就没有哪一位不是"荷痴"的。想来，在漫长的文化史中，荷的高雅便是靠他们慢慢儿地传开来的，有的甚至蜚声海外，但最后都养成了国人心中那一片圣洁的荷塘与荷花。

"出淤泥而不染，濯清涟而不妖"，这份纯洁让荷花赢得了君子的美称，因为不急不厉，雍和大度，加上与"和""合"二字同音相谐，在人们心中便又多了一份谐和的气质。在东方文化中，佛家视荷花为洁净之物。因而，大凡有寺庙的地方，必都有荷池，而观音娘娘的手上，一般不拿别的花，要拿也仅是一朵荷花，就连她座位的底座，也是荷花……由此，我从荷花的身上感悟到荷花最可贵之处，是不管生存的环境如何，始终保持一颗洁净的心，既不随波逐流，也不趋炎附势。以洁净的心，去看待人生旅途中的风云变幻；以洁净的心，去处世待人；以洁净的心，去服务社会……这可以称之为"荷花品格"。

中饭是在船上吃的。尽管我不吃鱼，但我还是很感谢朋友的用心。船家对我说，不吃鱼太可惜了，你喝点汤。下次来尝尝我们焦岗湖的藕。说着，他指着满湖的荷花说："你看那藕花开得多好多旺。"他不说荷，他说藕，这等叫法，有骨子里的亲近。他才是真正亲荷的人。

湖上的微风，裹着淡淡的荷叶芬芳。徜徉在湖边那蜿蜒的小径上，看那荷花一根根纤细的腰杆，心绪如那荷花一般清雅。我想，生命总是容易在舍得与舍不得之间错杂犹疑，荷花应该也是如此吧，难得荷花是在绚烂之时都能保持自己清幽之境的花朵，娉娉婷婷地开放，安安静静地一片片花瓣渐次飘落，可是，荷花哪里就舍得放下如此千娇百媚的身姿呢？因为不舍，它在渐渐打开花苞时，果实就已初具雏形，然后从嫩黄渐渐变成嫩绿，再成碧绿色，待最后一片花瓣飘零后，莲蓬也就脆生生地挺立在枝头了，生命以另一种姿态呈现在世间了，这样的绽放和凝结蕴含着让人感动的生命的力量。千万种的不舍最终都将化作舍得，和光同尘，以自己的方式和自然融为一体，荷花如此，人亦如是。

我对朋友说，明年还来，不仅来，而且我还要在湖上住上几日。朋友笑了，说你别急着表态，你什么时候来了，那才叫来，否则鬼信。

我们俩笑了。笑声里，平添了一份亲切的惦记……

拥抱一棵树

在一次摄影展上，一幅图片不仅引起我的关注，而且吸引了众多参观者的眼球：一个女人抚摸着一棵树，她眼神柔和，像爱抚一个熟睡中的婴儿。除了让人感觉惊奇外，就是那份温和的碰触亦是那般感人，她沉醉在一种融合与交流中，尘世淡然远去，一颗心静谧安然。

现如今生活在都市里的人们很少会去关注一棵树了。我们或许会呼吁环保，也依旧渴盼绿色，我们更加理智地看待树对地球和人类的重要性，然而，有谁会像我们的父辈那样，嗅树的芬芳，听树的呼吸，敬畏树的威严，把树的根深深植于自己的血脉当中，把树的魂当成守护故土家园的神灵，直至把树的年轮活成了自己的岁月……其实，树并不需要怀念和故事，需要故事的始终是我们人类自己。

树有时像人一样会受伤。从我记事起，我就记得我生活的这座城市几乎是梧桐的天下。梧桐枝干伸展幅度大，枝叶浓密，易活速长。那些排列成行的树干，从一定角度望去，就像是一道绿色的墙。每到夏日，笔直宽阔的街面全被绿荫覆盖，只偶尔从叶隙中，流下缕缕金波。可以这么说，梧桐完全成为我们这座城市的标志。可惜的是，在后来所谓的跟国际化大都市接轨的建设中，梧桐从人们的视线中消失了，取而代之的是街道两旁屹立起我想都想象不出高度的楼房。

人和树都是自然界的生命。人是会走的树，树是站立的人，人和树一起经历风霜雨雪，而人却随意主宰着一棵树的命运。在大自然的生命里，树的本色只有在深山里才发挥得淋漓尽致。我曾在大别山中见过如沉云一样停落在山间、屋后和溪边的大树。那些叫不上名的树粗健、宁静，即使相差几十、几百载，也一样浓厚得化不开，用"绿得发蓝，翠得发黑"来形容并不为过。特别是在春天走进山里，各种绿色让你感到浑身有了一种躁动——此刻，用"蠢蠢欲动"来昭示自己的心理活动绝不是一种贬低，而是一种真实的描述。无边无际博大无垠的绿色，让无论飘泊到哪里，在它的盘根错节上听过雨诉，冥思过星空的人都永远难以忘怀，永远在生命里一次又一次地呼吸着它的博大精深。

一棵树就有一丛森林的感觉和气息，数不尽的厚质的绿叶像成千上万的语言，散发着悟不到头的盎然，读不透的深蕴。树也是一个社会，一代代地生死承传着，演绎着无尽的故事。有位禅者如是说：人是入世的，而树是出世的；树不动，就没有颠沛流离的穷苦；树不说，就没有口角是非的烦恼；树不想，就没有贪婪邪恶的欲念。树活着是入定，死了是坐化。一旦埋入地下，又变成煤，这煤便是树的舍利子，给人温暖、给人光明。可惜的是，生活中很多人不能在这个意义上看待树木与我们人类的关系。"前人栽树，后人乘凉"，此话老少皆知，也在不同的阶层不同的社会流行。而现在没人再说了，至少，很少能听到此话了，人们的观念变了。想想个中也有道理，现代化的大都市似乎不再需要树，换句话说，树与人类的生活不再是那样紧密相关、密不可分了。人类的生存环境一天天恶化，喧嚣、欲望、机会和等级构成的压力，时时在默默撕碎一个人心中的自尊和自爱，都市中人们常常感叹宛如生活在心灵的沙漠里，什么也没有，被剥干净。

用心灵拥抱一棵树，领悟生命的禅意。

落叶的生命

叶落而知秋，谁见过没有落叶的秋天吗？

一夜秋雨敲窗，翌日早上沿环城小路去菜场，只见路两侧的树叶落了一地。深红色的、浅红色的、红黄相间的、红黄莫辨的……或一片片贴在路面，或一叠叠铺在路旁。因为雨水，落在地上的叶子湿润，还散发着树枝的气息，呼应着残存在枝头的叶子，做最后的告别，虽有几分凄婉，却也十分动人。

"记得少年骑竹马，转瞬就是白头翁。"已走过大半生的我，每当看到落叶，想到落叶，难免有些伤感与凄怆。我知道落叶是没有哀伤的，哀伤那也是我们人类赋予它的一种情怀罢了。尽管如此，我不知道自己为什么喜欢把所有的情感直抵季节深处，特别是对落叶情有独钟，然后让生命产生无端的感慨。树叶从空中慢慢飘落下来，虽然无声，但展示给我们的是它今生最后的辉煌，向我们静静地看着那一片片叶子在飒飒的秋风中摇曳着、飘落着，像孩子恋恋不舍地离开母亲，忧郁地讲述生死轮回的真谛。"落红不是无情物，化作春泥更护花。"叶离开树枝，不过是生命另一种形式的转移！

落叶预示着一种生命的结束。无论谁都不能与大自然抗衡，但没有一种生命不在与大自然抗衡，当我们在感受层林尽染的深秋时，又无不在惊叹"秋风知劲草"的骨骼和品质，无不在欣赏那片高挂树冠上最后飘落叶子的情景。人生也一样。如果把人世、把世界比作一棵树，那么我们每一个人即是一片落叶，总有一天会褪去生机勃勃的绿色，而慢慢变老变黄，最后悄然飘落。什么时候悄然飘落诚然重要，但同样重要，甚至更重要的是飘落前展示怎样的光彩。我曾在电视上观看过一场"癌症明星晚会"，演员小到 7 岁，大到 70 岁，均患癌症一至二十余年不等，晚会的主题是超越死亡。看到这些患者或歌或舞，谈笑风生，觉得死亡好像真奈何不得他们。庄子说："视生如梦，视死如归。"如梦如归也就是无生无死。对于我们每个人来说，死都是迟早的事，生命，都是从无处来，向无处去，完成一个注定的轮回罢了。因此，生命之旅，其实就是死亡之旅；死亡之旅，其实就是回家之旅。是的，回家，死就这么简单。

"活过，写过，爱过……"这是法国作家司汤达的墓志铭。记得最初读到的时候，感觉是几分伤感几分无奈。今天，再次读到这个墓志铭的时候，感觉却有了变化，已经不再是几分伤感几分无奈，而是一派的沧桑、一派的觉悟了。是啊，世上任何一茎草，一只鸟，一片落叶甚至一个人，其生命的诞生都不是自定的，而是无数机缘、巧合的结晶。它只能在特定的时空里生存。人生有限，世事纷繁，但只要我们"活过，写过，爱过"，即使有一天也如落叶那样离开这个世界，亦能今生无悔了。

生开始，死也就开始了。我渴望拥有落叶一样的人生，不迷恋于春的艳丽，不诧异于夏的热烈，不哀叹于秋的肃杀，没有后悔，没有遗憾，来得美丽，走得自然。看淡人生的起起落落，随了自己生命本来面目去生活。日本东山魁夷先生在散文《一片树叶》里写道："一片树叶的飘落决不是无意义的，它同整棵树的生命密切相关。正因为一片树叶上有诞生与衰老，树才得以一年四季生生不息。一个人的生死也关系到整个人类。毫无疑问，任何人都不中意死，珍惜赋予自己的生，同时珍惜别人的生。而生完结时回归大地，应该是一件幸事——这与其说是我观察院子里树上一片树叶获得的感悟，莫如说是一片树叶向我静静讲述生死轮回的真谛。"

萧萧的落叶，从来被认为是衰败之物。"枯枝败叶""西风落叶"，是常见的用词；惨淡与肃杀，是它反映的意象；离愁与孤独，是它表现的情绪。今人却为之"翻案"，视落叶为美景。在网上看到，北京市有部门应广大市民的诉求，下发了"暂时保留秋冬落叶景观"的通知，要求对林地、草坪上的自然落叶，尽最大可能保留，让市民感受深秋美景，方便市民亲近自然，领略美丽秋色。此通知堪称智者之举。

是啊，那片片金黄、淡黄落叶，在深秋初冬仍显示出无限活力，构成一个城市的浓浓的秋意。也是落叶生命的另一种呈现！

一帘秋雨

　　"空山新雨后，天气晚来秋"，王维将秋的意境描述到了极致。国庆前后，淅沥的雨几乎未停歇，将秋意透得更浓。秋雨湿凉，夜色幽沉，对于我这个夜猫子来说，只能裹紧睡衣，隔窗感受"天阶夜色凉如水"。

　　听着秋雨的喃喃浅吟，一不小心就陷入了回忆。我想到了八年的插队生活。这个时节在农村是最劳累又是最快乐的季节。白花花的棉花、绿油油的大白菜、红彤彤的辣椒、黄澄澄的谷穗，昭示着收获的季节到了。乡人把丰收的果实陆续地往家里倒腾期间，正逢中秋节。中秋前，乡人在田里忙得紧，心无旁骛；接近中秋时，一边忙着收获，一边在心里数着过中秋的老几样，无非就是吃月饼、走月亮、看花灯；到了中秋，吃过团圆饭吃过月饼，就去走月亮。所谓走月亮就是结伴在月下游玩，或互相走访，或拜佛庵，完了就去镇上看花灯。小孩子手里提着灯笼到处乱窜，天灯地灯，最喜天上一只硕大灯。人轧人，车挨车，欢声笑语人声鼎沸，中秋夜的乡村开了锅。

　　窗外秋雨淅沥，书案上一杯新沏的绿茶香气袅袅。"有一杯好茶，我便能万物静观皆自得。"老舍可谓"茶精"，《茶馆》的问世，应是本就有源头。有人说："浓茶品出淡味，红尘进出自如。"这是说茶吗，抑或是说人生？我想，能把茶品到这种境界的人，不是圣贤，也该是个哲学家了吧。

　　品茶，看书，让人感受到一种浓郁的诗意。雨声不绝，加深了秋夜的寂静，给人营造出一种特有的品茶和读书意境，让人能够沉下心来，静守方寸流年。有香茶陪伴，有书为伴，萧萧秋夜不觉寒，因为碧绿淡茶里有唐诗的博大，宋词的精深；有李白的飘逸，杜甫的沉郁，苏东坡的豪放，李清照的婉约……倾听着茶的喃语，读着书中的那些人和事，那一轮曾在唐诗宋词里散发皎皎光芒的秋月，从心底里盈盈升起。

在这样的雨夜，可以想一想或美好或惨淡的人生。那些过往像一场无声的胶片电影，在剧终以前，呈现着各不相同的片断。这其中有美好，鲜花，酒，音乐，爱情和月亮，但也有阴谋，残酷，争斗，背叛和病痛。记得看到法国作家司汤达的墓志铭"活过，写过，爱过……"的时候，感觉到的是一种大彻大悟的了然，我们只是大地上奔忙的蚂蚁，大地提供了一个场地，让各式人等在这个世界上经过并稍作停留，最后不留痕迹地消失。

秋天的雨夜还适宜来个雨中散步。空气里已有几许寒意，头上的天空铅云浮掠，避开喧闹，寻一条狭长的巷道缓缓地慢步，去体验一下戴望舒笔下的意境。寒蝉声声，清冽之音不知道是从哪个墙角发出的，寒蝉在秋天发声，没了酷热的干扰，声音直击耳膜，让人感叹生命的顽强和奇妙。古人喜说悲秋，不仅是因为古人骚情，见不得植物叶子凋零，见不得天凉添置衣裳又要忙煞本就凄苦的农人，可能也是听到秋虫的泣声低鸣睡不着觉，窸窣地裹上秋被，点起枯灯，握起枯笔，枯坐半宿，叹气吟出"秋来无处不生悲"吧。

这样的雨夜也适合朋友小聚。披一肩秋寒，带两脚水痕，推开那一扇虚掩的门，一屋子的笑脸明晃晃地亮着，让人感到无比熟稔和亲切。屋外雨落无声，夜色无边，屋内团团围坐，大声谈笑。美国赌城枪击案，油费上调，黄金周高速堵车，儿女出息——无不在畅叙之列。因为相处时间长久，知之颇深，长短处优缺点皆了然于心，说起话来砍头去尾亦知其意，熟稔和亲密得可略去小节。"君子之交淡如水"，靠的就是一份敬重。

一帘秋雨，织出别样情致。秋雨霏霏，也是一种人生常态。人生的路上，我们应该留点闲心给生命的宁静，这也是生命中应该享受的美好的时刻。闲心并不闲，它本质上是心灵的一种休整，生命的另类充电。

桂花是秋天的味道

夜风携来幽幽馨香，清冽沁人——那是大院里的桂花树吐蕊绽放了。

记得刚搬到小区时，那桂花树不足一米高，六年过去了，那桂花树尖已齐我家阳台。每天早上只要往阳台上一站，深深地美美地吸上一口，那悠悠的，淡淡的花香，沁人心脾。我常常靠着栏杆，半个身子向外倾斜欣赏着桂树，一簇簇，一团团黄色的小花，或藏在叶下，或躲在枝桠上，花虽小，可每一朵都开得那么用心，那么精致。这小小的花聚在一起热闹无比地开着，就如一个温暖的女子，仿佛要没完没了地秀着。

桂花以香闻名，自古以来都被人们喜爱。白居易有"山寺月中寻桂子，郡亭枕上看潮头"；辛弃疾在咏木犀词中唱道"清香一袖意无穷，洗尽尘缘千种"；宋代女诗人朱淑真有"月待圆时花正好，花将残后月还亏，须知天上人间物，同禀清秋在一时"；还是宋代，女词人李清照有"揉破黄金万点轻，剪成碧玉叶层层"；南宋杨万里有诗赞道"不是人间种，移从月中来。广寒香一点，吹得满山开"。在我国民间广泛流传的"问讯吴刚何所有，吴刚捧出桂花酒"更是家喻户晓。在所有名著里，大概《红楼梦》是描写桂花最多的著作。

桂树、桂花又往往和食品连在一起，桂皮是中药，也是调味品，桂花更是食品的重要调味品，在桂花盛开的季节，南方很多家庭都会储藏桂花，用桂花做桂花饼，味道美极了。桂花也可以酿酒。我记得儿时吃过一种叫桂花糕的食品。带一点点咸，却很香，这种香，不是酱油调料能做出来的。菱形的拉糕呈半透明，视觉上有玉或者琉璃的丝滑质感，上面如琥珀一般凝住星星点点的桂花，一口咬下去，凉爽又不粘牙。母亲说桂花拉糕是由桂花变成的，听起来，这好比是一个美女是由一朵花化身而来一样。虽然那不是真的，但还是很美。

有灵气的生物，无论化作了人间烟火的哪一种形态，都会触发人们去想象美好。大了之后才知道，桂花糕的制作已有 300 多年历史了。桂花糕是以精制白糖、饴糖、面粉、糯米粉、菜油、蜜桂花等为制作原料，按适当比例配好，经过蒸、炒、磨、拌、擀、匣、刀切等工序精制而成。如此，桂花糕好吃也就不为奇怪了。

桂花因与"贵"字同音，仕途得志，金榜题名，谓之"折桂"。科举时代，每当考试之年，应试者及其家属亲友都用桂花、米粉蒸成糕，称为广寒糕，相互赠送，取广寒高中之意。《红楼梦》第九回中林黛玉听说贾宝玉要上学了，就笑道："好！这一去，可定是要蟾宫折桂去了。"以蟾宫折桂比喻科场得意，也表现出古代人民对月亮的美好向往。这样的习俗，和当下的"谢师宴"有着同工异曲之妙。此外，因桂树清香高洁，人们早就用它来形容、评价人物，汉武帝曾问东方朔，孔子和颜渊谁的道德最高尚，东方朔说：颜渊的道德是高尚的，但他只像一山桂花，独自芳香，孔子的道德像春风一样浩荡，天下万物都受其化育熏陶。

我在无锡锡惠园林著名景点天下第二泉方池旁，见过一株有着 120 年历史的桂花树。据工作人员介绍，每年开花时间花满枝头，远观犹如一片"黄金雨"，生命力特别旺盛，这棵桂花树不但历史悠久，而且观赏价值很高，站在天下第二泉景点内，无论从什么角度去观赏它，都能自成一景，和周围景物融为一体，美不胜收。到了中秋，在二泉畔的万卷楼，点一壶碧螺春，闻着幽幽的桂香，听一曲委婉缠绵的《二泉映月》；或是移步到附近的惠山古镇，来一碗桂花糖芋头；或是到老酒铺品尝用惠山桂花入酒秘制的惠泉酒，不失为一个舒心、娴雅的中秋佳节。

我看着阳台下的桂花树，一簇小小的花，一个小小的群落。如何描述桂花香呢？软绵绵？甜丝丝？厚醇醇？还是细小的妩媚和忧伤？还是甜蜜的恍惚，幸福的战栗？还是痴痴的，痴痴的桂花香？心想，再过 120 年，眼前的桂花树该是个什么模样呢？又一想，不禁笑了，我那时又在哪儿呢……

很亮的秋天

台风"鲶鱼"走了，天终于放晴了。打开窗帘，推开窗子，阳光"哗"地涌了进来，虽带着微微的凉意，却依然沁人心脾恬静温馨。天空高了、远了，高远到可望而不可即。在这个很亮的秋天里，很适宜心灵的远行。我很自然地默念几句前人写秋的诗句。比如刘禹锡的"晴空一鹤排云上，便引诗情到碧霄"，空中有没有鹤不要紧，重要的是我让自己的思绪翱翔起来了；再比如毛泽东的"鹰击长空，鱼翔浅底，万类霜天竞自由"，鱼在清浅的水底也能够飞翔，真的有点佩服诗人的想象了。再有，此刻可以泡一壶茶，捧一本书，在洒满阳光的阳台上临窗吟读；或者选一支舒缓的曲子，躺在沙发上，静静聆听；还可以用文字来释放自己，让思绪空灵如落叶般，飘然而至，找寻一种温暖感觉。总之，你可以在这很亮的秋天里努力放松自己，做到心静似水。这是世上最好的依托，安静是最美的人生状态。

淮北的一位朋友来电话，说是现在正是采摘石榴和柿子的季节，邀我去淮北走走。听着朋友在电话那头诱人的描述，仿佛看到一个个外形圆圆的，一头连着树枝，一头宛如调皮小孩子撅着个小嘴，呲着个牙，像锯齿般好看，如蜂窝般隐藏的个个籽粒饱满，你挤着我，我扛着你，如血红血红的珍珠，似圆润圆润宝石般的石榴；又仿佛看到那一串串火红的柿子挂在枝头，在风中摇曳，舞动着自己成熟的形体，像极了一盏盏红红的小灯笼，点缀着这色彩斑斓的季节，让人心里产生无限的暖意和馋涎欲滴。是啊，好些年都没有吃过石榴和柿子了，真想放下电话来场说走就走的淮北行。

由石榴、柿子想到曾经的乡下生活。秋收过后，田野里没了庄稼，土地完全露出了它黑黝黝的本色。田埂上无处不有的野金菊也愈见分明和烂漫；秋后

240

的蚱蜢快活地飞着、蹦着，似乎感受不到悲凉；偶尔有野兔蹿入视野，轻巧的身躯腾空跳跃着画出一道道弧线；还有那些在一块儿叽叽喳喳的麻雀，或聚或散，或飞或驻。相比之下，一头散步田间的老牛就优雅得多。它啃着枯草，淳厚的鼻音，悠悠然地唱入每一寸泥土，唱入草间蟋蟀的脚下，唱入兰花的嫩蕊中。"呱，呱，呱……"比老牛唱得深沉、举止更加高大上的还有一种鸟，那就是空中飞行的大雁。雁儿一会儿排成了"人"字，一会儿排成了"一"字，在天空中"飘过"。空明透彻的天空下，远山近树、村舍房屋、牛羊猪马、蓝天小桥、流水飞鸟……红、橙、黄、绿、青、蓝、紫……借用今天的一个时髦词，秋天颜值高，看一眼便醉了。

人生几度秋凉。"转眼扑蝶的旧梦都过去，只剩看山的岁月了。"这是董桥先生的句子，有几分人生苦短的滋味，更多的是，大彻大悟后的身闲心静。在工作的几十年中，按点上班，系名挂利，成天走马灯似的，忙忙碌碌，身不由己，这样很多时候失去了自我，不知丢掉了人世间多少美好而宝贵的东西！比如，和亲人更多的相处，和朋友必要的交往，对大自然的亲近与享受，对自己身体的更多关爱……这些，当时自己都没有意识到，很轻易地忽略了。现在好了，退休了，意识到了，那就赶快弥补吧，也还来得及。这样一想，退休后的生活就丰富多彩起来，也就很注意有计划地安排生活了。比如，什么时间写作，什么时间散步，什么时间找朋友聊天，身体如何保健，饮食的营养如何搭配……岁月如风，今天，我在自己的世界里绽放着芬芳。

很亮的秋天里，月亮升起的时候感觉天空特别地高远。仰望夜空，月色如水，这种时刻，所有的嘈杂纷争、抑郁怨忿，甚至心比天高的欲望，全都悄然退去了，宁静、富足，甚至幸福感便会从心里盈盈升起。享受浪费时间的快乐，享受静静发呆的喜悦，与自己的灵魂相伴，这是世上最好的依托，我所要做的就是，在自己的心境中酝酿一个属于自己的秋天。

等待下雪

入冬以来，几次预报中的雪都没有出现，就像一个矜持的女孩子，约会时总要故意迟到一样，考验着你的耐心，吊你的胃口。

记得去年冬至一过，合肥下了一场大雪。雪是从傍晚开始下的。先是起了风，继而飘起了若有若无、欲连欲断的雨，随后，雨中渐渐有了雪的影子，薄薄的，绒绒的碎雪点缀其间，改变了雨的线型结构，代之以旋转、摇曳之态了。

我是在看完了《新闻联播》之后走出家门，走进大雪之中的。我没带任何遮挡物。我只想就在这茫茫苍穹间，在朵朵雪花谱写的现代舞的旋律里，享受着雪带给我的惊喜与快乐。走在大街上，踩着厚厚的积雪，脚下发出"噌，噌"的钝响。在街灯和车灯的射映下，雪花就像千万只银蝶飘飞，很容易让人想到此时的天地间，宛如一个失去了约束的歌舞厅。站在路灯下，看着雪花飘舞，轻轻落下。雪花时而落在脸上，时而落在唇边，凉丝丝，甜滋滋的。我在雪地里走了近一个小时，直到外面的衣服全湿，头发上也不停地滴下雪水才返回家中。

其实，我对雪的记忆一直停留在久远的乡下。

那时的雪，在该来的时候，自然会如约而至，每年的相逢是那样理所当然。那时的雪，大得出奇，一顿饭的工夫，村里村外就是白茫茫一片。那时候，我们玩得最开心的事就是在生产队的场基上罩麻雀。用一尺来长的树棍支起一个竹筛，把筛子下面的雪扫净，撒些稻谷，用一根绳子拴住树棍的底部之后，我们就躲在大草垛后面等着寻食的麻雀上钩，虽说很冷，特别是握着绳子另一头的手冻得通红，但我们毫无寒意，只是兴奋地盯着那筛子，如果运气好的话，半天工夫，准能罩住十来只麻雀。此外，我们打雪仗、堆雪人，还有的兀自在雪地上刻画着自己的脚印，陶醉于那踩在雪上咯吱咯吱的脆响……通常这个时候，大人们是宽容的，有的远远地看着，有的竟也一起帮忙堆雪人，拿了黑玻璃球做眼睛，胡萝卜当鼻子，再在它的脖子上系一条花花绿绿的围巾儿，那雪人儿即刻像一个娇羞的女孩，变得生动灵秀起来。现在回想起来，雪就是上苍献给孩子们最好的礼物。

乡村的雪夜那叫一个静。静得让人变得兴奋而又敏感。屏气敛声，倾听雪花落在瓦楞上窗台上的声音。那声音细小，微弱，不易察觉却又清晰可辨。也只有在这个时刻，才会觉着乡村的雪夜就是一首意味深远的诗，只有读过的人才知道什么叫宁静、旷远和空灵。清人张潮在《幽梦集》中这样写道："春听鸟声，夏听蝉声，秋听虫声，冬听雪声……方不虚生此耳。"这位雅士把听雪看成生命中的不可或缺的部分，值得玩味。

在乡下，只有下过一场大雪才算是真正过冬。这时，大人们才会停下手里的农活儿，一家人围着火盆坐在一起，听雪花簌簌飘落，听风摇门窗"吱吱"地响。瑞雪兆丰年，旋舞的雪花亦如风筛过后的粮食，轻盈地落入大地粮仓。最热闹的时光还是在晚上。在那个没有电视，没有电脑，没有手机的年代，天刚一擦黑，吃过晚饭的左邻右舍，落一身雪花走东家串西家，就着盆里的柴火，念叨着这场大雪，也念叨着开春之后的油绿肥壮的庄稼。他们围坐在一起，心里话和家常话被大火烤出来，汗津津的额头如飘落了一场毛毛细雨，生出豆大的汗珠。爽朗的笑声袅袅升腾，直到夜深，直到火苗有了倦意……

我都想好了，今年如果下雪，我一定要去乡下看看。和城市相比，乡下的雪更诱人，更让人兴奋。那一望无际的田野，由于雪的光临，那不很平坦的田野像铺上了一床硕大无比的白色地毯。极目望去，那才真叫旷大的空间，坦坦荡荡的空间，干干净净的空间，大大方方的空间，神神秘秘的空间。大叫一声，心中所有的不高兴事都会随之而散。

痴想着那些久远的雪事，心中的雪依旧保持着记忆中的姿势落着，而窗外的雨淅沥了一夜。没有雨的春天少了血肉，没有雪的冬天却少了灵魂。此刻，我就坐在窗前仰望天空，等待雪的光顾，只有雪，才能让冬天变得名副其实。我期盼着此时的天空，突然降下一场我儿时才可见到的大雪，那正是我在这个冬天最美的等待。

下雪了

雪是从傍晚时分开始下的。隔着玻璃往外看,雪花就像千万只银蝶飘飞,美丽、典雅、自然。

关于雪,古今中外的人都曾给它不少美誉。泰戈尔见雪生情,"那白雪的洁净进入了我的灵府"。鲁迅称誉雪"是雨的精魂","滋润美艳之至"。巴金说那满地的落雪"像洒满了白糖似的",语近平实,却多了童话的想象。《水浒》中忙于写人,描景极简,"那雪正下得紧",一个"紧"字,被金圣叹评为:妙绝!

就我个人而言,我喜欢冬天里那种冰凉而湿润的风吹扑面颊和嘴唇的感觉;也喜欢寒意索索地钻入骨髓,使走在街上的你蓦然间就有了一份唯我独醒的惬意;还喜欢风夹着雪在窗外呼啸,我却坐在取暖器边或钻进暖暖的被窝读一本好书的氛围;更喜欢一个人站在白茫茫的雪地上,像是置身在一怀的温柔里。除此,雪的世界是一个适合思索和回忆、追忆和遐想的世界!浑浊的思绪被纯正了,沉淀了,人心像伏下的花朵一样安静。那些流逝的时光,那些没有留下痕迹的往事,这时会一齐涌到耳畔、眼际。

同样是雪,城里的雪和乡下的雪可不一样。城里即使下上一场大雪也难觅她的美景。雪花刚从空中飘落下来,瞬间就被疾驶而过的汽车碾过,化为污浊的水流。不仅如此,大雪有时还会给城市带来灾难。远的不说,就说今年,一场提前到来的大雪把整个北方给搅得一团糟。这几天电视、报纸都在报导北方的灾情和人员伤亡情况。

而在乡下就不同了,雪是旷野的恋人,只有依偎在旷野的怀抱里才能展现她的柔情和魅力。那一望无际的田野,由于雪的光临,像铺上了一床硕大无比的白色地毯。极目望去,那才真叫旷大的空间,坦坦荡荡的空间,干干净净的空间，大大方方的空间。站在雪地里，倾听雪落的声音，那是季节发出的愉悦之声。那声音细小，微弱，不易察觉却动人心弦，需要用心去感受，用心去聆听，才能捕捉到这动人的天籁之声。

飞舞的雪花裹着种种记忆，只要稍微回想一下，就会看到无数站立的幻象。

20世纪60年代末，我插队来到大别山余脉一个叫余家河湾的生产队。那年冬天，大队组织各生产队男劳力上山开茶园，为了保质保量在春节前完工，规定不论远近，所有人一律吃住在山上。说是住，其实就是用几根茅竹在山脚下架起一个"人"字形，两侧蒙上用稻草编织而成的条状的"帘"即成的草棚。草棚里面由中一分为二，稻草铺地，两排人人挨人地睡在里面。山区的冬天特别寒冷，鹅毛般的大雪像恶魔一样扫荡和掩埋了大地上的一切生灵。

在这样的天气里，每天天刚麻麻亮，在大喇叭的呼唤中，我和社员们一个个机械地钻出草棚。我们很像法国作家莫泊桑描写的寒冷的冬鸟："它们只得瑟瑟缩缩地弯着身子，打着寒噤，忧郁地注视着满天皆白的原野。"为了抗寒，我们只能拼命地干活，不一会儿就大汗淋漓，而稍稍停下，经寒冷的山风一吹，又浑身发抖，牙齿打颤。那时候，我们最大的心愿就是盼着有一轮太阳悬在我们的头顶。记得在上山已有十多天的一个早晨，我们钻出草棚，突然看见一个火红的圆体卡在两山之间。我们面对久违的太阳，欢呼跳跃。有人高声唱起："太阳出来了，光芒万丈……"至今想到那个冬天，想到那天早晨的日出，心酸酸的。

在经受"脱胎换骨"的日子里，我记得那带着冰碴的玉米糊糊，记得那缩肩拱背的当地农民木然的眼睛，记得那山脚下睡觉的草棚，记得七十出头负责我们生活的严大爹，每晚为我们这帮城里来的知青烧起一小堆用枯枝燃起的野火，烤暖我们的脚，烤暖我们的心，送给我们一个又一个烤熟的红薯，严大爹说："再熬几天，春节一过就立春了，春天开始日子就好过了。"于是，每每钻进冰冷的被窝，我都能梦见春天：淙淙的水，摇曳的花，欢叫的鸟。靠了春天的梦，我熬过了艰难困苦的岁月，对冬有了更真实、更深刻的认识。

这些年，一直在城市里生活和工作，对雪的关注不像当年在乡村那么多，而雪下得也远不如当年那么频、那么冲。还好像有点摆架子，即使来了，也像是迈着模特步儿，轻扭腰肢，刚走到台阶，又折回倩影，有时雪屑只盖住地皮，还经不住风一吹。即使下了，也不够"深刻"，少了点"辣"劲，不像儿时"刀割"那样让人觉得凛冽，这冬天变得越来越有"绅士""淑女"的味道了。

　　看着窗外飞舞的雪花，我想，冬天的雪是本质的水。岁月也似雪，岁月是透明的，在我们的肢体里走动。我有时会觉得冬天是一个人的思想和理性发育的季节。

第五辑 05

| 记住乡愁 |

河湾村

"河湾",一个充满水乡色彩的村庄名字。40 多年前,我的少年时代在那里度过。

从前的河湾村宁静、温馨,有浓郁的乡土气息。人们在田间劳作,村落里生息,没有太多想法,只求日子温饱,生活安妥,一辈辈的人都这样过。每天早晚回响于林中的鸟语,春天开畈滚潮般的蛙鼓,暑天里能把村子淹没的蝉鸣,一年四季不慌不忙,不急不躁地流淌着的河水,还有飘荡在村落上空的炊烟,在家家户户敞着的门槛上跟人一块进出的狗猫鸡鹅……所有这些与村落攸关的元素,透出岁月的陈迹,诠释着一个村庄的历史。

河湾村最先醒来的是棒槌的声音。

清晨的雾气还没散尽,女人们就拎个竹篮或是端只木盆去了河边。村前的清水河是条近 20 米宽的河。河水不深,除了雨季,河水一般只盖到脚脖子。选好地方,她们或坐或蹲在河边,把要洗的脏衣裳一件一件先浸泡在水里,再用石头压住上边一角,防止衣裳被水冲走。洗的时候,把要洗的衣裳从水中捞上来,用肥皂在上边轻轻抹上几处,放到河边大点的鹅卵石上,用手抡起木头棒槌,对准湿衣裳一下一下狠狠捶打。棒槌挥落间,水花四溅,与此同时,那些家长里短,凡人琐事也被河水带走,去了远方。不知不觉间,天大亮了,河面荡漾着天空的一块,碧蓝碧蓝,使河床看上去像一块巨大的陶瓷碎片。爽朗的笑声在棒槌的"啪、啪"声中滚过,平添了几分小村的生气。

炊烟是村落的呼吸。开门七件事,"柴米油盐酱醋茶",没有柴草,就没有饭吃;没有炊烟,日子就无法延续。是这袅袅的炊烟,让冷清、寂寥的日子活色生香起来。无论是稀粥还是米饭,无论是窝头还是野菜,一家人坐在一起,亲亲热热，说说笑笑，苦日子也能过得甜甜的。

炊烟不仅有形，有色，有诗意，而且还有情有义，闻一闻炊烟，便能嗅出乡村的和睦和邻里的温情。哪户人家来客人了，哪户人家晚餐烧鱼烧肉、红烧清炖水煮了，都能从炊烟中闻出。那时人们的嗅觉如狗一样灵敏，主人家把鱼腥肉荤刚刚端上桌，一家子尚未动筷，蹭吃的人与狗前后脚就赶到，还要装作不知和撞巧："哟哈，红烧肉，这么好口运啊。"主人家连忙招呼上桌，如果桌橱里恰好剩下半瓶老酒，忙拿出酒盅斟满。这是看得起呢，不见外，当自己的家。

村里人的心，都是敞开着的。你看得见我的，我看得见你的，没谁藏着掖着。一个锅里吃饭的一家人，低头不见抬头见的乡邻，难免有些磕磕碰碰，牙齿还有咬着舌头的时候，何况性格脾气想法不同的人。有啥不痛快不自在的，就说出来，说不好就吵，吵不好就打，把祖宗八代都骂遍了，能打得头破血流，几个旁观者一拉一劝，几句话一唠，几根香烟一抽，息事宁人了。像一块小石头扔进水里起了涟漪，不一会儿，就风平浪静。

那时的河湾村，没有什么真正可以谈得上文化的东西。硬是要和文化扯上边的只有有线广播。那时公社有个广播站，每天早晨6：00到8：30，中午10：30到12：20，晚上6：00到8：30，准时将全国和世界的消息搬到了家家户户。村里人最热心的是关注每天的天气预报，因为天气好坏直接影响着收获或者耕种。

我最大的兴趣是听广播站自办的新闻节目。初中时，喜欢上了新闻写作，经常向公社广播站投稿。村人们看到我就要说，他们在广播里听到我的名字，还学着广播里"通讯员某某报道"的语调。村长总喜欢把村里发生的有趣事情讲给我听，让我写了送广播站发。可以说，有线广播是对我最初的文化熏陶，和乡村文化最早的记忆。

岁月蹉跎，人世漫漶。在城市生活久了，我越发的思念河湾村。然而，近些年每次回去，看到村子里的老人越来越少，也许上次他们还亲热地与我打过招呼，说起我故去的父母，请我去他们家玩，让我心中备感温暖。但等到下一次去，他们却不在了，甚至一些不算太老的人也去了……面对村子时过境迁的破败景象，面对他们留下的空荡荡的老屋，面对那一个个空巢老人，或许，这才是我们这代人面临的乡土情愁。

河湾村，如同一块裹存了我孩童时代记忆的美丽琥珀，已经定格成了永恒。

老去的村庄

　　每隔几年，我都要回到当年全家下放的生产队去看一看。一是见见老朋友，二是给埋在那黄土岗的奶奶上坟。每一次，我都发现村子里少了一些东西。上次是村头的那口有些年头的老井没有了，说是有年头打不出水，出于安全就给填了；这次是村东头一大片果园没了，说是品种不行，又没技术，卖不上好价钱。最让我忧惧的是，偌大个村子，几乎没有了人气，或者说是人气越来越淡，只剩下老人和小孩。

　　我一个人在空荡荡的村子里行走，几乎所有的人家都是铁将军把门。有的门锁已是锈迹斑斑，门前晒衣服的绳子已经发黑。偶有一两家门前是晒着衣服的，或黑或白，在风中微微摇摆，呈现出一种凭吊的意味。偌大个村子，见不到那抖着红红鸡冠打鸣的大公鸡，见不到那呆头呆脑扯着嗓子叫唤的大白鹅，见不到那老母猪领着一群小猪一路寻食，更见不到在这个季节里狗儿打情骂俏的交配情景……我只看到一只垂老的狗趴在那土墙根，目光呆滞地看着我。

　　走进一家我熟悉的院子。院落安静，水泥地上的青苔若隐若现，看不见家禽，甚至它们的痕迹。阳光大朵大朵地趴在地上，向屋里探视着。风不会停留，总会翻过低矮的围墙走进院子里，调皮地卷起满地的落叶，发出沙沙的响声。这时，那个靠着院门枯坐的老人微微睁开眼，粗粗地看了我一眼，然后又合上眼皮。老人姓余，原来生产队的队长，是这个村庄里最有权威的人，也是我们小孩最怕的人。余队长有三个儿子一个女儿，长大后与村里其他伙伴一直在城里打工，女儿还在城里结了婚，余队长和老伴一直守在村庄里。白天他总爱到村头那片小树林里溜达，后来实在走不动了，就在老屋门槛上枯坐着，一坐就是几小时，一动也不动，就像一尊岁月的雕塑，时间在他面前放慢脚步，肃静地蹑足而行。如同那风中翕合的院门，没人能看见他翕合的眼睛里，走出走进着什么。

傍晚时分，村子里有了放学归来的孩子们的大呼小叫。孩子们是快乐的。他们像脱缰的小野马，在村前、村后甚至在瓦砾堆里掀出快乐的尘埃。孩子是太阳留在村庄的影子，是父母留给爷爷奶奶的慰藉，是系在院门上的风筝。只有在太阳西下，鸟雀归巢时，他们收敛起顽劣，乖乖地蹲在院门口，守着爷爷奶奶。这时，他们开始想念在城里打工的父母。一个孩子的安静，是孤独的；一群孩子的孤独，是让人心痛的。

正是生火做饭的时刻，站在村口的小土坡向着家家的屋顶望去，没有儿时熟悉的袅袅炊烟。炊烟是乡村固有的符号，就如同鸡鸣狗吠，是乡村固有的特殊音符。记忆中每当这个时候，炊烟从各家高矮不一的屋顶飘出，慢悠悠地在屋顶漫步，与屋后的树梢相握，与低飞的归鸟相拥。"暖暖远人村，依依墟里烟。"梦一般的炊烟，陪伴着田间劳作的庄稼人，扛着农具，牵着耕牛，赶着羊群，哼着小调，在霞光烟色里勾勒出和谐安详的田园牧歌。而如今电饭煲、液化气灶替代了土灶，哪里还见得到炊烟啊。

带着满满的记忆回到村里，又带着支离破碎的眷恋离开。离开村子时，晚霞如熔化的黄金从天上缓慢而黏稠地滴落，奇异而灿烂的光芒笼罩着村庄低矮的屋顶及山野。是的，村子还在，但乡土一样熟络的面孔已剩没几张了。炊烟已然匿迹，蛙鼓还有，只是零零星星形不成如潮的规模与气势。瘦身很多的田野里除了作物，再找不出其他生命迹象。村落停止了呼吸，田畈没有了生息，唯有归巢的鸟儿，放大了村子的空寂与清冷。那些曾经被时空拉远的乡音与往事，在时间与空间的勾兑下越来越淡薄、缥缈。

诗人叶赛宁说："我抵达故乡，我即胜利。"这胜利绝不是一般国人所理解的衣锦还乡，现在有多少人还能衣锦还乡，还有谁又在想着衣锦还乡呢？现代人愈来愈远离土地了。泥土的芬芳已邈远成古代的神话，更不用说将自己的腿插入其中，感受土地的宽厚与慈爱，"稻花香里说丰年，听取蛙声一片"的诗意已成历史。今天，没有人会再说土地是我们的家园和归宿了，我们远离她的温柔和爱抚，已经很久很久了。更没有人能说得清，一座村庄的消失是从什么时候开始，又会在什么时候结束！

哦，那无解的乡愁……

炊烟袅袅

袅袅升起的炊烟是一种景致/远远地望一眼/就有了回家的暖意……这是我很多年前写的诗《袅袅炊烟》的起始句。说起炊烟，便有点怀旧的味道。这么多年了，因为炊烟，常常在梦里频频回望自己那一方美丽的家园；在梦里回味家乡那香喷喷的米饭；在梦里咀嚼飘散在炊烟里的亲情、乡情。

儿时家家都有土灶。灶台上嵌着一大一小两口铁锅，中间嵌着两只盛水的吊罐。台面上贴有瓷砖，光洁平滑。有土灶，就有炊烟。在早、中、晚三个时间段里，一缕缕炊烟从各家屋顶缓缓升起，薄薄而均匀地氤氲于屋脊之上，缭绕绵延，散向无际的苍穹。远远望去，淡淡的、蓝蓝的炊烟，如少女小蛮腰，袅袅婷婷，微微跃动着，很容易让人想起清晨山野树林里飘动的雾霭，很有陶渊明"暧暧远人村，依依墟里烟"的意境。

炊烟最美是在清晨和傍晚。清晨，当炊烟从各家高矮不一的屋顶飘出，一天的日子就这样伸着懒腰开始了。在地里干早活的男人们一下来了精神，在他们眼里，那炊烟就是召唤他们回家吃饭的旗帜。走在窄窄的田埂上，空气中飘着稻草的香味、麦秸的香味、松枝的香味。仔细嗅，还能嗅到家人手心里的汗味儿。

傍晚时分，鸟儿在田野收集着最后一缕阳光，大山的背影像裙子一样早早地把山脚笼罩，干完田里的最后一点活，农人们扛着农具，走上田埂，向村子走去。晚霞里的村庄静静守候晚归的人。清清的渠水不慌不忙，不急不躁地沿着村庄缓缓流过。机埂路上，牧归的羊群"咩咩"地叫着，卸套的老牛"哞哞"地吼着，还巢的鸟儿"喳喳"地鸣着，这是一天中最热闹的时光，是寂静前的鼎沸。而最悠闲的要数炊烟。此时的炊烟不疾不徐，气定神闲，慢悠悠地在屋顶漫步，淡雅的柴草味，香喷喷的饭菜味，在晚霞里逶迤、流泻、弥漫，透着"落霞与孤鹜齐飞"的况味。

"炊烟是村庄的呼吸。"这是父亲告诉我的。意思是炊烟里蕴藏着家家户户的气息与秘密。哪户人家来客人了，哪户人家晚餐烧鱼烧肉、红烧清炖水煮了，都能从炊烟中闻识出来。"火要空心，人要实心。"这是母亲告诉我的。意思是烧火时柴火不能挤得太实，中间要架起点空来，火才能越烧越旺，而做人要实实在在，不能虚心假意。不仅如此，炊烟还有预测天气的功能。比如炊烟徐徐上升，融入云层，第二天一定是个晴天，如果烟囱不出烟或不顺畅，那就说明气压低，第二天一定是个阴天或要下雨。

炊烟，旷古不息的炊烟，安慰了世世代代游子漂泊的灵魂。他们从一片云、一缕烟，猜测着故乡的消息、家的消息、生活的消息。几十年过去了，烟，一缕缕散了；人，一茬茬走了。现在农村做饭已不用柴火烧锅，而是用上了煤气罐、沼气炉，很难再看到一片乡野中炊烟弥漫的画面，炊烟也和那些逝去的年代一样，逐渐成了记忆中的东西。

但也有例外。今年初去大别山一家乡镇文化站，在返回的路上突然看见有三三两两从山洼里飘出的炊烟。我让司机停车。看着炊烟在晚霞中轻盈地弥散开来，缠挂在花儿、小草、树梢，融成一片充满诗意的朦胧。这时我就很自然地想到家乡的炊烟，想起儿时放学回来的路上只要看到自己家的炊烟，心中便充满喜悦和温暖。不用猜，母亲正在灶台前给我们做香甜可口的饭菜，奶奶正坐在锅灶底下，气定神闲，不急不忙地一把把往锅灶里塞柴火。火舌欢快，照亮奶奶那张沟壑纵横的脸。

作家刘亮程写过一篇文章——《一个人的村庄》，文中有句话叫"炊烟是村庄的根"。我想，只有出生在农村或在农村呆过一段时间的人才能理解这句话的含义。是的，炊烟不仅是村庄的根，而且还是村庄的标志，是最古朴、最动人的风景，是一种燃不尽的乡野文化。它代表着乡村的生机与活力，展示着村民们生活的丰裕与饱暖。有了人居住，就有了炊烟，所以我们常把"人"和"烟"连在一起，叫做"人烟"，我们形容荒凉或繁荣，惯用的是"荒无人烟"或"人烟稠密"。

炊烟，是一种传统的人文，是流传千年的民俗，如同一卷栩栩如生的水墨田园，一幅永不褪色的图画，定格在我的脑海中。自然，悠远，无需装裱。

井

井，在语法上归为名词，在早年乡村，井却是动词。

我插队的村有一口老井，井栏都是青石雕琢而成，上面被井绳勒出一道道印痕，非常光滑。井口不大，只能放进一只吊水桶，上小下大。井壁绿苔斑驳，井水清澈甘洌。井的周围，是一个圆形的井台。没有人知道它的年龄，只有井口那一道道印痕，昭示着它历尽沧桑的前世今生。

一早一晚是井最热闹的时段。每天，天蒙蒙亮，男人们打着哈欠担着水桶走出家门，女人们一手挽着一篮子，一手提着个小木盆跟在后面。到了井边，女人把木盆放好，将篮里一家人一天要吃的菜和要洗的衣服倒入盆中，这时男人将打好的井水倒入盆里。男人们打好井水也不急着回家，而是坐在井台边口无遮拦地闲聊，荤的素的都有。女人们则手舞棒槌捶打衣服，水花四溅。如果哪个男人说的事太荤，她们会脸通红地一起往那男人身上泼水，更有女汉子两手端着小木盆追着那男人跑。乡村的早上，就在这爽朗的笑声中，在棒槌的"啪、啪"声中，平添了几分生气。

夕阳西下，井边成了老人和孩子们的乐园。老人们稳坐在井台上，吸着烟，唠着家常。要是有三两个能说会道的凑在一起，就更热闹了。孩子们有的在井边嬉戏，把脚伸进脚盆的井水取凉，有的趴在井栏边，对着井水乐哈哈地照着自己的影子，还有的把头伸进井里冲着井底叫喊，在井边洗着永远也洗不完衣服的女人们怕孩子掉进井里，扯开喉咙让自己孩子走开。这时，男人们有的肩扛农具，有的牵着牛，从田里回来了，走到井边都会从水桶里，舀一瓢清水，咕咚咚牛饮一通，一种清凉败火的舒坦感灌注全身。

从井里打水是要有点小技巧的。开始时，我们几个知青打水时只是将水桶往井里一扔，"扑通"一声，空空的水桶漂浮在水面上，怎么也吊不到水。后来村里人告诉我们，要拎住水桶的绳子，用力左右晃抖，水桶才会翻身，扎进水里。一试，果然有效，连着再试试，吊上来的水桶里的水是满满的。

　　井在我们这些知青的生活中还扮演着重要的角色。在不知冰箱为何物的日子，大暑天，我们从街上买回热烘烘的西瓜，把西瓜放进一个网线袋里，用细绳扎好，放进井水里。过半小时，解开系在井栏上的绳结，将西瓜轻轻地拎上来，整个西瓜冰冰的，切开，咬一口，一股凉气从上到下、从里到外迸发出来，凉爽之感沁人肺腑，惬意非常。女知青还把烧好的绿豆汤连同钢精锅子一起浸入井水里，待其凉后取出，汤凉凉的，喝一口，人会冷不丁地打个寒噤，那凉爽，那惬意，难以言表！再有，用井水洗澡也是我们每天的一大乐趣。每到天黑人静之时，我们提着水桶，穿着短裤跑到井边，吊上一桶井水，从头浇到脚，顿感醍畅淋漓。此外，当我们想家了或有心事了，也会不由自主地走到这里，坐在井沿边，望着天上的月亮和星星，想着家人，想着儿时，想着未来。而身边的井，在月光下打着盹，就像一个迟暮的老人默默地回忆着它的旧日时光。

　　后来我离开村子回到城里。似水流年，如歌岁月，在钢筋水泥丛林里漂泊的我，始终无法忘怀村里的那口老井。为了圆自己的一个心愿，今年初夏时节，我回到了插队八年的生产队。

　　走进村庄，听不到曾经的鸡鸣狗吠，听不到曾经的牛哞人欢，唯有枝头唧啾的鸟儿，放大了村庄的空寂与清冷。一些尚未装修的小楼大门紧闭，门环上挂着斑驳的铁锁；几间砖瓦房一半坍塌，一半执拗地坚守，破败的容颜诉说着曾经的辉煌与沧桑。我迫不及待地直奔老井。

　　老井还伫立在那里。井台上有几位老人坐在那，我过去招呼："……大爷大妈，都在啦。"几位老人的目光围了过来，用陌生的眼光打量着我。老人中的余大爷认出了我："这不是小唯子嘛，什么风把你吹来啦？"我连连点头称是，并赶忙从口袋里掏出香烟递给在座的老人并帮着一一点着。我问余大爷："村里人都出去打工了吗？"余大爷回答道："是啊，都进城啦。"说着指着身边的几位老人说："呵呵，一村子人，差不多都在这了。"

　　"这井还在啊。"

　　"呵呵，废啦。"

　　我不禁愕然，怎么会废了呢？走近井边，当我低下头时却惊呆了——井水浑浊不堪，还有不少的树枝和脏东西。我看着它，它似乎也在看我，那浑浑的水像极了孤独而哀伤的眼睛。这还是我记忆中的那口井吗？这时余大爷在边上说："现在村里用上了自来水，这井多年不用了。"

光阴催老了老井。那些有关老井的往事，不知还有谁如我这般记起。村里人一天天老去，村里人一个个离开，只有它长年累月安静地躺在村庄的一角，处于被人遗忘的境地。抚摸着光滑的井栏，辨认着年久风化的刻铭，那幽深的井底是否还沉淀着往昔流失的时光？老井无语，犹如一位长者，在经历了岁月的沧桑，目睹了历史的浮沉之后，它失去了最清亮最热闹的动词。是啊，老井是因为被忽视才真正老朽的呀！

井，回归成了名词……

消失的清水河

站在河堤上，我问自己，这就是我常常在梦中梦见的那条清水河吗？这就是我记忆和梦境里最鲜活的清水河吗？河床干涸，处处可见取砂后留下的干涸的深坑，一道车辙在这些深坑的间隙里向河床深处蜿蜒而云。只是在河的中央有一股褐色的暗流在石缝中潺潺渗动。五颜六色的塑料袋、腐烂的杂物、陈年的枯叶、各种牲畜的粪便……在烈日的曝晒下发出刺鼻的腐臭气息！

童年的清水河是一条近20米宽的大河。河水不深，五彩斑斓的鹅卵石清晰可见。除了雨季，河水一般只盖到脚脖子。一年四季，河水不慌不忙，不急不躁地流淌着，即便是严冬时节，河水也不结冰。河面荡漾着天空的一块，碧蓝碧蓝，使河床看上去像一块巨大的陶瓷碎片。

清水河最热闹的时候是在夏季。

天刚刚亮，女人们就拎个竹篮或是端只木盆去河边了。每人找一个洗衣的位置，把脏衣裳一件一件先浸泡在水里，再用石头压住上边一角，防止衣裳被水冲走。那时洗衣服是没有洗衣粉的，肥皂是有的。但那时买肥皂凭票，而且还贵，一毛一块。乡下人平时是舍不得的，只有到了年根上才舍得拿出来用。那时都用皂荚洗衣服。皂荚，在鲁迅写的"百草园"一文里有过描述，每到秋天，高大的皂荚树上结满了果实。摘下扁长的皂荚砸碎，或是取出籽揉碎后放在水里，衣服不仅洗得干净，还有股植物的清香。

俗话说三个女人一台戏。女人们一边不停地洗着衣裳，一边还不误嘻嘻哈哈谈笑风生，指天唠地，逮吗说吗。一些性格外向的女人，时不时会开些玩笑，羞得一些内向的女人，白白的脸蛋儿一下子红到耳朵根儿，纷纷相互撩起"水仗"来，把一串串银铃般的笑声撒到河面上。爽朗的笑声在棒槌的"啪、啪"声中滚过，平添了乡村早上的几分生气。

　　傍晚时分，清水河四周清风浩荡，格外凉爽。干了一天农活的大人都会到河边洗一把澡，一些上了年纪的女人也和男人们挤在一起，打打闹闹，水花四溅，洗得天翻地覆。年轻的大姑娘和小媳妇们是不敢在人多的地方下河洗澡的，因为她们衣服被水浸湿就会"原形毕露"。所以她们都是躲开人群找个僻静的地方洗。说是洗，也就是随便擦擦身而已。打闹中，闲侃中，一天的疲惫让河水带走了。鸟儿在田野收集着最后一缕阳光，大山的背影像展开的裙子一样渐渐地把清水河笼罩起来。

　　在大人们的眼里，清水河就是一条河，但在我们这些孩子们的眼里，那就是一个天然的水上乐园。追着云彩游动的小鱼、趴在卵石下睡大觉的小螃蟹、藏在水草丛中的小泥鳅，都是我们捕获的对象。扑腾累了站在河中，偶有小鱼叮咬脚上被泡涨的旧疤，痒痒的，带着点酥麻。在大人们的指导下，我们学会了用网捕捞。网很特别，如同学校里水泥台上的乒乓球网。网眼很小。网从河岸的这头一直牵到河岸的那头。两头固定在插在水里的木桩上，绷得紧紧的，网下面用大大小小的石头压着。晚上下网，第二天早上起网，那网眼里卡着好多大大小小的鱼和泥鳅，惹得我们高兴地大呼小叫，又蹦又跳。

　　20世纪70年代末，我离开了这片熟悉的土地，离开了清水河。多年来，我去过、见过不少大江大河，但最令我魂牵梦绕的，还是故乡的清水河。特别是当我漂泊半世，蹉跎岁月，饱尝人世的甘苦与冷暖，带着难言的伤痛与疲惫，去寻觅精神的慰藉和心灵的港湾时，便会情不自禁地想起无忧无虑、不识愁滋味的美好孩童时代，会不由自主地思念滋养我的那一片故土、那一条流淌着蛙声蝉鸣，鱼虾泥鳅，五彩斑斓童年的清水河。我常想，人们为什么会有"胡马依北风，越鸟巢南枝"的情感；为什么会有"近乡情更怯，不敢问来人"的心境；为什么会有"露从今夜白，月是故乡明"的情怀；为什么会有"此夜曲中闻折柳，何人不起故园情"的慨叹？

　　我瘫坐在河堤上，呆呆地望着。没有了棒槌的韵脚，没有了清亮的笑声，没有了生动的倒影，没有了温柔的呼喊……童年时的清水河，像梦中的彩带，已是那样地悠远和朦胧，恍如隔世。有人说，对一个地方的牵挂，有时像是对一个人，因为有距离，所以存着念想。那种念想，既温暖又笃定，因为你知道，相见终有时。这话我信。可是眼前的现实把我的梦想打破了。

　　时光如流水，往事渐依稀。都说历史是一条河，其实，河也流淌着历史，承载着多少人的情和梦，连同那连绵的乡愁。

远去的农具

　　"微雨众卉新，一雷惊蛰始，田家几日闲？耕种从此始。"春耕时节，最先登场的就是农具。然而，随着农业机械化水平的提高，被敬天惜物的农民倚仗了几千年的传统农具陡然闲置了，这些已失去实用价值的传统农耕文明的产物，成为作家散文里的一缕乡愁，成为诗人诗歌中无限的怀念。

　　犁，以牛牵引用于翻土。在乡下那会儿，到了春耕时节，村里的老把式将犁通过牛轭套在牛颈背，将三角形的犁铧斜插入土，一手扶犁，一手牵着牛绳，随着嘴里发出"哦哦哦"的吆喝声，那牛拉着犁前行，犁起的田土，顺着弧形的犁壁一块块被掀翻在犁的右边。此时的人、牛和犁铧都是欢快的，窝了一个冬季，骨头里闷得慌，早已憋足了一股劲。在牛的牵引下，犁铧不断地朝前拱，强悍地解开了土壤的纽扣，大地丰润的肌肤在阳光下铺展，随着犁铧的挺进，所有的秘密都被打开了，温润的泥土就迤迤逦逦翻卷过去，草啊花啊，筋斗似的被放倒、埋进土里。半天工夫，一大片田就铺满了一排排被翻起的黑黝黝土块，像一张写满一行行汉字的书页。

　　一天劳作之后，老把式牵着牛扛着犁来到村口的水渠边。牛喝着水，吃着渠边的嫩草。老把式挽起裤管，赤着脚走进清凉刺骨的水里，先是抓一把杂草把犁擦拭干净。完后站在水里，抬头望着那一块块犁后的土地，静等着插秧那个充满绿色与希望的时节到来。

　　紧跟着犁后面登场的是耙。耙，是由木把、耙头组成，耙头装有铁齿，用于表层土壤耕作的农具之一。耙分两种，铁耙和木耙。队里用的是铁耙。人站在耙上，手里牵着牛绳，驱着牛拖着耙往前行。耙负责的，就是戳碎土块，割断杂草，把土翻松，并把泥土从高处运到低处，平整土地，因为稻秧的生成期必须灌水，而成熟期必须排水，若田面高低不平就不利排灌，影响稻谷生长。平整后的土地，湿润的泥土光光滑滑，透着光泽，释放着泥土特有的馥郁香气，沁人心脾。

除了犁和耙，锄头是最常用的农具之一。在新石器时代，我们的祖先就已经发明了用石头做的锄头，用来除草、松土、翻土、培土。尤其是春季，小草会长得特别旺，特别快。到了汉朝，因为用石头做的锄头，比较不耐用，所以汉人就把石做的锄头，改成用铁做的铁锄头，如此一来，锄头耐用度就大幅度地提升了。

我有过扛着锄头跟着大人们下地干活的经历。我学着大人们的样子挖地、碎土，给庄稼培土，很仔细地除掉那些我叫不上名字的杂草。这时有大人为我指点着用锄技巧，锄头落下要用力、着实，培土时要斜勾，锄草要浅拉轻推，整个过程要认真仔细。大人讲的这些道理，不仅让我做农活受用，也为我以后读书做人指明了路子。

除了犁、耙和锄头，还有镰刀、锨、镐、连枷和木杈等农具。只是随着时代的发展和机械化水平的提高，这些传统农具渐渐淡出人们的视线。在时间的旷野上，只有在轻吟"晨兴理荒秽，带月荷锄归"的诗句时，才会反馈出一些如烟的景象，才会明白"锄禾日当午，汗滴禾下土"的艰辛，才会明白在稼穑的艰辛里，也包含着农具的艰辛。

一个时代消退了，一种生产和生活方式消退了。我们远离土地，告别了伴随我们成长的老屋和田野，到一个遥远而浮躁的地方寻找人生，苦苦挣扎在名利、虚荣、情色的喧嚣中，当所有的意义和目标开始花白，当乡愁在旧时的光阴里发酵，才明白能够还原生命的，依然还是远方的土地和田野，以及老屋里那些废弃或即将消失的传统农具。

缺少记忆的日子是落寞的。农具，农耕岁月的活化石。尽管它们已经尘斑满面，岁锈缠身，但它们存留的时光，总是以宁静的手势，抚慰着我们想念土地和亲情的心灵。当我们在时空隧道里与之不期而遇，得到的总是激动，甚至会泪流满面。酸甜苦辣的记忆被时光筛滤，只留下淡淡的惆怅和暖色的眷恋……

乡村匠人

　　匠人，手巧者也。《说文》里记载："匠，木工也。"今天作为文字的"匠"，早已从木工的本义演变为心思巧妙、技术精湛的代名词。20世纪六七十年代，在乡村，经常可以看见有各色小手工艺者走村串巷的身影，磨刀的、锔锅锔盆的、打铁的、剃头的、修车的、补鞋的、崩爆米花的……五花八门，比比皆是。

　　老话说："没有金刚钻，别揽瓷器活儿。"过去，一个锔匠在乡村是很受欢迎的。乡下人生活贫困，家里的锅碗瓢盆很少有不带补丁的。那时候的村头路口，常听到补锅匠唱歌一样的吆喝声："锔锅了锔盆啵——"清脆悠长的吆喝声刚落，大人小孩手里不是提着个烧坏的铁锅，裂缝的盆，就是打破的碗，一窝蜂围了过来，等候修补。补锅补盆算得上是技术活儿，匠人精湛修补技艺放在今天也是令人折服的。可惜的是，今天乡下人的生活水平上去了，手上的钱也活泛了，没有人会在乎打碎一个廉价的盆或碗，修补盆盆罐罐的人几乎没有了，"锔瓷"这门传统手艺几近失传。

　　剃头匠严师傅12岁入行，从他爷爷那辈算起，这门剃头手艺在严家传了三代。在那个缺吃少穿的年代，严师傅父亲认为学门手艺饿不死人，而子承父业更是天经地义，所以早早就让严师傅退了学跟着他学起手艺来。

　　严师傅给人剃头时有个独到之处，那就是在动剪之前，先在顾客的头上捏几下，让人昏昏欲睡。等到理完了，再在头上捏几下，顾客就知道剃好了，感觉就像睡了一觉，十分清爽。头剪完了，如果需要，严师傅还要为顾客掏耳朵、推拿按摩，整套下来，需要40分钟时间。顾客起身瞧瞧镜子中的自己精神焕发，再摸摸光滑的下巴，掏出3元钱满意而归。

时光荏苒，老式剃头工具依然躺在严师傅的工具箱里，仿佛在默默诉说着往事，见证着剃头匠这个老行当的兴盛与没落。

泥瓦匠是农村最常见的匠人。他们常年与沙土、水泥打交道，一把瓦刀走天涯。

在乡下，盖房、娶媳妇是人生中的大事，人们拿出积攒了一辈子的积蓄盖新房，把它看作是一件非常重要的事情。邀请上好的泥瓦匠、木工，择吉日开工建房。建房过程中的每一环节主人都要严格查看，不允许出现任何差错。有经验的泥瓦匠，凭眼睛余光就能确定偏正，墙垒得是否周正，房子盖得是否稳当。等到上梁这天，主人设了香案磕头跪拜，鞭炮声里，泥瓦匠、木匠把披红挂彩的木梁架上屋架。新房大功告成后，主人开始宴请亲朋，当然，泥瓦匠、木匠是要坐上首席接受众人敬酒的。除此，泥瓦匠成年累月专注于建房盖屋，练就了各种娴熟的本领，砌锅台、盘火炕也都不在话下。锅台的高低，灶膛的大小，炕洞的曲直，对他们来说都是成竹在胸，轻车熟路。

在乡下，早稻播种后，很多人就开始抓黄鳝。抓黄鳝需要竹笼子。这时候镇上的张篾匠生意就来了。张篾匠的手艺是祖传的，一家六口就靠张篾匠编竹筛、簸箕、箩筐、蒲扇等，养家糊口。每天张篾匠坐在自家门口，身边成捆长长的竹篾，只见他气定神闲地编织各种竹器，手里的竹篾在他熟练的拨弄下，上下翻舞，惹得路过的人都停下步子，不仅看的人叹为观止，而且还有人掏钱买个竹筛、簸箕什么的。

我见过张篾匠编抓黄鳝需要的竹笼。竹笼长2尺左右，直径8~9寸不等，笼的两端有口，一端为进口，一端为盖口，进口处像喇叭形状，易进难出。一个竹笼10元。在抓黄鳝季节，一天都能卖出七八个。

前年回去，想去看看张篾匠，村上人说张篾匠去世多年，那个篾匠铺子早关了门。现在的人都喜欢用塑料制品、不锈钢制品，买竹器的人不多了，手艺再好也没有用啦。

那年月，还有一种特殊手艺：插秧。"双抢"时节，由于晚稻秧要赶在立秋前插下去，村里人手少，就只有请人。请人插秧不仅要提前做计划，而且付出的工钱比一般匠人的高。

插秧一般都是左手恰到好处地握着秧把子并分拣出秧苗往右手递，右手大拇指、食指与中指捏成窝形保护着幼苗的根部插进田里。请来的插秧人虽然也是如此操作，但速度奇快。只见他左手掌上的秧把子是散摊开的，不用眼睛看，拇指与食指总能准确地将想插的每一棵秧苗分拣出来并顺利递向右手，站在田埂上，你只听到秧苗落进水田的"叭、叭、叭"声，却根本看不见他的手动。一天干下来，都在两亩到两亩半之间。

干得多，收入也多。因此村里的小伙子都很羡慕并希望成为插秧能手，一是因为收入；二是这也是当地姑娘找对象的一个重要条件。

磨刀的、锔锅锔盆的、打铁的、瓦匠以及剃头匠……想起那些日渐远去的称呼，不禁黯然。他们是村庄流动的血脉。他们以娴熟的技艺，扮靓了乡村人的生活。那些带着乡村质感的手工制品，如今静静躺在某个角落，无不在诉说着乡村匠人的过往……

春天的野菜

春天撩人乡思的是野菜。

阳春三月，春风一动，青草一泛绿，最先从土里冒出来报春的野菜，就是荠菜。"春日平原荠菜花，新耕雨后落群鸭"这是古人对春日荠菜随处可见的写照。荠菜是野菜中的上品。苏东坡、陆游、辛弃疾、周作人、汪曾祺，前后接力，众口一词为荠菜唱赞歌。印象最深的要数张洁的《挖荠菜》了："挖荠菜时的那种坦然的心情，更可以称得上是一种享受：提着篮子，迈着轻捷的步子，向广阔无垠的田野里奔去。嫩生生的荠菜，在微风中挥动它们绿色的手掌，招呼我，欢迎我。"多么美好的画面。

儿时，放学回家的第一件事就是和同村的小伙伴带上篮子和铲子，沿着村口的清水河边挑荠菜。那真是一件心旷神怡的事儿，棉袄脱了，一身轻松，在煦暖的春风中，弯腰屈膝，边说笑着，边寻找荠菜。荠菜分板叶荠菜和散叶荠菜。板叶荠菜，叶肥大而厚，浅绿色，品质优良，风味鲜美；散叶荠菜，叶片小而薄，绿色，香气较浓。挑到差不多一篮后，回到家里，摘掉不能食用的烂叶和根部，用井水洗净，晾干，便可根据自己的喜好和口味，予以加工食用。荠菜有多种吃法，清炒、荤炒、烧汤皆可，凉拌是营养丰富又最简易的食法，还可用它剁成馅，包包子、包馄饨、包春卷。我最喜欢吃的就是荠菜饺子，每次都能吃30多个。此外，在中医上，荠菜性味甘、平，具有和脾、利水、止血、明目的功效。其实，所谓的治病良药，往往不是大价钱的稀罕之物，除了好的心态，就是这些最稀松平常不过的新鲜果蔬。

雨后斑鸠叫，山中野笋生。野笋大的有拇指粗，小的才铅笔杆那么一点点，顶着笋叶，像童话中戴着小尖帽的小矮人。野笋子剥去笋壳，笋肉以白嫩的为佳，青白色的略差。笋子切碎炒鸡蛋、炒肉丝，放点葱花，称得上佳肴呢！去年清明回乡给奶奶上坟，完后回到村里，在村口的山坡上，发现到处都是野笋子，小半天便扯了一大把。好多年未吃野笋了，自告奋勇洗手下厨。食过野笋，才知春天味。这才是山珍，醇厚、实在，无竹笋涩口，回味悠长。

除了荠菜、野笋，还有野蕨菜、车前草、马齿苋、艾叶草、荠菜花、香椿、枸杞芽、鱼腥草、野蘑菇等野菜。印象中马兰头吃得最多。马兰头个矮体小，伏地而长。甜甜的叶，色泽嫩绿，叶梗呈铁锈色。它大多生长于桑园、菜园、河坎、竹林、田埂，或掩身于杂草丛中，或人走脚踩的路边。马兰头既可以晾干腌制做咸菜，也可以打汤或者做凉拌菜，除此，马兰头还可以止血。如不小心手指被什么东西划破了，把马兰头在碗里捣烂后，涂抹于伤口，伤口便不再流血。

野菜，是大自然赋予人类最美的佳肴。首先它是天然的，它毫不拘束地自然生长，不像大棚菜一样受人为雕饰；其次它是新鲜的，它随春天的春芽一起生根、发芽、生长。特别是在当下，在物质丰盈也无法满足人们日渐挑剔味蕾的今天，野菜走进城里、走上农家乐饭桌，登上了饭店大雅之堂。不仅如此，挖野菜，已成为当下城里人的一种休闲，一种时尚，一种对田园生活的渴望。正如汪曾祺老先生曾经在《故乡的野菜》里描述的那样："过去，我的家乡人吃野菜主要是为了度荒，现在吃野菜则是为了尝新了。"

这不禁使我想起了宋人汪晫的《念奴娇·谁家野菜饭炊香》："谁家野菜饭炊香，正是江南寒食。试问春光今几许，犹有三分之一。枝上花稀，柳间莺老，是处春狼藉。新来的燕子，尚传晋苑消息。应记往日西湖，万家罗绮，见满城争出。急管繁弦嘈杂处，宝马香车如织。猛省狂游，恍如咋梦，何日重寻觅。杜鹃声里，桂轮挂上空碧。"

时下，春风习习，草木新生，走出钢筋水泥的堡垒，携朋友家人游春踏青，撩拨一下春天。春天不仅是眼睛的盛宴，也是舌尖的味道，人一旦吃过春，就接了地气有了元气，一切都欣欣然。

红花草

春暖花开的三月，乡村的日子闲散而慵懒。太阳以爱的姿势，把阳光铺满大地。麦苗、油菜都起身了，漫天漫地舒展开来。麦苗绿得柔和，油菜花黄得晃眼，乡村的土地，无论贫瘠还是肥沃，总能孕育出崭新的生命，使空旷的土地不至于过分荒寂。

置身三月的乡村土地，面对麦苗和油菜花，一丝淡淡的失望让我想起，此时节与油菜花形影相随的还有另一类花，那便是红花草了。

说到红花草，不说现在城里人知道的不多，就是在乡下，"80后"的年轻人知道的也不会很多，更别说见过了。红花草正名紫云英，亦叫荷花头，是一种生命力极其旺盛的草本作物。在我国的南方农村，长期以来农民把它作为一种绿肥，每年晚稻收割之后，就在留有稻茬的稻田里直接撒上草籽，不出几天，田野里就茸茸嫩嫩的青绿一片。红花草刚长出时，两根叶茎纤细如发丝，托起两片圆圆的、薄薄的如黄豆粒一样大小的叶子，像一个弱不禁风的少女，让人心生怜悯，更感担心。担心她能否度过寒冷的冬季，其实这种担心是多余的。记得我当知青那会儿，在把红花草籽撒到田里之后，各家把烧过的稻草灰从大灶里掏出来，送到田里，撒开，据说能给红花草籽起到保暖的作用。

红花草有超强的生命力，在寒冷的天气，它依然生、依然长，待气候稍一转暖，铺天盖地地开始疯长，生怕辜负了庄稼人的期盼，愧对春天的暖意。颜色也逐渐由嫩绿变为碧绿，继而是墨绿，同时开出许多蝴蝶状的紫靛色小花。这时节站在村子的高处极目远眺，绿油油的麦苗，金灿灿的油菜花，再加上红花草镶嵌其中，错落有致将大地点缀得姹紫嫣红格外妩媚，成为春天里一道最靓丽的风景。

　　到了四月，红花草进入了"花事"最盛的时期。这期间，时常见外地的养蜂人运来堆成小山似的蜂箱，放在路边或田间地头，成群的蜜蜂采食红花草的花粉，最终酿制成色如琥珀的蜂蜜。这个时段也是孩子们的最爱。放学后三五成群的孩童，不约而同来到长满红花草的田里摸爬滚打。男孩把红花草扎成花环戴在头上，装扮成解放军侦察兵的模样，匍匐在红花草丛中，嬉闹玩耍；女孩则用线将一朵朵花扎成花球或花的项链挂在胸前，既香又美，童趣十足，其乐融融。正如周作人在《故乡的野菜》里所描述的那样："中国古来没有花环，但紫云英的花球却是小孩常玩的东西，这一层我还替那些小人们欣幸的。"

　　靠土地吃饭的庄稼人对红花草厚爱有加，红花草虽然是草，但庄稼人从不把红花草看作草，而是当作了宝。红花草是喂养牲口的上好饲料，但庄稼人从不用红花草去喂鸡、喂鸭、喂猪，甚至吝啬得连为土地辛劳一生的牛也不舍得让吃上一口。直到春耕开始，在锃亮的铧犁下，红花草倒在水田里，用来沤制"绿肥"。按现在的时髦说法，是全天然绿色有机肥料，这样种植的早稻就不需要再施化学肥料或者农家肥了，而且肥力足，是真正的"绿色"环保，也省去购买化肥的费用。

　　结束了八年知青生活回到城里后，我就再也没见过红花草。记得有一年春天回到当年下放的生产队，曾问起过，队里的人说自实行家庭联产承包责任制后，一年内种植两季水稻比较辛苦，特别是夏季的"双抢"，即抢收和抢种，累死人不说，而且年轻人都到城里打工去了，留下的都是老人，哪还有精力和体力啊，因此现在大多改变耕作方式，一季水稻加一季小麦或者油菜，也不再种植红花草了，转而改用方便省事的化肥。虽然知道化肥会造成土壤板结和肥力下降、环境污染等不良后果，但也只得这样做下去。

　　我为土地感到心痛，它就像一头步履缓慢的牛，但被人们当作能够飞奔的马，为了更快更多地榨取它的养分，人们用化工的碳、磷、钾等高效肥料，加速着它的付出，它的虚脱我们无法看见。它累了，不再松软，而是板结得钻不出一条蚯蚓和一声蛙鸣。就如眼下，开阔的田野里，除了我在这自作多情外，并无他人的临幸。

　　我沮丧至极。面对三月里的乡村，有多少熟悉的事物正在消失，或变得陌生，比如红花草，比如土地，比如春天。没有了红花草的土地会结出真正的硕果？没有了红花草的春天会是永远的春天？

守望麦田

经过了一个寒冷冬季，麦苗醒了。

三月里的天，虽然还是有些阴冷，但麦苗还是漫天漫地舒展开来。它们挨挨挤挤地手拉着手，整整齐齐地站在田野里。从远处望去，满眼都是柔和的绿，像一块巨大的绿地毯，寂寞的田野骤生动感。置身其中，想到宋代诗人杨万里写的《麦田》，诗云："无边绿锦织云机，全幅青罗作地衣，此是农家真富贵，雪花销尽麦田肥。"全诗通过描绘早春雪融，麦苗返青的美景，来赞美农民的辛勤劳动，表达了作者与农家共欢乐的真挚感情。

绿油油的麦苗，让我似乎望见了黄得晃眼的七月。麦子举着金色的芒，开始学做一个怀想天空的思想者，渐以成熟的魅惑，把农人的眼睛荡漾成一潭深邃。农人挂起一脸的喜悦，用粗糙的双手，揽一怀阳光谱写的诗行，用溢出幸福的目光，审阅着每一穗麦子的思想。麦子自信地昂着头，已无法阻止那些跃动在麦芒上的思绪，那些跃动，如一群黄土地上的舞者，沉浸在汗水和麦香里，沉浸在曾经和未来的梦里，在阳光下挺立着，那么拙朴，那么浑厚，挥舞着一双双闪闪的眼睛。

记忆中所做过的农活中，割麦子算得上最辛苦的活儿了。那时候，没有收割机等一些大型机械，全靠人力完成。每天清晨太阳还没露头就要下地，晚上摸黑才能回家。记得我第一次割麦时，站在一望无垠的麦地里，刚刚开始是一种兴奋，干不了多大会儿，就会腰酸背痛，那滋味真的是无法形容。左手一把麦子，右手一抢镰，蹲步前移或半腰挪步。割一把麦放下，挪两步脚再割，天热无风汗直流，一个早晨，两三个劳动力就能把一二亩地的麦子"撂倒"。看起来很轻松，但不真正参与其中不会感受到其中的辛苦。

　　曾经读到过一句诗：麦子，是农民的汗珠滴入土壤后的一种成熟。

　　想想真是这样。在所有农作物里只有麦子经历过四季的风霜雨雪。秋种，朴素的麦粒将生命的渴望伸出土地子宫的暖巢，顶一头破土而出的快意，与阳光相亲，与一场田野上的风相亲；入冬，皑皑白雪覆盖麦田，麦苗在这样的梦境里，如婴孩般微微地颤动，那姿态，让恬然的白云挂起了幸福；春天，麦苗打个长长的哈欠，睡眼蒙眬地醒来时，那些忙碌于灌溉、施肥、锄草的身影，融入了麦苗分蘖、拔节的声音；夏季，成熟的麦穗，让农人的额头流淌下喜悦和甜蜜，这样的日子，氤氲着一穗穗麦香的味道……几千年了，麦子是我们生命的一部分，是我们家族的一分子，她和我们朝夕相处，互相感恩着，爱着。

　　三月，乡村的日子闲散而慵懒，留守的老人们聚集在南墙边晒太阳，闲不住的村妇在河边洗洗涮涮。他们不用担心田里的麦子，因为当一个丰盈的夏收季节又姗姗而来时，那些外出打工的男人们，似乎纷纷听到了家乡那片金色麦浪的呼唤，然后竟如晨曦里的蜜蜂一样兴奋不已，从四面八方匆匆赶回日夜在心里守望的那片麦田，再一次去聆听，那片耸起的麦芒穿越天空的声音。

　　再次，眺望那片无垠的麦田，我突然就想到了美国作家塞林格的长篇小说《麦田里的守望者》。书的主人公霍尔顿只有17岁，在大人们眼中，他不是一个传统意义上的"好孩子"。他所做、所想的一切都"不像话"。其实，霍尔顿只想做一个麦田里的守望者，提醒孩子们麦田的另一侧是悬崖，那边危险。这是一个小小的梦想，小小的心愿，却有着深刻的寓意。

　　守望是一种难得的情怀，一种勇气，一种姿势，又饱含着一份期待。就像此刻，一望无垠的麦地里，麦苗吸吮着土地的乳汁和阳光，以一种虔诚的姿势等候收割的盛典……

麦黄风熏时节

出差。一路上看到高速公路两边庄稼地里的麦子已经黄了，这才想起家乡的一句老话：芒种忙，三两场。意思是芒种前后，几个晴热天一过，麦子就该动镰了。于是，不免想起儿时故乡麦黄风熏的时节。

麦收前，大人们要做的第一件事就是要整出一块空地做麦场。先是在空地上泼上水，稍微晾晾，再撒一层麦糠，之后用石碌一圈一圈地把场地压实。就在这石碌的吱吱声里，转上几十个来回，麦场就算基本造好了。做这活儿基本上都是老人，男人们则从街上买回木锨、铲子、草帽等农具和用品，回来后，就匆忙做起磨镰刀、搓草绳、修架子车、整机器的活计来。而此时麦田里的麦子，在太阳光的直照下，风一吹，金黄的麦穗一会儿伏下一会儿扬起，流淌着令人心动的麦野韵律。

麦子是需要抢收的。天刚麻麻亮，大人们就下地割麦了。刚刚还平静的麦地里，响起了嘈杂的谈笑声和镰割麦秸的"嚓嚓"声。直到太阳约有一竹竿高了，女人们匆匆忙忙离开麦地，回村里做早饭去了。不一会儿，家家屋顶就飘出淡淡的炊烟。男人们立在地里擦着额头的汗水，看着那被微风扯成丝丝缕缕、微微跃动着的炊烟，稍事休息，便又弯下腰，把麦子一把又一把地拥进怀里，"嚓嚓嚓"镰刀被麦子擦得锃亮，闪亮的光芒在金黄的麦地里跳跃，像是一尾在金色海洋里快活游动的鱼，更像是无数尾鱼在飞翔。

大人忙得脚不沾地，小孩子们也不能闲着。小时候，我们的任务是拾麦穗。这么多年了，孩提时代约上三五个伙伴臂挎竹篮拾麦穗的情形，依然未曾走出我的记忆。特别是在离开农村多年之后，在一次画展中，当我看到画家方增先先生一幅题为《粒粒皆辛苦》的画时，更是勾起我对儿时拾麦穗情形的回忆。

271

画中有一老农形象，头戴白色包头，身着青白色棉布袄。右手伸向斜前方，正欲捡起一支麦穗。低垂的目光凝视着地上的麦穗，那么认真、专注。黑红的脸庞，布满沧桑。老人的身后是一辆载着麦穗的马车，高高的穗垛透出收获的喜悦，那是劳动之后的报偿。在这丰收的景象下，面对一支穗、老人仍弯下自己的腰杆。画家通过细腻的笔触，告诉我们生活再好，也不能丢失中华民族的传统美德：勤俭、质朴、善良。

麦割完后，要及时拉到麦场摊开，并一遍一遍地翻着，目的就是把麦子晒得更干更容易碾。之后，拖拉机拉着石磙在场地上来回画着圆周，约半个钟头，大部分麦粒就脱落下来。这时大人们就用木杈或铁杈一次次铲走麦秸，垛在麦场一角，把夹杂着麦芒和麦秸的麦粒堆成堆，这时就盼着有风，因为有风才能扬场。

扬场是个技术活儿，一般都由两个人来完成。一个手持木锨，一锨一锨地将麦子抛向空中，麦糠和尘土被风刮到一边，而浑圆饱满的麦粒直落在场地中间；另一个则用大扫帚不断地将还没碾下皮的麦粒扫到一旁。扬完一场麦子要个把小时，直到把麦子装进袋里，仔细地扎好口，一袋袋码进粮食囤，一季的收成这才算是真正地到手了。经过约半个月时间的抢收，大人们此时扬起晒得黝黑的脸庞，看着码得满满的粮食囤，长长地吁一口气，笑了……农民的喜悦流淌在丰收的年景里，丰收的年景蕴藏着辛劳的每一个细节。

现在农村的麦收，已经没有了当年的那些繁琐，全都是机械操作。但我始终认为，没有头顶烈日、脚踏黄土的体味，就很难理解"锄禾日当午，汗滴禾下土，谁知盘中餐，粒粒皆辛苦"这首诗的深刻内涵。我想，等我老的时候，我希望拥有一片属于自己的麦田。秋天，我把麦种一粒粒选好，把它们埋进地里，耐心等待它们从地里钻出嫩绿的新芽；冬天，我陪它们熬过漫长的严寒听它们在雪底下窃窃私语；春天，我在深夜里聆听它们分蘖拔节的声音，看着它们灌浆成熟由青变黄。收获的日子，我磨好锋利的镰刀，站在金黄的麦浪里，弯下腰，用最虔诚的姿态，最深沉的情感，感谢阳光，感谢土地，还有我那遥远的、模糊又清晰的童年。

一夜连枷响到明

麦子熟了!

"农家少闲月,五月人倍忙。夜来南风起,小麦覆陇黄。"麦田里,麦穗垂着沉甸甸的头,注视着脚下的土地,空气中弥漫着淳朴的麦香。浩浩荡荡的割麦大军下田了。人们弯下腰,挥舞着镰刀,左手往麦秆上一挥,立刻一大把麦子就被扒拉到刀下,右手伸出镰刀从麦秆底部往后一拉,手中的麦子就割了下来。割下的麦子往边上交错放好,方便打捆。男人割,女人捆,孩子拾,直到割到地头,男人们伸直身子,稍喘口气,又赶忙返回帮女人捆麦子。

麦收时节最怕的是变天。刚刚还艳阳高照呢,也不知道谁惹了它,说变脸就变脸,像个孩子一样大哭起来。眼看到手的粮食,谁也不想因为天气的原因而毁了。麦子不仅仅是希望,还是生命。因此,趁着天气好,赶快把收割下来的麦子拉到队里的场基地上。白天割麦,晚上打麦,就成了全村人的头等大事。

打麦的工具是连枷。何为连枷?《王祯农书》中说得明白:"连枷是用四根三尺长的木条或者竹条,以皮革编成一块板状,用一个可以旋转的环轴装在长柄的顶端,使用时连枷起落,使竹木条编成的板绕环轴回转,扑打在晒干的作物秸秆上,籽粒便脱落下来。"据史料记载,唐代,连枷就经过加重改造用于军事,主要用于守城,后又用于马上骑兵,今天使用的双节棍,就是连枷的改良品。

打连枷,是要使一点巧劲的,不会使巧劲的人,举在空中的连枷就会左右摇摆,打一下就拗了劲不说,落地时还震得手臂发麻;会用巧劲的,举起连枷在空中,悠个劲儿,连枷翻个身,下落一半时再用点劲,连枷就实实地拍打在谷物上,发出"嘭"的声响。

打第一场麦，一般都是中青年妇女的活。因为男人们从臣里回来，天已擦黑，饥肠辘辘的他们哪还有力气连续作战。因此，打第一场麦就落到妇女们头上了。

几十个女人面对面错位排成两排，一排同时甩起，连枷在空中转一个优美的圆圈，同时甩下，打下时的空隙，另一排同时甩起，连枷在空中画一圆圈，再同时甩下，就这样你一下，我一下，默契一致地挥舞着连枷，左右移动，嘭嘭有声，地动山应，颇有乐感，煞是壮观。兴起时，有人依着节奏挑头哼起民谣，众姐妹应声相和。

直到月亮不声不响地爬上树梢，第一场麦子也打完了。妇女们丢下手中的连枷，就忙着回家干家务和喂猪喂鸡。村里年长一点的老人，有的用木杈将麦草挑到一边，再用大扫帚把麦粒拢到一块堆起来；有的把捆好的麦子抖散，整齐铺开，为第二场做好准备。

第二场是男人们的活。因为这时的男人们饭也吃饱了，水也喝足了，烟瘾也过了，有说有笑地来了。和妇女们打麦不同，男人们手不停，嘴也没歇着，荤的素的都来，以提精神。两排人默契配合，一起一落，一轻一重，缓急有序，整场推进，"扑""啪"之声连贯而有节奏，相呼相应。

打麦的日子，高高举起的连枷不仅仅只是拍打麦子，更是拍打着光阴，拍打着幸福，拍打着村庄年年岁岁的生活。

我也打过麦。和所有初学者一样，刚开始用连枷怎么用怎么不顺不说，手掌和手指还磨出了水泡。把水泡挑破，嫩皮肉一碰还痛得钻心，没几天结痂了，手上就有了老茧。好在功夫不负有心人，三四天下来，我终于能够轻松自如地使用连枷了。那时我力气小，打了几下就要停一会儿，然后才用力提起连枷，再用力拍打，挥舞十几下，胳膊就酸得不得了，但我咬牙坚持，虽是晚上，天也凉爽，但汗水还是顺着脸颊流，一滴一滴洒落到麦子上，衣服湿透了……从那时起，我就知道稼穑之艰辛，明白了，粒粒皆辛苦，而辛苦又真的是难以形容的。

割麦，打麦。这期间，村里，田里，到处都是忙碌的身影。从看不清人的清晨，一直到架起汽灯在场基上忙活的深夜，人人眼睛都熬红了。虽然累得要命，但收获的喜悦时时都洋溢在大人和孩子们的脸上。

"笑歌声里轻雷动，一夜连枷响到明。"这是农耕时代的凯歌，更是梦回千转、泪湿青衫的思乡曲。

蛙声穿透心灵

这是另一种母语分娩的乡音

这是一片粘满季节鲜味

和月之清辉的，夜之花朵

纯净，像诗歌一样

　　这是我曾写过的一首诗《蛙声》的起始句。蛙声于我，并不陌生。我的少年时代就是在乡下度过的。每逢春夏之际，一到傍晚时分，四野的蛙声先是零零散散不成气势，随着夜幕降临，蛙声开始遍野喧起，接着像潮水般来势可惊。让你想象在田间渠边，无数墨绿的乡村歌手，正摇其长舌，鼓其白腹，尽情尽兴地呱呱而歌。这时你无论身在何处，都恍有"满天蛙声"之感。那时候，我觉得我赖以生存的乡村，其实只是一个襁褓中的婴孩。它和我一样，整夜整夜都泡在生动的蛙声里，做着甜甜美美的梦。

　　我逮过青蛙。夏夜，我和村里的孩子手持电筒，沿着田埂去"照蛙"。青蛙怕光，只要手电光对准它三晃两晃，它便花了眼，这时只要将篾做的竹筒照它一扣，一逮一个准。青蛙有好几个种类，黑的是"石鸡"，青黄相间的是"花鸡"，还有一种通身青碧，只有拇指大小的，则是十分罕见的"绿玉"。我们逮的大都是"花鸡"。那时，大人们告诉我们，青蛙是益虫，又是祥物，逮不得的。所以我们常常是将逮住的青蛙放进一只大竹篓里，然后跑到村头的一口大水塘边，打开竹篓，看着一只只青蛙争先恐后地从篓里蹦出来，跳进水塘，溅起一朵朵水银般的月色。至今，我仍忘不了那夏夜逮蛙的情形：闪烁的星星，笔直的田间小道，一颗颗落在稻叶上的露珠以及那荡漾的蛙声和沁凉的风……

后来在一个冬末，我被招工进了城，从此远离了蛙声。

在没有蛙声的城市，终日忙忙碌碌，渐渐地，我很快淡忘了蛙声。不知别人如何看待，单就我而言，久在城市中生活，重读辛词《西江月》中的妙句"稻花香里说丰年，听取蛙声一片"，早已有些隔膜。直到有一次，偶尔在一位画画的朋友处，看到一幅齐白石的国画，题名为《十里蛙声出山泉》，整幅画除一条溪水中有数十尾蝌蚪外，并不见一蛙。是呀，蛙声怎么能够画得出来呢？但画面又分明地暗示，在画外一个不知名的地方，的确存在着一个蛙的世界。无形的蛙声穿透心灵，这是一种深思中的幻象，幻象中的本真，其间所蕴含的则是一种智慧，它告诉我们，物的启悟，心的悸动，更多的是来自暗示而非清晰得一览无余，故古人总是对象外之象、意外之意那么孜孜以求。

再见青蛙，是在餐桌上。我承认我不止一次地享用过它们。在第一次面对盘中被剥了皮的它们时，尽管我心中也怀着怜悯和痛惜，尽管我一次次地想到纯出于好奇的月下"照蛙"的乡村岁月，但我还是满足了自己尝一尝的欲望。对此我内心至今仍感觉罪孽深重。今天，我在这里不仅向青蛙忏悔，而且我发誓再也不让自己的嘴成为捕蛙者销赃的去处。由此，我又想到我们是否应该想一想那很多已被我们迫害致死和今天还侥幸存活在我们身边的其他生命的命运了。在这世界，我们很难再看到王维、庄子、辛弃疾所看见的动物，就连从小就非常喜爱的萤火虫、蜻蜓、蜜蜂也很难再见到了。

我们人类总爱说："地球，我们的家园。"然而，地球委实不独是我们人类的。正如一位生态环境专家所说：我们与动物原本都是地球上的平等公民，如果说今天我们已成为它们的主宰，那就让我们大慈大悲赦免它们吧，虽然它们根本就没有罪。当然，我们更应该想一想我们自己的未来。

于是，我情不自禁地写下了以上文字。在被钢筋水泥包围的都市，那一片片如歌如吟的蛙声，又一次穿透心灵，在这烦乱的城市的夜幕中，清晰地浮显了出来，嘹亮而宏阔……

树荫下的往事

　　空气是热的，风是热的，屋子也是热的。这样的天气让我想到早先村里那一片树荫，想到男人、女人、老人、孩子坐在树荫下纳凉的情景：树上虫鸣叽叽，远处蛙声咯咯，树荫下人影摇摇，身边语声滔滔；月光如水，爽风如酒，涤荡心胸，确有"天阶夜色徐如冰，坐看牵牛织女星"的诗情画意……

　　我们村不大，六十来户人家。村子中央有两棵高达二十多米的樟树，树龄都在百年以上。一棵需两人合抱，一棵需三人合抱，两树的树冠碰在一起，就像一把撑开的大伞，足足有一个篮球场那么大。一年四季，除了雨雪天，几乎天天都有人坐在树荫下，手上总有忙不完的活儿。特别是到了"赤日炎炎似火烧，野田禾稻半枯焦"的夏季，就更是全村最为热闹的场所。所以村里不管谁家发生了什么事，不一会儿工夫，全村人都知道了。

　　早饭过后，男人们都顶着炎炎烈日下地干活去了，村里的老人和不下地的妇孺们，搬着椅子拿着板凳走出家门，都到树荫下纳凉来了。说是纳凉，其实都没闲着。老人们手摇大蒲扇，躺着或坐着喝茶聊天，打牌下棋，谈古论今。男娃们在树荫下打弹子，女娃们在树荫下跳皮筋。女人们则三五人一伙，都在忙着准备家中午饭的菜蔬。那个年代虽然日子清贫，但女人们还是想着法子把伙食弄得让家人满意。女人们手忙嘴也忙，有的相互间贴近耳根，窃窃私语地讲着秘密话，生怕被旁人听见，还不时两眼左瞟右瞄。

　　到了吃中饭时光，下地劳作的人们也都陆续来到树荫底下。这时女人们早把做好的饭菜摆放在一块门板或一张凉床上。虽然各家吃各家的饭菜，但如果遇上谁家烧了荤菜，哪怕是上面用大白菜盖着，也都骗不过嗅觉如狗一样灵敏的左邻右舍。饭后，女人们撤走饭菜，男人们就躺在门板或凉床上，一会儿工夫就呼呼大睡了。这时的老人和孩子们也都安静下来，只有树上那些不知好歹的知了们，仍在无休止地鼓噪着，但听惯了知了噪音的人们早已习以为常，丝毫打扰不了又累又困的人们的清梦。

一觉醒来，差不多两点左右，男人们起身下地。一切又恢复原样。

晚饭时分，太阳已经落山了，不需要再遮阴，可大人和小孩照旧都端着饭碗走出家门，或蹲或坐或站在樟树底下吃饭。空气里弥漫着那樟树散发出的体香和饭菜的香。到了晚上，劳作了一天的乡亲们摇着蒲扇，夹着板凳，端着凉开水，聚在树下，聊中谝外，指天唠地，逮吗说吗。闲侃中，消除了白昼的疲惫，忘却了生活中的拮据。

生产队有一个叫朱谋忠的中学老师，因身体原因，早早离开了学校回到村里。此人不仅字写得好，肚子里故事也多。那时村里没有电，到处黑灯瞎火的，没什么可玩，于是年轻人都聚在他家门口，听他讲故事。朱老师讲起故事来绘声绘色，形象生动，引人入胜。特别是说到精彩处，手脚比划，高声断喝，抑扬顿挫，使我们情绪也随着故事情节跌宕起伏，生发出喜怒悲乐，一个个听得有滋有味，如痴如醉。直到月上中天，朱老师立马刹车，说今晚就讲到这里，明晚再说。说完也不管大家如何央求，径直走进家门。大家恋恋不舍地离去，第二天一整天都牵挂故事最后是什么结局。

20世纪60年代末，遭遇一场洪水，整个村子的房屋几乎全都陷入两三米的洪水之中，倒塌的房屋占了大半。田里正在灌浆的水稻，被泥水一泡，绝收已成定局。那个年代家家都没有钱，公社的大喇叭里天天号召大家开展生产自救。经过两天激烈的争吵，最后全村人决定卖掉那两棵百年樟树。从此，树荫就彻底消失了。

时光如流水，往事渐依稀。每当夏季来临，我都会油然想起乡村里的那两棵老樟树。虽然树没了，但每每想起树荫下的那些往事，心头便会掠过一丝清凉……

双抢时节

"双抢"，《现代汉语词典》里的解释：农村夏天抢收抢种的简称；民间解释：双抢，是维系农民生活命脉的一种繁重劳动的代名词。每年双抢时节，农民既要抢收早稻，又要抢插晚稻秧苗。这一切必须在二十天的时间里完成。农谚"人误地一时，地误人一年"，说的就是双抢。

双抢一般从农历七月中旬开始。天还没亮，生产队长吹着哨子从村东头吹到村西头，间隙还扯着嗓子喊，下田啦下田啦。不一会儿，男人女人一个个揉着眼睛，打着哈欠，手里拿着镰刀，梦游一般地走出家门。有人磨磨蹭蹭，也有人骂骂咧咧。

磨蹭也好，骂人也罢，到了地里也就不含糊了。人都要个脸，都不愿在这个时候丢人。躬身，狠狠地往手心里吐口唾沫，两手一搓，右手捏紧镰把，左手抓住稻秆上部，身子下躬前倾，镰刀从稻子的缝隙中穿过，再用力往回一拉，锋利的镰刀从稻秆底部的第一个节茬处一晃而过，一大把稻子就与稻根分离，抓在了手里，如此反复两三次，待手里握不住了，便就近一放，等割得差不多了，就割一小簇稻子，从中间分成两半，拿在左手，用右手在稻穗下方的稻秆处顺时针一拧，再将割下的稻子抱起来打一个结，一捆稻子就静静地躺在地里了。

到天大亮时，偌大的稻田已如春蚕啃过的桑叶一样空了。这个时候，女人们急忙忙地从地里上来，沿着田埂一路小跑，赶着回家做早饭。不大会儿工夫，家家的烟囱飘出缕缕炊烟，薄薄地，均匀地氤氲于屋脊之上。

早饭就在地头吃。物质匮乏的年月，人也显得卑微无助。但是在双抢期间，吃饱是首要的。早饭不再是稀饭而是干饭，菜也不是没有几滴油的咸菜。都知道这个时节只有吃饱了才有力气。

太阳出来了。白晃晃的，火盆一样挂在天空。整个田野一丝风都没有。男人们把草帽往头上一扣，骂骂咧咧地下地了。越接近中午，天地越像一个巨大的蒸笼，而太阳就是一阵一阵熊熊燃烧的灶火。汗水淌过眼睛，一阵咸味热辣辣刺疼眼睛。整个背裸露在太阳底下，感觉火苗在背上燃烧。就这样，也没人要求歇一下，而是咬牙硬撑着。一天下来，身子骨好点的，累得四仰八叉躺在地里，身子骨弱的，累得整个人快虚脱了。

稻子收上来还没完，跟着要将地全部犁一遍，整平后，引水进地。这时候队长又是挨家逐户地喊："男的晚上脱稻，妇女晚上拔秧。"

所谓脱稻，就是用打稻机脱粒。打稻机是通过脚踏板的连杆带动大齿轮，再通过齿轮传动，带动滚筒脱粒的农业机械。踩打稻机是很费力气的事，非常辛苦。两个人用脚死劲踩，手拿稻束放在滚筒上来回翻动脱粒，四个人上下轮换。稍不用力，滚筒就死了，或者滚得慢，没工效，须咬紧牙关一直用力踩。

和脱稻相比，拔秧就舒服多了。拔秧不用弯腰，可以坐在小板凳上。拔秧就是把秧苗从水田里拔起来，洗尽根须的泥土，用稻草扎成一个秧把子就算完事。第二天把秧把子挑到大田，再一个个地按距离丢到田里。

我那会儿还是学生。割稻不行，拔秧、挑秧苗到大田行。拔秧最可怕的是蚂蟥。蚂蟥是一种会吸血的软体动物，经常吸在手上、腿上，揪也揪不掉，拍也拍不死，就那么牢牢地吸附在腿上。我特别怕蚂蟥，有时候发现蚂蟥吸在自己腿上，就吓得吱哇乱叫，手上的秧苗也扔了，抬腿就想跑，结果忘了自己在泥田里，一个站不稳就扑到泥里，溅得一脸泥点，狼狈的样子经常逗得妇女们哈哈大笑。笑过后，她们告诉我，蚂蟥用手是怎么都揪不掉的，但是它怕秧苗，只要拿手上的秧苗轻轻一扫，它就掉了。果然是一物降一物啊。

插秧是双抢时节最辛苦的事。割稻时，虽也是头上有太阳晒，但脚下是结实的土，插秧就不同了，不仅头上太阳晒，而且脚下有热水煮。特别是新翻耕的稻田里，撒了石灰，施了化肥，太阳一晒，热气直往上冒，让人觉得整个天地就像大蒸笼，感觉真的是不好受。插秧是极易损坏脚手的，田里的泥巴和水都具有腐蚀性，等到双抢结束，手和脚都要脱层皮，严重的，手指的缝隙里烂得显出橘红色的肉丝。

双抢期间最怕的是变天。暴雨经常是说下就下，明明上午毒太阳还能把人烤焦，中午就噼里啪啦一阵狂风暴雨来袭，有时候正吃着午饭呢，也要把碗迅速扔下，赤着脚往田里跑。男男女女，老老少少齐上阵，挑的挑，扛的扛，抱的抱，以最快的速度跑到晒谷场，将里面的稻子堆好、码好，用塑料布盖好。如果是白天还好，要是半夜那就糟了。雨声、风声、雷声，还有人们的大呼小叫，知道的是抢场，不知道的还以为是鬼子进村了呢。

这就是双抢。在那抢收抢种的日子，仿佛日夜都混沌不清。一个双抢下来，全村人个个晒得黑黝黝，身子也都消瘦了一圈。特别是女人，她们除了要干活，还要洗衣做饭，还要喂猪喂鸡喂鸭，加上赶天气心急，经常都会有人中暑。"力尽不知热，但惜夏日长"这是那个年代农村人最好的写照。

敬土有谷。在我的乡土田野记忆里，似乎所有的色调都与稻子有关。禾苗的嫩绿与青葱，谷穗的饱满与金黄。后来看到的列维坦的《秋收》和米勒的《拾穗者》，都激活着我远去的记忆。经历了那个年月双抢岁月的人，在以后的人生岁月里，无论遇到多大的艰难，都会选择咬紧牙关默默坚持，那份隐忍和坚持，会换来像金黄水稻一样的人生成果。

稻草垛

"月亮在白莲花般的云朵里穿行，晚风吹来一阵阵快乐的歌声。我们坐在高高的谷堆旁边……"每每听到这首优美抒情的歌曲，我便情不自禁地想起家乡的稻草垛，一股淡淡的稻草清香顿时扑鼻而来。

秋分前后，晚稻收割后的田野，只剩下参差不齐的稻茬，略显荒凉。和荒凉的田野不同，生产队的场基地被一个个稻草垛挤占得严严实实。稻草垛是乡下农人劳作之余的另类成果，是他们无意中用最普通的材料创造的一种"造型艺术"。当然，它们不像沙滩上的沙雕，是艺术家经过缜密构思后创作的，有明确的创作目的。稻草垛纯属他们的即兴之作。那垒好的稻草垛，远看像一个上了年纪的老农，穿着棉衣棉裤，双手相拢在袖管里，在阳光的漂洗和雨水的浸淫下，仍能显现一派随和、安详、知足的样子。

垒草垛是一门技术活。垒得不好经不起几天风吹日晒，不是被风吹倒了就是雨水从顶端灌进去使稻草全泡汤了；有的稻草垛快要收顶时竟坍塌了，垒垛人只得重新返工，引来同村人的起哄和嘲笑。垒的时候需要两个人配合，一个"挑"，一个垒。在垒之前，在地上插一根木棍，插牢之后，"垒草垛"的人开始围着木棍接过挑稻草的人递给他的稻草，由低往高，一层层一圈圈地垒。越往上，稻草堆的面积就会越大，宛然一个孕妇的肚子。然后，到了最上面几层的时候，又开始慢慢地收束。草垛到了高处，下面挑稻草的人，就不能再徒手而是必须借助"木杈"等专用工具，往上挑稻草。垒好以后的草垛顶上，要制作一个伞形的尖顶，便于雨水往下流。

草垛垒好，昭告着农忙季节基本结束。

稻草垛是乡村的象征，乡村离不开它们。草垛中的草变成灶膛中的炊烟，一早一晚，笼罩在村庄上空，草垛就成了一些模糊的影像，具有鸡鸣狗吠实体的质感，矗立在乡村人甜蜜的心坎上，象征着富裕、兴旺和日子红火。此时若选一高处远远地望去，一座座的稻草垛，在浓雾弥漫的秋冬之日，有点像童话里的圆木屋。

稻草垛又是乡下青年男女"幽会"地方。英国作家劳伦斯有一个短篇小说，题目就叫《干草堆里的恋爱》。在草垛旁边谈恋爱，我虽然没有身体力行，但是，神往。扯下几把稻草，就可以垒成一个窝，其柔软度绝不亚于沙发。然后，青年男女在干草堆上拥抱、接吻……。乡下的稻草垛，实在算得上是青年男女谈恋爱的洞天福地。

稻草垛还是我孩提时代的玩乐场所。我和小伙伴把稻草垛掏个窟窿，钻来钻去捉迷藏，玩得不亦乐乎。常常一头汗水一身灰尘，小脸抹得一道道的，像小花猫似的，浑身沾满了草棍尘土，少不了挨大人们一顿臭骂。即使如此，依然乐此不疲。再有，冬天白雪皑皑，银装素裹。稻草垛上覆盖一层厚厚的积雪，像个大雪人似的立在那里。一群鸟儿飞落草垛上觅食，我们在大人的指导下，扫出一块干净地，撒上一把稻谷，支起个大簸箕用绳索拴好。傻乎乎的鸟儿光顾着啄食，不晓得危机四伏，这时我们猛地一拽绳子，鸟被扣进了簸箕里，只听得鸟儿在里面东撞西撞，咚咚作响，我们围着大簸箕跳啊蹦啊，好不欢喜。

稻草在乡下用处广泛，不可缺少，如铺床，在冬天里，只要睡在铺有稻草的床上，舒适暖和，不逊今天的席梦思。还有喂牛，大冬天坡上光秃秃的，稻草成了牛最好的口粮。再有将稻草和进泥浆里盖房子砌墙，或者将稻草笘到房顶上防雨防寒。此外，在晚稻收获前，扎个稻草人插在稻田里吓唬那些贪吃的鸟儿。稻草还可以搓绳、打草袋、编草鞋，等等。

如今，家乡的稻草垛梦一般远去了。现在乡村已经用上了煤气、燃气，田野里的庄稼秸秆有的粉碎、有的直接弃置沟渠，视草如宝的年代已一去不复返；作为乡村百姓家庭最重要的燃料，取暖做饭无一不用的稻草垛，逐渐退出了乡村历史舞台。然而，每当秋分时节，我就会想起家乡的稻草垛。它们就那样沉甸甸地立在我面前，那么坚实地留在我的记忆里。

山芋飘香

深秋初冬，季节还没来得及交替，大街小巷就出现了许多卖烤红薯（即山芋）的摊子。我总是无法抵挡它的诱惑，买上一个，迫不及待地撕下一块，热乎乎地咬上一口，温暖与香甜顺着舌尖直抵我的内心，勾起了我对儿时的回忆。

三月，"惊蛰"节气一过，村上人便开始选择一处朝阳的空地，挖出几条尺余深的地槽，将槽底铲平，铺上一层用稻草灰和草皮燃烧后混成的"土粪"，从地窖中取出保存了一冬的山芋种，一个挨一个地排放在地槽的"土粪"上，再罩上一层塑料薄膜。

个把月后，山芋发芽、长大，待藤苗长到十几公分，就剪下插种到事先翻犁成一条条长龙状的地垄里。秧子插入地垄后，要浇水，叫做"定根水"。浇完后，再拥一些干土到浇过水的秧子根部，叫做"打晒土"（即封土保湿）。若是栽种秧子前后正好下一场大雨，那就幸运多了，省了不少事。一般秧子栽后两三天，便返青成活。

到了五六月间，山芋地里会长草。这时需要带上锄头一垄一垄地挨个锄，由于种植面积大，要连续几天才能干完。这时节，山芋地已是藤条满地伸了，密密匝匝。藤条上长出的叶枝叫做"山芋梗子"，可以用其来炒辣椒，是比较可口的蔬菜，也可以卖钱，为避免给养分散，村上人要到地里将胡乱蔓延的山芋藤翻到另一边，过段时间还要再翻一次。翻到一边的山芋藤整整齐齐顺着地垄排开，绿油油的藤叶随风飘动也是一道风景。

"霜降"节气过后，山芋藤由绿变黄、由黄变枯之时，挖山芋的时候到了。挖山芋之前要先将山芋藤砍掉并掀走，由于山芋藤缠绕在一起，掀藤需要用稻杈，叉住藤子后往附近掀移，这是力气活。挖山芋时，男人们扛着钉耙带着箩筐来到地里，一钉耙下去再奋力一提，肉滚滚、红嘟嘟的山芋立刻呈现在眼前。男人们在前面挖，女人小孩便提着箩筐跟在后面拾，不一会儿，一堆一堆的山芋就晒在深秋暖洋洋的地里了。

　　接着，生产队长和会计两人估摸好总量，按人口就地分配。家里人口少的吃亏，人口多的占大便宜。这也就是为什么那个年代虽然贫困，口粮总是不够，但家家还是争着生娃的原因。

　　山芋到家后，先拣。要精心挑选部分个头整齐、没有任何碰撞伤口的下窖，留着冬天吃鲜；剩下的山芋，洗净，切山芋片。第二天，拣朝阳的地方将山芋片一片片摊开晾晒。晒山芋干最怕阴雨天，碰上下雨，不管白天黑夜，全家老少都要一起出动把山芋片抢回来，放在屋里尽可能摊匀了晾着。鲜山芋片晾一天两天还可以，如果碰上连续的阴天，山芋片先是发热、发黏，然后出现酒味，再后来就会腐烂变质像豆腐渣一样，半年的口粮就落空了。

　　山芋刚下来的那一段日子，整个村庄里天天弥漫着山芋的香味，也是一年中难得的可以吃饱、可以放开肚子吃的时光。山芋当饱、禁饥，让我们久已空虚的胃得到了满足。当然，山芋当饱但不能多吃，更架不住天天吃、顿顿吃。山芋吃多了胃子里会泛酸水，烧心般的难受。

　　山芋的做法很多，有煮山芋、山芋块汤，或加少量米做山芋粥，或将熟山芋泥与面粉一同拌和发酵，做山芋窝头，最奢侈的就是山芋粉丝了。把山芋加工成粉丝非常辛苦。山芋从地里挖出来后，首先洗干净，然后用机器碾碎，成了山芋渣。再在地上挖出一个又长又宽的槽，铺上干净的塑料薄膜，在地槽的上方搭起支架，挂上一个十字架，在十字架的四个端头拴上一整块纱布的四角。这时候把山芋渣放进纱布里，用水冲洗，这样，淀粉就随着水从纱布的缝隙流到地槽里，经过沉淀后，把地槽表面的水放掉，山芋粉就出来了。筛粉是个体力活。水舀进纱布后，要不断快速地筛摇，让淀粉快速流出。一整天粉筛下来后，晚饭时手都握不住筷子。淀粉晒干后，再用水和成黏稠状，放到有抽屉的蒸笼里蒸熟，出笼后，山芋粉成了山芋饼，再用刨丝刀把山芋饼刨成丝，晒干，至此，山芋粉丝才算生产出来。

　　离开农村进城前的乡村生活，留给我最刻骨铭心的记忆就是饥饿。我对山芋的情感是在那个普遍饥饿的年代逐渐累积起来的。现在如果去饭店吃饭，必点一份五谷杂粮，因为这五谷里就有山芋。再点一份现在饭店里的名菜"蚂蚁上树"，此菜就是用肉末与山芋粉丝和在一起烹饪出来的。还有就是"麻辣烫"，那里面主要原料就是山芋粉丝。辣油、海带、鸭血旺、蘑菇再加山芋粉丝煮熟后，热气腾腾的，味道好极了。

秋天，想到大雁

　　一场没有预谋的台风"鲶鱼"，在国庆假期之前抵达，把夏秋两个季节，轻轻地隔开。太阳不知躲到什么地方去了，天气也显得有点有气无力的。但有风，风中的潮气带着丝丝凉意。仍然青翠的树叶，愈发翠亮，飒飒随风雨飘舞。如果不是肌肤感觉有点凉意，看到那轮月比夜色还早升上有些黯淡的天空，我还真的感觉不到秋天的足迹正从远处逶迤而来。

　　"人行秋色里，雁落客愁边。"这是南宋诗人方岳《泊歙浦》中的两句。方岳是我们安徽祁门人。他在诗中以雁为意象，表达出他身为游子的羁旅惆怅之感。说到大雁，便有点怀旧的味道。可现如今的孩子，有几个亲眼见过雁和亲耳聆听过雁唳呢？侥幸见过雁和听过雁唳的孩子，十之八九是从电影里和电视机上见到和听到的。唐朝诗人李峤有"山川满目泪沾衣，富贵荣华能几时？不见至今汾水上，惟有年年秋雁飞"的诗篇，在他看来，人生的荣华富贵是短暂的，而自然界的"惟有年年秋雁飞"是永恒的。遗憾的是，原本应该是恒久的，现在已经很难再看到了。

　　我第一次真正看清大雁在儿时，那时还住在乡下。深秋时节，总能见到成队的大雁从天空中飞过。它们前呼后应，"嘎嘎，嘎嘎"地叫着，在灰蒙蒙的云层下，抑或在天高云淡的夕照中，不停地变换着队形，每当此时，我就会问母亲大雁们为什么会排成"一字形"或者"人字形"，母亲的回答是，大雁是一种非常聪明而又很有纪律的群居动物。长大了，我才知道，大雁是非常依赖群体的动物，它们只有在一起的时候才会感到安全和安逸；如果有只大雁因身体原因掉队而成了孤雁，它就会感到非常焦虑和恐慌。成队的大雁在飞行时发出"嘎嘎，嘎嘎"的叫声，像军队行进时呼喊的口号，高昂而又充满斗志；而一只孤雁匆匆忙忙飞过时发出"嘎啊，嘎啊"的哭喊，像是找不到母亲的孩子，那叫声听上去有一种很凄凉、无助的感觉。

从古至今，人们都推崇爱情，把大雁定位为忠贞爱情传说的主角。金代词人元好问在赶考途中，遇到一个捕雁的人。他告诉元好问我今天遇到一件奇事：我设网捕雁的时候，有两只雁结伴而飞，我捕得一只，另一只却漏网了，正在遗憾之际，只见脱网之雁并不飞走，而是在上空盘旋，当它看见自己的同伴已经死去的时候，猛然一个俯冲，投地而死。元好问看看捕雁者手中的两只雁，一时大受感动立即掏银子买下了这两只雁。把它们一起葬在汾河岸边，垒上石头做为记号，叫作"雁邱"，并写下了著名的《雁邱词》。

60年代末看过一本旧杂志，记载有位猎人发现一群大雁降落到湖里，他悄悄地跟过去，找了一个隐蔽的地方趴下来，把枪口对准了雁群。当他的手指要扣动扳机的瞬间，眼前的一幕把他惊呆了：只见有只大雁奋力地飞起来，然后合拢翅膀，让身体快速地跌落下来，大雁的肉体撞击到冰面上。其他大雁看之后，也纷纷模仿起来，冰面上发出了"砰咚，砰咚"的响声。冰层终于破碎了，大雁们开始喝水。猎人收起了枪，发誓再也不打大雁了。这个故事在90年代被改编成《天鹅的故事》，选入了小学教科书。

作家石钟山写的短篇小说《雁》更让你流泪："一列列雁阵又一次掠过天空，向北方飞来。她仰着头，凝望着天空掠过的雁阵，发出兴奋的鸣叫。她终于等来了自己的丈夫。丈夫没有忘记她，当听到她的呼唤时，他毅然地飞向她的头顶。丈夫又一次盘旋在空中，倾诉着呼唤着。她试着做飞翔的动作，无论她如何挣扎，最后她都在半空中掉了下来。她美丽的双眼里蓄满泪水，她悲伤地冲着丈夫哀鸣着。""两只雁头颈相交，死死地缠在一起，他们用这种方式自杀了。僵直的头仍冲着天空，那是他们的梦想。"

我有多少年没见过雁阵了？已是渺远难记，仿若前世之事。比之地面的繁华与热闹，这座城市的天空荒凉落寞了。在这个秋天，我怀念大雁，怀念雁唳。我不知道还能否再看到大雁排着整齐的队伍，一会儿排成人字，一会儿排成一字，从天空中"飘过"。或许，那一道美丽的风景，那"嘎嘎，嘎嘎"的雁唳，只能留在记忆里了……

负暄之乐

　　冬日晒太阳取暖，古人称负暄，负暄之乐，于冬日尤是矣。"杲杲冬日出，照我屋南隅。负暄闭目坐，和气生肌肤。初似饮醇醪，又如蛰者苏。外融百骸畅，中适一念无。旷然忘所在，心与虚空俱。"很喜欢白居易的这首《负冬日》。在这首诗里，白居易讲了一件很小的人间美事，那就是晒太阳。

　　冬天晒太阳的确是一件很美好的事情。记得在农村那会儿，一过腊八，愈渐寒冷，也是乡下最闲的时候。粮食进了粮囤，大白菜、红芋藏进了地窖里，冬天要烧的柴也垛得高高的。村外的麦田空旷而寥落，麦苗稀稀疏疏的，树木显得瘦骨伶仃，沟渠里堆满了荒草枯叶，淡淡的阳光平铺在田间小路上。这样的风景浑厚朴实，像是画家用炭笔随意画出的一幅素描。

　　冬天乡村的早晨是安详和静谧的。直到日上三竿，男人、女人和孩子才三三两两走出家门，不约而同聚集在一个背风朝阳的地方，或坐或蹲，以最舒服的姿势，享受阳光的温暖。寒冬的太阳，离人很近，照到乡村人的身上，绵软温和，酥酥痒痒。时间久了，一团团热气从毛孔里钻进去，慢慢地又扩散到全身，摸肩，摸腿，摸膝盖，手感尽是"暖暖"，整个人仿佛被托起来了一般，轻飘飘的。

　　六七位古稀老人一字排开，眼睛半睁不睁地看着远处，吧嗒着旱烟，混混沌沌说些不着边际的话题。那些佝偻的脊背、古铜色的皱纹，在暖阳下凝成一幅画，时光是这幅画作最好的画笔，泼墨处是岁月的沉淀。女人们三五成群，一边晒暖，一边做针线活。她们或窃窃私语，或叽叽喳喳，无所不谈，聊聊家长里短，谈谈油盐酱醋，似乎总有说不完的话题，仿佛每个人都可能成为她们的谈论对象。男人们聚在一起，抽着廉价的香烟，在烟雾缭绕中评古论今，海阔天空。也有好事者，总要找个噱头，比如某个人怕老婆，就成为戏谑的对象。这时被戏谑对象的老婆就会站出来，拿着正纳着的鞋底追着好事者打，让看的人笑得前仰后合。孩子们当然不会安分守己，他们在阳光里不停地追逐着，打闹着，嬉戏着，银铃般的笑声抖落在阳光里，给冬闲的乡村增添了一份喧嚣和热闹。

抬杠，是经常上演的一幕喜剧。一个人说错了，就会有人站出来纠正，彰显自己的见多识广，而说错话的人并不领情，往往百般狡辩，争得面红耳赤。乡村人的心，都是敞开着的。你看得见我的，我看得见你的，没谁藏着掖着。一个锅里吃饭的一家人，低头不见抬头见的乡邻，难免有些磕磕碰碰。牙齿还有咬着舌头的时候，何况性格脾气想法不同的人。有啥不痛快不自在的，就说出来，说不好就吵，吵不好就骂，把祖宗八代都骂遍了，这时几个旁观者一劝，几句话一唠，几根香烟一抽，也就息事宁人了。

村里有一朱姓的中年男子，曾在县中学教过语文，后因身体原因辞职回到生产队。此人爱说话，再加上当过语文教师，一旦打开话匣子，说起话来滔滔不绝，大家都非常爱听他说话。他喜欢讲故事，乡下人称作"古"，叫作"讲古"。所以只要他一出来晒太阳，身边总是围着一帮人，所谓"渔樵闲话"。我从他讲的故事中，领略到民间说史的意韵。

冬闲时，家家基本上都是吃两顿。当太阳已有归隐之象，女人们最先收拾好手里的活起身带着孩子回家做饭。不一会儿，家家烟囱就会升起一缕炊烟。太阳要落山了，偶尔吹起的小风带着寒意，土路上化开的湿泥也开始重新结冻，似有若无的薄雾也从远处形成，村外的田野逐渐掩映起来时，男人们这才意犹未尽地说一声"回啦"，袖着手慢腾腾地向家走去……

负暄之乐，全在于一个"闲"字。窃以为城市不如农村。其一现在城里高楼林立，阳光总是在高楼后忽隐忽现，很难享受到阳光的温暖。其二现在的上班族早出晚归，加上工作压力，哪还有一份闲心晒太阳啊。长此以往，内心怕也要变得潮湿，少了一些快乐，多了一分怨气。

今年腊月我再次回乡下，发现还有不少老人仍然喜欢晒太阳，但晒太阳的意义却发生了根本的变化，在他们享受温暖阳光的同时，日子就像融融的阳光，暖暖的，祥和而安宁。置身于他们中间，好喜欢这样的生活状态。倘若真的老去，我愿回到这里，依山临水，负暄而坐。享受暖暖的阳光，望着远处发呆，就像诗里写的那样"旷然忘所在，心与虚空俱"。岂不快哉！

腊月的味道

所谓腊月的味道，并不仅仅是嗅觉，而是一种记忆的载体。

味道，在《现代汉语词典》里亦指意味，趣味。意味，趣味，都是人们可意会不可言传的感触，都是人们生理、心理和文化素养融会贯通交织而成的品位。《舌尖上的中国》有一集叫做《时间的味道》，讲述的是腊肉、火腿、烧腊、腌鱼、腌菜、泡菜等食物经过特殊的处理后，会在缓慢的时光中酝酿出一种别致的风味。有人钟情腊味，是因为那种味道里有儿时的记忆，有故乡的味道，这种味道，是任何调料都无法取代的。

记忆里，原本有些冷清的村庄一进腊月，气氛明显不同，一扫往日的沉寂，喜庆的气氛在村庄的各个角落生动活泼起来。胼手胝足劳动了整整一年的农人，尽管刚刚从生产队的年终分配花名册上按下手印，领回少得可怜的几张皱巴巴的块票，但家家户户依然开始打糍粑，酿米酒，炒花生，做米糖什么的。哪怕仅仅是一种节日的点缀，一种传统年景的象征。再有，一进腊月，人们都宽厚起来。前十一个月，都忙着左冲右突，奔自己的生活，彼此间难免照应不到，生个龃龉、嫌隙啥的，腊月闲下来才发现自己的不周到。没关系的，趁着腊月望年，送上自家做的糍粑米糖，上门热络一下。疙瘩不扯，就永久在那里结着，越结越硬；一扯，像找着了线头儿，呼啦啦，全松散开了。是啊，腊月了，有什么过不去的事儿比"年"还要大呢？

"小孩小孩你别馋，过了腊八就是年。"腊八一到，好似一挂通红鞭炮炸响在腊月的枝头，迎年的喜气漾在每个人心上。因此，农历十二月初八喝腊八粥也是腊月里的一件大事。母亲的手艺巧，精心挑选搭配的各种杂粮豆，经过充分的熬煮，再加上火候把握得恰到好处，最后熬成的八宝粥，各种涨鼓鼓的豆粒儿珠圆玉润，在黏糊糊的稠液中莹莹地透着亮光，盛在瓷碗里，煞是好看。"盈几馨香细细浮，堆盘果蔬纷纷聚"，袅袅地舞动着升散开来的热气里弥漫着甜丝丝、香喷喷的味道，不等入口，感觉已甜到了心里，在那钻进鼻腔的香味不断的诱惑之下，舞动舌尖，大快朵颐，那感觉，简直就是在品尝人间难得的美味！

杀年猪是腊月里的重大事儿。杀年猪得选个好日子，庄稼人过日子，讲究这个。看看黄历，选个双日子，或者在三六九，反正自己的内心得先安稳，也图个吉利。杀年猪，请宾客，这是由来已久的风俗。请的人中有街坊邻居、有关系较好的朋友，还有自家亲戚。多的时候要摆上好几桌。菜不用太多，也不用那么费事，就用大锅，肉块放到锅里，放上粗粉条，炖上半天，切点儿白菜拌盘肝儿，最后上酸菜血豆腐，不用盘子装，直接上大碗，能让人吃得嘴上直冒油……贫困的生活里，杀年猪更像是一种活动，一种仪式，因为这已不光是解馋，它所包含的，更有那浓浓的乡情，淳朴的人情。

打糍粑也是腊月必做的一件事。糍粑是用糯米做的。这糯米早早地就要放在温水中浸泡，待糯米涨酥后捞起，上蒸笼蒸熟。在制作的过程中，先将蒸熟的糯米倒入石臼里，这时两个男人轮流上前用杯口粗的木棍舂捣。舂时用尽全身力气，趁热快舂。舂捣二人一上一下，交错用力，连舂带翻动。如此反复，直到糯米被捶打得黏成一团才算是大功告成。

糍粑打好后，女人们将糍粑放在台上用擀面杖擀平，撒上干山芋粉或面粉，用刀切成块，放在筛匾中晾干。糍粑吃法有多种，油炸、蒸食，像汤圆似的用水下着吃，也可以将酒酿煮开丢几块，经常吃，糯软暖胃养颜。我们小时候，喜欢将糍粑沾上白糖食用，口感细腻、滑润、香滑。

腊月的味道，也是文化的味道。"爆竹声中一岁除，春风送暖入屠苏。千门万户曈曈日，总把新桃换旧符。"在乡村，春联叫"门对子"。无论冬意多么萧瑟，村落多么偏远，屋舍多么简陋，大红对子一贴，日子就有了奔头，乡村也精神抖擞了。和"门对子"同样重要的还有年画。那一张张承载着老百姓对未来美好憧憬的年画，成为普通百姓寄托生活理想的精神替代品，成就了乡土中国的民间"读图时代"，成为中国一些地域乃至中华民族的文化符号。

腊月掀到最后一页，年也就到了。腊月三十，家家户户房顶上的烟道，从早到晚不停地冒着热气腾腾的烟雾，爽朗的笑声从家家户户张灯结彩的窗口里飘溢而出，村里村外，喜气洋洋。天刚擦黑，在四起的炮仗声中，亲人们相互招呼着，在丰盛的桌前坐下来。桌面上摆满了菜肴，把所能拿出的最好吃的东西统统展示出来，炖的煮的蒸的炒的，大罐小盆大碟小碗，一样一样地盛在容器里，摆满了丰盛的食物——这是一个家庭全年之中最欢乐、最郑重、最富足、最和谐温馨的一次盛宴，这是走远的祖先与当下的我们同席共飨的一次聚首，这是一年收获的总结陈词。关于这一晚，清代周宗泰《姑苏竹枝词》云："妻孥一室话团圆，鱼肉瓜茄杂果盘。下箸频教听谶语，家家家里阖家欢。"

　　这就是记忆中其乐融融的腊月的味道。腊月的味道是年的味道，也是家的味道。为此春运才有如此磅礴的力量，为此天南地北所有的指向都是一个方向：回家过年。踏进家门，年在爆竹声中，从远处赶来，跟在后面的，是春天。